Remerciements

Du fond du cœur, je veux remercier les héros anonymes qui ont rendu ce livre possible, en particulier Richard Gollner et Neil Hornick (Radala & Associés), Lizy Buchan (Arrow Books), Kati Nicholl, et Robert Lambolle, qui trouve que je ne parle jamais gentiment de lui !

Introduction

Manuscrit, issu de la succession de Henry Paul Chester, président de l'Académie Royale

19 février 1881

Lorsque je considère mon nom, et la mention que j'y vois accolée, je me sens envahi d'un immense sentiment de vacuité. Comme si ce Henry Chester, peintre deux fois exposé à l'Académie Royale, n'était pas moi-même, mais le produit incertain de l'imagination d'autrui, le bouchon d'une bouteille qui renfermerait un génie d'une malveillance si volatile qu'en s'évaporant, elle imprégnerait mon être, et me projetterait dans un royaume d'aventure et de péril où je m'égare telle Nausicaa l'abandonnée, en me lamentant pour l'éternité sur la grève étroite et sombre de mon imagination, en quête du spectre de moi-même, pâle et saisi de terreur.

Ce mauvais génie porte un nom – il s'agit du *chloral,* sombre compagnon de mes heures de sommeil, un camarade de lit jadis fort prévenant, devenu bien rancunier. Mais nous sommes mariés depuis trop longtemps, ce génie et moi, pour songer à nous séparer. Ensemble, nous allons œuvrer à l'étrange alchimie de ce récit et, à mesure que j'écris, vous allez découvrir la machinerie de cette pièce comme seul peut la voir le maître du jeu. Henry n'est, lui, qu'un pauvre disciple : certes, il aperçoit le manège des acteurs sur la scène, mais sans rien comprendre à leur danse. Et il me reste si peu de temps pour apprendre ! Déjà, en cet instant où l'horizon perd ses derniers lambeaux de lumière, il me semble entendre les ailes de l'ange noir battre dans le recoin le plus sombre de la chambre. Cet ange est une femme, elle est patiente, mais sa patience n'est pas infinie.

Dieu, le plus exquis des bourreaux, va daigner me laisser un peu de temps pour écrire le conte que je vais emporter avec moi dans la froide cellule qui m'attend sous terre – pas plus froide, assurément, que cette dépouille où j'habite, ce désert de l'âme. Oh, qu'Il est jaloux, ce Dieu : impitoyable, comme seuls peuvent l'être les immortels, et lorsque je L'ai appelé, dans la corruption et la souffrance où je suis, Il a souri et m'a répondu avec les mots dont Il fit présent à Moïse, dissimulé dans le buisson ardent : *Je suis qui Je suis*. Son regard est dénué de compassion, dénué de tendresse. Dans ce regard, je ne lis aucune promesse de rédemption, aucune menace de châtiment, rien qu'une immense indifférence. Aucune promesse, si ce n'est celle de l'oubli. Et pourtant, comme je me languis ! Ah, me fondre dans la terre, que même ce regard qui voit tout ne puisse me trouver… et toutefois, l'enfant qui est en moi pleure dans le noir, et mon pauvre corps infirme s'exclame qu'on lui laisse le temps… Encore un peu de temps. Encore un conte. Encore un jeu.

L'ange noir. Voici qu'elle pose sa faux contre la porte et qu'elle s'assoit à côté de moi, pour une dernière levée dans cette partie de cartes.

Je ne devrais jamais écrire à la nuit tombée. La nuit, les mots deviennent faux, troublants ; ici, un pont de cordes au-dessus d'un précipice sans fond, là, un dragon endormi, l'œil entrouvert sur son trésor étincelant. Et pourtant, c'est la nuit que les mots possèdent le plus de pouvoir. À leur commandement, les créatures de la nuit relèvent la tête, les sirènes chantent, les princesses se réveillent. Schéhérazade choisit la nuit pour tisser ses mille et une histoires, chacune d'elles ouvrant une porte par laquelle elle se glisse, encore et sans relâche, avec la Mort à ses trousses comme un loup furieux. Elle connaissait le pouvoir des mots. Si je n'avais pas passé tout ce temps à me languir de la femme idéale, j'aurais pu me mettre en quête de Schéhérazade. Elle est grande et mince, avec une peau couleur thé de Chine. Ses yeux sont comme la nuit, vifs et troublants comme la nuit. Elle marche pieds nus, arrogante et païenne, libre des entraves de la moralité ou de la modestie. Et elle est rusée. De temps à autre, elle joue une partie avec la mort et elle gagne, car ainsi, chaque nuit, elle se réinvente complètement elle-même. De sorte que, chaque nuit, son pauvre ogre brutal de mari découvre une nouvelle Schéhérazade qui s'éclipse avec le matin. Chaque matin, il s'éveille et la voit dans la lumière du jour, pâle et silencieuse après son ouvrage nocturne, et jure qu'il ne s'y laissera plus reprendre ! Mais dès le crépuscule, elle tisse à nouveau la toile de son imagination, et il se prend à rêver : encore une fois, rien qu'une...

Ce soir, Schéhérazade, c'est moi.

L'ERMITE

1

Voix de Henry Paul Chester

Ne me regardez pas comme ça – je ne puis le supporter ! Vous trouvez que j'ai beaucoup changé. Vous voyez le jeune homme du tableau, le front pâle et dégagé, la chevelure noire et bouclée, le regard impassible – et vous vous demandez comment j'ai pu être ce jeune homme. Le contour de la mâchoire, d'une arrogance insouciante, les pommettes hautes, les doigts longs et fuselés laissent supposer une ascendance exotique cachée, même si l'allure, à n'en pas douter, est bien anglaise. C'était moi, à trente-neuf ans – regardez-moi attentivement et souvenez-vous… Moi, j'aurais pu être vous.

Mon père était pasteur à Oxford, ma mère était la fille d'un riche propriétaire terrien de l'Oxfordshire. Mon enfance fut paisible, protégée, idyllique. Je me souviens de m'être rendu à l'église le dimanche, je chantais dans le chœur, la lumière colorée des vitraux dessinait comme une pluie de pétales sur les surplis blancs des choristes. Leurs voix douces, tremblantes s'élevaient en prière innocente…

L'ange noir semble se déplacer imperceptiblement et, dans ses yeux, je perçois l'écho de l'intelligence sans merci de Dieu. L'heure n'est pas à la nostalgie de l'imaginaire, Henry Chester. Il a besoin de ta vérité, pas de tes inventions. Crois-tu pouvoir abuser Dieu ?

Ridicule, que j'éprouve encore ce besoin de tromper, moi qui n'ai rien vécu d'autre qu'une vie de tromperie, cinquante années durant. La vérité est une amère potion : je déteste l'idée d'en déboucher le flacon à l'occasion de cette ultime confrontation. Et pourtant je suis ce que je suis. Pour la première fois, j'ose reprendre la parole divine à mon compte. Il ne s'agit pas d'une fiction mièvre. Il s'agit de Henry Chester : jugez-moi si vous le souhaitez. Je suis ce que je suis.

Il n'y eut, à l'évidence, pas d'enfance idyllique. Mes premières années sont vides, comme les âmes de ceux qui ne connurent pas de rachat devant le Christ : mes premiers souvenirs remontent à l'âge de sept ou huit ans, des souvenirs impurs et troubles, déjà, car je sentais le serpent croître en moi. Aussi loin que je me souvienne, j'ai toujours été conscient de mon péché, de ma faute : aucun surplis, si blanc fût-il, n'aurait pu dissimuler le reptile. Tel un jumeau maléfique, il marchait dans mon ombre. Il m'insufflait des pensées malsaines, il me faisait rire à l'église, il me poussait à mentir à mon père, puis à croiser les doigts pour conjurer les effets du mensonge.

Sur tous les murs de notre maison, ma mère avait accroché des canevas brodés de textes tirés de la Bible. Je les revois encore, en particulier celui qui était dans ma chambre, image austère en face de mon lit, sur le mur blanc : JE SUIS QUI JE SUIS. J'ai grandi, j'ai traversé les hivers et les étés de mon enfance et, dans les moments de paix et de contemplation de mes vices solitaires, j'observais ce canevas. Et parfois, dans mes rêves, je me récriais contre la cruelle indifférence de Dieu. Mais je recevais toujours ce même message, cousu désormais dans les mailles complexes de ma mémoire, comme les points de suture d'une cicatrice : JE SUIS QUI JE SUIS.

Mon père était homme de Dieu, plus effrayant à mes yeux que Dieu lui-même. Il avait les yeux noirs et enfoncés aussi profonds qu'une tombe, et il savait voir dans les moindres recoins de mon âme coupable. Son jugement était aussi impitoyable et impartial que celui de Dieu, dénué de toute tendresse humaine. Le peu d'affection qu'il éprouvait, mon père le réservait à sa collection d'automates – car il était une espèce d'antiquaire –, et il en avait une pièce pleine, du simple pantin de bois muni de contrepoids jusqu'à son orgue de barbarie chinois, d'une précision onirique, avec ses centaines de nains bondissants.

Naturellement, je n'ai jamais eu la permission de jouer avec eux – ils étaient trop précieux pour un enfant –, mais je me souviens de cette danseuse, une Colombine. Elle était en porcelaine fine, presque aussi grande qu'un enfant de trois ans. Dans l'un de ses rares moments de familiarité, Père me dit qu'elle avait été fabriquée par un artisan français aveugle, dans les années décadentes et dorées d'avant la Révolution. Laissant courir les doigts sur ses joues au teint vif et sans défaut, il m'avait raconté son histoire : comment elle avait appartenu à un rejeton du roi, un bâtard, abandonnée au milieu des brocarts pourrissants lorsque la Terreur avait commencé de frapper et que les têtes impies roulaient avec celles des innocents. Comment elle avait été dérobée par une pauvresse qui n'avait pu supporter de la voir brisée en morceaux et piétinée par les sans-culottes. Cette femme, qui avait perdu son bébé à cause de la famine, avait gardé Colombine dans son misérable taudis, la cajolant en lui chantant des berceuses jusqu'à ce qu'on la découvre, folle, affamée, seule, et qu'on l'emmène mourir dans un asile.

Colombine a survécu. Elle est arrivée chez un antiquaire parisien l'année de ma naissance, et Père, dès qu'il la vit, de retour d'un voyage à Lourdes, l'acheta sur-le-champ, en dépit de sa robe en soie mitée et de ses yeux décrochés, tombés à l'intérieur de la tête à force de négligence et de mauvais traitements. À peine l'eût-il vue danser, qu'il sut qu'elle était unique : une fois tournée la clé qu'elle avait en bas du dos, elle se mettait à remuer, d'abord avec raideur, puis avec des mouvements déliés, d'une fluidité tout humaine, levant les bras pour dévoiler la rondeur potelée de ses mollets de porcelaine sous sa jupe de danseuse. Des mois passés à la restaurer avec amour lui rendirent toute sa beauté, et elle était maintenant assise, resplendissante, vêtue de satin blanc et bleu, au milieu de la collection de mon père, entre la boîte à musique indienne et le clown persan.

Jamais je ne fus autorisé à la remonter. Parfois, quand j'étais couché, éveillé, au milieu de la nuit, je pouvais entendre un filet de musique derrière la porte close, un bruit assourdi, intime, presque charnel... L'image de Père, en chemise de nuit, avec Colombine la danseuse entre les mains, avait quelque chose de ridicule et de perturbant. Je ne pouvais m'empêcher de me demander de quelle manière il la tenait, s'il oserait laisser sa main ramper sous la dentelle mousseuse des jupons...

Je voyais peu ma mère; elle était souvent indisposée et passait le plus clair de son temps dans sa chambre, où je n'étais pas admis. Elle était une belle énigme aux yeux sombres et violets. Un jour, risquant un œil dans sa chambre secrète, je me souviens d'une coiffeuse, de bijoux, de foulards, de belles robes jetées par brassées sur le lit. Il flottait sur tout cela un parfum de lilas, le parfum de ma mère quand elle se penchait sur moi pour me souhaiter bonne nuit, le parfum de ses dessous lorsque j'enfouissais mon visage dans le linge que la servante étendait pour le faire sécher.

Ma mère était une beauté, me disait ma nourrice. Elle s'était mariée contre le vœu de ses parents et n'entretenait plus aucune relation avec sa famille. Peut-être était-ce la raison pour laquelle elle me regardait parfois avec cette expression de dédain mêlé de prudence. Peut-être était-ce pour cela qu'elle ne semblait jamais vouloir me toucher ou me tenir dans ses bras. Quoi qu'il en soit, je l'idolâtrais : elle paraissait si loin au-dessus de moi, si délicate et pure, que je me sentais incapable de lui exprimer mon adoration, écrasé que j'étais sous le fardeau de ma propre insuffisance. Jamais je n'ai blâmé ma mère de ce qu'elle m'a contraint de faire : des années durant, c'est mon propre cœur corrompu que j'ai maudit.

J'avais douze ans. Je chantais encore dans le chœur, mais ma voix avait presque atteint cette pureté de timbre qui annonce la fin de l'enfance. C'était le mois d'août, et tout cet été-là s'était passé fort plaisamment, en longues journées rêveuses et bleues, pleines de senteurs voluptueuses et de sensations langoureuses. J'avais joué dans le jardin avec des amis, j'avais chaud et soif. Je me suis glissé dans la maison. Père était à l'église, et Mère marchait le long de la rivière – j'avais envie de me changer avant que la Nourrice ne s'aperçoive de mon état.

Il n'y avait que la servante dans la cuisine, et je montai quatre à quatre l'escalier jusqu'à ma chambre. Sur le palier, je vis que la porte de la chambre de ma mère était entrouverte. Un parfum de lilas flottait dans la pénombre fraîche, et presque malgré moi, je m'approchais pour épier. Je poussai la porte et j'entrai, me disant que si cette porte était ouverte, on ne pourrait m'accuser d'indiscrétion, et, pour la première fois de ma vie, j'étais seul dans la chambre très intime de ma mère.

De prime abord, je me suis contenté de fixer du regard les rangées de bouteilles et de bibelots posés à côté de la coiffeuse, puis j'ai osé toucher un foulard de soie, la dentelle d'un jupon, la gaze d'un cotillon. J'étais fasciné par toutes ces choses, par ces fioles et ces flacons mystérieux, ces peignes et ces brosses avec des cheveux encore pris dedans. C'était presque comme si la chambre et ma mère ne faisaient qu'un, comme si la première avait capturé l'essence de la seconde. J'avais l'impression que si je pouvais assimiler chaque particule et chaque nuance de cette chambre, je pourrais apprendre à parler son langage, et lui dire combien je l'aimais, avec des mots qu'elle comprendrait.

En tendant la main pour effleurer mon reflet dans le miroir, je renversai par mégarde une petite bouteille, qui imprègne l'air des vapeurs d'une préparation entêtante de jasmin et de chèvrefeuille. Le geste précipité que j'eus pour rattraper le flacon ne fit que répandre le contenu d'un poudrier sur la coiffeuse, mais le parfum agit si étrangement sur mes nerfs qu'au lieu d'être saisi de panique, je gloussai doucement, pris d'une étrange hilarité. Mère ne rentrerait pas avant un moment. Père était à l'église. Quel mal y aurait-il à explorer les lieux ? Et l'idée de fouiller dans les effets de ma mère en son absence m'excitait. Un collier d'ambre scintillait vers moi dans la pénombre. Je l'attrapai et, mû par une impulsion, je le mis. Au passage, un foulard translucide, aussi léger qu'un souffle, toucha mon bras nu. Je le portai à mes lèvres, comme si c'eût été sa peau, son parfum contre mon visage.

Pour la première fois, j'éprouvais une sensation extraordinaire, un picotement dans tout le corps, sans cesse plus concentré en un lieu où la tension était exquise, une friction sans cesse plus prononcée qui m'emplissait l'esprit d'images charnelles étranges, exotiques, à peine reconnaissables. Ce foulard désirait s'entortiller amoureusement autour de mon cou. Les bracelets trouvèrent tout seuls le chemin de mes bras. Je retirai ma chemise, je regardai mon reflet dans le miroir, et sans y réfléchir à deux fois, j'enlevai mon pantalon. Il y avait sur le lit de ma mère un déshabillé, d'une soie transparente et délicate, avec une mousse de dentelle : rien que pour connaître cette expérience, je m'en fis un drapé, je caressai l'étoffe diaphane, je l'imaginai au contact de sa peau, j'imaginai quelle allure cela aurait…

Je commençai de me sentir faible, désorienté, la puissance du parfum renversé m'assaillait comme une armée invisible de succubes… Je pouvais entendre le battement de leurs ailes. C'est alors que je sus que j'étais la créature du démon. Je me sentais immortel. Mes mains, nouées et agrippées à ce déshabillé, semblaient possédées d'une intelligence démoniaque. Je me mis à exulter d'une joie frénétique, extatique… puis soudainement je me figeai dans une paralysie sublime, aggravée sous la force d'un plaisir inconcevable. Le temps d'une seconde, j'étais plus haut que Dieu… puis je me sentis comme Lucifer, de nouveau un petit garçon, couché sur le tapis, le déshabillé de soie roulé en boule et déchiré sous moi, les bijoux et les bibelots pêle-mêle et grotesques autour de mes membres osseux.

Un moment d'indifférence et d'hébétude. Puis l'énormité de ce que je venais de commettre me frappa comme un orage de grêlons. J'étais glacé par une peur panique qui fouaillait en moi. Des doigts vengeurs me crochetèrent les côtes et je me mis à crier, pris d'une terreur hystérique, tirant sur mes vêtements, les mains tremblantes, sentant mes genoux se dérober sous moi. J'empoignai le déshabillé et je le roulai en boule, pour le fourrer sous ma chemise. Je ramassai mes souliers et je me précipitai hors de la chambre de ma mère pour me rendre dans la mienne, où je dissimulai le déshabillé dans le conduit de la cheminée, derrière un moellon branlant, me promettant de le brûler aussitôt que ma Nourrice allumerait un feu.

Sentant ma peur panique se calmer un peu, je pris le temps de me laver la figure et de me changer, puis je m'étendis sur mon lit pendant une dizaine de minutes, afin d'apaiser mes tremblements. Je fus submergé d'une curieuse impression de soulagement. J'avais échappé au danger d'être découvert sur-le-champ. Même si j'étais puni pour m'être introduit dans la chambre de ma mère, on ne saurait jamais le pire. C'était mon secret, et je le conservais enroulé dans mon cœur comme un serpent. C'est là qu'il grandit avec moi – et, même à présent, il continue de prospérer sur le terreau charnel, putride et fécond, de ma faute.

Naturellement, je fus découvert : la poudre et le parfum renversés me trahirent – de même que le déshabillé dérobé. Devant mon père, je reconnus partiellement les faits : j'étais entré dans la chambre par curiosité, j'avais été maladroit, j'avais marché sur la dentelle du déshabillé par erreur, et je l'avais déchirée, et, pour m'éviter d'être puni, j'avais jeté le déshabillé dans le bassin. Il me crut, louant même mon honnêteté (comme il rit, comme il exulta, le diable qui était en moi !), et, bien que je fusse dûment fouetté pour ma sottise, cette sensation de soulagement, voire d'excitation, ne cessa pas. Mon père, cet être tout-puissant, avait soudain rapetissé. Je l'avais abusé, je lui avais menti, et il n'en avait rien su. Il en fut de même pour ma mère : peut-être devina-t-elle quelque chose, mais jamais elle n'aborda l'incident qui, en apparence, fut bien vite oublié.

Quant à moi, je n'ai jamais brûlé ce déshabillé que j'avais dissimulé dans la cheminée. Parfois, lorsque j'étais seul, je le retirais de sa cachette et j'en touchais les plis soyeux, jusqu'à ce que des années d'attouchements, des années passées dans ce conduit enfumé, le rendent fragile et le jaunissent comme un parchemin, jusqu'à ce qu'il tombe en lambeaux, comme une poignée de feuilles d'automne.

2

Voix de Henry Paul Chester, Président de l'Académie Royale

Ma mère est morte quand j'avais seize ans, deux ans après la naissance de mon frère William. À en juger par la réticence de mon père à évoquer sa maladie, je devinai qu'il s'agissait de quelque « indélicatesse ». Le sein qui m'avait porté avait délivré un enfant marqué de noirceur et de malignité. Je me souviens de sa jolie chambre changée en alcôve de malade, chaque meuble chargé de lourdes couronnes de fleurs ; et ma mère, pâle et mince, mais toujours belle, jusqu'à la fin.

Mon père demeura auprès d'elle tout ce temps, le visage impénétrable. Un jour que je passais devant la chambre sans entrer, je l'entendis sangloter, en proie à un violent abandon, et ma bouche se tordit de dérision. Je me faisais, quant à moi, une fierté de ne rien éprouver.

Sa tombe était située dans le cimetière juste à la sortie de l'église, ainsi mon père pouvait-il la voir lorsqu'il saluait ses paroissiens. Dans son chagrin, je discernais une sorte de soulagement. Je m'étais souvent demandé comment un homme si sévère, vivant dans une telle crainte de Dieu, avait pu épouser une créature si raffinée, si femme du monde. Qu'il ait pu avoir des passions que je ne devinais pas, voilà qui me troublait, et j'écartais pareilles pensées.

Lorsque mon père est mort, j'avais vingt-cinq ans. Sans doute avait-il pris froid pendant l'hiver, sans y prendre garde. Il avait refusé de garder la chambre et, un jour à l'église, il s'était évanoui. La fièvre s'installa et il mourut sans reprendre connaissance, me laissant une fortune solide et le sentiment inexplicable que, maintenant qu'il était mort, il allait pouvoir surveiller tous mes mouvements.

Je m'installai à Londres : j'avais un certain talent pour le dessin et j'avais envie de m'établir en qualité d'artiste. J'étais déterminé à me faire un nom. Je louai un atelier à Kensington et je passai les cinq premières années à accumuler assez d'œuvres pour ma première exposition. Je peignais surtout des portraits allégoriques, puisant l'essentiel de mon inspiration dans Shakespeare et la mythologie grecque. Un visiteur venu voir mon travail en jugea le style « tout à fait préraphaélite », ce qui m'enchanta, et je pris soin de nourrir cette similitude, en allant même chercher mes sujets dans la poésie de Rossetti – quoique, à mon goût, le poète, en tant qu'homme, fût loin d'être le genre d'individu que j'eusse aimé prendre pour exemple.

Mon grand problème était de trouver des modèles convenables, car j'avais peu d'amis à Londres et, après quelques expériences gênantes du côté de Haymarket, je n'osai approcher ces femelles si engageantes pour leur proposer un emploi. Peindre des hommes ne m'intéressait guère. Je trouvais plus de poésie dans les formes féminines, et qui plus est dans un certain type de forme féminine. Je passai une annonce dans le *Times*, mais, parmi quelque vingt candidates, seules une ou deux se révélèrent d'une beauté tout juste passable, et aucune ne correspondait à ce que l'on aurait pu appeler une femme « respectable ». Tant qu'elles n'ouvraient pas leur bouche vulgaire, je n'avais pas lieu de me plaindre. C'est néanmoins la raison pour laquelle, lorsque je reviens à certaines de mes premières œuvres, j'ai du mal à me fier à ma mémoire, à me rappeler que cette *Juliette* au si doux visage avait un enfant illégitime, ou que cette innocente *Cendrillon* s'accrochait à sa bouteille de gin. À l'époque, j'en avais plus appris sur les femmes que je n'avais désiré en savoir. En dépit de leurs jolies figures, leurs conversations, leur lascivité, leurs pensées malsaines ne m'inspiraient que mépris.

Elles furent plusieurs à essayer sur moi leur pauvre séduction, mais en ce temps-là, je tenais sous ma coupe le serpent qui était en moi. Je me rendais à l'église tous les dimanches, je peignais à mon atelier dans la journée et j'allais me détendre le soir dans un club respectable. J'avais un petit cercle de connaissances, mais j'éprouvais peu le besoin d'avoir de la compagnie. Après tout, j'avais mon art. J'imaginais même que les femmes n'avaient aucun pouvoir sur moi, que j'avais finalement surmonté les tiraillements de mes chairs pécheresses. Semblable illusion n'est que la roue sur laquelle Dieu brise les pécheurs. Mais le temps presse, et il me faut enjamber cinq années, pour en arriver à mes trente-trois ans, en cette claire journée d'automne où je rencontrais ma némésis.

Depuis un certain temps, je peignais des enfants : il était toujours facile de trouver une belle enfant dont la mère avait envie de se défaire pour quelques heures. Je payais un shilling de l'heure, et c'était plus que ne gagnaient certaines de ces femmes. C'est pourquoi je me promenais dans le parc, comme à mon habitude, lorsque j'aperçus une femme et une fillette : la femme, vêtue de noir, à la diable, et l'enfant, âgée d'environ dix ans, avec des traits si inhabituels, si frappants, que je m'arrêtai pour la dévisager.

C'était une enfant fluette, enveloppée dans une horrible cape noire qui avait l'air d'un vêtement déjà porté par une autre, mais ses gestes possédaient une grâce si peu habituelle pour une créature de cet âge, et ses cheveux avaient une couleur des plus troublantes, à peine plus claire que celle de l'or, de sorte que, le temps d'un instant, elle eut l'air d'une petite vieille toute fripée, d'une enfant trouvée au milieu de tous ces bambins gais, heureux, aux joues roses. Le visage était ovale et pointu, presque dénué de couleurs, à l'exception des yeux, grands et profonds : pour un être de cet âge, les lèvres étaient pleines, mais pâles, et l'expression étrangement tragique.

Instantanément, je sus qu'il me la fallait pour modèle. Il y avait dans son visage la promesse d'une expression infinie. Chacun de ses mouvements était un chef-d'œuvre de modelé. En la regardant, je sus que cette enfant serait mon salut. J'étais autant ému par son innocence que par sa beauté spectrale, étrange, et lorsque j'avançai précipitamment vers ce duo, j'avais les larmes aux yeux.

La fillette s'appelait Effie. La femme vêtue à la diable était sa tante. Elle vivait avec cette tante et sa mère au-dessus d'une petite boutique de modiste, dans Cranbourn Alley, et toutes deux étaient d'allure respectable. La mère, Mme Shelbeck, était veuve, et vivait dans la gêne. Une femme cassante, difficile, comme je le découvris par la suite, dépourvue des charmes étonnants de sa fille, et ma proposition d'un shilling de l'heure fut acceptée sans cette modestie et cette réserve qui, d'ordinaire, est de mise dans les familles distinguées.

Cette même semaine, Effie vint à mon atelier – en la respectable compagnie de sa tante – et je passai une matinée entière à simplement dessiner cette enfant sous des angles divers : de profil, de trois quarts, de face, la tête levée, la tête tournée de côté… Chaque angle était plus enchanteur que le précédent. Le modèle était parfait, parlant peu, gardant la pose avec une grande précision. Elle ne gigotait pas, ne s'agitait pas comme les autres enfants, et elle ne bavardait ni ne souriait. Elle semblait très impressionnée par l'atelier et par moi, m'étudiant à la dérobée, avec, sous le voile des paupières, une expression de respectueux étonnement. Elle revint. Dès sa troisième visite, la tante cessa de l'accompagner.

Le premier tableau que je fis d'elle s'intitulait *Ma sœur endormie*, d'après le poème de Rossetti, et le terminer me prit deux mois. C'était un petit format, mais je me flattai d'avoir su saisir la véritable apparence d'Effie. Je la peignis couchée sur un petit lit étroit, à la manière des enfants. Son frère était assis par terre, la tête enfouie dans la courtepointe, et sa mère se tenait debout au pied du lit, le visage dans les mains. La toile était centrée sur Effie. Les autres personnages étaient sans visage, vêtus de noir, mais elle était tout en blanc, portant une chemise de nuit froncée que j'avais acquise exprès pour ce tableau, la chevelure éparse sur l'oreiller. Les bras étaient nus, l'un pendant mollement, l'autre blotti sous la joue, dans une posture enfantine. La lumière de la fenêtre la transfigurait, promesse de la rédemption par la mort, de cette pureté des innocents qui meurent jeunes. Ce thème était cher à mon cœur, et je devais le répéter maintes fois au cours des sept années suivantes, tandis qu'Effie passait d'une beauté à l'autre. Parfois, je répugnais à la laisser regagner son foyer le soir, car elle grandissait vite et je craignais de perdre ne fût-ce qu'une heure de sa présence.

Effie ne parlait jamais beaucoup. Elle lisait avidement – surtout de la poésie, Tennyson, Keats, Byron,

Shakespeare –, des auteurs guère convenables pour une enfant, même si sa mère paraissait s'en soucier assez peu. Un jour, je me risquais à le lui faire remarquer, et j'eus le plaisir de la voir écouter très attentivement mon conseil. Je lui exposai que la poésie, une lecture fort peu exceptionnelle chez, disons, un jeune homme, était chose plutôt ardue pour une jeune fille sensible. Les thèmes en étaient trop souvent inconvenants, et les passions trop violentes. Je proposai de lui prêter quelques bons ouvrages édifiants, et je fus enchanté de voir qu'elle les lisait assidûment. Elle ne faisait nullement preuve d'entêtement. Elle semblait incarner toutes les vertus féminines, sans aucune des perversions de son sexe.

Jamais je n'avais eu l'intention de garder le célibat, mais ma défiance à l'égard des femmes, née de mes contacts professionnels avec elles, m'avait amené à douter de jamais trouver, comme le dit saint Paul, « l'une entre mille », celle qui saurait se montrer vertueuse et obéissante. Toutefois, à mesure que j'apprenais à mieux connaître Effie, que j'étais sous le charme de sa beauté et de ses manières si douces, je comprenais que, somme toute, il existait bel et bien un moyen d'atteindre cet idéal.

Effie était sans tache. Elle était absolument pure. Je la protégerais du reste du monde, je l'éduquerais afin qu'elle devienne mon égale. Puis, cette tâche accomplie... tandis que je formulai cette idée, ma mémoire me ramena au petit garçon dans une chambre pleine de merveilles interdites, à cette senteur de jasmin qui flottait et semblait emplir l'air. Pour la première fois, cette image n'allait pas de pair avec la morsure de la faute. La pureté d'Effie serait mon rachat, je le savais. Il n'y avait en elle rien qui se rattache à ce monde, rien de sensuel. Elle possédait l'indifférence froide de l'innocence véritable.

À travers elle, je trouverais la paix. En elle je trouverais le salut.

J'engageai des précepteurs à domicile – je voulais qu'elle ait aussi peu de contact que possible avec les autres enfants –, je lui achetai des vêtements et des livres. J'embauchai une employée de maison respectable au service de sa mère et de sa tante, pour qu'Effie ne perde pas même une heure en tâches domestiques. Je me liai avec sa mère, cette femme si assommante, afin d'avoir un prétexte pour leur rendre visite à Cranbourn Alley, et je veillai à verser ce qu'il fallait.

Désormais, je peignais Effie presque sans relâche, abandonnant tous mes autres modèles, sauf pour mes personnages secondaires. Je me concentrai sur Effie : Effie à douze ans, déjà plus grande, dans les jolies robes blanches et les rubans bleus que j'encourageai sa mère à lui acheter; Effie à treize, quatorze ans, sa silhouette de danseuse aussi gracieuse qu'une pouliche; à quinze ans, les yeux et les lèvres plus sombres, les cheveux pâles soigneusement nattés en diadème au-dessus du front, la bouche en arc, si tendre, les yeux ravissants, couleur de pluie, aux cils fournis, enchâssés dans une peau si fine qu'elle paraissait presque livide.

J'ai dû dessiner ou peindre Effie une centaine de fois. Elle a été Cendrillon, Marie, elle a été la Béatrice de Dante au *Paradis*, Juliette dans la tombe, en haillons pour *La Petite Mendiante*. Le dernier portrait que je fis d'elle, à cette époque, fut *La Belle au bois dormant*, de composition si semblable à *Ma sœur endormie*, Effie encore une fois tout en blanc, comme une mariée ou une novice, couchée sur ce même lit de fillette, et ses cheveux bien plus longs qu'au temps de ses dix ans, venaient jusqu'au sol, en une traîne. Le visage d'Effie est tourné vers la lumière. Dans son sommeil, elle sourit, complètement inconsciente de cette désolation qui l'entoure.

Je ne pouvais attendre plus longtemps. J'avais tissé la trame de l'enchantement qui l'avait amenée à m'attendre durant toutes ces années. Le temps était venu de rompre cet enchantement. Elle était encore très jeune, je le savais, mais attendre une année de plus, c'eût été risquer de la perdre pour toujours.

Sa mère ne parut même pas surprise que je veuille épouser sa fille. Après tout, j'étais riche. Il était bien certain que si Effie m'épousait, j'aurais à venir en aide à ses parents, et j'avais trente-neuf ans, quand Effie en avait dix-sept. À ma mort, toute ma fortune lui reviendrait. La tante, une vieille fille, une créature toute d'aigreur que seule rachetait sa dévotion sans bornes pour Effie, désapprouva. Je passai outre ses objections. Effie était mon seul souci. Elle était à moi, éduquée pour grandir à mon contact comme le lierre sur le tronc du chêne.

Elle m'épousa dans cette robe de broderie ancienne qu'elle avait portée pour *La Belle au bois dormant*.

L'ÉTOILE

3

La voix d'Euphémie Madeleine Chester

« En vérité je vous le dis, Marchez dans la Voie de l'Esprit, et vous ne céderez point aux plaisirs de la chair.

Car la chair s'assouvit envers et contre l'Esprit, et l'Esprit envers et contre la Chair.

Mais si c'est l'Esprit qui vous guide, vous ne tombez pas sous le coup de la loi.

À présent les œuvres de la chair sont manifestes, et ce sont : l'adultère, la fornication, l'impureté, la lascivité,

l'idolâtrie, la sorcellerie, la haine... »

La sombre procession de ses paroles cheminait cahin-caha, et j'étais heureuse d'avoir pris du laudanum avant l'office. Ma migraine avait complètement cessé, faisant place à une cavité sombre et fraîche dans laquelle refluaient toutes mes pensées, aussi lointaines que des étoiles.

« Colère, conflits, sédition, hérésies... »

Dans mon refuge de sérénité, je souris.

La cadence de ces vers, certes cruelle, n'en était pas moins poétique, aussi prenante que le rythme païen de ces chansons que je chantais dans la rue en sautant à la corde, avant M. Chester. Le souvenir de cette chanson me fit soudain mal au cœur. Comme il était lointain, ce temps où Mère se portait bien, où Père était vivant, où nous lisions ensemble des poèmes dans la bibliothèque de notre vieille demeure. En ce temps-là, se rendre à l'église était l'occasion de fêter, de chanter et d'être heureux. William, assis à ma gauche, me fit son grand sourire grimaçant, mais je gardai le visage baissé. M. Chester n'apprécierait pas que je sourie à l'église. Au-dessus de la tête du pasteur, le soleil illuminait saint Sébastien percé de flèches. Le visage de saint Sébastien était impassible, comme celui de Henry.

Subitement, je tombai, battant des bras de frayeur, la bouche ouverte sur un cri de terreur silencieuse... mais je tombais vers le haut, vers cette voûte très haute de l'église, et je pouvais voir les dorures, les moulures en volute et la froide lueur des yeux de saint Sébastien... Ma chute se ralentit et, le regard vague, je vis les têtes inclinées des fidèles, ma terreur laissant place à la stupeur et à l'euphorie. Comment pouvais-je être là-haut ? Étais-je morte, avais-je abandonné mon corps à mon insu ? Était-ce un rêve ? Je dansais en l'air, je tournoyais sur le crâne chauve du pasteur comme un ange sur une tête d'épingle. Personne ne m'entendait.

En fait, je pouvais voir les mots du pasteur s'élever vers le ciel comme la fumée d'une cheminée d'usine. Je pouvais voir la masse sombre des fidèles où pointait, çà et là, le rai de lumière d'un enfant dissipé. En y regardant de plus près, je découvris que j'étais en quelque sorte capable de voir l'intérieur de ces gens. Je pouvais voir leur essence, comme la lumière solaire à travers une vitre. Derrière son masque de chair, une vieille femme, le visage amer, la langue acérée, irradiait un éclat spectral. Un enfant rayonnait d'une joie simple. Une jeune femme aux cheveux sombres ouvrait sur un gouffre terrifiant de noirceur et de mort.

Du haut de la voûte, j'examinai mon propre corps au rebut. Cela ne m'inspira que mépris de moi-même. Pauvre petite chose. Mieux valait observer M. Chester, sa figure belle et sévère, ou William, ses beaux cheveux qui lui retombaient sur le front.

« Marta ! »

La voix résonna dans la chapelle. Toute à ma curiosité, je regardai, mais le reste des fidèles demeura sans réaction.

« Marta ! » Cette fois, la voix s'était faite péremptoire, mais le pasteur ne marqua pas le moindre temps d'arrêt dans son prêche. Je fus la seule à entendre. En bas, je ne voyais que des têtes inclinées et des mains croisées.

Tout à fait dans le fond de la chapelle se tenait une femme debout, la tête renversée en arrière, attentive. J'eus le temps d'apercevoir le visage, une abondante chevelure aux boucles cuivrées, sous un chapeau fantaisie doré, puis j'entendis quelqu'un prononcer mon nom.

« Effie ! » William s'était retourné sur mon corps sans vie et, me croyant profondément évanouie, s'affairait à dénouer les cordons de ma coiffe. Cher William ! Si gauche et si ingénu. Si différent de son frère.

Henry, la bouche réduite à un trait mince et dur, se leva lui aussi, contraignant toute la rangée de fidèles assis sur le banc à se lever à leur tour, comme une vague. Il ne dit rien, mais il me souleva en position debout et, suivi de William, me poussa dans l'allée. Quelques personnes nous dévisagèrent, mais les autres se contentèrent d'échanger des sourires indulgents et consacrèrent à nouveau toute leur attention au sermon. Dans son état, après tout, il n'était guère anormal que Mme Chester perdît connaissance.

Je me sentis soudain prise d'un étourdissement inexplicable. Croisant à nouveau le regard du pauvre saint Sébastien percé de flèches, je ressentis un mal de ventre qui remuait dans les profondeurs de mon ventre, comme une sensation de chute.

Je compris ce qui se passait et je luttai en vain. « Je ne veux pas rentrer ! protestait mon esprit. Je ne veux pas... »

À l'instant où je tombai, je me souvins vaguement d'avoir croisé le regard de la femme au chapeau doré... d'avoir vu ses lèvres remuer, prononcer ce nom inconnu : « Marta »... Puis tout s'assombrit.

Henry me regardait de travers tandis que ses mains bougeaient pour défaire les lacets de mon corsage et, tandis que je glissai entre le rêve et l'inconscience, j'eus le temps d'apprécier la pureté anguleuse de son visage. William s'agitait à l'arrière-plan, un peu égaré. Lorsqu'il vit mes yeux s'ouvrir, il se précipita, les sels à la main.

« Effie ? Tu es... »

Henry se retourna vers lui avec une colère froide. « Ne reste pas ici comme un idiot ! coupa-t-il. Sors héler une voiture. Dépêche-toi ! » William s'en fut, non sans me lancer un dernier coup d'œil. « Ce garçon pense beaucoup trop à vous, ajouta Henry. Et il ne s'en cache pas... » Il changea de sujet. « Êtes-vous capable de vous lever, maintenant ? »

J'acquiesçai d'un signe de tête.

« Est-ce l'enfant ?

— Je ne crois pas. » Il ne me vint pas à l'esprit d'évoquer l'étrange épisode de l'église. D'expérience, je savais combien mes « idées fantasques » l'ennuyaient.

Je grimpai dans la voiture. Henry me hissa à l'intérieur ; mais en jetant un coup d'œil, je le vis de profil, et son expression tendue me laissa deviner son dégoût, sa peur. À cet instant, je compris confusément qu'il avait peur de moi, je perçus la profondeur de son tourment, mais cette intuition se dissipa avant même que je pusse la saisir, car je me sentis m'évanouir encore, et tomber au fond d'un gouffre aussi profond que la tombe, enveloppée par la chaleur de sa terreur et de sa nausée.

4

Voix de Henry Paul Chester

Elle perdit l'enfant, naturellement. Sous laudanum, elle dormait quand la sage-femme le lui enleva et le cousit dans le drap. Je n'ai pas demandé à voir mon fils. J'ai attendu que l'on m'informe que ma femme s'en remettrait avant de partir peindre à mon atelier. Notre demeure se trouvait à Highgate et j'avais délibérément choisi de louer un atelier à quelques kilomètres de là. J'en retirais une impression d'isolement, qui m'était nécessaire pour travailler. En outre, la lumière y était froide et nette, une lumière de monastère, de sorte que mes toiles, accrochées çà et là aux murs nus et blancs, brillaient comme des papillons sous verre, pris au piège. Là, j'étais le Grand Prêtre, avec Effie pour servante; Effie, parfaite, intacte, l'Effie de mon âme, nullement entachée par toute cette malédiction de la flamme et de la chair. Cette nuit-là – ce n'était pas la première fois –, je dormis à l'atelier, sur le petit lit dont je m'étais servi pour *Ma sœur endormie* et *La Belle au bois dormant* et, dans les draps de lin raides et froids enveloppant ma chair enfiévrée, je pus enfin me sentir à mon aise.

Je rentrai à dix heures le lendemain matin, pour apprendre de mes domestiques que le médecin était parti à la première heure. Tabby Gaunt, notre employée de maison, avait veillé Effie la plus grande partie de la nuit, lui administrant du laudanum et de l'eau chaude. Lorsque j'entrai dans la chambre de la malade, elle leva la tête. Elle avait l'air fatigué, les yeux rougis, mais lorsqu'elle se leva précipitamment, elle avait un sourire d'enfant.

« La jeune dame dort à présent, monsieur Chester, chuchota-t-elle. Le docteur dit qu'elle est un peu faible – mais ce n'est pas la fièvre, le Seigneur soit loué. Quelques jours de lit, à ce qu'il a dit. »

J'acquiesçai d'un signe de tête. « Merci, Tabby. Vous pouvez apporter un peu de chocolat pour Mme Chester. »

Je me tournai vers le lit où Effie était couchée. Sa pâle chevelure était dénouée, éparse sur le couvre-lit et les oreillers, et elle dormait comme une petite fille, la main contre la joue. J'avais peine à croire qu'elle avait dix-huit ans et qu'elle venait juste d'être délivrée de son premier nouveau-né. Malgré moi, je frissonnai à cette pensée. Au souvenir de son allure, du contact de sa chair engrossée sous ses vêtements lorsque je la touchais, j'éprouvai une sensation de souillure, de malaise. Il valait bien mieux la voir ainsi, au lit, pâle, son bras fluet lui masquant les yeux, la courbe menue de ses seins (même en pensée, ce mot me troubla, et je l'écartai avec colère) presque invisible sous la chemise de nuit, qui se soulevait à la cadence rapide de son souffle.

Une tendresse soudaine me submergea et je tendis la main pour lui toucher les cheveux, d'un geste chaste.

« Effie... »

Elle émit un petit bruit, commença de faire un effort pour se réveiller, se frotta les yeux. Son parfum atteignit mes narines, un mélange poignant de talc, de fièvre et de chocolat, à l'image de son enfance.

Ses yeux s'ouvrirent, s'attachèrent aux miens, et elle se redressa d'un geste abrupt, coupable, comme un écolier surpris à rêver pendant la classe.

« Je... Monsieur Chester ! »

Je souris. « Tout va bien, ma chère. Restez au calme. Vous êtes encore faible. À présent, Tabby va vous apporter une boisson chaude. »

Les yeux d'Effie étaient remplis de larmes. « Je suis désolée, fit-elle, hésitante. De m'être évanouie... à l'église, vous savez.

— Cela ne fait rien. Laissez-vous aller et restez tranquille. Là, je vais m'asseoir à côté de vous et vous tenir dans mes bras. N'est-ce pas mieux ainsi ? » Je m'approchai du lit, je lui glissai un oreiller dans le dos. Comme je passai mon bras autour de ses épaules, je vis son visage se détendre en un petit sourire rêveur. Encore à moitié endormie, elle murmura :

« C'est bien, c'est très bien. C'est comme avant... comme avant notre mariage. » Je me raidis involontairement et, tandis que le sens de ce qu'elle venait de dire pénétrait ses pensées enfiévrées, elle sursauta, prise de panique.

« Le bébé ! Le bébé va bien ? »

Malgré moi, j'eus un mouvement de recul. Je ne pouvais supporter cette idée.

« Je vous en prie, Henry, répondez-moi ! Je vous en prie, Henry !

— Ne m'appelez pas ainsi ! coupai-je en me levant brusquement, puis, en faisant l'effort de me reprendre, je poursuivis sur un ton plus aimable. Tâchez de comprendre, Effie. L'enfant était malade. Il n'aurait pas survécu. Il était trop petit. »

La voix d'Effie se changea en une plainte incontrôlable, aiguë, inarticulée. Je lui saisis les mains, dans un mélange d'explication et de réprimande.

« Vous étiez trop jeune pour avoir un enfant ! Tout cela était très mal. C'était une erreur. C'était...

— Nooon !

— Cessez ce vacarme !

— Non... non !... non !

— Cessez ! » Je lui secouai les épaules, et, instinctivement, elle porta les mains à son visage, le regard farouche et les joues marquées par les pleurs. L'espace d'un instant, je trouvai ses larmes profondément érotiques, et je me détournai, écarlate de rage.

« Cela vaut mieux, Effie, dis-je, plus gentiment, en me maîtrisant. Maintenant nous pouvons redevenir ce que nous étions, ma chère. Ne pleurez pas, Effie. Simplement vous êtes trop délicate pour porter un enfant, voilà tout. Vous êtes trop jeune. Là. » Attrapant le flacon de laudanum et le verre, je versai six gouttes. « Buvez. Ceci vous calmera les nerfs. »

Patiemment, je tins le verre. Effie but, en se tenant à mon bras, avalant ses larmes et son remède en égale quantité. Petit à petit, je sentais son corps se détendre contre le mien, jusqu'à totale soumission.

« Voilà, ça, c'est ma gentille petite fille. N'est-ce pas mieux ainsi ? »

Effie acquiesça, ensommeillée, et elle tourna la tête au creux de mon bras. Tandis qu'elle se laissait aller à nouveau dans mes bras, j'eus momentanément conscience d'une senteur subite de jasmin – réelle ou imaginaire ? Cette impression était trop ineffable, trop indicible.

5

Voix d'Euphémie Madeleine Chester

J'ai été souffrante plusieurs semaines. Je fus prise d'un refroidissement qui, après la naissance prématurée de l'enfant, me força à garder la chambre quelque temps. Je me souviens de visages s'approchant et s'éloignant de moi, avec des grimaces figées de compassion, mais à l'intérieur mon cœur était gelé et, bien que j'eusse le désir de les remercier pour leurs attentions, les mots étaient pour moi dépourvus de sens. Tabby, qui s'occupait déjà de moi quand j'étais petite fille, à Cranbourn Alley, me soignait. Ma petite domestique, Em, me brossait les cheveux, m'habillait de jolies chemises de nuit en dentelle et me racontait les potins de sa famille et de ses sœurs, là-bas, dans le Yorkshire. Parfois, Edwin le jardinier envoyait ses premiers crocus ou des jonquilles provenant de ses précieux parterres, assurant, de son ton bourru, qu'« ils mettront un peu de couleur aux joues de la jeune dame ». Mais, malgré leur gentillesse, je ne parvenais pas à me défaire de ma léthargie.

William, qui aurait pu me dérider, était retourné à Oxford, déchiré entre le plaisir de voir ainsi reconnues ses années d'études, et gêné de me laisser si mal en point.

Henry était plein de sollicitude. Pendant près d'un mois, il me défendit de recevoir des visites, et il ne se rendit pas une fois à son atelier. À la place, il travaillait à la maison, dessinant des dizaines de croquis de moi, mais moi, jadis tellement enchantée de son travail, je ne m'en souciais plus guère. Son art me laissait indifférente et je m'étonnais de l'avoir jamais tenu pour talentueux.

Ses tableaux, étalés dans chaque pièce comme des trophées sur le moindre bout de mur disponible, me rendaient malade. Et pis que tout, *La Petite Mendiante*, peinte quand je n'avais que treize ans, était là dans la chambre à coucher, à me hanter comme mon propre fantôme. Un taudis londonien, reproduit dans les moindres détails. Un chat famélique, assis, flaire un oiseau mort dans un caniveau. À côté du chat se trouve une enfant défunte, pieds nus et vêtue seulement d'une chemise, ses longs cheveux caressant les pierres autour d'elle. Son bol de mendiante gît par terre brisé, et une lance de lumière zèbre son visage levé. Le cadre, conçu par l'artiste, porte une strophe de son poème, pareillement intitulé :

Toi, Innocente, libérée des soucis de ce monde,
Jamais profanée par la souillure charnelle de l'Amour
Renonce à présent à ces attributs mortels si charmants
Et si faibles pourtant ; vêtue avec éclat
Tu étais parmi les plus viles
Et pourtant, les hôtes du Ciel penchent vers toi
Leurs humbles têtes ; ainsi, à côté du Tout-Puissant,
Trônant en extase, tu es Son Épousée.

Autrefois, j'étais pleine d'admiration pour M. Chester, qui savait écrire de véritables vers sans plus d'effort. Je n'avais porté aucune vue critique à son endroit. Lors de sa première exposition, les commentaires peu amènes de M. Ruskin m'avaient fait pleurer de déception. Et voilà que j'avais peine à me souvenir de ce temps où je l'avais vénéré. Je me rappelais ma gratitude et ma stupeur, lorsqu'il avait proposé de payer mes précepteurs. Tante May s'était méfiée de cette idée de me marier à un homme beaucoup plus âgé que moi. Mais ma mère s'était laissé aveugler par l'idée de toutes les chances que M. Chester pourrait offrir à sa fille – et moi, j'étais aveuglée par M. Chester lui-même. À dix-sept ans, je l'avais épousé.

Épousé !

Je piquai furieusement mon canevas ; premier petit point, deuxième petit point… prise tout à coup d'une bouffée de haine et de colère. Ma broderie était presque terminée, sur un dessin aux couleurs riches, dans les tons rouges, imaginé par Henry : la Belle au bois dormant sur sa couche, tout entrelacée de roses grimpantes. Même inachevé, le visage de la jeune fille endormie ressemblait au mien.

Premier petit point, deuxième petit point… Je perçais mon ouvrage avec colère, maintenant je ne piquais plus, j'enfonçais l'aiguille dans l'étoffe avec une rage croissante, arrachant les coutures délicates, le fil d'or. Complètement inconsciente, je criais à gorge déployée, sans larmes, un cri rauque, primitif qui, à tout autre instant, m'aurait terrifiée.

« Par exemple, mademoiselle Effie ! » C'était la voix de Tabby, si choquée qu'elle s'adressait à moi sur ce ton quelque peu déplacé.

Tirée d'un coup de ma transe de fureur, je sursautai et je levai les yeux.

« Oh, qu'avez-vous fait ? Vos pauvres mains… et votre jolie broderie. Oh, m'dame ! »

Surprise, je baissai les yeux et vis mes mains ensanglantées, tailladées d'une dizaine de coups d'aiguille. Une empreinte sanglante de doigt, comme une marque au fer rouge, effaçait la moitié du visage de la jeune endormie. J'abandonnai mon canevas abîmé et j'essayai de sourire.

« Ô mon Dieu, que je suis maladroite. Allons, Tabby, je vais très bien, je te remercie. Je vais aller me laver les mains.

— Mais, m'dame, vous allez prendre une goutte de laudanum, pour sûr ! Le docteur…

— Tabby, veux-tu avoir l'obligeance d'emporter mon nécessaire de couture ? Je n'en aurai plus besoin aujourd'hui.

— Oui, m'dame », fit Tabby, impassible, mais elle ne fit pas un geste pour obéir à mon ordre, prenant le temps de me regarder sortir de la pièce en titubant vaguement, tourner gauchement la poignée de la porte de mes mains ensanglantées, comme une meurtrière somnambule.

NEUF D'ÉPÉES

6

Voix d'Euphémie Madeleine Chester

J'avais été malade presque deux mois, avant que le médecin ne finisse par me déclarer en assez bonne santé pour recevoir des visiteurs. Non que je visse grand monde. Mère vint une fois me parler toilette et me rassurer en me disant que j'avais tout le temps de fonder une famille, et tante May vint deux fois s'asseoir au calme avec moi, à discuter de lieux communs avec une gentillesse fort éloignée de son style habituel. Chère tante May ! Si seulement elle avait su comme je languissais de lui parler, mais je savais qu'une fois les vannes ouvertes, il me faudrait tout lui dire – des choses que je n'étais pas prête à admettre –, aussi gardai-je le silence, feignant d'être heureuse et de considérer cette demeure froide et soigneusement tenue comme mon foyer. Non que tante May se laissât abuser un seul instant. Pour mon salut, elle tâchait de dissimuler son aversion pour Henry. Henry le lui rendait bien, remarquant avec aigreur que ses visites paraissaient me laisser dans un état d'épuisement. Il laissa entendre qu'il n'accepterait pas que sa femme soit soumise à ce genre de conversations. Tante May se livra à d'imprudentes déclarations et s'en fut sous une pluie de récriminations. Par la fenêtre, je la regardai s'éloigner, toute petite et toute grise sous le ciel froid, et je savais que Henry voyait son vœu exaucé. J'étais à lui seul, pour toujours.

Nous étions en mars, et, en dépit du temps toujours très frais, le soleil brillait et il y avait un soupçon de printemps dans l'air. Le salon jouit d'une vue agréable sur le jardin, avec son étang et ses parterres soigneusement entretenus, et ce matin-là, justement, j'aurais aimé être dans le jardin. J'avais envie de humer la terre, de me coucher sur le sol et de la mordre, de me rouler sur la pelouse, de folâtrer comme une chatte...

« Effie, tiens-toi tranquille ! » La voix de Henry me ramena brutalement à la réalité. « De trois quarts, je t'en prie, et ne laisse pas glisser ce tympanon. Je l'ai payé assez cher, tu le sais. Voilà qui est mieux. Souviens-toi, dans la mesure du possible, je veux ce tableau prêt pour l'exposition, et il ne reste plus guère de temps. »

Je rectifiai ma position, laissant glisser l'instrument au creux de mes genoux. En quatre semaines de travail, la dernière idée de Henry, *La Damoiselle au tympanon*, était déjà fort avancée, et me représenterait sous les traits de cette dame mystérieuse du poème de Coleridge. Henry l'avait imaginée comme « Une adolescente, tout habillée de blanc, assise sur un banc rustique, un pied ramené sous elle, absorbée de charmante façon dans l'étude de son instrument. »

Moi, qui connaissais le poème par cœur et qui en avais souvent rêvé, je m'étais hasardée à déclarer que selon moi « une vierge d'Abyssinie » serait d'une inspiration plus colorée et plus exotique que cette damoiselle insipide dont je devais être le modèle, mais la repartie de M. Chester ne m'avait laissé aucun doute quant à la pauvre opinion qu'il se faisait de mes goûts en matière de dessin, de littérature ou dans d'autres matières encore. Et pourtant, je me souvenais de certains moments, avant que Henry ne m'eût interdit de perdre mon temps en des domaines où je n'avais aucun talent. Je me souvenais d'avoir posé les yeux sur un tableau comme s'il se fût agi d'un tourbillon d'étoiles enflammées, et d'en avoir éprouvé de la joie – de la joie et quelque chose comme les prémices de la passion.

Passion ?

La première nuit de notre mariage, lorsque M. Chester était venu à moi, le regard coupable et plein d'excitation, lorsqu'il m'avait enseigné tout ce que j'avais besoin de savoir au chapitre de la passion, mon ardeur innocente avait aussi refroidi la sienne. La vision de mon corps l'avait mis à genoux, non de plaisir, mais de repentir. Après cela, son acte d'amour avait été un acte de contrition pour tous les deux, une jonction froide, morne, comme celle de deux locomotives. Une fois l'enfant conçu, même cela cessa.

Je ne le compris jamais. Père m'avait toujours dit qu'il n'y avait rien de mal dans l'acte physique entre un homme et une femme, pourvu qu'ils soient amoureux. C'était, disait-il, la récompense de Dieu pour l'acte de procréation. Nous sommes des êtres de sensations, avait-il l'habitude de me dire, des innocents, jusqu'à ce que de mauvaises pensées ne nous privent de notre innocence. Notre péché originel n'était pas dans la recherche de la connaissance, mais dans la honte qu'Adam et Ève avaient de leur nudité.

Pauvre père ! Jamais il n'aurait compris cette expression de mépris glacé sur le visage de Henry lorsqu'il s'était écarté de mon étreinte.

« N'y a-t-il aucune honte en toi, femme ? » avait-il demandé.

De la honte ? J'en avais tout ignoré avant de connaître Henry.

Et pourtant, un feu brûlait en moi que ni la mort de mon enfant, ni la froideur de mon mariage ne pouvaient étouffer complètement. Observant le visage de Henry pendant qu'il me dessinait, je fus saisie d'une répulsion aussi aiguë que soudaine. Je fus prise d'une envie de jeter le tympanon par terre, de sauter en l'air, de danser nue et sans nulle honte à la lumière de ce soleil printanier. Le désir me submergeait, et, avant même de m'en être rendu compte, j'étais debout, et je poussai un âpre cri de désespoir... Mais Henry ne m'entendait pas. Il continuait de froncer le sourcil sur sa feuille, avec un air de contentement, levant une seconde le nez sur un objet juste derrière moi, avant de revenir à son dessin. D'un geste abrupt, je me tournai et je me vis, dans une position inchangée, le tympanon sur les genoux.

Quant à l'épisode de l'église, je ne m'en étais ouverte à personne, et pourtant j'y avais souvent repensé, avec la conviction profonde et de plus en plus ferme que semblable sensation d'extase n'avait pu naître que sous l'effet du laudanum et ne se reproduirait vraisemblablement pas. Mais cette fois, il s'était écoulé une journée entière depuis les dernières gouttes que j'avais prises, je n'étais pas malade, et je n'avais nullement éprouvé cette sensation écœurante de tournis de la dernière fois. Perplexe, j'observai ma propre personne, là, en bas. Mon « nouveau » corps était une réplique blanche et nue de celui que j'avais temporairement délaissé. J'étais vibrante d'énergie et d'excitation, tous mes sens étaient exaltés, revêtaient une nouvelle dimension hors du désordre de mon corps.

Prudemment, j'approchais de mon corps physique, me demandant si le toucher allait me contraindre à le réintégrer. Ma main passa au travers de mes vêtements et de ma chair sans rencontrer aucune résistance. Le temps d'un instant, j'éprouvai la sensation singulière de n'être nulle part, avec mon corps comme une chemise de nuit pour ainsi dire au rebut, autour de ma personne réelle, vivante. Puis je me forçai à retourner à l'intérieur. Durant un moment, le monde se réajusta mollement autour de moi. Après quoi, je ressortis d'un bond, prise d'allégresse à l'idée qu'il m'était loisible, apparemment, d'accomplir désormais cette prouesse à volonté. De nouveau poussée par la malice, je me retrouvai par hasard au sommet du crâne de Henry, où je pirouettai, mais il ne se laissa en rien distraire de son dessin. D'un bond jusqu'à terre, je courus à la fenêtre et regardai au-dehors. Je songeai presque à sauter en passant au travers de la vitre, mais en veillant bien à ne pas laisser mon corps trop loin derrière moi. D'un rapide coup d'œil en arrière, je pus voir que tout allait pour le mieux et, laissant là toute prudence, avec le reste de mes fardeaux terrestres, je passai à travers la vitre, dans le jardin.

Sous la forme de quel être frêle et meurtrier ma chrysalide va-t-elle éclore ?

Vais-je voler ?

Ou vais-je piquer ?

7

Voix de Henry Paul Chester

Vous le savez, elle ment. Jamais je n'ai fait preuve d'aucune rudesse à son endroit, jamais. Je l'aimais plus qu'aucune femme ne peut prétendre l'être : je l'adorais, je lui ai offert mon âme.

C'est elle qui a tout gâché, comme avant elle Ève dans l'Éden. La graine était en elle, en dépit de tout le soin que j'ai mis à l'éduquer. J'aurais pu m'en aviser.

Que vous a-t-elle dit ? Que je l'avais rejetée ? Que j'avais fait preuve de froideur ? Je me souviens d'elle, m'attendant dans notre chambre, après la noce : toute en blanc, la chevelure défaite, cheveux épars sur les oreillers et sur le châlit, effleurant le sol. Un moment, je l'avais crue endormie, et, sous le coup de l'effroi devant tant de pureté, je fus submergé d'une tendresse terrible. Je me glissai jusqu'au lit, avec la crainte de la réveiller. À ce moment-là, j'étais béni : il n'y avait en moi aucune luxure, aucun désir que celui du sommeil, celui de sa douceur et de son innocence, et ce fut avec des larmes dans les yeux que je posai mon visage sur l'oreiller, à côté du sien.

Il y eut une seconde de quiétude, aussi sainte que la tombe d'une vierge. Puis ses yeux s'ouvrirent et j'y discernai mon visage comme dans la boule de cristal d'une sorcière. Un parfum flottait autour d'elle et je vis son sourire, d'une douceur déchirante, un fragment d'éternité au seuil de la nuit. Ses mains pâles et froides se faufilèrent dans mon cou et, malgré moi, je me sentis réagir. Je ne l'avais même encore jamais embrassée et, lorsque ses lèvres rencontrèrent les miennes, je m'immergeai en elle, les mains pleines de ses cheveux et de la douceur de ses seins…

J'aurais dû mourir, alors. Nul homme n'était taillé comme je l'étais pour endurer la félicité et le tourment de cette femme. Je pouvais sentir la chaleur de son corps à travers l'étoffe légère de sa chemise de nuit, et cette réaction qu'elle éveillait en moi – alors soudain je fus ramené en arrière, à cette journée dans la chambre de ma mère, le parfum du jasmin aux narines. Je ressentis de nouveau cette excitation chaude et sulfureuse qui m'avait possédé, qui me possède encore. Je ne pouvais me mouvoir. Effie s'accrochait à moi comme une Furie. Lorsque j'essayai de lui faire lâcher prise, elle me monta dessus et me cloua à l'oreiller, ses longues jambes enroulées autour de moi, sa bouche écrasée contre la mienne.

Je goûtai le sel de ses lèvres et je me noyai en elle, ses cheveux dans ma bouche et dans mes yeux et tout autour de moi comme la toile de quelque déesse-araignée diabolique. Elle s'était défaite de sa chemise de nuit comme un serpent se défait de sa peau, et elle avançait sur moi comme une femme-centaure, la tête rejetée en arrière, en signe de défi à toute décence et toute humilité. Sur le moment, je ne pus m'empêcher de réagir. Je ne pensais à rien, je n'étais que désir. Mon corps n'était que glaise sanglante, mes pensées un effrayant kaléidoscope d'images réfractées.

Lorsque je retrouvai la faculté de penser, l'horreur me chevillait au matelas. Où était ma petite mendiante, ma belle endormie, ma sœur si pâle ? Où était l'enfant que j'avais élevée ? Elle était une adulte à présent, dans la chaleur noire de son désir, la bouche ouverte en extase silencieuse, les yeux clos, les cheveux rejetés en arrière. Lorsqu'elle ferma les yeux, je parvins à échapper à son hypnotisme et je la repoussai avec toute la violence que je pus rassembler dans mes membres. Ses yeux s'ouvrirent d'un coup, mais je me retins à ce qu'il me restait de raison et je détournai le visage.

Il n'y avait en elle aucune honte. En la personne de cette jeune fille, le dernier espoir de salut m'avait été dénié, et c'était non sans amertume que j'en prenais conscience. Dans ma bouche, son baiser avait encore un goût de sel, le souvenir de ses attouchements venait encore enjôler ma peau, et je maudissais ma chair faible et pécheresse. Je la maudissais, elle aussi, cette Ève de ma chute. Les larmes de ses baisers de sel s'écoulant sur ma face, je tombai à genoux et priai pour mon pardon. Mais Dieu n'était pas là pour l'individu que j'étais et, dans la pénombre, les démons de mon désir se pavanaient et jacassaient tout autour de moi. Effie ne comprenait pas pourquoi je m'étais retiré, et, un moment, elle essaya de m'arracher à ma pénitence avec force larmes et caresses.

« Qu'y a-t-il ? » me demanda-t-elle doucement, et si je n'avais pas su qu'elle était impure elle aussi et souillée jusqu'au cœur par ce même démon qui me possédait, j'aurais pu jurer de sa pureté. Sa voix était mal assurée, une voix de fillette, et ses mains autour de ma nuque étaient aussi douces et aimantes que lorsqu'elle avait dix ans.

Je n'osai répondre, mais je la repoussai, les poings serrés de colère.

« Je vous en prie... Henry... » C'était la première fois qu'elle m'appelait par mon prénom, et l'intimité que cela suggérait me figea de remords.

« Ne m'appelez pas ainsi ! »

Elle demeura interdite, et sa main se faufila au creux de la mienne, sans que je pusse savoir, d'elle ou de moi, qui elle cherchait à réconforter.

« Mais...

— La paix ! N'avez-vous pas déjà fait assez de mal ? »

Peut-être ignorait-elle réellement quel dommage irréparable elle avait déjà causé. Elle se mit à pleurer, et je n'en conçus que plus de haine à son endroit. Mieux valait sa mort, plutôt que cette lutte charnelle dans la chaleur de la nuit ! Mieux valait sa mort, me répétai-je farouchement. Son impudeur avait tué ma petite fille, en cette nuit même où elle aurait dû être mienne. Elle nous avait damnés tous deux, et dorénavant elle allait demeurer à mes côtés pour le restant de ses jours.

« Je ne comprends pas. Qu'ai-je fait de mal ? » La voix d'Effie était si sincère, si vulnérable dans le noir.

Je ris amèrement.

« Je vous croyais si pure. Je croyais que toutes les autres femmes – même ma propre mère – étaient des putains, et que vous, au moins, aviez été épargnée par cette souillure.

— Je ne...

— Écoutez-moi ! coupai-je avec fureur. Je vous ai regardée grandir. Je vous ai préservée des autres enfants. Je vous ai protégée. Où avez-vous appris la chose ? Qui vous l'a enseignée ? Quand je vous peignais en Marie, en Juliette au Couvent, vous tordiez-vous déjà dans votre lit la nuit, rêviez-vous de votre amant, ce démon ? Répondez-moi ! »

Elle se libéra de ma poigne, toute tremblante. Même ainsi, la vision de son corps avait quelque chose de provocant, et je lui lançai une couverture.

« Couvrez-vous, pour l'amour de Dieu ! » hurlai-je.

Elle s'enveloppa étroitement dans cette couverture, les yeux grands ouverts, impénétrables.

« Je ne comprends pas, fit-elle enfin. Je croyais que vous m'aimiez. Pourquoi cela vous effraie-t-il de faire de moi votre femme ?

— Je n'ai pas peur ! la coupai-je avec colère. Il est tant de choses que nous pourrions partager. Pourquoi tout avilir pour le seul plaisir de cet acte ? Mon amour envers vous est pur, aussi pur que l'amour d'un enfant pour sa mère. C'est vous qui le rendez honteux.

— Mais ce qui donne du plaisir... commença Effie.

— Non ! l'interrompis-je. Pas la joie véritable et sans souillure d'un mariage dans la pureté. Cela ne peut exister qu'en Dieu. La chair est le domaine du Diable, et tous ses plaisirs ne sont qu'ordure et corruption. Faites-moi confiance, Effie. Nous sommes au-dessus de cela. Je veux vous garder innocente. Je veux vous garder belle. »

Mais elle avait détourné le visage vers le mur, étroitement enveloppée dans la couverture.

LE VALET DE DENIERS

8

Voix de Moïse Zacharie Harper

Valet de Cœur, cher camarade, de Cœur. Soyez assez aimable pour me donner mon vrai titre. Même le valet a sa fierté, vous savez. Et j'en possède tellement, des cœurs ! J'en ai donné un à chacune de mes maîtresses, un à cette dame, et un autre à cette mendiante qui pleure dans l'impasse – à la seule fin qu'elle cesse de pleurer, notez bien. Mais à moi, en retour, que m'ont-elles donné ? Les femmes ! Elles ont été ma mort, mais c'est égal, je ne peux m'en passer. Les diablesses, en enfer, je les reluquerai encore, je le jure – je suis de ceux qui les aiment chaudes. Je ne me ferai pas prier.

De quoi ?

Ah, l'histoire, l'histoire. Ah mais dites, vous avez allumé les feux de la rampe sur moi pour un petit moment, alors vous ne croyez tout de même pas que je suis près de la lâcher comme ça, la rampe. Permettez-moi de me présenter.

Moïse Harper, poète, peintre à l'occasion, pécheur, coureur de jupons, hédoniste, Valet de Cœur et As de Bâtons, jadis amoureux éperdu de Mme Euphémie Chester, que j'ai perdue.

Et à propos, ce bon Henry ?

Disons qu'il y a eu contretemps ; peut-être une femme (qui sait ?)... peut-être un mot prononcé en guise de plaisanterie, aux dépens du pieux M. Chester. Il suffit de rappeler que ce fut plutôt froid, d'une froideur professionnelle. M. Ruskin s'était pris d'affection pour mon *Sodome et Gomorrhe* et avait écrit favorablement sur mon compte. Une sacrée toile ! Trois cents corps en extase, dans une étreinte tourmentée ! Et pas un pouce de cette chair femelle qui n'ait été un terrain conquis ! M. Chester me méprisait cordialement, non sans m'envier mes relations. À vrai dire, je n'en possédais aucune – je veux dire, au lit –, mais j'étais parvenu à faire traîner en longueur quelques misérables faveurs en laissant remonter ma main le long d'un jupon.

Imaginez nos conversations autour d'un plateau de thé. Pauvre Henry, sa face de carême, sa figure de vieille fille. « Une tasse de thé, monsieur Harper ? J'ai entendu dire que votre exposition a joui d'un certain succès... » Votre humble serviteur, en *négligé*, sans chapeau, la chemise défaite, proférant des insultes calculées (« Mon cher camarade, il me semble retrouver dans cette dernière toile l'influence de Sir Joshua Reynolds... »). Je le confesse, j'étais une épine plantée dans sa chair. Le pauvre Henry n'était pas taillé pour être un artiste. Il n'avait pas le tempérament qu'il faut, manifestant son penchant fâcheux pour une vie rangée, se rendant à l'église et tout à l'avenant, ce qui ne manquait jamais de me faire grincer des dents.

Imaginez ma surprise quand, de retour d'un long voyage à l'étranger, j'appris la nouvelle de son mariage ! Ma première réaction fut l'hilarité, puis l'incrédulité. Oh, il a belle allure, dans son genre, mais toute femme possédant un soupçon de bon sens est à même de voir qu'il n'y a en lui pas plus de passion que dans un morceau de jambon. Ce qui revient simplement à démontrer que la plupart des femmes n'ont pas le moindre soupçon de bon sens.

Ma deuxième réaction fut d'intense curiosité. J'étais désireux de voir le spécimen féminin malavisé que notre homme avait ferré. Une fille bien ordinaire, imaginai-je, une grenouille de bénitier à n'en pas douter, pas maladroite à l'aquarelle. Je pris mes renseignements parmi les cercles artistiques et j'appris que Henry était marié depuis moins d'un an, que sa femme était de constitution fragile, et qu'elle avait accouché d'un enfant mort en février. On la trouvait plutôt jolie, dans un genre plutôt inhabituel. Il se trouvait, m'annonça-t-on, que Henry avait prévu une exposition qui coïnciderait avec l'anniversaire de leur mariage, et, sachant que c'était là probablement le seul moyen d'obtenir que ce vieux collet monté accepte de me recevoir, je résolus d'y aller voir.

Il avait décidé d'organiser l'événement dans sa maison de Highgate – une erreur, relevai-je. Il aurait dû louer une petite galerie, pourquoi pas quelque part vers Chatham Place. Mais il n'aurait jamais eu le culot d'établir ses quartiers juste sous le nez de ses idoles, les préraphaélites. Qui plus est, dès le début, il avait eu la prétention d'exposer à l'Académie, et je le connaissais trop bien pour attendre de lui qu'il se compromette à moins. On fit parvenir une annonce au *Times*, comme il se doit, suivie d'un certain nombre d'invitations effarouchées à divers critiques et artistes influents (parmi lesquels je ne figurais pas, comme de juste).

J'arrivai vers midi, et, en m'approchant de la maison, j'avisai une petite troupe de gens qui faisaient le pied de grue devant la porte, comme s'ils n'étaient pas sûrs de se faire bien recevoir. Je reconnus Holy Hunt et Morris : suite à une remarque de Hunt, Morris affichait une mine renfrognée, l'air farouche – la femme qui se trouvait avec ce dernier était bel et bien Mme Morris : je l'aurais reconnue entre mille d'après les tableaux de Rossetti, mais personnellement je la trouvais trop grand genre pour mon goût. Henry serait assez heureux de ne pas avoir à leur adresser la parole : il ne supportait pas les personnages excentriques ou trop francs du collier – et, d'après ce que je savais de Morris, il n'était pas lui-même du genre à souffrir les trous-du-cul pontifiants du genre de Henry.

Un couple de mes amis fit son arrivée dans le sillage de la petite troupe, et je me joignis à eux, non sans me demander avant toute chose pourquoi diable ils s'étaient donné la peine de venir : lui, c'était un jeune vaurien de poète du nom de Finglass, et elle, c'était sa muse, Jenny. J'eus mon grand sourire lorsque je l'entendis la présenter en qualité de « Mme Finglass » à la domestique, une vieille bonne femme aux lèvres pincées – la vieille parvint à prendre un air dubitatif et poli à la fois – et nous entrâmes ensemble.

Comme je pénétrai dans la maison, je me dis que c'était vraiment du Henry Chester tout craché de monter une exposition à domicile juste après que sa femme, à en croire les rumeurs, avait été si malade. Et je suis bien certain que si quelqu'un avait relevé le fait, il en aurait pris grand ombrage. J'en savais assez sur le compte de Henry. Tous ses anciens modèles étaient d'accord, il avait beau fort bien payer, quand il peignait, il se conduisait en « véritable Tartare ». Si une fille avait le malheur de changer de position, il sombrait dans le plus violent accès de rage. Il oubliait d'octroyer le moindre temps de repos à ses modèles et, par-dessus le marché, il chapitrait les infortunées créatures avec la dernière rudesse – la plupart d'entre elles battaient le pavé sans qu'il y fût véritablement leur faute, et, si elles en étaient venues à poser en qualité de modèle, c'était parce qu'il s'agissait là d'une forme de prostitution mieux payée et plus respectable.

Il y avait là une dizaine de personnes en tout et pour tout. Certaines considéraient d'un œil perplexe les toiles accrochées dans le corridor, mais la plupart d'entre elles se tenaient dans le salon, où était exposé le gros de l'œuvre, Henry bavardant avec volubilité au milieu d'un petit cercle de moins-que-rien, tout émerveillés, sirotant force verres de sherry et de ratafia. Dès mon entrée, il me lança un coup d'œil et m'adressa un petit hochement de tête cassant, en guise de signe de reconnaissance. Je lui adressai un sourire engageant, me servis un verre de sherry et flânai devant les toiles, qui étaient toutes aussi mauvaises que je m'y étais attendu.

Le bonhomme ne possédait pas le moindre feu intérieur. Ses peintures étaient informes, saugrenues, d'une pauvreté à faire peur. Il émanait de son âme si ordinaire une sentimentalité tout aussi évidente que son manque de passion. Oh, il savait peindre, j'imagine, et je reconnais que son modèle n'était pas dénuée d'intérêt, même si elle manquait tristement de couleur. À l'évidence, c'était sa favorite, car sa figure me dévisageait sur presque toutes les toiles. C'était une petite chose étrange, très éloignée des canons de la beauté moderne, mais avec une espèce d'allure médiévale dans le visage enfantin et la chevelure pâle et défaite. Sa nièce préférée, peut-être ? Je passai en revue les titres inscrits sur les cadres : *Juliette au tombeau, Nausicaa, La Petite Mendiante, La Noce de glace*… Pas étonnant que la fille ait l'air si chagrin : chaque toile la montrait dans un rôle macabre et sinistre… mourante, morte, malade, aveuglée, abandonnée… aussi fluette et pitoyable qu'un enfant mort, Juliette enveloppée dans son linceul, mendiante en guenilles, perdue et l'air terrorisé dans les riches soieries et les velours opulents de Perséphone.

Je fus tiré de ma rêverie critique par une porte qui s'ouvrit, et demeurai frappé de stupeur, dès son entrée dans la pièce, par la vision de cette fille, en chair et en os. Je reconnus les traits – mais Henry était loin de lui avoir rendu justice. Cette apparition était une délicieuse petite chose, avec une taille fine des plus adorables, de longues mains délicates, les ongles taillés en pointe et une bouche qu'un baiser aurait suffi à faire éclore d'un seul coup d'un seul. Elle était sagement vêtue de flanelle grise et paraissait à peine sortie de l'adolescence. Je supposai qu'il s'agissait de la nièce, voire de quelque modèle professionnel qu'il était allé ramasser. En cet instant, j'étais à cent lieues de penser à Mme Chester, et ce fut en toute innocence que je saluai ce beau brin de fille :

« Je m'appelle Moïse Harper. Comment allez-vous ? »

Elle rougit et murmura quelque chose, regardant autour d'elle avec ses grands yeux effarouchés comme si elle craignait d'être vue en ma compagnie. Peut-être Henry l'avait-il avertie à mon sujet. Je souris.

« Henry n'aurait jamais dû s'essayer à peindre votre portrait. Je trouve que c'est toujours une erreur de tenter de rivaliser avec la Nature. Puis-je vous demander votre nom ? »

Un autre regard de côté, en direction de Henry, toujours en grande conversation.

« Effie Chester... Je suis... » Encore ce coup d'œil inquiet.

« Une parente de l'ami Henry ? Comme c'est intéressant. Pas de la branche raisonnable de la famille, j'espère ? »

Encore ce coup d'œil. Le beau brin de fille baissa résolument la tête et marmonna, avec une timidité nullement feinte. Je m'aperçus que je l'avais réellement mise dans l'embarras et, comprenant qu'elle était un tantinet bas-bleu, je changeai de pied.

« Je suis un grand admirateur de l'œuvre de Henry, mentis-je hardiment. Disons que je suis un confrère... un de ses disciples. »

Les yeux violets papillonnèrent un instant, d'amusement ou de dédain.

« Est-ce vrai ? »

Le diable soit de cette petite effrontée, elle se riait de moi ! Cette lueur dans ses yeux, c'était celle du rire, à n'en pas douter, et puis soudain le visage s'était illuminé, et c'était irrésistible. Je lui adressai mon grand sourire.

« Non, c'est faux. Cela vous déçoit-il ? »

Elle secoua la tête.

« C'est son style que je n'apprécie guère. À la base, je ne trouve aucun défaut dans le matériau. Pauvre Henry : c'est un peintre, pas un artiste. Donnez-lui une belle pomme bien mûre, il la placera sur un fond vert et il tentera bien de la peindre. En pure perte. Ni la pomme ni le public n'apprécieront. »

Elle était déconcertée, mais intriguée. Et elle avait cessé de regarder vers Henry chaque fois que je parlais.

« Eh bien ? Et vous-même, que feriez-vous ? hasarda-t-elle.

— Moi ? Je pense que, pour peindre d'après nature, il faut connaître la nature. Les pommes sont faites pour être mangées, pas pour être peintes. (Avec un clin d'œil espiègle, je lui fis mon large sourire.) Et les jolies jeunes filles sont comme les pommes.

— Oh ! » Elle se plaqua les mains sur la bouche et son regard quitta le mien pour voler vers M. Chester, qui venait juste de découvrir la présence d'Holman Hunt parmi ses invités et s'était lancé dans une conversation aussi sérieuse que pédante. Elle se détourna, presque frappée de panique. Non, ce n'était pas une aguicheuse. Loin de là. Je lui pris le bras, pour la retourner gentiment vers moi.

« Je suis navré. Je ne faisais que plaisanter. Je ne vous taquinerai plus. » Elle me scruta le visage pour voir si je disais la vérité. « Je pourrais ajouter : sur l'honneur. Mais je n'en ai aucun, ajoutai-je. Henry aurait dû vous mettre en garde contre moi. L'a-t-il fait ? »

Elle secoua la tête muettement, complètement repliée sur elle-même.

« Non, il ne me semble pas. Dites-moi, vous aimez servir de modèle ? Henry vous partage-t-il avec certains de ses amis ? Je me le demande. Non ? Henry le sage. Oh, qu'y a-t-il à présent ? » Elle avait à nouveau détourné le visage, et j'y lus une détresse profonde et sincère.

Les mains agrippées à la douce étoffe de sa robe, à voix basse, avec violence : « Je vous en prie, monsieur Harper...

— Qu'y a-t-il ?

— Je vous en prie, ne me parlez pas de servir de modèle ! Ne me parlez pas de ces misérables tableaux. Tout le monde m'interroge sur ces tableaux. Je les déteste ! »

Voilà qui devenait intéressant. Je baissai la voix, d'un ton de conspirateur.

« En vérité, moi aussi. »

Elle eut un petit rire involontaire, et toute stupeur s'effaça de son visage. « Je déteste jouer le même rôle tous les jours, poursuivit-elle, presque songeuse. Toujours bien me tenir, rester tranquille, me consacrer à ma broderie et m'asseoir dans des positions attrayantes, alors qu'en mon for intérieur je n'ai qu'une envie... » Elle s'interrompit encore, comprenant peut-être qu'elle était en passe de franchir les bornes de la bienséance.

« Mais il doit fort bien vous payer, m'enquis-je.

— De l'argent ! » Elle eut une expression de dédain manifeste, et je renonçai définitivement à la prendre pour une professionnelle.

« J'aimerais faire preuve à ce sujet de cette salutaire indifférence qui est la vôtre, dis-je avec légèreté. Ou, tout au moins, qu'il en soit ainsi de mes créanciers. »

Elle eut de nouveau son petit rire.

« Oui, mais vous êtes un homme, objecta-t-elle, retrouvant abruptement son sérieux. Vous pouvez faire ce que bon vous semble. Vous ne… » Sa voix s'étrangla pitoyablement.

« Et vous, qu'aimeriez-vous faire ? » demandai-je.

Le temps d'une seconde, elle me regarda, et je vis presque, dans son expression, quelque chose… comme la promesse d'une sombre passion. Puis plus rien. Son visage retrouva son expression de tristesse.

« Rien. »

J'étais sur le point de parler, lorsque je m'aperçus d'une présence à ma hauteur. En me retournant, je découvris que Henry, avec un sens impeccable de l'enchaînement, avait finalement laissé Hunt se mêler aux autres invités. À mes côtés, la fille se raidit, son visage se figea, et je me demandai quelle emprise Henry pouvait posséder sur elle pour lui inspirer tant de crainte. Et ce n'était pas que de la crainte. Il y avait dans ses yeux quelque chose comme de l'horreur.

« Bonjour, monsieur Harper, s'écria Henry avec sa courtoisie pointilleuse, je vois que vous avez examiné mes toiles.

— Certainement, répondis-je. Et, si réussies soient-elles, je n'ai pu m'empêcher de relever qu'elles ne parviennent pas à saisir tout à fait le charme du modèle. »

C'était la chose à ne pas dire. Ce fut avec des accents plus froids qu'enfin il me la présenta.

« Monsieur Harper, voici ma femme, madame Chester. »

Je possède, vous l'aurez noté, un certain charisme. J'en exploitai toute la puissance afin d'effacer mon faux pas précédent et de faire meilleure impression. Après quelques minutes de flatteries éhontées, Henry se dérida de nouveau. En quelques occasions, je surpris la fille-roseau qui me regardait, et ce fut là, et sur-le-champ, que je me jurai de lui offrir mon cœur. Pour un temps, en tout cas.

La première chose dont j'avais besoin, c'était de trouver un moyen d'accéder à la belle. Croyez-moi, séduire une femme mariée, cela requiert patience et stratégie, ainsi que d'établir une position solide dans le camp de l'ennemi, et je peinai un bon moment avant de trouver le moyen d'introduire l'être de luxure que je suis dans la vie et les affections de la jeune personne. Patience, Moïse, songeai-je. Entre-temps, il y avait avant cela tout un monde de petit bavardage sans importance !

Au cours de cette conversation, je déployai un luxe d'efforts pour séduire, non l'épouse, mais l'époux. J'évoquai mon admiration pour Holman Hunt, car je savais que Henry l'admirait ; je déplorai les tendances récentes de Rossetti à la décadence ; je mentionnai mes expériences à l'étranger, j'exprimai mon intérêt pour la toute dernière toile de Henry (basée sur une idée exécrable qui venait couronner toute la série de ses exécrables idées) et enfin j'exprimai le désir d'être peint de sa main.

« Un portrait, fit Henry, on ne peut plus attentif.

— Oui… acquiesçai-je, hésitant, avec juste ce qu'il faut de réserve et de modestie. Ou une pièce d'inspiration historique, biblique, médiévale… Cependant, je n'y ai pas encore vraiment réfléchi. Quoi qu'il en soit, cela fait un certain temps que je compte parmi les admirateurs de votre style, vous le savez, et après cette très belle exposition... Je m'en suis ouvert à Swinburne l'autre jour – en fait, c'est lui qui m'a soufflé l'idée de ce portrait. »

Propos facile : je savais qu'il était peu problable qu'un puritain comme Henry échange le moindre mot avec un homme comme Swinburne afin de vérifier le fait, et il savait tout aussi bien que moi quelles relations entretenaient Swinburne et les Rossetti. La vanité l'enfla comme une brioche. Il examina soigneusement mon visage.

« Des traits agréables, si j'ose m'exprimer ainsi, fit-il avec solennité. Je n'aurais aucune honte à les transposer sur la toile. De face, diriez-vous ? Ou de trois quarts ?

— Je me remets entre vos mains », répondis-je.

9

Voix d'Euphémie Madeleine Chester

Lorsque la porte s'ouvrit et que je le vis pour la première fois, j'eus la certitude qu'il m'avait vue. Non pas ce corps qui est le mien, mais mon être essentiel, dans le plus simple appareil, désarmé. Cette pensée était à la fois terrifiante et puissamment excitante. Le temps d'un instant, j'eus envie de me pavaner et de danser devant cet étranger, dans un étalage d'impudeur qui transcenderait la pâle enveloppe de ma chair, que je pourrais reléguer à volonté, à l'insu de mon mari qui se tenait là sans s'apercevoir de rien.

Je ne m'explique pas l'étrange dévergondage qui s'empara de moi. Peut-être était-ce en raison de cette faculté de perception accrue que m'avait conférée ma récente maladie, peut-être à cause du laudanum que j'avais pris auparavant contre mes maux de tête, mais la première fois que je vis Moïse Harper, je sus qu'il s'agissait d'un être proprement physique, gouverné par ses propres désirs et ses seuls plaisirs. À l'observer et à lui parler, sous le regard insouciant de mon mari, je compris qu'il était tout ce que je n'étais pas. Il rayonnait d'énergie, d'arrogance, d'indépendance et de prétention, tel un soleil. Et, mieux encore, il n'y avait en lui aucune pudeur, fût-ce la moindre trace, et ce manque de pudeur m'attirait irrésistiblement. Il me touchait le bras, sa voix était grave, caressante, chargée de toutes les promesses de la sensualité, et je sentais mes joues virer à l'écarlate, mais ce n'était pas de la pudeur.

Durant tout le cours de sa conversation avec Henry, je l'observai à la dérobée. Je ne puis me souvenir d'aucun des mots qu'il prononça, mais le ton de sa voix me faisait frissonner de plaisir. Il était plus jeune que Henry, peut-être de dix ans son cadet, avec une figure anguleuse, des traits taillés à la serpe et une expression de satyre. Il portait les cheveux longs et noués dans la nuque, dans un style excentrique, à l'ancienne mode. Son habit aussi était délibérément informel, même pour une visite matinale, et il était sorti tête nue. Ses yeux ne me déplaisaient point, qui étaient bleus, les paupières plutôt plissées, comme s'il était sans cesse en train de rire, et le sourire facile, moqueur. Il a remarqué que je le regardais, j'en suis certaine, mais il se contenta de sourire et de poursuivre sa conversation.

J'étais abasourdie qu'il ait commandé un tableau à mon mari. J'en savais peu sur son compte, mais Moïse Harper était un impudent et un bon à rien. Et voilà que Henry m'expliquait avec indulgence que Moïse était « un jeune gredin » que ses voyages à travers le monde avaient « grandement bonifié », et il n'était pas douteux qu'il deviendrait un jour un « bon peintre ».

Pendant un petit moment, Henry exposa ses idées sur ce portrait, tour à tour suggérant et rejetant divers sujets tels que le *Jeune Salomon* ou encore *Les Jacobites*. Moïse avait dressé la liste de ses propres idées, parmi lesquelles *Prométhée, Adam au jardin d'Éden* (rejeté par Henry en raison de ce qu'il appelait « une certaine mesure d'humilité qui doit aller de pair avec un pareil sujet ») et *Les Joueurs de cartes*.

Ce dernier intitulé intrigua Henry, et plus tard Moïse et lui se retrouvèrent à son atelier pour en débattre. Moïse lui apprit que cette idée lui était venue à la lecture d'un poème d'un Français, Baudelaire (je n'ai jamais lu aucune de ses œuvres, mais je me suis laissé dire que c'était très choquant, et cela ne m'étonne guère qu'il s'agisse d'un des poètes préférés de Moïse), où :

le beau valet de cœur et la dame de pique
Causent sinistrement de leurs amours défunts.

Moïse jugeait ces deux vers très évocateurs, et se représentait la scène du tableau « dans un grand café parisien, de la sciure sur le sol et des bouteilles d'absinthe sur la table. Assis à cette table, un jeune homme tient un Valet de Cœur ; à côté de lui, une belle dame a joué la Dame de Pique ».

Henry ne fut pas immédiatement enthousiasmé par ce sujet. Pour sa part, il avait dans l'idée de peindre Moïse en habit médiéval, peut-être pour une *Complainte du ménestrel*, « assis sous un ancien cadran solaire, une viole à la main, et, dans le soleil couchant, une procession de dames voilées, tenant divers instruments de musique, passe à cheval ».

Moïse montra poliment son peu d'enthousiasme pour ce dernier thème. Pour sa part, il ne se voyait pas en ménestrel médiéval. En outre, il faudrait songer au décor. Peindre un paysage médiéval avec des dames à cheval pourrait prendre des mois. Il serait assurément plus simple de choisir un intérieur plongé dans la pénombre et de se concentrer sur le portrait et rien d'autre.

Cet argument n'était pas dénué de bon sens, et Henry commença de manifester un peu moins de réticence. Le sujet en question ne causerait aucun tort, trancha-t-il, pourvu qu'il soit exécuté avec goût. Il alla jusqu'à envisager de faire graver le poème du

Français sur le cadre, mais Moïse l'assura que cela ne serait pas nécessaire. Henry s'employa à la conception de ce nouveau tableau, abandonnant *La Damoiselle au tympanon* sur l'heure, et ce à mon immense soulagement.

Quel prix Moïse avait-il promis à Henry pour cette toile, je l'ignore, mais toute cette affaire remplit mon mari d'espoir. Avec ses relations, Moïse saurait agir à bon escient pour obtenir un accrochage à la Royal Academy, ce qui pourrait bien lancer la carrière de Henry. J'accordai peu d'attention à la chose. Henry et moi ne dépendions pas de la vente de ses toiles pour nous assurer un revenu. L'argent qu'il gagnait était pour lui matière à satisfaction personnelle, une preuve de son talent. Pour ma part, le seul intérêt que je trouvais dans cette nouvelle peinture, c'était qu'elle m'offrirait l'occasion de voir Moïse presque chaque jour.

10

Voix de Henry Paul Chester, Président de l'Académie Royale

Je n'ai jamais apprécié Moïse Harper. Un individu pour le moins dangereux et calculateur, et qui, d'après la rumeur, s'était trouvé mêlé à d'innombrables entreprises de l'ombre, depuis le faux jusqu'au chantage – même si aucune de ces rumeurs, qui lui valurent, ce qui reste inexplicable à mes yeux, un succès croissant auprès des dames, ne reçut jamais la moindre preuve.

Pour ma part, je le jugeais d'un type très inférieur, sans morale, fort mal éduqué, excepté lorsqu'il s'employait à plaire. C'était une espèce d'artiste, quoique l'œuvre qu'il m'a été donné de voir, tant sa peinture que sa poésie, ne me parût calculée qu'en vue de choquer. Son travail ne témoignait d'aucune harmonie, d'aucune fidélité envers la nature. Il se complaisait dans le grotesque, l'absurde et le vulgaire.

En dépit de mon aversion pour les fréquentations de basse volée, je compris que les relations qu'il s'était acquises pourraient me servir. En outre, mon idée pour son portrait était excellente, et pouvait m'attirer l'attention de l'Académie. J'y avais déjà présenté ma *Petite Mendiante*, de même que ma *Belle au bois dormant*. La réponse de la critique avait été encourageante, même si le *Times* condamna le choix de mon modèle, au motif qu'il était « insipide », en suggérant que j'élargisse le choix de mes thèmes. C'est pour ce motif que j'abandonnai mon projet du moment pour me mettre immédiatement à travailler sur mes croquis, bien que devoir fréquenter de si près ce Harper me répugnât quelque peu – sa réputation était telle que je ne voulais pas qu'Effie vînt à se trouver à son contact : non qu'elle eût encouragé les avances du gaillard, vous le comprenez, mais j'abhorrais l'idée de savoir ses yeux posés sur elle, son regard avilissant, son regard de désir.

Pourtant, je n'avais guère le choix : Effie était retombée malade, et j'aménageai un petit atelier au dernier étage, où je pourrais travailler. Plus souvent qu'à son tour, Harper demeurait assis dans le jardin ou dans le salon, tandis que je dessinais des croquis de lui sous divers angles. Quant à Effie, elle travaillait à sa couture ou lisait un livre, apparemment fort satisfaite de notre compagnie silencieuse. Elle ne témoignait absolument aucun intérêt pour Harper, ce qui ne m'apportait qu'un maigre réconfort. En réalité, j'aurais pu faire preuve de plus de patience à son égard si elle m'avait témoigné un peu plus d'admiration.

Effie était incapable de penser à rien d'autre qu'à ses livres. Deux ou trois jours auparavant, je l'avais découverte en train de lire un roman fort peu convenable, une chose infernale, d'un certain Ellis Bell, intitulée *Les Hauts de Hurlevent*, ou quelque ineptie de cet acabit. Ce livre lamentable l'avait déjà plongée dans un de ses états de spleen, et quand je le lui ai retiré – pour son bien, l'ingrate créature –, elle osa se livrer à une crise de rage, criant : « De quel droit me confisquez-vous mes livres ! », sanglotant, et se comportant comme l'enfant gâtée qu'elle était. Seule une forte dose de laudanum suffit à la calmer, et, après cet épisode, elle garda la chambre plusieurs jours, trop faible et trop maussade pour en bouger. Quand elle fut presque guérie, je lui signifiai que je nourrissais de longtemps le soupçon qu'elle lisait trop. Cela lui donnait des idées fantasques. Je n'appréciais guère cette sorte de morbidité, nourrie par l'oisiveté, que toutes ces lectures encourageaient. Je lui déclarai que je ne trouverais rien à objecter à ce qu'elle se rende meilleure, car elle ferait là œuvre pie, mais j'interdisais désormais les romans, et tout le reste, sauf la poésie la plus légère. Elle était assez instable comme cela.

Quoi qu'elle ait pu vous dire, je ne me suis jamais mal conduit à son endroit : j'ai constaté son instabilité et j'ai tâché de la raisonner, en l'encourageant à se consacrer à des activités plus convenables pour une jeune femme. Elle n'avait plus touché à ses travaux d'aiguille depuis des semaines et je l'obligeai à les reprendre. Pas pour moi-même – non –, mais pour elle. Je savais qu'elle désirait posséder un talent comparable au mien. Enfant, elle s'était essayée à peindre des scènes inspirées de ses poètes préférés. Or, je me suis toujours conduit honnêtement à son égard. Je n'ai pas usé de flatterie pour gagner son affection, et je lui ai déclaré la vérité toute nue : les femmes ne sont pas faites pour les activités artistiques, et il s'agit là d'une règle. Leurs talents vont aux activités domestiques et de bon aloi.

Mais c'était une entêtée : elle persista dans ses misérables barbouillages. Elle prétendait peindre ce qu'elle voyait en rêve. En rêve ! Je lui dis qu'elle devrait moins rêver et prêter plus d'attention à ses devoirs d'épouse.

Voyez-vous, je me souciais vraiment d'elle : je l'aimais trop pour l'autoriser à se bercer d'illusions à force de vanités et de prétentions. Je lui avais conservé sa pureté depuis si longtemps. J'avais vécu avec son imperfection. Je lui avais pardonné la semence de malice qu'elle portait en elle, comme toutes les femmes. Et que m'avait-elle donné en retour ? Des migraines, des caprices, de la sottise et de la tromperie. Comme ma mère, elle était malade. Le bourgeon de son adolescence à peine éclose était flétri, noirci jusqu'en son cœur. Elle était un succube à face d'ange. Comment aurais-je pu le savoir ? Dans Sa jalousie féroce, Dieu avait fait d'elle le spécimen de charogne le plus avenant, le plus tentateur de la Création, la jetant en travers de mon chemin pour me mettre à l'épreuve. Laissez pénétrer une femme, une seule, dans le Royaume des Cieux, et je jure qu'elle fera chuter les bienheureux l'un après l'autre... les anges, les archanges, tout le peuple des Cieux.

La maudite ! Elle a fait de moi celui que vous voyez à présent, un infirme, dissous dans l'humeur noire et sanguinolente de mon propre péché, un ange déchu, avec la semence du serpent jouissant du privilège de mes entrailles gelées. Découpez une pomme et vous y trouverez l'Étoile, porteuse des semences de la damnation en son noyau : même alors, Dieu le savait, Lui qui sait tout, qui voit tout, comme Il a dû rire en Son cœur sauvage et froid lorsqu'il a retiré la côte du corps d'Adam dans son sommeil ! Il me semble encore entendre Son rire... et dans l'obscurité où je me tiens, je siffle et je crache et je maudis la lumière. Allons, une vingtaine de grains de chloral pour acheter Ton silence.

11

Voix d'Euphémie Madeleine Chester

Deux semaines durant, je me suis contentée de l'observer et d'attendre. Il hantait mes rêves de visions d'un délicieux abandon. Et, dans mes états de veille, je le voyais tous les jours. Mon existence s'écoulait dans une rêverie chaude et charmante, telle une princesse endormie attendant le baiser de son prince. Et j'avais confiance en lui, cela va de soi. Je l'avais vu me regarder. Je savais qu'il viendrait me chercher.

Les jours passaient, et Henry était retourné travailler dans son atelier. Il disposait déjà de suffisamment d'études de Moïse, et il avait hâte de transposer son idée initiale sur la toile. Il envisageait vaguement de m'utiliser comme modèle pour sa Dame de Pique, mais Moïse, avec un clin d'œil à la dérobée dans ma direction, avait abruptement rétorqué que je n'étais « pas son type ». Henry ne sut s'il devait se sentir offensé ou soulagé. Il se retrancha derrière un sourire pincé et promit d'« y réfléchir ». Moïse l'accompagna à l'atelier, et je ne le vis plus de quelque temps, quoique son visage ne quittât pas mes pensées.

Ma santé s'améliorait de jour en jour, et petit à petit je prenais des doses de plus en plus faibles du laudanum que Henry m'apportait. Une nuit, il découvrit que j'avais jeté mon remède, et cela le mit fort en colère.

Comment pouvais-je espérer mieux me porter, s'enquit-il, si je persistais à lui désobeir ? Je devais boire mon remède trois fois par jour, comme une gentille fille, sans quoi ma morbidité et mes caprices me reprendraient, mes cauchemars seraient de retour, et je ne serais bonne à rien d'autre qu'au désœuvrement. Ma santé était fragile, ajouta-t-il, et j'avais les esprits affaiblis par la maladie. Je devais au moins faire un effort pour ne pas lui être une charge, en particulier maintenant que son travail était enfin reconnu.

J'acquiesçai humblement. Je promis de sortir faire une promenade quotidienne jusqu'à l'église et de prendre régulièrement mon remède. Dès lors, je m'assurai que le nombre des gouttes restant dans le flacon diminuait régulièrement – et, avec le contenu dudit flacon, j'arrosai les araucarias de l'escalier trois fois par jour. Henry n'a jamais eu le moindre soupçon. En fait, il avait presque retrouvé sa gaieté lorsqu'il rentra de l'atelier. Sa peinture, me disait-il, progressait fort bien, quoique avec lenteur, et Moïse gardait la pose assis devant lui peut-être trois heures par jour. Henry travaillait jusque tard dans la soirée et, comme le temps devenait agréable, je pris l'habitude de faire une longue promenade l'après-midi jusqu'au cimetière. À une ou deux reprises, Tabby m'accompagna, mais elle avait trop à faire à la maison pour me tenir lieu de chaperon en permanence. En outre, lui assurai-je, je ne me rendais que jusqu'à l'église et retour. Rien de mal ne pourrait m'arriver, et je me sentais beaucoup mieux à présent que l'hiver était fini. À trois ou quatre reprises, je partis à pied de Cromwell Square jusqu'à St-Michael. Depuis le jour où j'avais eu cette vision à l'église, ce jour où j'avais perdu mon bébé, j'avais ressenti un lien étrange avec St-Michael, un désir de m'y rendre seule et d'essayer de retrouver cette impression d'être prédestinée à quelque chose que j'avais éprouvé ce jour-là. Mais je n'y étais pas retournée, sauf le dimanche, avec Henry à mes côtés. Depuis que William était parti pour Oxford, je m'étais même sentie surveillée plus étroitement que jamais. À aucun moment je n'osai me défaire de mon masque.

Mais à présent, je me sentais presque en vacances. Je savourai mes petits périples à l'extérieur de la maison plus que je n'osai me l'avouer, et j'amenai Henry à croire que je ne sortais marcher que parce qu'il me l'avait ordonné. S'il avait su tout ce que ces sorties signifiaient pour moi, il y aurait assurément mis un terme. Ainsi j'entretenais mon secret et ma joie, tandis qu'en moi une présence sauvage et frénétique multipliait les cabrioles et les grimaces. Plus d'une fois, je tentai d'entrer dans l'église, mais il y avait là trop de gens pour que j'ose m'y montrer : touristes, baptêmes, mariages… et une fois un enterrement, avec des rangs serrés de personnes endeuillées tout de noir vêtues, entonnant de sombres hymnes en chœur avec le mugissement de l'orgue.

Je reculai pour m'écarter de la porte entrouverte, embarrassée et quelque peu effrayée par la vague sonore qui vint me frapper. Dans la confusion où j'étais, je renversai presque le vase de chrysanthèmes blancs posé à l'entrée. Le bruit fit se retourner une femme qui me fixa du regard avec une insistance presque menaçante. J'esquissai un petit geste d'excuse et d'impuissance et continuai de battre en retraite, mais soudain je sentis mes jambes fléchir sous moi. Je levai les yeux et je vis la voûte spiraler dans ma direction dans un mouvement irrésistible, et le visage de saint Sébastien fut subitement tout proche. Tout sourire, saint Sébastien me montrait les dents…

Pas maintenant ! songeai-je, oppressée, luttant pour retrouver mon empire sur moi-même. Je lançai des regards effarouchés autour de moi et j'aperçus la femme qui m'observait toujours avec la même insistance, l'air de me reconnaître. Je crus entendre une voix dans le lointain qui m'appelait d'un nom presque familier. Une peur panique intense, déraisonnable, s'empara de moi et, brusquement délivrée, je me retournai pour m'extraire de cet état de transe, je courus, claquant la lourde porte derrière moi. Je trébuchai, j'essayai de retrouver mon équilibre et je me ruai la tête la première dans une silhouette vêtue de noir qui se tenait debout au bas des marches. Ses bras se refermèrent sur moi. Sur le moment, je fus complètement désorientée, déroutée, sur le point de crier très fort, lorsque je me laissai aller à considérer le visage de mon agresseur. Je découvris alors qu'il s'agissait de Moïse.

« Madame Chester ! » Il avait l'air surpris de me voir, et il me lâcha aussitôt les bras, avec un semblant d'attitude d'excuse qui aurait pu paraître sincère, n'était l'espièglerie qui se lisait dans ses yeux. « Je suis horriblement navré de vous avoir effarouchée à ce point. Pardonnez-moi, je vous en conjure. »

Je luttai pour reprendre contenance.

« Cela ne fait rien. Ce... n'était pas à cause de vous, dis-je. Je suis entrée dans l'église, et je suis tombée sur un service funèbre. C'est... J'espère que je ne vous ai pas fait mal », achevai-je maladroitement.

Il rit, mais presque aussitôt ses paupières se plissèrent, avec une expression légèrement soucieuse.

« Vous avez subi un choc, n'est-ce pas ? fit-il. Vous avez l'air très pâle. Là, asseyez-vous un moment. » Il me passa un bras autour de l'épaule et m'emmena vers un banc, à quelques pas de là. « Mais vous êtes gelée ! » s'exclama-t-il, tandis que ses mains trouvaient les miennes. Avant que je pusse répondre, il avait retiré son manteau et l'avait jeté sur mes épaules. Je protestai sans conviction, mais il était fort rassurant de s'asseoir sur ce banc, son bras autour de moi, l'arôme du tabac qui imprégnait la laine de son manteau flattant mes narines. S'il m'avait embrassée, là, j'aurais répondu à son baiser. Je le savais – et je n'en éprouvais nul sentiment de faute.

12

Voix de Moïse Zacharie Harper

Je l'avais suivie depuis près d'une semaine avant de tenter la manœuvre. Elle ne m'offrait pas une partie facile, et il me fallait y aller doucement si je ne voulais pas effaroucher la fille et la faire fuir. En fait, elle était d'une confiance touchante. À la suite de cet épisode, je la rencontrai tous les jours, et, au bout d'une semaine, elle m'appelait Moïse et me tenait la main, tout comme une enfant. Si j'avais été dupe, j'aurais juré qu'elle était vierge.

Qu'est-ce que j'entends ? Elle n'était pas mon genre ? Eh bien, je n'aurais pas su m'expliquer la chose, moi non plus. J'imagine que tout ça tenait beaucoup au fait de jouer les princes, une nouveauté en ce qui me concerne, après avoir si souvent fait office de valet... En outre, c'était une beauté.

Un homme aurait pu tomber amoureux. Pas moi.

N'empêche, il y avait en elle, au-delà de cette allure sucrée de fillette, une froideur, mêlée à quelque chose de profondément charnel, qui alluma en moi quelques étincelles d'émotion. Elle représentait à mes yeux une expérience entièrement inédite, pourvue de saveurs et de résonances qui me changeaient de mon ordinaire. Je me sentais comme un alcoolique, le palais lassé des liqueurs entêtantes, qui goûterait pour la première fois l'une de ces boissons enfantines et sucrées. À l'image de cet alcoolique, je marquai un temps d'arrêt pour savourer cette nouveauté, cette limpidité, cette douceur inaccoutumée. Elle ne possédait aucune notion du bien et du mal. Elle me suivait partout où je désirais la mener, frissonnante de plaisir lorsque je la touchais, suspendue au moindre de mes propos. Nous nous parlions bien plus que je ne l'avais jamais fait avec aucune femme. En sa présence, je m'oubliais, j'évoquais ma poésie et mon art, mes rêves et mes désirs. C'était surtout au cimetière que je la rencontrais – les lieux présentaient l'avantage d'être vastes et abondamment dotés de recoins et d'endroits clos où se cacher. Par une froide soirée d'ennui, alors que Henry restait travailler tard, nous nous retrouvâmes devant le Cercle du Liban. Il n'y avait personne alentour, et le démon était en moi. Effie sentait si bon, un parfum de roses et de pain blanc, et l'air frais lui empourprait le visage.

Le temps d'un instant, je fus tout à elle.

C'était la première fois que je l'embrassais sur la bouche, et j'oubliai tous les plans que j'avais formés pour ne pas l'alarmer. Elle se tenait debout à côté d'un caveau. Je la repoussai contre le mur. Son chapeau tomba – je m'en souciai comme d'une guigne – et ses cheveux à demi défaits me noyèrent le visage. J'achevai de les détacher et les fis couler entre mes mains, cherchant à reprendre mon souffle comme un plongeur avant de me préparer à plonger encore. Je ne crois pas que c'était là le genre de baiser auquel elle s'attendait, car elle plaqua les deux mains contre sa bouche avec un petit cri et me dévisagea, le visage écarlate et les yeux comme des soucoupes. Je compris que mon impulsion hâtive avait probablement ruiné tous mes prudents travaux d'approche et je lâchai un juron, puis je pestai encore contre moi-même pour avoir juré.

Reprenant le dessus, je m'écartai d'elle et je tombai à genoux pour lui jouer le rôle de l'Amant Repenti. J'étais désolé, plus désolé que je ne pouvais le dire, de l'avoir alarmée de la sorte. Aucun châtiment ne serait assez rude. J'avais succombé à une faiblesse momentanée, et, en agissant ainsi, j'avais tout gâché. Mais je l'aimais tant. Je m'étais langui si longtemps de l'embrasser, depuis la première fois que je l'avais vue, tant et si bien que j'avais perdu toute contenance. Je n'étais pas de pierre, mais quoi ? Je l'avais effrayée, insultée. Je méritais d'être corrigé à coups de cravache.

Peut-être en avais-je un tantinet trop fait. Pourtant, par le passé, cette technique avait assez bien rempli son office avec les femmes mariées. Pour l'élaborer, j'avais effectué des recherches dans les pages de mon *keepsake* et, avec l'aide de Dieu, dans le cas qui nous occupe, tout ce manège n'était pas dénué d'une note de sincérité. Je levai la tête pour risquer un œil prudent, histoire de vérifier si elle avait mordu à l'hameçon, et je découvris avec stupeur qu'elle ne se tenait plus de rire, sans nulle méchanceté, mais sans pouvoir y résister. Lorsqu'elle vit que je la regardais, elle rit de plus belle.

La petite Eff grandissait dans mon estime. Je me levai et tentai piteusement un large sourire.

« Bon... cela valait au moins la peine d'essayer », admis-je avec un haussement d'épaules. Effie secouait la tête et riait toujours.

« Oh, Moïse, fit-elle. Quel hypocrite vous faites ! Vous devriez vous produire sur scène. »

Je tentai un autre biais : l'Amant, mais sans le Repentir.

« Ça, j'y ai souvent pensé, dis-je. Enfin, vous savez, en temps normal, ça marche. » Je risquai un sourire désarmant. « Bon, reconnus-je. Je ne suis pas navré du tout.

— Voilà qui est mieux. Là, j'y crois.

— Alors vous croirez ceci, renchéris-je. Je vous aime. » Comment aurait-elle pu ne pas y croire ? À cet instant, j'y croyais presque moi-même. « Je vous aime, et cela me mortifie de vous voir mariée à ce trou-du-cul pontifiant. Il ne pense pas à vous comme à une femme, il vous considère comme sa chose, sa mendiante, son petit ange maladif et déchu. Effie, vous avez besoin de moi ; vous avez besoin que l'on vous enseigne comment vivre, comment jouir de la vie. »

J'étais presque sincère. En fait, je n'étais pas loin de m'en convaincre moi-même. Je la regardai pour voir comme elle prenait la chose, et son regard fixait le mien. Elle avança vers moi de quelques pas et l'expression de son visage était d'une telle intensité que j'en reculai presque. L'air presque absent, elle leva ses mains froides vers ma figure. Son baiser était doux et je goûtai la saveur de sel de sa peau. Je marquai un certain recul, permettant ainsi à ses doigts d'explorer mon visage, mon cou et ma chevelure. Doucement, elle me repoussa vers le caveau. J'entendis le portail s'ouvrir derrière moi, elle me fit passer à l'intérieur et je me laissai faire. C'était l'un des nombreux caveaux de famille de ce cimetière, en forme de petite chapelle, avec un portail pour le protéger des curieux, une chaise, un prie-Dieu et un autel, ainsi qu'un petit vitrail sur l'arrière. Il y avait là juste assez d'espace pour que deux personnes puissent s'y tenir à l'abri des regards. Je fermai les yeux et tendis les bras vers elle.

Le portail se referma en me claquant au nez.

J'ouvris promptement les yeux et elle était là, cette friponne, tout sourire à travers les barreaux. De prime abord, je ris et je poussai sur le portail pour essayer de l'ouvrir, mais le loquet était situé à l'extérieur.

« Effie !

— C'est effrayant, n'est-ce pas ? s'écria-t-elle.
— Effie, laissez-moi sortir !
— De se retrouver enfermé, sans pouvoir se libérer, n'est-ce pas, que c'est effrayant ? Voilà parfois ce que j'éprouve avec Henry. Il ne veut pas me voir en vie. Il veut que je me tienne tranquille et froide comme un cadavre. Vous ne savez pas ce que c'est, Moïse. Il me fait prendre du laudanum pour que je me tienne tranquille et sage, mais au-dedans de moi j'ai envie de crier et de mordre et de sortir en courant de la maison, nue comme une sauvageonne ! »

Je sentais la passion et la haine palpiter en elle. Vous ne pouvez imaginer combien tout cela excitait mes sens blasés. Toutefois, je me sentais également mal à l'aise. J'envisageai un instant d'abandonner toute l'entreprise, en me demandant si la donzelle n'était pas d'un maniement trop brûlant pour moi, mais l'attirance fut la plus forte. Je grognai comme un tigre et lui mordis les doigts à travers les barreaux. Elle riait comme une furieuse, c'était le cri de folie d'un oiseau au-dessus des marais.

« Vous ne me trahirez pas, Moïse. » C'était une affirmation. Je hochai la tête. « Si vous me trahissez, je vous ramènerai ici et je vous y ensevelirai pour l'éternité. » Elle ne plaisantai qu'à moitié. Je baisai ses phalanges.

« Je le promets. »

Dans la ténèbre, je l'entendis pousser le loquet, et elle entra pour me rejoindre à l'intérieur du caveau. Son manteau tomba au sol et, avec lui, sa robe de flanelle brune. Dans ses seuls dessous, elle avait l'air d'un spectre, et ce fut comme de toucher du soufre incandescent. Je vous le dis, j'avais presque peur. Elle me déchira, me mordit, me griffa, me dévora de sa passion étrange et désespérée, et, dans le noir, j'étais incapable de dire si ses cris étaient d'angoisse ou de plaisir. L'acte fut bref et brutal, tel un meurtre. Après coup, elle fondit en larmes, mais, me dis-je, c'était sans nul chagrin.

Il y avait en elle un mystère qui me laissait une impression de désarroi, de sainteté, que je n'ai jamais ressentie chez aucune autre femme, comme si l'acte qu'elle venait de commettre avait participé d'une sorte de rite très antérieur au Christ, avec elle en guise d'autel et moi dans le rôle du prêtre. Sans que je comprisse pourquoi, je sentais qu'elle m'avait purifié...

Je sais ce que vous pensez.

Vous pensez que je suis tombé amoureux de la gosse. Eh bien, nullement. Mais ce soir-là – ce soir-là seulement, notez bien –, j'ai cru éprouver quelque chose de plus profond que les brèves passions que j'avais connues pour d'autres femmes. Comme si l'acte avait ouvert une brèche en moi. Je n'étais pas amoureux d'elle. Et cependant, lorsque je regagnai mes appartements cette nuit-là, je me sentais comme de retour d'une guerre, je palpai les endroits de mon corps où ses dents et ses ongles avaient laissé des cicatrices. Je ne pus trouver le sommeil. Toute la nuit, je restai devant l'âtre à penser à Effie, à boire du vin et à regarder les flammes comme s'il s'agissait de ses yeux. Mais j'eus beau boire en quantité, je n'étanchai pas la soif que son contact brûlant avait fait naître en moi, pas plus qu'un bordel rempli de putes à ras bord n'aurait pu calmer la douleur de la vouloir.

13

Voix d'Euphémie Madeleine Chester

J'eus la chance que Henry rentre tard à la maison. Il était sept heures passées lorsque j'arrivai, et d'ordinaire il s'en retournait de l'atelier pour le dîner. Lorsque j'entrai par la porte de derrière, je pus entendre Tabby qui chantait toute seule dans la cuisine et je sus que M. Chester n'était pas encore de retour. Je me faufilai au premier étage jusque dans ma chambre pour ôter ma robe toute chiffonnée, et je choisis de passer une tenue de basin blanc ornée d'un ruban bleu, presque trop petite pour moi désormais, mais qui n'en demeurait pas moins l'une de ses préférées. Tout en me hâtant de l'enfiler, je me demandai si Henry verrait ma transformation très clairement inscrite sur ma figure, l'abandon du voile qui m'avait tenue si longtemps à l'écart du monde des vivants. Mon corps tout entier était secoué par la violence de la chose, et je m'assis un long moment devant mon miroir avant de m'assurer que les marques des attouchements de mon amant – ces marques que je sentais, écarlates, sur chaque centimètre de ma peau – n'existaient que dans mon imagination.

Je levai les yeux sur le mur où était accrochée *La Petite Mendiante*, et je ne pus réprimer un rire. Pendant un moment, je fus presque prise d'hystérie, luttant pour respirer, lorsque je croisai le regard aveugle et doux de cette enfant qui n'avait jamais été moi. Jamais je n'avais été la mendiante de Henry. Non, pas même avant que je ne sorte de l'enfance. Mon véritable portrait, il était dissimulé au pied de ma corbeille de couture : c'était ce visage marqué de pourpre. *La Belle au bois dormant*, éveillée désormais, marquée par une nouvelle malédiction. Ni Henry ni personne ne parviendrait à me replonger dans le sommeil.

Au coup frappé à la porte, je sursautai violemment et je me tournai pour découvrir Henry, là, debout, une expression indéchiffrable sur le visage. Je ne pus réprimer un frisson d'appréhension, convaincue que ses yeux gris et froids étaient capables de voir le tréfonds de mon âme troublée. Pour dissimuler ma confusion, je me mis à me brosser les cheveux avec des gestes lents et lisses. J'avais l'impression que le contact de mes cheveux dans ma main me donnait du courage, comme si quelque vestige de la force et de l'assurance de mon ami y subsistait encore. Henry pénétra plus avant dans la pièce et m'adressa la parole avec une bonhomie peu habituelle.

« Effie, ma chère, vous avez l'air de fort bien vous porter aujourd'hui, fort bien vraiment. Avez-vous pris votre remède ? »

Ne me fiant pas à ma voix, j'opinai. Henry marqua son approbation d'un signe de tête.

« Je constate une nette amélioration. Ces joues-là sont roses, c'est net. Et c'est capital ! » Il me tapota le visage d'un geste de propriétaire, et je dus vraiment faire un effort pour me retenir de m'y soustraire, mue par le dégoût. Après le contact brûlant de mon amant, la seule pensée des froides caresses de Henry était indicible.

« J'imagine que le dîner est bientôt prêt ? » demandai-je d'une voix sourde, tout en séparant ma chevelure pour commencer de la natter.

Il fronça le sourcil d'un air critique en considérant mon reflet dans le miroir. « Ne relevez pas vos cheveux, fit-il d'un ton abrupt. Laissez-les comme ils sont, noués avec un ruban, comme vous en aviez l'habitude. » Il choisit un ruban bleu sur ma coiffeuse, me le passa dans les cheveux et me le noua derrière la tête. « Voilà ma gentille petite fille. » Il sourit tendrement. « Levez-vous. »

Devant le miroir, je secouai légèrement mes jupes pour qu'elles tombent en place et je regardai mon reflet, toujours si semblable à cet autre reflet immobile, dans le cadre de *La Petite Mendiante*.

« Parfait », approuva Henry.

Nous étions en mai, un feu brûlait dans la cheminée, mais je frissonnai.

Au cours du dîner, je parvins presque à reprendre contenance. Je mangeai presque toute ma part de pâté en croûte, quelques légumes et une petite assiette de crème parfumée de vin du Rhin avant de déclarer, avec une fausse bonne humeur, que je serais incapable d'avaler encore le moindre morceau. Henry était dans de bonnes dispositions. Il ne fut pas loin de vider une bouteille de vin tout entière, quoiqu'il n'eût pas pour habitude de beaucoup boire, et là-dessus il but deux verres de porto avec un cigare, ce qui, sans véritablement l'enivrer, le mit assurément d'humeur fort joviale.

Inexplicablement, cela me dérangea, et j'eusse préféré de beaucoup son indifférence aux attentions qu'il me prodiguait. Il me versa un vin que je n'avais nulle envie de boire, me complimenta maintes et maintes fois pour ma robe et ma coiffure, me baisa les doigts lorsque nous nous levâmes de table et, tout en fumant son cigare, me demanda de jouer du piano et de chanter pour lui.

Je ne suis pas musicienne. Je savais peut-être trois ou quatre pièces par cœur, et autant de chansons, mais ce soir-là, Henry fut charmé de mon répertoire et je dus chanter « Accompagne-moi jusqu'à cette tonnelle » à trois reprises avant d'être autorisée à m'asseoir, car j'avais invoqué la fatigue. Tout soudain, Henry n'était plus que sollicitude. Il fallait que je pose les pieds sur ses genoux et que je m'assoie, les yeux clos, en respirant mon flacon de lavande. J'insistai pour lui faire comprendre que je me portais fort bien, étant simplement un peu lasse, mais Henry ne voulut rien entendre. Et bientôt, me sentant fort oppressée par ses attentions, je prétextai une migraine et demandai la permission d'aller me coucher.

« Pauvre enfant, bien sûr que vous devez monter vous coucher, répliqua Henry avec une égale gaieté. Prenez votre remède, et Tabby va vous apporter un peu de lait chaud. »

J'étais heureuse d'en avoir fini, lait chaud ou non, et, sachant que je ne dormirais pas sans ce viatique, je pris quelques gouttes de cet odieux flacon de laudanum. Je retirai ma robe blanche, passai une chemise de nuit à fronces, et j'étais en train de me brosser les cheveux lorsque j'entendis frapper des coups légers à la porte.

« Entre, Tabby », m'écriai-je en lançant un regard derrière moi, mais en entendant cette démarche lourde sur le parquet, si différente des pas légers et précipités de Tabby, je me retournai brusquement et je vis Henry, là, debout, pour la seconde fois de la soirée, qui tenait un plateau avec un verre de lait et quelques biscuits.

— Pour ma petite fille chérie », fit-il d'un ton jovial, mais je ne fus pas longue à voir quelque chose dans ses yeux, une expression fugace, honteuse qui me figea sur place. « Non, non, s'écria-t-il comme j'allais me mettre au lit, restez un peu avec moi. Asseyez-vous sur mes genoux pour boire votre lait, comme autrefois. » Il marqua un temps et, sous son grand sourire, je revis cette même expression furtive.

« Je vais avoir froid, protestai-je. Et je ne veux pas de lait, j'ai trop mal au crâne.

— Ne soyez pas grincheuse, me pria-t-il. Je vais allumer un bon feu, vous allez prendre un peu de laudanum dans votre lait, et sous peu vous allez vous sentir bien mieux. » Il tendit la main vers le flacon posé sur le manteau de la cheminée.

« Non ! J'en ai déjà pris », insistai-je vivement, mais Henry ne prêta pas garde à ma protestation. Il versa trois gouttes de laudanum dans le lait et me tendit le verre.

« Henry…

— Ne m'appelez pas ainsi ! » Dans l'instant, le ton jovial s'était effacé. Le plateau avec le verre et les biscuits oscilla, et quelques gouttes de lait débordèrent et dégoulinèrent. Henry s'en aperçut mais n'émit aucun commentaire. Je vis sa bouche se raidir, car il avait une sainte horreur du moindre gâchis ou du moindre désordre. La voix, cependant, était toujours douce.

« Petite maladroite ! Allons, ne me forcez pas à perdre mon calme. Buvez votre lait, comme une bonne petite fille, et ensuite vous allez vous asseoir sur mes genoux. »

Je tentai de sourire.

« Oui, monsieur Chester. »

Sa bouche conserva cette expression pincée jusqu'à ce que j'eusse terminé mon lait, puis il se détendit. Il posa le plateau par terre, sans plus de façon, et m'enlaça. J'essayai de ne pas me raidir, sentant le poids écœurant et peu digeste du lait chaud me rester sur l'estomac. Ma tête tournait et les cent et une marques de baisers de Moïse constellaient mon corps d'autant de bouches brûlantes, chaque bouche hurlant sa fureur et son outrage devant cet homme qui osait poser les mains sur moi. La réaction de mon corps confirmait enfin ce que mon esprit avait eu trop peur d'admettre, à savoir la haine que j'éprouvais à l'égard de cet homme auquel j'étais mariée, liée par la loi et le devoir. Oui, je le haïssais.

« Ne vous inquiétez pas, chuchota-t-il, en suivant sous ses doigts le contour d'une vertèbre à travers ma chemise de nuit de lin. Ça, c'est ma bonne petite fille. Ma douce Effie. »

Et comme il entreprenait, d'une main avide et tremblante, de déboutonner ma chemise de nuit, une vague de nausée me submergea et je me soumis passivement à ses attouchements, sans cesser un instant de prier ce dieu sauvage et païen que Moïse avait réveillé en moi pour que c'en soit bientôt fini, afin qu'il s'en aille, qu'il me soit donné de tomber dans un puits de laudanum où s'éteindrait le souvenir de ses étreintes maladives et coupables.

Je m'éveillai d'une sorte d'état somnolent et pâteux pour découvrir la lumière du jour filtrant au travers de mes rideaux. Je me sentais très faible et je sortis en titubant de mon lit pour aller ouvrir les fenêtres. L'air était frais et humide, je m'étirai au soleil et sentis mes membres tremblants retrouver un peu de force. Je me lavai avec soin, complètement et, après m'être habillée d'un chemisier de lin propre et d'une robe de flanelle grise, je me sentis assez de courage pour descendre prendre le petit déjeuner. Il n'était pas encore sept heures et demie. Henry était un lève-tard et je ne le trouverais pas attablé. Après ce qui s'était passé cette nuit, je disposerais d'un peu de temps pour reprendre une contenance – il ne conviendrait pas que Henry s'aperçoive de mon état, ou du pouvoir qu'il exerçait sur moi.

Tabby avait préparé des œufs et du jambon, mais j'étais incapable de rien avaler. Je bus un peu de chocolat chaud en effet, plus pour complaire à Tabby qu'à moi-même, car je ne voulais pas qu'elle rapporte à Henry que je ne me sentais pas bien. Aussi j'avalai quelques gorgées de mon chocolat et j'attendis à la fenêtre, en parcourant un livre de poèmes et en regardant le soleil se lever. Il était huit heures lorsque Henry fit son apparition, sévèrement vêtu de noir, comme s'il se rendait à l'église. Il passa devant moi sans un mot, s'assit à la table du petit déjeuner avec le *Morning Post* en main, et se servit copieusement de jambon, d'œufs, de toasts et de rognons. Il prit son repas en silence, excepté, de temps à autre, le froissement du papier et, lorsqu'il eut terminé, il replia soigneusement le journal et me lança un coup d'œil.

« Bonjour », le saluai-je à voix basse, en tournant une page de mon livre.

Henry ne me répondit pas, si ce n'est que sa bouche se contracta, l'une de ses manies lorsqu'il était en colère ou quand quelqu'un le contredisait. Pourquoi était-il en colère, je l'ignorais, à ceci près qu'il était fréquemment sujet à de brusques sautes d'humeur que j'avais renoncé à comprendre depuis belle lurette. Il fit un pas dans ma direction, jeta un œil sur le livre que je lisais et fronça le sourcil.

« Des poèmes d'amour, fit-il d'un ton aigre. J'aurais attendu de vous, madame, au vu de l'éducation que je vous ai dispensée, que vous ne gâchiez pas le peu de bon sens que Dieu vous a octroyé à lire pareilles ordures ! »

Je fermai le livre précipitamment, mais il était trop tard.

« Est-ce que je ne vous donne pas tout ce que vous désirez ? Au chapitre des robes, des manteaux et des coiffes, manquez-vous de quoi que ce soit ? Lorsque vous étiez souffrante, sujette à vos vapeurs, vos crises d'hystérie et vos maux de tête, ne vous ai-je pas veillée... ? » Sa voix pleine d'aigreur monta d'un ton, tendue comme une corde à piano.

J'approuvai d'un signe de tête prudent.

« Des poèmes d'amour ! fit Henry avec amertume. Ainsi, toutes les femmes seraient-elles les mêmes ? N'y a-t-il pas une femelle qui ait échappé à la souillure de toute la gent féminine ? "J'ai trouvé un homme entre mille, mais parmi toutes ces femmes je n'en ai trouvé aucune." Suis-je donc un si piètre professeur, pour que l'élève que je croyais la mieux préservée des faiblesses de son sexe doive perdre son temps dans la contemplation oisive et fantasque de ces objets vains et sots ? Donnez-moi ça ! » Il tendit le bras pour s'emparer du livre, et, d'un geste vengeur, le lança dans le feu.

« Certes, ajouta-t-il, plein de dépit, votre mère n'étant qu'une modiste, habituée à se plier aux vanités du monde, je suppose que personne n'a songé à vous instruire à ce propos. Quant à votre père, en ecclésiastique avisé, il a dû vous permettre de vous emplir la cervelle de toutes sortes de notions extravagantes. Je suppose qu'il tenait ces dangereuses sornettes pour romantiques. »

Je sais que j'aurais dû rester silencieuse afin d'éviter une querelle, mais le dégoût que m'avait inspiré la nuit précédente subsistait et, voyant mon livre, Shelley, Shakespeare et Tennyson se tordre dans les flammes, je sentis une immense colère m'envahir.

« Mon père était un homme bon, fis-je, farouche. Il m'arrive de le sentir près de moi, en train d'observer. De nous observer tous deux. »

Je vis Henry se raidir. « Je me demande bien ce qu'il pense, continuai-je d'une voix feutrée. Je me demande bien ce qu'il voit. »

Le visage de Henry se ferma comme un poing et j'éclatai, incapable de me maîtriser. « Comme osez-vous brûler mes livres ! Comment osez-vous me prêcher et me menacer comme une enfant ! Comment pouvez-vous, quand la nuit dernière... » Je m'interrompis, grinçant des dents pour m'efforcer de ne pas lui crier ma haine secrète à voix haute.

« La nuit dernière... » Il parlait à voix basse.

Je relevai le menton en signe de défi. « Oui ! » Il savait ce que j'entendais par là.

« Effie, je ne suis pas un saint, fit-il d'une voix contenue. Je sais que je suis faible, comme les autres hommes. Mais c'est vous... vous qui m'y poussez. J'essaie de vous garder pure. Dieu m'en soit témoin, j'essaie vraiment. La nuit dernière, tout a été de votre fait. J'ai vu votre manière de me regarder tandis que vous vous peigniez les cheveux. J'ai vu vos joues s'empourprer. Vous vous êtes mise en situation de me séduire et j'ai succombé car je suis faible. Mais je vous aime encore. C'est pourquoi je tâche de vous garder propre, pure et innocente, comme vous l'étiez la première fois que je vous ai rencontrée, ce jour-là, dans le parc. » Il se tourna vers moi et me saisit les mains avec passion. « Vous aviez l'air d'un ange enfantin. Même alors j'ai deviné que l'on vous avait envoyée pour être ma tentatrice. Je sais que ce n'est pas votre faute, Effie, c'est votre nature. Dieu a créé les femmes faibles et perverses et pleines de traîtrise. Mais vous me devez de combattre cela, de renier le péché et de laisser Dieu pénétrer votre âme. Oh je vous aime, oui, Effie ! Ne combattez pas la pureté de mon amour ! Acceptez-le, ainsi que mon autorité, comme vous en useriez d'un père aimant. Fiez-vous à ma plus profonde connaissance du monde et respectez-moi, comme vous respecteriez votre pauvre et défunt père. Le voulez-vous ? »

M'empoignant les mains, il me dévisagea avec ferveur, et le pouvoir de toutes ces années d'obéissance était tel que je hochai la tête avec humilité.

« La bonne petite fille que voilà. Maintenant, il faut me demander pardon du péché de colère, Effie. »

Le temps d'une seconde, j'hésitai, tâchant de retrouver l'esprit de rébellion, d'effronterie, de certitude que j'avais éprouvé avec Moïse au cimetière. Mais cela s'en fut avec ce bref instant où je l'avais défié, et je me sentais faible, et des larmes tout près de couler me picotaient les paupières.

« Je suis désolée, marmonnai-je. Je suis désolée de m'être montrée insolente envers vous, monsieur Chester, dis-je, les joues dégoulinant de larmes, le monde tournant autour de moi comme un kaléidoscope.

— Voilà une bonne fille, s'exclama-t-il, triomphant. Quoi, encore des larmes ? Allons. Vous voyez que j'avais raison, à propos de ces poèmes. Ils vous rendent maussade et mélancolique. Séchez vos yeux à présent, et je vais demander à Tabby de vous apporter votre remède. »

Une demi-heure plus tard, Henry s'était éclipsé et j'étais couchée dans mon lit, les yeux secs mais le cœur lourd d'un désespoir indolent. Le flacon de laudanum était à côté de moi sur la table de nuit. En cet instant, je considérai le plus grand péché de tous, le péché contre le Saint Esprit. Je le commis, mais pas en acte. S'il n'y avait eu Moïse et la connaissance où j'étais de cet amour et de cette haine en mon cœur, j'aurais pu commettre ce meurtre, le plus noir de tous, ici et maintenant, car c'est mon existence que je vis se déployer, comme un reflet de foire dans un palais de glaces, et je vis mon visage répété à l'infini avec cette expression blême de désespoir, et je vis mon visage au temps de ma jeunesse, de la maturité et du grand âge, à mesure que Henry me privait de ma propre personne, mon visage qui ornait les murs de sa demeure comme autant de sombres trophées. J'avais envie de m'arracher la peau, de libérer la créature que j'avais été lorsque j'avais dansé nue dans une pluie de lumière... S'il n'y avait eu Moïse, j'aurais commis cet acte, et avec joie.

En fait, j'étreignis mon péché et ma haine contre moi, en une extase amère. Et, au bout d'un moment, je me levai, me coiffai et me préparai à sortir.

14

Voix de Henry Paul Chester

Je suis passé à mon club, Le Cocotier, pour y prendre un petit déjeuner sur le tard. Je ne pouvais supporter de manger devant Effie qui me dévisageait de ses yeux sombres et blessés. Comme si j'avais été coupable de quoi que ce fût ! Elle n'avait pas la moindre idée des sacrifices que j'avais consentis pour elle, des tourments que j'avais endurés pour son salut. Et cela lui était égal. Tout ce qui comptait à ses yeux, c'étaient ses misérables livres. Je m'attachai à la lecture du *Times* et je tâchai de me concentrer, mais je ne parvenais pas à lire les paragraphes imprimés serré. Son visage s'interposait, l'image de ses lèvres, de ses yeux, la grimace horrifiée qui avait masqué ses traits lorsque je l'avais embrassée…

Maudits soient ses jeux ! Il n'était plus temps pour elle de se prétendre chaste. Je lisais en elle jusqu'au tréfonds de son âme mensongère. C'est pour son salut que j'ai rendu quelques visites dans cette demeure de Crook Street, pour elle. Pour sauvegarder sa pureté souillée. Un homme devrait avoir tout loisir de fréquenter pareils endroits, et point n'était besoin d'en éprouver nul remords. Après tout, en quoi cela différait-il d'un club, un club réservé, un club pour hommes du monde ? J'avais des instincts, comme tous les hommes, et le diable l'emporte :

mieux valait que je m'en défoule sur une putain de Haymarket que sur ma petite fille. Mais la nuit dernière, il y avait en elle quelque chose de différent. Elle avait eu les joues roses et s'était montrée sensuelle, exultante et chaude, avec un parfum d'herbe et de cèdre sur la peau et dans les cheveux... Elle avait cherché à me séduire. Je le savais.

Que je doive, moi, me sentir impur, voilà qui était proprement ridicule. Ridicule qu'elle tente de m'en accuser, moi. Je bus mon café à petites gorgées, j'appréciai l'odeur du cuir et du cigare dans cet air chaud, la rumeur feutrée des voix – des voix d'hommes – à l'arrière-plan. Ce matin, la seule pensée des femmes me rendait malade. Je me félicitai d'avoir brûlé ce livre stupide. Plus tard, j'irai passer ses rayonnages en revue et j'achèverai la besogne.

« Monsieur Chester ? »

Je sursautai, renversant un peu de café dans la soucoupe que je tenais en main. L'homme qui venait de s'adresser à moi était mince et portait beau, avec des lunettes cerclées sur des yeux perçants et gris.

« Je suis vraiment désolé de vous avoir dérangé, s'excusa-t-il, souriant, mais je me trouvais l'autre jour à votre exposition et j'en ai conçu une forte impression. » Il avait une élocution nette et précise et des dents très blanches.

« Docteur Russell, souffla-t-il. Francis Russell, l'auteur de *Théorie et Pratique de l'hypnose* et *Dix Cas historiques d'hystérie*. »

Ce nom me parut familier en effet. Et, j'y songeai à présent, il en allait de même du visage. J'avais dû le croiser à l'exposition.

« Je prendrais volontiers quelque chose de plus fort. Vous plairait-il de vous joindre à moi ? » proposa Russell.

Je posai ma tasse de café à moitié vide. « D'ordinaire, je ne touche guère aux alcools, fis-je, mais une autre tasse de café serait la bienvenue. Je suis... un peu fatigué. »

Russell hocha la tête. « L'état de tension propre au tempérament artistique, commenta-t-il. Beaucoup de personnes en souffrent. Insomnie, maux de tête, troubles de la digestion... ces mêmes symptômes apparaissent chez nombre de mes patients.

— Je vois. » J'y voyais clair, en effet. Cet homme m'offrait tout simplement ses services. Cette idée avait quelque chose de rassurant. Le temps d'un instant, je m'étais demandé si sa manière cordiale de m'aborder ne visait pas à dissimuler quelque dessein plus obscur. Mécontent d'avoir eu cette pensée, je lui souris chaleureusement.

« Et d'ordinaire, dans ce genre de cas, quelle serait votre recommandation ? » demandai-je.

Nous bavardâmes un moment. Russell avait de la conversation : il était fort versé en matière d'art et de littérature. Nous en vînmes à aborder le chapitre des drogues. Leur rôle chez les symbolistes, leur caractère de nécessité dans le cas d'un tempérament sujet à de fortes tensions. J'évoquai Effie et je reçus l'assurance que l'usage du laudanum était la méthode la mieux appropriée pour combattre la dépression. Après une heure passée en sa compagnie, je m'aperçus que je pouvais commencer d'aborder, avec doigté, le sujet des humeurs étranges d'Effie. Je ne le fis pas explicitement, bien sûr. Non, je me contentai d'allusions au fait que ma femme était la proie d'étranges fantaisies et souffrait de maux inexpliqués. Mon sentiment diffus de culpabilité – comme si j'avais été en quelque sorte responsable des actes d'Effie la nuit précédente – s'estompait à mesure que j'apprenais qu'un sentiment pareil ne présentait aucun caractère d'exception. On appelait cela de l'empathie – tel était le terme approprié –, m'informa-t-il, et je ne devais pas me laisser déprimer par mes réactions naturelles.

Nous quittâmes le Cocotier dans les meilleurs termes. Nous échangeâmes nos cartes et nous promîmes de nous revoir. Finalement, je pris la direction de mon atelier pour y retrouver Moïse Harper, certain d'avoir trouvé en la personne de Francis Russell un allié, une arme contre les spectres troubles de mon imagination coupable. La science s'était rangée de mon côté.

15

Voix de Moïse Zacharie Harper

Voyez-vous, elle avait besoin de moi. Traitez-moi de vaurien si ça vous chante, mais je l'ai rendue heureuse, plus que votre prêche n'y est jamais parvenu. Jamais je n'avais rencontré d'être plus solitaire, prise au piège dans sa tour d'ivoire avec son prince de glace et ses serviteurs et tout ce qu'un cœur peut désirer, l'amour excepté. J'étais ce qu'il lui fallait – et vous pouvez me mépriser tout votre soûl, je lui ai appris tout ce que je savais. Elle était une élève assez vive, et totalement dépourvue d'inhibitions. Elle acceptait tout sans nulle réserve, sans coquetterie aucune. Je ne l'ai jamais corrompue – bien plutôt, c'est elle qui m'a corrompu.

Nous nous retrouvions aussi souvent que possible, la plupart du temps l'après-midi, pendant que Henry était à l'ouvrage, et une fois terminée ma séance de pose de la journée. Son tableau progressait fort lentement et il travaillait jusque vers sept heures du soir. Cela me laissait amplement le temps de voir Effie à la maison, en toute sécurité, et avant qu'il ne rentre, en sorte qu'il ne savait jamais combien de temps elle était sortie – et si la vieille Tabby soupçonna quelque chose, elle n'en a jamais fait part.

Ce manège dura près d'un mois, et je retrouvai Effie soit au cimetière soit dans mon meublé. Elle était d'humeur changeante – parfois tendue à l'extrême, d'autres fois d'une gaieté insouciante –, jamais la même. Sa façon de faire l'amour en était le reflet, de sorte qu'elle donnait l'illusion d'être plusieurs femmes différentes, et je suppose que c'est pour cela qu'elle parvint à se cramponner à moi si longtemps. C'est que, voyez-vous, je m'ennuie très facilement.

Elle me confia que, dans ses rêves, elle voyageait de par le monde. Parfois, elle décrivait les endroits étranges et lointains qu'elle avait visités et pleurait la beauté perdue de son rêve. Elle prétendait aussi être capable de s'extraire de son propre corps, à volonté, pour observer les autres à leur insu. Elle me décrivit le plaisir physique de cet acte et me pressa d'essayer à mon tour. Elle était persuadée que si j'étais capable d'en faire autant et de réussir pareille prouesse, alors nous pourrions faire l'amour en dehors de nos corps respectifs, afin de nous réunir pour l'éternité. Est-il besoin de le préciser, je n'y parvins jamais, et pourtant ce ne fut pas faute d'essayer, en recourant à l'opium. Je me sentais bien sot d'avoir cru à son histoire. Pour sa part, elle y croyait, et elle croyait tout ce que je lui disais. Je pouvais la faire frissonner, pâlir, pleurer, rire ou rougir de colère avec mes contes, et j'y prenais un plaisir innocent. Je lui racontais des récits de dieux et de fantômes, de sorcières et de vampires puisées dans ma prime enfance, stupéfait de son avidité puérile à absorber toutes ces connaissances, de toute cette faculté d'apprendre qu'elle avait en elle, qui demeurait en friche et qu'elle gâchait.

Je vous l'ai dit, elle représentait pour moi une expérience inédite, car à tout moment elle me désarmait. Cela étant, son véritable talent, comme chez toutes les femmes, c'était l'émotion, et j'eus quelquefois pitié de Henry Chester, incapable d'employer et d'apprécier les réserves de passion de cette pauvre petite Effie.

Le changement survint le jour où je décidai de l'emmener à la foire itinérante qui avait planté ses chapiteaux sur la route d'Islington. Toutes les femmes aiment les foires : on y vend de petits colifichets, il y a là la Galerie de l'Amour, des diseuses de bonne aventure qui prédisent un avenir rempli d'élégants messieurs bruns et la constitution d'une nombreuse famille. Pour ma part, j'avais entendu dire que l'on y exposerait un large échantillon de monstres à figure humaine, chose à laquelle, depuis la plus petite enfance, j'avais eu peine à résister. Ces humains monstrueux, les pauvres malheureux, jouets d'un Dieu insouciant, avaient toujours été pour moi un sujet de fascination. En Chine, à ce que l'on raconte, de tels spectacles sont si lucratifs qu'on ne se contente pas des occasions trop peu fréquentes qu'offre la nature, et il arrive souvent que les parents de familles nombreuses vendent des nouveau-nés dans des foires, et ce dès leur naissance, pour qu'ils y servent de phénomènes d'attractions. Les bébés – généralement des filles, tenues là-bas dans le plus grand mépris – sont détenus dans une petite cage, où leurs membres n'ont pas la liberté de croître. Et c'est ainsi qu'on les rend volontairement difformes. Après quelques années de ce traitement, on obtient une créature comiquement atrophiée, un de ces nains dont les bambins raffolent.

En chemin pour la foire, j'ai conté cette histoire à Effie, et il me fallut quinze bonnes minutes avant de parvenir à faire cesser ses larmes. Comment pouvait-on agir de la sorte, pleurait-elle, comment pouvait-on se montrer si cruel, à ce point inhumain ? Créer une chose semblable, et de propos délibéré ! Pouvais-je seulement imaginer la haine inconcevable qu'éprouverait une telle créature… Là-dessus, elle fut prise d'une crise d'hystérie, et, à travers la lunette de la voiture, le cocher me regarda fixement, d'un œil accusateur et furieux. Il me fallut déployer des trésors d'argumentation pour la persuader qu'aucun des phénomènes exposés dans cette foire n'avait été obtenu par ce moyen. Il s'agissait là d'honnêtes erreurs de la Nature, qui vivaient fort bien du métier qu'elles s'étaient choisi. En outre, il y aurait là d'autres objets susceptibles de lui occuper l'esprit. Je lui achèterais des rubans chez le camelot, et peut-être un peu de pain d'épice chaud si elle en avait envie. En mon for intérieur, je grimaçai et je me signifiai mentalement de ne plus jamais lui raconter la moindre chinoiserie.

À la foire, Effie oublia l'accablement où elle était, et se mit à manifester quelque intérêt pour ce qui se passait autour d'elle : les camelots et leur panoplie de plats aux couleurs vives, un vieux bonhomme qui jouait de l'orgue de barbarie, avec un singe qui se trémoussait sur un manteau écarlate, des jongleurs et des acrobates, un cracheur de feu, et quelques bohémiennes qui dansaient au son du pipeau et du tambourin.

Elle s'attarda un moment devant les danseuses. Elle gardait les yeux tout particulièrement rivés sur une fille d'à peu près son âge, mais à la peau sombre, et avec cette chevelure noire de jais des bohémiennes, les pieds nus et les chevilles – des chevilles joliment tournées, notai-je – cerclées de bracelets tintinnabulants. Elle portait une jupe brodée d'or, des jupons écarlates, et une multitude de colliers. Effie était sous le charme.

« Moïse, me chuchota-t-elle lorsque la fille eut fini de danser, j'ai l'impression que c'est la plus belle femme que j'aie jamais vue.

— Pas aussi belle que vous », fis-je pour la rassurer, en lui prenant la main.

Elle fronça le sourcil et fit un mouvement irrité de la tête. « Ne soyez pas si sot, me lança-t-elle. Je le pense vraiment. »

Les femmes ! Par moments, il n'y a pas moyen de les contenter.

Moi, j'étais tout disposé à pousser plus avant la promenade. Le spectacle des monstres avait commencé et j'entendais un aboyeur vanter les merveilles d'« Adolphe, le Torse humain », mais Effie n'arrêtait pas d'observer la bohémienne. Cette dernière s'était rapprochée d'une tente couleur bleu et or passé, sur le côté de l'allée, et un aboyeur annonçait à présent que « Schéhérazade, princesse de l'Orient des Mystères » allait dire la bonne aventure grâce à un « tarot magique et une boule de cristal ». Je vis les yeux d'Effie s'éclairer, et je me résignai à l'inévitable. Je vis les yeux d'Effie s'illuminer. En me forçant à sourire, je lui suggérai : « J'imagine que ça vous plairait de vous faire dire la bonne aventure ? »

Elle hocha la tête, le visage en proie à la plus vive impatience. « Vous croyez que c'est une princesse, vraiment ?

— C'est presque sûr, affirmai-je avec grand sérieux, et Effie en soupira d'aise.

— Une sorcière malfaisante lui a sûrement jeté un sort, ce qui l'a réduite à la pauvreté, continuai-je. Elle a perdu la mémoire et elle travestit ses pouvoirs magiques en charlatanerie pour champ de foire. Mais la nuit, elle se change en cygne argenté et, dans ses rêves, elle vole en des lieux où personne, sauf elle, n'a jamais voyagé. »

Dieu, quelle sornettes elles peuvent gober !

« Voilà que vous vous moquez de moi, protesta-t-elle.

— Pas du tout.

— Vous savez que personne ne m'a jamais dit la bonne aventure ? D'après Henry, ce genre de chose, ce n'est que de la sorcellerie déguisée.

— Quel homme pieux, ce Henry, ricanai-je.

— Eh bien, je me soucie de ce que dit Henry comme d'une guigne, fit Effie avec détermination. M'attendrez-vous ici ? Je ne serai pas longue. »

Tout ce qu'on veut, pour faire plaisir à la dame.

LA GRANDE PRÊTRESSE

16

Voix d'Euphémie Madeleine Chester

À l'intérieur de la tente, il faisait chaud, et les lieux n'étaient éclairés que par une petite lampe rouge posée sur la table située devant moi. La bohémienne, elle, était assise sur un tabouret. Elle battait son jeu de cartes, et lorsque j'entrai, elle m'invita à prendre place, avec un sourire. J'eus un mouvement de recul. J'étais surprise, car ce n'était plus la femme que j'avais vue danser, mais une autre, plus âgée, un foulard sur la tête, ses yeux fauves soulignés d'une épaisse couche de khôl. Sur la table, à côté de la lampe, il y avait un objet recouvert d'un tissu noir et, alors que mes yeux s'attardaient sur l'objet, essayant de découvrir ce que c'était, « Schéhérazade » me le désigna d'une main forte, mais belle.

« La boule de cristal », m'expliqua-t-elle. Sa voix était agréable et limpide, mais voilée d'un accent. « Je dois la garder recouverte, sans quoi elle perd son pouvoir. Coupez les cartes, je vous prie.

— Je... Où est la jeune femme qui dansait ? demandai-je, hésitante. Je croyais que ce serait elle qui me dirait la bonne aventure.

— Ma fille, reprit sèchement la bohémienne. Elle et moi, nous travaillons ensemble. Coupez les cartes, je vous prie. »

Elle me tendit le jeu de cartes et je les gardai en main un moment. Elles étaient lourdes, elles avaient l'air de très ancienne facture, avec cette patine, qui n'était pas de la saleté, mais qui est le propre des objets que l'on manie avec un certain respect. À contrecœur, je les lui rendis, car j'aurais aimé les regarder de plus près, et elle se mit en devoir de les disposer en spirale tout autour de la table.

« L'Ermite, commença Schéhérazade. Et le Dix de Bâtons. Oppression. Cet homme parle de vertu, mais il détient un secret dont il a honte. Le Sept de Coupes. Débauche. Et le Neuf d'Épées. Cruauté, meurtre. Je sors L'Amoureux, mais il est recouvert par le Valet de Deniers. Qui vous apportera le plaisir et le désespoir, car il tient entre ses mains le Deux de Coupes et La Tour. Mais qui est-ce, là, sur le Chariot ? La Grande Prêtresse, qui porte le Dix d'Épées, ce qui signifie la ruine, et l'As de Coupe, grande fortune. Vous vous fierez à elle et elle vous sauvera, mais la coupe qu'elle offre est pleine d'amertume. Son chariot est conduit par un Valet et un Fou, et sous les roues sont couchés l'As de Bâtons et le Pendu. Elle apporte la Justice, qu'elle tient dans la main, et le Deux de Coupes, ce qui signifie l'Amour. Mais, dissimulé dans les coupes, on trouve le Changement et la Mort. » Elle marqua un silence, comme si elle avait oublié ma présence, et elle parla toute seule, en romani, d'une voix feutrée.

« Quoi d'autre ? » demandai-je au bout d'un moment, alors qu'elle semblait égarée dans ses pensées.

Schéhérazade hésita, puis elle hocha la tête. Elle me regarda un moment, avec une expression impénétrable, puis elle avança vers moi, me déposa un rapide baiser sur le front et exécuta un signe, avec trois doigts de la main gauche.

« Vous avez une destinée magique, étrange, *ma dordi*, fit-elle. Mieux vaut prendre garde à vous. » Et, d'un geste précautionneux, elle retira l'étoffe noire qui recouvrait la boule de cristal, qu'elle poussa vers moi.

À cet instant, je n'étais plus certaine de l'endroit où je me trouvais. La boule reflétait la lumière, de sorte que j'eus l'illusion de me trouver en dehors de mon propre corps, et de regarder en bas. La scène m'était familière, stylisée à la manière de ces figures du jeu de tarot : une jeune fille assise à la table où une bohémienne se penche sur un jeu de cartes. Soudain, je me sentis la tête légère, presque brumeuse, submergée d'un rire irraisonné, mais quelque peu perturbée, comme si je me débattais avec des souvenirs perdus.

« *Quand nous reverrons-nous ?* » me dis-je à moi-même, et puis je partis d'un rire sonore, incontrôlable, comme si je me remémorais une bonne farce, extravagante et ridicule.

Puis, aussi abruptement que cet état d'hilarité, la dépression s'empara de moi, et je fus tout près de fondre en larmes, l'image de la boule de cristal se brouillant devant mes yeux. J'étais effrayée, désemparée, et, qui plus est, je n'avais aucun souvenir de ce qui m'avait tant effrayée. Je regardai la surface embuée du cristal et je tremblais.

Schéhérazade chantait doucement, presque avec indolence, dans un souffle :

Aux marches du palais…
Aux marches du palais…
Y a une si belle fille, lonlà…
Y a une si belle fille…

J'essayai de me retenir de basculer hors de mon corps, mais la force d'attraction de la boule de cristal était trop forte. Je ne pouvais plus sentir mes membres, je ne pouvais plus voir derrière cette surface embuée où, enfin, la brume commençait de se dissiper un peu. Schéhérazade chantait doucement, d'une voix cadencée, mélodieuse. Tout en suivant ce rythme cajoleur, je me surpris à quitter mon corps, sans le moindre effort, tous mes sens faussés, spiralant hors de mon emprise. Guidée par le son de la voix, je me laissai dériver, et j'eus conscience de flotter dans l'obscurité, de sortir de la tente et de m'élever dans l'air comme le ballon d'un enfant.

J'entendais la voix de Schéhérazade dans le lointain, qui me câlinait doucement :

« Chut, chut... c'est cela. Vois les ballons. Regarde les ballons. »

Avec un ravissement absurde et puéril, je me demandai vaguement comment elle avait pu lire dans mes pensées, et connaître mes souvenirs. Mais elle était Schéhérazade, princesse de l'Orient des Mystères. Je fus prise d'un petit rire.

« Dors, petite fille, chuchota-t-elle. Vois les ballons. Suis les ballons. C'est ton anniversaire, et nous accrocherons des ballons, je te le promets. Les vois-tu ? »

Les ballons flottaient tout autour de moi, de toutes les couleurs, éclatants dans la lumière du soleil. Je hochai la tête. Très loin, j'entendis ma voix articuler une réponse ensommeillée.

D'en haut, j'apercevais la tente, j'apercevais Moïse, j'entendais les camelots qui vendaient leur ferblanterie.

« Pain d'épice chaud », « Nœuds et rubans » et « Lacets de réglisse ». Je humai tout ce méli-mélo de tartes chaudes, de barbe à papa et d'animaux. Durant quelques instants, je voltigeai sans but, comme un vaisseau céleste dans un conte de fées, puis je me sentis doucement tirée vers le bas, en direction d'une tente écarlate en travers de laquelle était tendu un calicot, avec cette inscription : « Joyeux anniversaire, Marta. » Tout autour de ce calicot, il y avait des ballons attachés au bout d'une ficelle, et je crus entendre une musique monter de la tente, la musique d'un orgue de barbarie, ou peut-être le jouet mécanique d'un enfant.

Lorsque je touchai terre, je m'aperçus que le soleil avait disparu : il faisait froid, et le calicot de couleurs vives s'était évanoui. À la place, j'avisai une affichette en lambeaux, qui vantait :

La Galerie des Phénomènes !
Très admirable exposition de meurtriers, de monstres et de créatures difformes en cire. Peints d'après nature.

Je me sentis avancer vers le pavillon de la tente, mon allégresse déclinant rapidement. J'avais commencé de me refroidir, d'être parcourue d'un frisson vague et maladif qui me tira de ce délicieux rêve de vol pour me ramener à l'obscurité terrestre. Je vis le pavillon de la tente s'ouvrir tout seul et, j'eus beau me débattre, j'étais incapable d'échapper à la force d'attraction maligne de cette ouverture béante. Je pouvais sentir des relents de paille rance, conservée trop longtemps à l'abri du soleil, l'odeur de renfermé de vieux vêtements humides et le parfum entêtant de la cire. Je pénétrai dans la tente, mon œil commença de s'accommoder à l'obscurité, et je m'aperçus que j'étais seule et que, sur tout le pourtour de la tente – qui paraissait à présent bien plus vaste que je ne l'avais cru – étaient disposés des clôtures ou des enclos en bois, qui abritaient des personnages grandeur nature. Je me demandai bien pourquoi j'avais éprouvé pareille sensation d'effroi en entrant. Ces figures étaient de cire, leurs membres maintenus par du crin de cheval et des fanons de baleine, et les vêtements collés à même le corps. Le sang n'était que de la peinture rouge. Même les potences de la célèbre scène du gibet n'avaient jamais servi à aucune exécution véritable. Mais soudain, j'eus la conviction que tout cela était réel, que ces êtres n'attendaient que moi, me jaugeaient avec avidité sous leurs minces masques de cire...

Je reculai, furieuse contre moi-même et de ma réaction de terreur puérile et déraisonnable, et je criai à gorge déployée, en me précipitant dans les bras du personnage exposé derrière moi. Je touchai le bois de la clôture, et je me retournai brusquement pour faire face à la chose qui se trouvait dans mon dos. Un enclos construit de fil de fer et de planches se refermait sur une mise en scène immobile. Cloué à même le bois, un écriteau portait cette inscription :

L'ERMITE
Prière de ne pas toucher les personnages exposés

Je m'approchai encore un peu, gênée par la lumière, et je vis que la scène représentait une chambrette, comme une chambre d'enfant, avec un lit étroit recouvert d'un patchwork, un petit tabouret, une table de nuit et deux gravures en couleur comme celles que j'avais quand j'étais petite fille. Sur la table de nuit, il y avait des fleurs, des marguerites dans un pot en verre, et, à côté du lit, une petite pile de cadeaux enveloppés. À côté de la fenêtre ouverte, une grappe de ballons se balançait dans le courant d'air.

Mais pourquoi avais-je cru qu'il faisait si sombre ? La lumière de la fenêtre inondait le plancher. Une lumière du soir qui baignait les lieux d'une lumière rosâtre. Un homme était assis au chevet du lit, sans aucun doute pour dire bonsoir à sa petite fille en chemise de nuit, et qui tenait, blotti dans sa main, un animal en peluche. Elle paraissait avoir environ dix ans, de longs cheveux noirs et raides autour d'un visage grave et pointu. Je ne pouvais voir le visage de l'homme, car il avait le dos tourné, mais je devinai une constitution massive, une mâchoire carrée, une raideur de posture qui me semblaient vaguement familières. Mue par la curiosité, je m'avançai, en me demandant vaguement pourquoi on avait inclus cette scène intime et douillette dans cette Galerie de Phénomènes.

Lorsque je m'avançai, la tête de la fillette bascula vers moi et je fis un bond en arrière, avec un cri étouffé. La fillette se figea, ses yeux me fixaient d'un regard si intense que j'avais peine à croire qu'il s'agissait purement et simplement d'un objet de cire et de crin. Hésitante, j'avançai de nouveau, furieuse contre moi-même de m'être laissé surprendre par une machine. Au musée de cire de Londres, j'avais vu des engins similaires, déclenchés par une plaque logée dans le sol, qui mettait en mouvement les figurines exposées au passage des badauds. Je me surpris à scruter le parquet à la recherche de l'endroit où se trouvait la plaque dissimulée.

Là ! Lorsque je posai le pied à un certain endroit, la figurine bougea de nouveau, tournant la tête vers l'homme, et le mouvement fluide de ses articulations sans ossature n'avait décidément rien de mécanique. Ses cheveux lui retombèrent sur la figure et, d'un petit geste sec, elle les ramena en arrière, et l'autre main empoigna l'épaisse cotonnade de la chemise de nuit. Soudain, j'eus la conviction qu'en dépit de cette appellation de « personnage » qui prêtait à confusion, ils étaient tous de véritables acteurs, jouant une grotesque parade pour mon compte, et sur le coup j'enrageai d'être si émotive, mais dans le même temps, cette émotion où j'étais m'envahit d'une sensation de prédestination proprement épouvantable. Je savais ce que j'étais sur le point de voir, aussi clairement que s'il se fût agi d'un souvenir aussi, mue par une sensation de plus en plus impérieuse, je posai la main sur le fil de fer qui me séparait de la scène et je lançai un appel pressant à cette enfant.

« Petite fille ! »

L'enfant ne réagit pas, mais s'avança vers le lit, avec des gestes précautionneux. J'élevai la voix.

« Petite fille ! Viens par ici ! » Je perçus le son perçant de ma voix, mais l'enfant avait bel et bien l'air d'un jouet mécanique. J'essayai d'appeler à nouveau, au lieu de quoi je me retrouvai en train de pénétrer dans l'enclos, en plein dans cette scène. Soudain, je me sentis brumeuse... Tombant presque, je tendis la main vers la figurine de la petite fille comme pour lui demander son aide...

Et j'eus de nouveau dix ans, oui, dix ans, et je venais rendre visite à ma mère, comme tous les dimanches. J'aimais ma mère et j'aurais voulu être avec elle tous les jours, mais je savais que ce n'était pas possible. Maman avait du travail, et n'avait pas envie de m'avoir dans ses jupes. Je me demandai quel genre de travail c'était. J'aimais bien la maison de Maman, si majestueuse, avec plein de belles choses – des statues d'éléphants des Indes, des tentures d'Égypte et des tapis de Russie, comme dans *Les Mille et Une Nuits*. Quand je serais grande, peut-être que je pourrais venir vivre avec Mère tout le temps, au lieu d'habiter chez tante Emma – sauf que tante Emma n'était pas du tout ma tante, mais une maîtresse d'école, et qu'elle n'aimait pas beaucoup Mère. Elle ne disait rien, non, mais je voyais bien quelle drôle de figure elle faisait quand elle disait « ta pauvre mère », comme si elle venait d'avaler une cuillerée d'huile de foie de morue. Mère, elle, ne me donnerait jamais de l'huile de foie de morue.

Parfois, les jeunes et jolies dames qui vivaient dans la maison avec Mère descendaient pour bavarder avec moi. J'aimais bien ça parce qu'elles étaient toujours très gentilles, elles m'offraient du pain d'épice et des biscuits, et elles portaient toujours les plus jolies robes et les plus beaux bijoux qui soient. Ça, il ne fallait pas que tante Emma le sache, jamais. Des années auparavant, quand j'étais encore bébé, j'avais laissé tomber quelque chose, et elle s'était mise dans une colère terrible, et elle m'avait dit : « Assurément, cette femme n'a aucune pudeur, laisser un enfant dans un endroit pareil, et avec ces créatures qui s'abandonnent à la débauche ! » J'essayai de lui faire comprendre qu'elles n'étaient pas du tout abandonnées, qu'elles avaient tout plein de compagnie toute la journée, mais elle était trop en colère pour écouter, alors maintenant je ne dis plus rien du tout. C'est plus sûr comme ça.

Ce soir Mère a dit que j'allais devoir me coucher tôt, parce qu'elle attend de la compagnie. Ça ne fait rien. Parfois, je fais semblant d'aller me coucher et après, quand elle me croit au lit, je me faufile en bas de l'escalier et je regarde les jolies dames et les invités entre les barreaux de la rambarde. Je suis bien tranquille. Personne ne me voit. Enfin, presque jamais. Jusqu'à ce soir.

Il était très gentil, d'ailleurs, ce monsieur. Il m'a promis de ne rien dire à Mère. Il ne savait même pas que Mère avait une fille et il a eu l'air surpris, mais il était très gentil. Il disait qu'il me trouvait très jolie dans ma chemise de nuit, et que si j'étais une gentille fille, il viendrait me mettre au lit et me raconter une histoire.

Mais maintenant je ne suis plus si sûre. Il a l'air drôle, à me regarder comme ça fixement, et j'aurais préféré ne pas lui demander de venir ici. Il me fait peur. J'ai questionné : « Et mon histoire ? », mais on aurait dit qu'il n'écoutait même pas. Simplement, il n'arrête plus de me regarder d'une drôle de manière, et tout à coup je voudrais que Mère soit là. Mais si je l'appelle, elle va savoir que je suis sortie de ma chambre... Maintenant il vient vers moi, les bras tendus. Peut-être qu'il va juste me faire un baiser pour me souhaiter bonne nuit et me laisser tranquille.

« Telle mère, telle fille », chuchote-t-il en m'attirant à lui, mais je ne comprends pas ce qu'il veut dire. Il a une drôle d'odeur, une odeur salée, comme la rivière après la pluie, et sa bouche est très froide. J'essaie de le repousser. Je ne comprends pas pourquoi, mais il m'effraie. Il m'embrasse comme les hommes embrassent les dames.

Je dis « Non », mais lui il se contente de rire et il me dit : « Viens ici », et encore d'autres choses que je ne comprends pas. Il est si fort que je ne peux dégager les bras afin de le repousser. J'aimerais bien le mordre, mais je sais que c'est un invité de Mère, et puis j'ai tellement envie que Mère m'aime et de vivre avec elle pour de bon. Je ne veux pas être un bébé. Mais j'arrive à peine à respirer. J'essaie de dire : « Arrêtez, vous me serrez trop fort », mais aucun mot ne sort de ma bouche. Tout à coup, il me pousse sur le lit. Il pèse si lourd sur moi que j'ai peur qu'il ne m'écrase, et il se met à me retirer ma chemise de nuit. Cette fois j'arrive à pousser un petit cri, mais il me plaque la main sur la bouche. Je commence à me débattre. Je me moque bien d'être un bébé, si Mère découvre tout, je m'en moque, je m'en moque si tante Emma... J'arrive à lui planter les dents dans la paume et à le mordre fort. Il a un goût horrible, de sueur et de parfum, mais il pousse un juron, et il me relâche. Je respire un grand coup et je crie.

« Mère ! » Il pousse encore un juron et me flanque une gifle en pleine figure. Je crie encore et il m'attrape par le cou. Il n'arrête plus de pousser des jurons, il répète : « Salope salope ferme-la salope mère fille ferme-la salope ferme-la ferme-la… », mais j'ai la figure contre l'oreiller et je n'arrive plus à respirer. Ma tête est comme un ballon, on dirait qu'elle est sur le point d'éclater et je ne peux pas crier, je ne peux plus respirer, lui il est sur moi et je peux à peine bouger et je n'arrive plus à respirer, je n'arrive plus à respirer. On dirait qu'il s'écarte, qu'il s'écarte, qu'il s'éloigne, il est loin, et c'est tout juste si je sens l'oreiller contre ma bouche, si je sens le goût de l'amidon et le parfum de lavande de l'épaisse étoffe de lin. J'entends Mère, là-bas dans le fond, qui m'appelle :

« Marta ? »

Et puis plus rien.

17

Voix de Moïse Zacharie Harper

Je commençais de m'impatienter. Elle était restée là-dedans suffisamment longtemps pour se faire dire la bonne aventure une dizaine de fois, et finalement, quand elle sortirait, ce serait à moi de payer cette roulure de bohémienne. Je commençais à me refroidir, à rester assis là sans rien faire, aussi je me levai et j'entrai dans la tente.

Un instant, je fus désorienté. La tente ressemblait à une caverne, pleine de lueurs de flambeaux, comme la pyramide d'un pharaon, un million de pierreries rougeoyant dans une obscurité scintillante. Là-dessus, mes yeux se sont accommodés à l'obscurité, et je me suis aperçu qu'en fin de compte c'était juste une petite tente, parsemée des attrape-nigauds habituels des charlatans, et la lumière du soleil qui, par le pavillon de la tente, inondait toute cette panoplie de dorures, de bois peint et de verre, si bien qu'à la lumière, tout cela reprenait son apparence véritable, et rien de plus. Lorsque je rabattis l'auvent de la tente, Effie ne broncha pas, demeura assise dos à moi, la tête dodelinant, légèrement penchée de côté. Pas trace de « Schéhérazade ».

La pensée qu'il y avait un coup tordu derrière tout cela me traversa aussitôt l'esprit. D'une enjambée, je me portai à la hauteur d'Effie. Je hurlai son nom, je lui secouai les épaules, mais elle était molle comme un tas de chiffon, les yeux ouverts, mais vides. Je poussai un juron et la soulevai de sa chaise, je la portai dehors, à la lumière du soleil, où le bruit que je venais de faire avait d'ores et déjà attiré un petit noyau de curieux. Ignorant leurs cris d'orfraie je couchai Effie dans l'herbe et, après m'être assuré qu'elle ne souffrait d'aucune blessure apparente, je renversai son porte-monnaie pour le vider de son contenu, à la recherche de son flacon de sels. Une femme à l'arrière-plan poussa un cri – j'imagine que cette dinde a cru que j'étais en train de détrousser la dame qui avait perdu connaissance – et je lui lâchai une repartie bien sentie, vulgaire à souhait, ce qui donna un haut-le-cœur à une autre bonne femme, qui se mit à la recherche de son propre flacon de sels. Un type du genre zélé, avec une moustache de militaire, exigea des explications, tandis qu'un jeunot fadasse suggérait qu'on lui donne du brandy sans même être fichu d'en produire une fiole, et puis une femelle aux cheveux teints tenta d'attirer l'attention avec une formule de son cru censée remédier aux évanouissements, franchement pas des plus convaincantes. Ah ouiche, une vraie scène de vaudeville en bonne et due forme. Quelqu'un avait déjà envoyé chercher le sergent de ville et je commençai de me demander s'il n'était pas grand temps que Moïse tire sa révérence et prenne la tangente quand soudain, les yeux d'Effie s'attachèrent aux miens avec acuité, l'air horrifié, et elle hurla, elle poussa une plainte aiguë, démentielle de terreur irraisonnée.

C'est à cet instant qu'arriva le sergent de ville.

Une tour de Babel d'éclats de voix salua son arrivée sur les lieux. Une femme s'était fait détrousser. Cet homme, là, il avait attaqué cette pauvre dame, et en plein jour avec ça. Elle avait eu une crise de convulsions. Un des animaux du spectacle de fauves s'était échappé, effrayant ces dames. Cela ne devrait pas être permis... Lorsque le sergent de ville fouilla dans sa poche pour en ressortir son carnet, je vis ses yeux s'allumer.

Avec mon aide, Effie parvint à s'asseoir et se frotta les yeux, en proie à la plus grande confusion.

« Ça ira, hurlai-je pour couvrir ce tohu-bohu. Je suis... le mari de cette dame. Elle s'est évanouie à cause de la chaleur. » Mais il n'était pas bien sorcier de voir que le courant naturel de l'opinion populaire m'était contraire et, prévoyant la nécessité où j'allais me trouver d'aller fournir des explications aussi interminables que déplaisantes au poste de police, je me demandai une fois encore si je ne devrais pas tout simplement tirer ma révérence, et sur-le-champ, tant qu'il en était encore temps, en profitant de toute cette confusion. Pour ce qui était d'Effie, tout irait pour le mieux. Après tout, en un sens, c'était elle la responsable de ce remue-ménage. Si elle n'avait pas crié de si sotte façon, j'aurais pu m'en sortir honorablement. Or, en la circonstance, elle me faisait passer pour un violeur, ou pour l'un de ces individus qui se livrent à la traite des Blanches, ni plus ni moins. En outre, il fallait songer à Henry. Ma décision était presque arrêtée lorsque je m'avisai de la présence d'une figure féminine à mes côtés, et une voix familière, acerbe, perça par-dessus le brouhaha :

« Marta, ma chérie, ça va ? Je t'avais bien dit de ne pas t'exercer autant ! Là ! » Je saisis au passage le regard d'une paire d'yeux petits et vifs à hauteur des miens, et j'entendis la femme me chuchoter d'un ton féroce : « Tiens-toi tranquille, espèce d'idiot ! Tu ne trouves pas que tu en as assez fait comme ça ? » Je m'écartai, stupéfait, et elle prit ma place à côté d'Effie, un flacon de sels en main, tout en lui prodiguant des paroles de réconfort.

« Fanny ! » m'écriai-je d'une voix blanche.

Et de nouveau, cette voix sifflante. « Ferme-la ! »

« Allons, Marta, mon amour, peux-tu te lever ? Laisse-moi t'aider. Appuie-toi sur ta mère, allons. C'est cela. Ça, c'est ma jolie petite chérie. » Soutenant toujours Effie, hébétée, par la taille, Fanny se retourna vers le sergent de ville, à présent franchement déconcerté.

« Officier, l'apostropha-t-elle sèchement, peut-être pourrions-nous vous demander d'accomplir votre devoir et de disperser ce… ce troupeau avant qu'ils n'effarouchent un peu plus ma fille ? »

Le sergent de ville hésita. Je pouvais le sentir aux prises avec ses certitudes vacillantes, encore soupçonneux, mais intimidé par une personnalité plus forte que la sienne.

« Eh bien ? s'enquit Fanny avec impatience. Devons-nous nous laisser importuner par de vulgaires badauds ? Ma fille est-elle un spécimen de foire que l'on fixe du regard ? » Animée d'une fureur superbe et indignée, elle se tourna vers la foule.

« Allez-vous-en ! ordonna-t-elle. Allez, dégagez ! J'ai dit : dégagez ! » Un certain nombre de gens qui se trouvaient en lisière de l'attroupement commencèrent de se débander, mal à l'aise, puis s'éloignèrent. Seul le militaire homme du monde tenait bon.

« Je demande à connaître… » commença-t-il.

Fanny posa les deux mains sur les hanches et s'avança.

« Écoutez, maintenant, vous… »

Fanny avança encore d'un pas. Leurs visages en étaient presque à se toucher. Elle chuchota quelque chose, le plus tranquillement du monde.

Le militaire homme du monde sursauta comme si une mouche venait de le piquer et déguerpit en vitesse, ne s'arrêtant que pour jeter un coup d'œil à Fanny pardessus son épaule, avec une expression de crainte presque superstitieuse. Puis Fanny nous rejoignit, avec sur le visage un sourire magnifique de sang-froid.

« Et voilà, Officier, acheva-t-elle, comment ça s'est passé. » Puis, comme le sergent de ville ne paraissait guère satisfait, elle continua : « Ma fille est de constitution délicate, Officier, et la moindre chose la perturbe. J'ai averti mon gendre de ne pas l'emmener à la foire, mais il n'a pas suivi mon conseil. Et comme il n'est pas trop bien équipé pour s'occuper d'une jeune dame dans son état…

— Ah ? fit le sergent de ville.

— Oui. Ma fille attend un enfant », fit Fanny avec douceur.

Le sergent de ville rougit et griffonna dans son carnet des mots dénués de sens. Luttant pour conserver sa dignité, il se retourna vers Effie.

« Je suis vraiment désolé, m'dame, fit-il. Je faisais que mon devoir. Vous êtes la fille de cette dame ? »

Effie hocha la tête.

« Et l'épouse de ce monsieur ?

— Naturellement.

— Verriez-vous un inconvénient à me donner votre nom, s'il vous plaît, m'dame ? » Effie tressaillit presque imperceptiblement. Je le remarquai, mais je ne pense pas que le sergent en ait fait autant, tant elle fut rapide à se ressaisir.

« Marta, fit-elle, poursuivant d'une voix plus forte : Marta. » Et, se tournant vers Fanny avec un sourire, Effie passa un bras autour de la taille de la vieille femme et se mit soudainement, inexplicablement, à rire.

18

Voix de Moïse Zacharie Harper

Fanny Miller avait fait partie de ma vie pendant des années, et je la respectais plus que je n'avais respecté aucune autre femme. Elle avait dix ans de plus que moi, belle allure, dans un genre un peu enrobé, une intelligence aussi affûtée qu'une lame de rasoir, une ambition masculine et dévorante. Comme votre serviteur, c'était une touche-à-tout. Sa mère était une fille de la campagne qui avait viré roulure à Haymarket et qui, pour ses treize ans, avait attelé Fanny au plus vieux des métiers. Quatre ans plus tard, la mère mourait et laissait Fanny seule dans l'existence, luttant bec et ongles contre le monde dans lequel on l'avait jetée. Elle avait soif d'apprendre et, au cours des années qui suivirent, elle avait appris à lire, à écrire, à faire les poches et à forcer les verrous, à se battre au rasoir ou à coups de poing, à préparer des remèdes et des poisons, à parler comme une dame – sans pour autant perdre tout à fait l'accent grasseyant du sud-ouest de l'Angleterre qu'elle avait hérité de sa mère – et à boire comme un homme. Surtout, elle avait appris à mépriser les mâles, à débusquer leurs faiblesses et à se servir d'eux, et elle fut bientôt capable de se hisser dans la classe supérieure, en cessant de se vendre pour vendre les autres.

Fanny avait gagné sa galette de dix façons, tant honnêtes que malhonnêtes. En chantant au vaudeville, en disant la bonne aventure dans une foire ambulante, en vendant de faux traitements contre les rhumatismes, par le chantage, le vol et l'escroquerie. Lorsque je la rencontrai, elle était déjà patronne de son propre établissement, avec peut-être une dizaine de filles dans son écurie. Toutes jolies. Mais pas une n'arrivait à la cheville de Fanny. Elle était grande, presque aussi grande que moi, les bras solides et potelés, de larges épaules et des courbes arrondies, libres de toute gaine ou de tout corset. Elle avait des yeux couleur d'ambre clair, des yeux de chat, et une abondante chevelure cuivrée qu'elle portait en la nouant derrière la tête de savante façon. Mais Fanny n'était pas à vendre, à aucun prix. Bêtement, j'insistai – à chaque femme son prix, à chaque femme son baratin, ou c'était du moins ce que je considérais – et elle me frappa avec un geste de chat, l'arc d'ivoire de son rasoir volant vers moi avec grâce et fluidité. Elle me loupa d'un centimètre, exprès. Elle était rapide – je ne l'avais même pas vue tirer le rasoir de sa poche – et je me souviens encore de la manière dont elle me regarda, en refermant cette vilaine lame avec un claquement, pour la renfiler dans ses jupes, en me déclarant : « Je t'aime bien, Moïse. Vraiment, je t'aime bien. Mais tu t'oublies encore une fois, et je te décolle la figure. Compris ? » Et tout ça sans un tremblement dans la voix, sans que son cœur s'emballe le moins du monde.

Il m'arrive parfois de penser que si Fanny Miller a jamais eu un cœur, elle a dû le laisser choir quelque part en route avec le reste des débris de sa vie, au rebut. Assurément, quand nous nous sommes connus, elle était en acier massif. Je ne l'ai jamais vue hésiter. Jamais. Et à présent, voilà qu'elle était de retour, mon démon à moi personnellement, inchangée, n'était une mèche grise dans sa chevelure luxuriante, de retour pile quand il le fallait pour me prendre en main dans cette petite passe critique où je me trouvais.

Cela ne me plaisait pas du tout, même si Fanny, à n'en pas douter, m'avait tiré d'un mauvais pas. J'imagine tout simplement que cela ne me plaît guère d'être le débiteur d'une femme. Qui plus est, j'étais déjà occupé de ma propre mascarade avec Effie, et cela me dérangeait que Fanny soit au courant. Elle était du genre à retourner toutes les situations à son propre avantage, et je n'aimais pas la manière presque instinctive qu'avait eue Effie de s'accrocher à elle, presque comme si elle était vraiment la fille de Fanny. Quoi qu'il en soit, je me tus, jusqu'à ce que nous ayons quitté le champ de foire et que nous soyons de retour à Islington Road, où je pus héler un fiacre et me tirer d'affaire avant d'avoir à fournir d'assommantes explications. Je lançai un coup d'œil à Fanny, toujours bras dessus bras dessous avec Effie, et je me mis prudemment en devoir de me trouver un rôle dans cette scène.

« Un bail qu'on s'est pas vu, Fanny, fis-je, l'air de rien. Comment ça va, ces temps-ci ?

— Il y a des jours avec et des jours sans, répliqua-t-elle, avec un sourire.

— Les affaires ?

— Je dirais que les affaires roulent. » Et encore ce sourire moqueur, comme si elle se savait en train de me cacher quelque chose. Se tournant vers Effie, elle lui servit le même sourire, et leurs deux visages étaient proches à se toucher. « Vous m'excuserez, mademoiselle, si je vous ai fait peur là-bas, fit-elle avec entrain, mais je voyais bien que vous ne souhaitiez guère causer de remue-ménage, et j'ai deviné que vous pouviez bien avoir envie n'être reconnue de personne. » Un coup d'œil entendu, à mon intention. Ce regard me mit mal à l'aise et je changeai de position. Que savait-elle ? À quel jeu jouait-elle ?

« Fanny, notre ange gardien, commentai-je, m'efforçant d'éviter toute pointe d'acidité dans la voix. Effie, voici Fanny Miller. Fanny, je te présente Effie Chester.

— Je suis au courant. Je connais bien votre mari », fit Fanny. Je la dévisageai, mais Effie prêtait à peine garde à tout ce manège.

« Oh, vous faites le modèle », s'écria-t-elle. Elle fixait toujours Fanny du regard, avec une espèce d'intense hébétude, et, pour la première fois, je me surpris à perdre toute patience avec elle. J'étais sur le point de lâcher un commentaire acéré lorsqu'elle se réveilla subitement.

« Pourquoi m'avez-vous appelée comme cela ? demanda-t-elle.

— Appelée comment, ma chère ? fit Fanny, très à l'aise.

— Marta.

— Oh, ça ? C'est juste le premier nom qui m'est passé par la tête. »

Du diable si je savais à quel jeu elle jouait. Je ne lui connaissais aucune raison de vouloir venir en aide à Effie, aussi différente qu'elle qu'une femme pouvait l'être, pas plus que je ne voyais de raison pour qu'elle nous convie chez elle. Mais c'est pourtant ce qu'elle fit et, en dépit des regards noirs que je lui adressai, Effie accepta. J'étais hors de moi. Je savais où habitait Fanny. Elle possédait une maison à Maida Vale, près du canal, qui comprenait ses propres appartements et les logements d'une dizaine de filles ou à peu près, vivant sous sa protection – pas exactement le genre d'endroit où j'avais envie d'être reconnu en la compagnie d'Effie, à moins que je ne veuille gâcher tous les liens que je m'étais soigneusement employé à tisser avec Henry.

« Franchement, Effie, je pense qu'il vaudrait mieux que je vous ramène chez vous, ne croyez-vous pas ? fis-je sur un ton des plus insistants.

— Quelle blague ! répondit Fanny. Il n'est que trois heures. Nous avons largement le temps de prendre une tasse de thé et de manger un morceau.

— Franchement, je ne crois pas…

— J'aimerais bien y aller, m'interrompit Effie avec un air de défi dans les yeux. Si Moïse veut partir tout de suite, qu'il s'en aille. Quant à moi, je rentrerai à la maison sans trop tarder. »

Maudite soit son impudence !

« Je ne peux pas vous laisser baguenauder dans Londres toute seule !

— Je ne serai pas toute seule. Je serai avec Mlle Miller. »

Maudite soit Mlle Miller ! Je voyais bien que Fanny trouvait un plaisir infini dans cette petite scène, et ainsi donc je fus contraint de tenir ma langue et de les accompagner toutes les deux. S'occuper d'Effie, cela pouvait attendre. Je lui présenterais la note plus tard.

19

Voix d'Euphémie Madeleine Chester

Je savais bien que notre rencontre avec Fanny contrariait Moïse. Il traînait les pieds, il ronchonnait, il multipliait les gestes d'impatience et laissait clairement entendre qu'il avait envie que nous repartions tous les deux dès que possible. Je comprenais bien pourquoi. C'est que, en dépit de sa prestation pleine d'à propos à la foire, Fanny n'avait pas tardé à se départir de son ton édifiant : en dépit de ses vêtements d'excellente qualité, il n'y avait plus, dans l'opulence de sa robe de velours couleur de mûre, de son chapeau à plume assorti et du triple rang de perles baroque qu'elle portait autour de son long cou, qu'un parfum de vie d'aventures. Je savais ce que Henry pensait des femmes qui possédaient l'habillement, la démarche et le verbe qui étaient les siens. Mais, en vérité, cela ne faisait qu'ajouter à l'attrait du personnage.

Car il s'agissait bel et bien d'une attraction. Aussitôt que j'eus posé les yeux sur elle, je me sentis immédiatement attirée vers Fanny. Il y avait en elle quelque chose comme une force infinie, une solidité inébranlable. Elle était, et sans vergogne aucune, plus femme que moi, pauvre potiche insipide, je ne l'avais jamais été. Depuis le début, je sentais bien qu'il y avait en Fanny un secret, un message hardi écrit dans sa chair à la seule fin que je le lise, et, tandis que je marchais à ses côtés, j'étais certaine qu'elle avait reconnu quelque chose en moi, comme moi en elle.

*

La maison de Fanny se trouvait dans Crook Street, tout près du canal, à l'intersection de quatre allées qui s'en écartaient comme les branches d'une étoile. Dans ce quartier de la ville, on trouvait quantité d'anciennes demeures géorgiennes, jadis de belles maisons à la mode, réduites désormais à une espèce de distinction un peu mitée, certaines à l'abandon, avec des lambeaux de vieux rideaux pendant aux fenêtres, qui, avec leurs carreaux cassés, ressemblaient à des bouches édentées, d'autres repeintes de frais et sans la moindre souillure, tels ces faux frontons de toiles peintes, au théâtre.

La maison de Fanny était plus grande que les autres, bâtie dans cette même pierre londonienne encrassée de suie, mais d'une propreté fort respectable, avec de lourds rideaux de couleur vive, et des pots de géraniums à chaque rebord de fenêtre. Dans ce voisinage, cette maison ressortait avec une sorte d'incongruité rustique. La porte était peinte en vert, avec un heurtoir de cuivre rutilant et, sur le seuil, un énorme chat roux zébré de rayures miaula lorsque nous nous approchâmes.

« Rentre, Alecto », lança Fanny à la chatte, en ouvrant la porte, et le gros matou au poil moucheté balança silencieusement dans le vestibule le poids de son corps apparemment privé de squelette. « Je vous en prie... » D'un geste, Fanny m'invita à la suivre, et tous trois – Fanny, Moïse et moi –, nous pénétrâmes dans la maison. Immédiatement, je fus frappée par l'odeur, un mélange de santal, de cannelle et de feu de bois, un parfum qui semblait émaner des meubles et des murs tout autour de nous. Puis il y eut les fleurs, de grands vases de fleurs, cramoisies, pourpres et or, sur des guéridons dans chaque coin. Des tapisseries aux couleurs chatoyantes, tels des bijoux, étaient suspendues aux murs et des tapis luxuriants recouvraient les parquets.

Par l'effet de quelque magie, j'eus l'impression d'être transportée dans une caverne d'Aladin. Au milieu de ce décor, Fanny, qui, défaisant les épingles de son chapeau, retirait ses gants et dénouait ses cheveux, m'apparut comme une beauté de dimensions étranges et mythiques, une statue de bronze dans un temple d'Arabie, une Schéhérazade géante, désormais sans la moindre trace de Haymarket dans son allure ou dans son maintien, une créature tout à fait à son aise. Elle ouvrit la marche pour nous conduire dans un corridor, nous dépassâmes un grand escalier tournant pour pénétrer dans une confortable réception, où un feu était déjà allumé, devant lequel deux autres chats se tenaient en repos, tels deux sphinx.

Comme je me laissai aller dans un énorme fauteuil rembourré, je me glissai momentanément à l'extérieur de mon corps et je me vis, telle une étrangère dans ce décor sensuel, aussi blanche et pâle qu'une créature sortie de sous une pierre, et cette vision me fit presque crier. Lorsque toutes choses alentour retrouvèrent leur netteté, je vis le visage de Moïse surgir devant moi comme dans un bocal à poissons rouges, et, mue par un dégoût inexplicable, je m'écartai de cette vision. La pièce tourbillonna autour de moi comme une boule de cristal, et les yeux impitoyables de Moïse s'attachèrent aux miens.

« Ma chère petite, vous avez l'air souffrante. Buvez ceci. » Lorsque Fanny me tendit un breuvage dans un calice de cuivre, je m'accrochai à elle dans un geste de gratitude et de désespoir. Cette potion était chaude et sucrée, comme un punch, avec un arôme très prononcé de vanille et de quatre-épices.

Je m'efforçai de sourire. « Merci, fis-je. Je... »

Il y eut la voix de Moïse, sèche et pleine de suspicion : « Qu'est-ce que c'est que ça ?

— Une de mes recettes maison, répondit nonchalamment Fanny. Un remontant, c'est tout. Tu te méfies de moi ?

— Je... me sens beaucoup mieux, dis-je, m'apercevant, un peu surprise, que c'était vrai. Je... je suis désolée, je...

— Quelle sottise ! s'exclama Fanny d'un ton cassant. Dans cette maison, on ne s'excuse pas. Il se peut que Henry apprécie ce genre d'attitude de soumission stupide, mais pour ma part je ne saurais rien concevoir de plus assommant.

— Oh ! » L'espace d'un instant, j'hésitai à rire ou à m'offenser du franc-parler de Fanny. En outre, elle venait d'appeler mon mari par son prénom. Je ris avec embarras et je bus le reste de mon remontant d'une seule gorgée. Les deux chats quittèrent leur place près de l'âtre et vinrent renifler les ourlets de mes jupes. Je tendis prudemment la main pour les caresser.

« Maegera et Tisiphone, annonça Fanny. Ils ont l'air de vous apprécier. C'est un honneur – d'habitude, ils ne s'entendent guère avec les étrangers. »

Je répétai leurs noms. « Maegera, Tisiphone et Alecto. Quels noms étranges. Ont-ils une signification ?

— Oh, j'ai un certain penchant pour la mythologie antique, fit Fanny avec désinvolture.

— Puis-je... puis-je vous appeler Fanny ? » demandai-je.

Elle approuva de la tête. « Je vous en prie. Avec moi, c'est sans cérémonie, me prévint-elle. Je suis en âge d'être votre mère, même si, cela ne fait aucun doute, je ne suis pas aussi respectable. Prenez encore un peu de ce breuvage. » Elle remplit le calice et me le tendit. « Et toi ? » Elle se retourna vers Moïse, qui était resté assis dans le seul fauteuil à dos droit de la pièce, arborant une mine d'enfant contrarié. « Tu as l'air de quelqu'un qui ne refuserait pas un petit verre.

— Non merci.

— Tu devrais, insista Fanny, l'air de rien, ne serait-ce que pour améliorer ton humeur. »

Moïse se força à sourire non sans une certaine aigreur et accepta le verre qu'on lui tendait. « Merci.

— Tu n'as pas l'air très ravi de me voir, constata Fanny. Pas de doute que maintenant tu as une réputation à entretenir. Et pourtant, mon cher Moïse, je n'aurais jamais imaginé que Henry Chester serait ta tasse de thé. Tu dois commencer à te faire respectable, maintenant que tu es sur le déclin ! » L'air gêné, Moïse changea de position et Fanny me lança un clin d'œil et sourit.

« Évidemment, j'oubliais ta nouvelle position de mécène de M. Chester, ajouta-t-elle. Vous êtes devenus des amis, toi et Henry. Qui l'eût cru ? Je suis prête à jurer que d'ici la fin de l'année, on ne te verra plus jamais ivre. »

Elle se tourna brusquement vers moi. « Vous êtes si jolie, ma chère, fit-elle. Dans quel embrouillamini vous êtes-vous mise, avec Henry Chester d'un côté et Moïse de l'autre. Charybde et Scylla. Faites attention : Moïse est un vaurien jusqu'à la moelle des os, et Henry... allons, Henry nous le connaissons toutes les deux, du moins je l'espère. Vous pouvez être mon amie. Cela les mettrait tous deux en grande fureur, sans conteste – en matière de propriété, les hommes nourrissent des idées tellement étranges ! Imaginez la stupeur de Henry s'il savait ! Mais Henry ne voit pas plus loin que ses tableaux. Même dans ces yeux que vous avez là, si clairs et si profonds, il ne voit rien. »

Le ton était léger, les mots se faufilaient autour de moi comme un lumineux banc de poisson, formant des motifs dépourvus de sens. Le chat moucheté bondit sur mes genoux, et je fus heureuse de la diversion qu'il m'offrait. Je laissai mes mains paresseusement jouer dans la fourrure du félin. Je tâchai de me concentrer sur les propos de Fanny, mais la tête me tournait. Je bus un autre verre pour m'éclaircir l'esprit, et au travers de ce voile d'irréalité qui déformait ma perception du monde, je pris conscience que Moïse m'observait avec une vilaine expression sur le visage. J'ai lutté pour dire quelque chose, mais il ne me restait plus grande notion des manières de salon, et, au lieu du commentaire poli que j'avais eu l'intention de prononcer, je formulai la première réflexion qui me vint à l'esprit.

« Sommes-nous dans une maison close ? » Le temps d'une seconde, je suis restée figée, atterrée de ce que je venais de dire, et puis je sentis une bouffée de chaleur me parcourir de la tête aux pieds. Je me suis mise à bredouiller, renversant mon verre sur mes jupes, presque en larmes : « Je… je… je… »

Mais Fanny fut prise de rire, un rire généreux, profond, que l'on aurait attendu d'un génie sorti de sa bouteille. Pendant un court moment, j'ai perçu sa silhouette dressée au-dessus de moi et j'ai perdu toute notion d'échelle. Elle était une géante, terrifiante, impressionnante dans sa robe d'un velours opulent et, quand elle me prit dans ses bras, le parfum de musc et d'épices de ses chairs généreuses m'enveloppa. Lorsque le monde alentour retrouva sa stabilité, je pouvais encore entendre son rire et mon hystérie reflua.

« Vous avez tout à fait raison, ma chère, acquiesça-t-elle avec un gloussement. Quelle fraîcheur d'esprit ! "Sommes-nous dans une maison close ?" Moïse, cette enfant est un trésor. » Je changeai de position, mon visage contre son épaule, en protestant.

« Vous lui avez fait boire trop de punch. Elle n'a pas l'habitude. » Dans la voix de Moïse, il persistait une nuance de désapprobation, mais je l'ai vu sourire malgré lui. Je me mis à rire moi aussi, d'un rire nerveux à moitié mouillé de larmes.

Soudain, une pensée me frappa et, enhardie par l'alcool contenu dans le punch et par l'hilarité de mon hôtesse que rien décidément ne pouvait entamer, je l'exprimai à haute voix : « Mais... Vous m'avez dit que vous connaissiez mon mari, ai-je relevé. Je... s'agissait-il de lui servir de modèle ? »

Fanny haussa les épaules. « Je ne suis pas son style, mon cœur. Mais de temps en temps je sais lui trouver quelqu'un qui le soit. Pas toujours pour seulement lui servir de modèle, d'ailleurs.

— Oh... » Il me fallut un petit moment pour que les conséquences de ce qu'elle venait de me dire prennent toute leur ampleur dans mon esprit. Henry m'était infidèle ? Ainsi, après tous ses grands airs et ses prêches, Henry était venu secrètement rendre des visites dans la maison de Fanny ? Je n'avais pas la certitude de savoir s'il me fallait rire ou crier devant cette farce amère. J'imagine que j'ai ri. Penser que durant toutes ces années, alors qu'il était mon héros, mon Lancelot, il se faufilait dans cette maison de Crook Street comme un voleur dans la nuit ! J'ai ri, mais il y avait de l'amertume dans mon rire.

Moïse, lui aussi, avait été surpris. « Henry est venu ici ? » a-t-il demandé, incrédule.

— Souvent. Et il continue. Tous les jeudis, réglé comme une pendule.

— Eh bien, que je sois damné ! Jamais je n'aurais cru que ce vieil hypocrite avait la bête en lui. Et il se rend à l'église tous les dimanches, le démon, et il discourt, et il prêche et on lui donnerait le bon Dieu sans confession ! Quels sont donc ses goûts, Fanny ? »

Fanny eut un sourire condescendant, mais je la coupai avant qu'elle ait pu dire ce qu'elle voulait dire. D'emblée, je connaissais la réponse.

« Les enfants, dis-je d'une voix blanche. Il aime les enfants. Il m'assied sur ses genoux et me demande de l'appeler M. Chester. Il... » Je m'interrompis, prise de malaise, et j'éclatai en sanglots sans retenue. Pour la première fois, j'avais exprimé à haute voix un peu de ma haine, de ma honte et de mon dégoût et, tandis que je me cramponnais à Fanny Miller, trempant de larmes sa robe de velours couleur de mûre, je sentis mon cœur se soulever inexplicablement, un sentiment de libération. Toujours en larmes, je me remis à rire.

Nous avons marché un petit moment, Fanny et moi, et j'en ai appris un peu plus sur l'histoire qu'elle avait commencé de me dévoiler. Elle avait d'abord rencontré Henry – ou M. Lewis, comme il se nommait lui-même auprès des autres visiteurs des lieux – voici environ cinq ans, et depuis lors il était venu régulièrement dans cette maison. Parfois, il lui arrivait de s'asseoir dans le salon et de boire du punch avec les autres hôtes de l'endroit, mais le plus souvent il évitait le reste de la « compagnie » et s'éclipsait avec l'une des filles – toujours la plus jeune et la moins expérimentée. D'ordinaire, il venait le jeudi, le jour où il était censé fréquenter son club.

J'écoutai tout ceci avec calme, presque avec indifférence. Peut-être était-ce le punch que Fanny continuait de verser dans mon verre à pied, mais j'ai affronté la nouvelle de la trahison de Henry avec un parfait sang-froid, nourrissant ma haine au sein comme j'aurais nourri un enfant malade. Je me sentais comme si le monde entier s'était écroulé tout autour de moi, mais instinctivement je dissimulai cette impression, en tendant hardiment mon verre pour qu'on me le remplisse.

« Ne buvez plus de ça, s'écria Moïse, irrité. Il se fait tard. Allons, on va vous ramener chez vous. »

Je secouai la tête.

« J'aimerais rester ici encore un moment, dis-je avec un calme feint. Il va se passer des heures avant que Henry ne rentre de son atelier – et même si je rentrais en retard, jamais il ne devinerait où j'étais. » Et là-dessus, je partis d'un rire insouciant. « Peut-être devrais-je le lui apprendre moi-même !

— J'ose espérer qu'il s'agit là de votre part d'une tentative de faire de l'humour, a lâché Moïse, avec un calme lourd de menace.

— Je suis bien certaine que vous l'espérez. » Je perçus une petite note de fragilité dans ma voix, et j'ai essayé d'adopter le ton léger et plein de confiance de Fanny. « Mais enfin, il est de votre intérêt que Henry ne se départe pas de sa bienveillance. Après tout, vous êtes en train de séduire sa femme, n'est-ce pas ? »

J'ai lu sur son visage une expression de mépris et de colère, mais je fus incapable de m'interrompre. « Vous avez une curieuse conception de la propriété, ajoutai-je. Cela me navre quelque peu que vous pensiez qu'un homme puisse s'en tirer à bon compte et sans autre forme de procès, quels que soient son crime et sa félonie, pourvu que les apparences soient sauves. Que je souffre ou non, je suppose que cela vous est absolument égal.

— Vous êtes à bout, me coupa-t-il froidement.

— Pas du tout ! (J'eus un rire de crécelle désemparée.) En matière de prétexte, je m'attends que vous ne soyez nullement pris de court – après tout, vous êtes un orfèvre en la matière.

— De quoi parlez-vous ? »

Subitement, je n'étais plus sûre de moi. Pendant un instant, je m'étais sentie envahie d'une telle rage, d'une telle fureur vengeresse que je la laissai déborder... pourtant à ce moment-là, la colère ne semblait plus m'appartenir, mais émaner d'une autre – quelqu'un de bien plus courageux et de bien plus fort que moi... une étrangère.

Qu'avais-je cherché ? Cela me paraissait nébuleux à présent, comme le vestige d'un songe, se dissolvant dans le néant lorsque je m'éveillai, ne laissant derrière lui qu'un sentiment profond de poignante nostalgie, telle une odeur de fumée dans l'air.

« Je... je suis désolé, Moïse : je ne pense pas ce que j'ai dit. S'il vous plaît, ne rentrons pas tout de suite. »

Malgré ma voix implorante, il ne se laissa pas émouvoir. J'ai vu ses yeux bleus se plisser, jusqu'à n'être plus que deux fentes, deux lames de rasoir, et il détourna le regard plutôt sèchement, avec une voix glaciale.

« Vous saviez que je ne voulais pas venir ici, me rappela-t-il. Si je suis venu, c'est par égard pour vous. À présent, par égard pour moi, allons-nous-en d'ici, ou, par Dieu, je m'en irai sans vous.

— Moïse... » La colère commençait de monter en moi, les symptômes physiques éprouvants d'une dispute attendue me tordaient misérablement les entrailles, me desséchaient la bouche à force de rancœur. « Si vous me quittez maintenant... si vous me laissez seule ici, comme cela, alors que j'ai besoin de vous... Jamais je ne vous le pardonnerai.

— Tâchez de faire preuve d'un petit peu de compréhension, Moïse, mon cher, intervint Fanny de son ton moqueur. Effie vient de connaître un réveil plutôt rude, ne pensez-vous pas ? Ou auriez-vous préféré la maintenir dans l'ignorance propre aux bienheureux ? »

Moïse se retourna vers nous deux avec une expression mauvaise. « Je ne vais pas laisser deux putains me donner des ordres ! cracha-t-il. Effie, je supporte patiemment vos larmes et vos accès de colère. C'est moi qui me suis presque fait arrêter aujourd'hui à cause de votre hystérie. Je vous aime plus que je n'ai jamais aimé une femme au cours de ma vie, mais cette fois c'en est trop. Je ne me laisserai pas braver de la sorte, et tout particulièrement pas sous ce toit. Maintenant, voulez-vous rentrer chez vous ? »

Deux putains. Ces mots étaient tombés comme deux pierres, une chute silencieuse dans l'obscurité de mes pensées. Deux putains…

Ma rage me submergeait, tel un délire, telle une extase. Mon ventre se tordait, en proie à la plus grande agitation, ma gorge se serrait sous l'emprise du malaise. Je lui ai craché au visage mon rire maladif et vénéneux. Les mots me manquèrent, mais je ris, je ris, en le regardant passer de la colère au malaise, alors qu'il tentait de me calmer. Il tendit la main pour me saisir le bras, l'immobiliser, une main que j'écartai en la frappant. Le chat siffla vers lui avec sauvagerie et bondit du fauteuil pour aller se cacher sous le buffet.

« Ne me touchez pas !

— Effie…

— Sortez !

— Écoutez-moi juste un instant… »

Je me tournai vers lui et je le regardai froidement. Pour la première fois, je découvris les rides que la tension creusait autour de sa bouche, cette froideur atone dans le fond de ses yeux.

« Sortez, répétai-je. Vous me dégoûtez. Je rentrerai chez moi par mes propres moyens. Je ne veux plus jamais vous revoir. »

L'espace d'un instant, son visage s'est relâché, puis sa bouche s'est tordue.

« Non, mais dites donc espèce d'impudente petite...

— Sortez ! ai-je dit.

— Vous me rendrez compte de cela, a-t-il soufflé d'une voix mauvaise et feutrée.

— Sortez ! »

Pendant un moment, il demeura figé de gêne, les bras croisés en un geste de défense, et, d'une certaine façon, j'ai senti qu'il avait peur, comme devant un petit chien d'appartement qui aurait soudainement appris à mordre, et la conscience que j'eus de cette peur me ravit intérieurement, en sorte que le malaise reflua, l'allégresse m'inonda le corps et une voix pleine de férocité me psalmodiait : « Mords, mords, mords, mords, mords... » Puis Moïse se détourna avec un haussement d'épaules méprisant et quitta la pièce, en claquant la porte derrière lui. Je m'effondrai, tout le sentiment de triomphe que j'éprouvais fondit en pleurs lamentables.

Fanny me laissa pleurer une minute, puis, très doucement, elle posa un bras autour de mes épaules.

« Vous l'aimez, n'est-ce pas ?

— Je...

— N'est-ce pas ?

— Je crois. »

Elle hocha la tête. « Vous feriez mieux de le suivre, ma chère, me conseilla-t-elle. Je sais que vous reviendrez. Ici même... » Et, en soulevant le matou qui était revenu s'asseoir à côté de moi aussitôt que Moïse avait quitté la pièce, elle vint le placer dans mes bras. « Tizzy a l'air de bien vous aimer. Prenez-la avec vous – veillez sur elle et elle sera pour vous une bonne amie. Je vois bien dans vos yeux quelle situation solitaire ce peut être que de se retrouver mariée à Henry Chester. »

J'acquiesçai de la tête, en tenant le chat tout contre moi.

« Pourrai-je encore venir vous revoir ?

— Bien sûr. Venez chaque fois que vous en aurez envie. Au revoir, Marta.

— Qu'avez-vous dit ?

— J'ai dit : "au revoir, ma chère".

— Je croyais vous avoir entendue dire...

— Chut, m'interrompit-elle. Maintenant partez, et souvenez-vous de ce que je vous ai dit. Faites attention à vous. »

J'observai ses yeux étranges et je n'y vis rien d'autre que des reflets. Mais elle souriait encore lorsqu'elle me prit par le bras et me poussa avec douceur sur le pas de la porte, dans la rue.

20

Voix de Moïse Zachary Harper

La garce. La garce ! Des garces, toutes les deux. Tandis que je regagnais mon meublé, bouillonnant de rage après l'injuste traitement qu'elle m'avait fait subir, je me résolus presque à abandonner toute l'affaire, à la laisser à son puritain de mari, et à me débarrasser de ces deux-là. À moins, peut-être, d'une jolie petite lettre anonyme, remplie de détails intimes... qui pourraient mettre quelques pigeons à portée des griffes du chat. Cela lui apprendrait. Mais derrière ma colère, j'éprouvai un malaise. Il ne s'agissait pas seulement de revanche, n'est-ce pas ? Non. Le fait est que je m'étais mal conduit avec elle, que l'As de Bâtons avait montré qu'il n'était qu'un Fou, né de la dernière pluie, que j'avais sous-estimé ma petite Eff, qu'à n'en pas douter je m'étais trompé sur toute la ligne en croyant la tenir sous ma coupe, que je m'étais flatté de croire qu'elle était mienne, complètement mienne... Et elle avait choisi de me défier devant Fanny. Fanny, elle n'aurait pu mieux choisir !

Ah ça mais, si elle voulait Fanny, je lui en donnerais, de cette Fanny-là. Un mot approprié glissé dans l'oreille de ce vieux puritain de Henry et il divorcerait sans l'ombre d'une hésitation. Quoi ? Vous ne me croyez pas ? Quelques détails bien choisis sur ses prestations dans le lit de Harper, et il ne tolérerait plus de porter le regard sur elle, plus jamais. Elle se retrouverait sans le sou, sans personne vers qui se tourner – ne croyez pas que sa mère la reprendrait après le gâchis que sa fille aurait fait du joli mariage qu'elle avait si finement arrangé. Vulgaire ? Eh bien oui, va pour la vulgarité. Seule et sans le sou, disais-je. Et sans personne vers qui se tourner, sauf l'amie Fanny. Il ne lui faudrait pas un mois pour lui aménager une chambre, en compagnie des autres filles. Et tout ce que j'aurais à faire... Eh bien, peut-être m'y résoudrais-je quand je serais fatigué d'elle. Toutefois, pour l'heure, j'avais encore envie de cette gosse. Après tout, c'était un sacré brin de fille, et qui plus est, la nouveauté, c'est qu'elle avait de l'esprit, et ça, c'était loin d'être le plus fâcheux de l'affaire.

Ah ouiche, mais Fanny !

C'était là que le bât blessait.

Oh, Effie est revenue bien assez vite. Je savais qu'elle n'aurait pas le cran de me tenir tête trop longtemps, et je ne fus pas surpris de la voir sortir précipitamment de la maison quelques minutes après mon départ. Ce n'était pas son sot petit éclat hystérique qui me chagrinait, mais la manière dont elle et Fanny avaient conclu un pacte à mes dépens, presque d'instinct, tels les membres d'une société féminine et secrète. Nous avons pris une voiture jusqu'à Cromwell Square, nous avons roulé en silence, elle m'observait par-dessous le rebord de son chapeau, avec circonspection, et moi je conservais le regard fixe, droit devant moi, immergé dans mes pensées amères. Le temps que nous atteignions Highgate, elle reniflait à la dérobée, et du coup je me sentis beaucoup mieux.

C'est égal, me dis-je, Fanny ne serait pas éternellement là pour l'influencer. Une fois qu'Effie serait redevenue mienne, je l'effraierais un peu, je la ferais pleurer, et tout cet épisode serait oublié. Pour un temps, en tout cas.

Pendant un jour ou deux, j'ai joué le jeu de la froideur. Je manquais nos rendez-vous au cimetière et je faisais en sorte qu'elle m'entende passer en voiture devant sa maison lorsque je rentrais de l'atelier. À la fin de la semaine, Henry m'invita à dîner et je demeurai distant, me lançant dans une grande discussion avec lui sur l'art et la politique, tout en ignorant presque la pauvre petite Eff. Je lui trouvai l'air plutôt pâle et je remarquai qu'elle me regardait parfois avec inquiétude, mais j'ignorai la chose et je passai là toute le reste de la soirée avec cette même gaieté monstrueuse, en buvant d'importance, en riant fort, tout en lui laissant supposer que j'avais le cœur brisé. Kean n'aurait pu jouer ce rôle avec plus de virtuosité.

Pour une raison ou une autre, on eût dit qu'Effie mettait Henry hors de lui. Lors des rares occasions où elle avait hasardé un commentaire au cours du dîner, il s'était montré impatient et sarcastique, ne tolérant sa présence que parce que j'étais là. Si je n'avais pas été présent, je suis certain qu'il ne serait pas resté en sa compagnie sans lui chercher querelle. Je me comportai comme si de rien n'était, en évitant délibérément de croiser son regard.

Tout au long du repas, Henry exprima de nouveau à haute voix son désir de voir Effie poser pour le personnage de la femme. « Mais, ajouta-t-il, je voulais vraiment un modèle aux cheveux sombres. Je pense qu'un modèle aux cheveux blonds manquerait de substance pour ce type de toile. » Il hésita. « Effie pourrait poser pour la silhouette d'ensemble, la position et le visage, c'est bien évident, reprit-il. Et je pourrais peindre la chevelure à partir d'un autre modèle. » Il parut considérer la chose un moment. « Là réside probablement la réponse. Qu'en pensez-vous, Harper ? »

Je hochai la tête, en examinant Effie d'un œil appréciateur, pour son évident inconfort. « J'ai remarqué une foire vers Islington Road, répondis-je d'un ton innocent. Vous pourriez certainement y trouver une bohémienne avec le genre de cheveux qu'il vous faut, et qui serait en mesure de poser pour vous. » Du coin de l'œil, je vis Effie tressaillir à cette allusion à la foire, et j'eus un large sourire en mon for intérieur.

« Je veux entamer le travail sur le personnage de cette femme dès que possible, poursuivit Henry. Pour le moment, il fait assez froid, mais quand vient la chaleur de l'été, Effie souffre d'une santé fragile dès lors qu'elle doit rester assise des heures dans un atelier. »

Effie s'agitait avec nervosité, s'emparait de sa fourchette, puis la reposait sans avoir touché à son plat. « Je croyais..., commença-t-elle, presque dans un chuchotement.

— Qu'y a-t-il ? » L'impatience de Henry était palpable. « Allons, parlez, jeune personne.

— Je croyais vous avoir entendu promettre que je n'aurais plus à me rendre à l'atelier. Mes migraines...

— Quand vous étiez souffrante, en effet, j'ai envisagé que vous n'ayez plus à vous y rendre. Vous n'êtes pas souffrante, et je ne vois pas pourquoi je devrais supporter la dépense d'un modèle, en sus de toutes vos autres dépenses, alors que je vous ai, vous. »

Effie esquissa vaguement un geste des deux mains, un geste sans objet, comme pour parer à la suggestion émise par son époux.

« Et, pour ce qui touche à vos migraines, il n'y a rien là qui ne puisse se soigner avec un peu de laudanum. Allons, Harper, lança-t-il, en se tournant vers moi avec une bonne humeur retrouvée, j'ai là aujourd'hui dans ma cave un claret bougrement délicieux. Vous devriez le goûter et me faire connaître votre avis. » Et sur ces mots, il se retourna et nous laissa seuls. À peine la porte se fut-elle fermée qu'elle était debout, plus pâle que jamais, à présent, le regard flottant. Ses mains vinrent se plaquer sur sa bouche. Je sus alors qu'elle était de nouveau tout à moi.

« Retrouvez-moi ce soir, Effie, chuchotai-je, pressant. Au Cercle du Liban, à minuit. »

Ses yeux s'ouvrirent tout grands. « Mais Moïse...

— Si vous tenez à moi, soyez-y, sifflai-je, en la regardant, les yeux réduits à deux fentes. Si vous n'y êtes pas, j'en conclurai que vous ne tenez guère à moi – et croyez-moi, je vivrai ma vie en conséquence. » Quoique je ne me fusse pas départi de mon grand sourire en mon for intérieur, je lui servis un ricanement de ma façon et regardai ailleurs lorsque Henry refit son entrée, tombant à pic. Effie détourna le visage, qu'elle avait blême, jusques et y compris les lèvres, et je me demandai un instant si elle n'était pas réellement malade. Puis je la surpris à m'observer, et je compris qu'elle était simplement en train de me jouer un autre de ses tours. Oh, croyez-moi, Effie n'était pas la simple petite innocente à laquelle vous avez tous cru. Aucun d'entre vous n'a su y voir clair dans les plis et replis innombrables de sa chair immaculée, jusqu'au sombre noyau caché de son cœur. Au bout du compte, Effie nous a tous bernés. Moi compris.

21

Voix d'Euphémie Madeleine Chester

Avant ma rencontre avec Moïse, je n'avais pas compris à quel point la vie que je menais était morne. Maintenant que j'avais l'impression de le perdre, je sentais bien que cela pourrait me rendre folle. Le souvenir de ce qu'avait provoqué notre querelle dans la maison de Fanny était si vague que j'avais le sentiment que c'était arrivé à une autre, à une jeune femme forte et sûre d'elle-même. J'attendis Moïse en vain à tous nos lieux de rendez-vous habituels, et j'ai passé des heures à la fenêtre à observer la rue – mais il n'arrivait pas. Même ma poésie ne m'était plus une consolation. Je ne connaissais pas de repos, je m'agitais convulsivement, comme une chatte, incapable de me consacrer plus d'une minute ou deux à la moindre occupation, à telle enseigne que Henry me jura ses grands dieux que je le mettais hors de lui à force de papillonner sans cesse de la sorte.

Je pris du laudanum, mais au lieu de me calmer les nerfs, la drogue sembla provoquer une espèce d'état de sourde paralysie de tous mes sens, de sorte que j'avais envie de bouger, mais je ne le pouvais pas, j'avais envie de voir, de sentir, de parler, mais je ne pouvais que percevoir le monde à travers un ichor épais et sirupeux, une trame de fantasmes et de rêves éveillés.

Tabby me prépara du chocolat et des cakes, auxquels je refusai de toucher. Avec irritation, je la priai, sur un ton cassant, de me laisser tranquille, pour aussitôt le regretter. Je l'ai prise dans mes bras et lui ai promis de boire son chocolat. J'étais fatiguée, voilà tout, et n'avais pas eu l'intention d'être brusque. Elle savait que c'était la vérité, à n'en pas douter. Elle sentait le camphre et la cuisine, et, timidement, sa main s'est faufilée jusqu'à mes cheveux pour me les caresser. J'aurais presque pu m'imaginer de retour à Cranbourne Alley, avec Mère, Tabby et tante May affairées à cuire des cakes dans la cuisine. Je m'agrippai à sa manche, tremblante de solitude.

Henry croyait que je feignais la maladie pour éviter de poser pour lui. Mes migraines étaient le fruit de mon oisiveté, jugeait-il. Je négligeais ma broderie. On ne m'avait pas vue à l'église en semaine depuis plus d'une huitaine. J'étais entêtée et d'humeur maussade, je n'apportais que des réponses stupides et vagues à ses questions, je me montrais d'une gaucherie ridicule avec les invités. Il marqua également sa désapprobation à propos de Tizzy, jugeant très déplacé que j'aie pu faire entrer un chat de gouttière dans cette maison sans sa permission, estimant que c'était là une sottise infantile de ma part que de le laisser se coucher sur mon lit la nuit ou sur mes genoux le jour.

Comme pour me prouver qu'il ne consentirait aucune concession à mes maux imaginaires, Henry invita des convives à dîner deux fois dans la même semaine – alors que la règle voulait plutôt que ce genre d'occasion soit tout sauf une habitude. La première fois, ce fut un médecin du nom de Russell, un ami qu'il avait rencontré à son club, un homme petit, mince, au visage malin, qui me regardait avec une étrange intensité derrière les montures métalliques de ses lunettes, et qui aborda en long et en large le sujet des manies et des phobies. La deuxième fois, ce fut Moïse, les yeux durs et brillants, le sourire aussi affûté qu'un rasoir.

Depuis qu'il m'avait posé ce redoutable ultimatum, mes nerfs étaient tellement à vif, ma solitude si intense que j'aurais fait n'importe quoi pour le reconquérir, le ramener à moi, qu'il m'aime ou non.

Très probablement, vous me tenez pour une créature indigne et faible. C'est ainsi que je me considère, je le sais. J'étais tout à fait consciente d'être punie en raison de ma brève tentative de révolte contre lui dans la demeure de Fanny. S'il avait voulu me voir, il aurait pu aisément y parvenir le jour, ou tout au moins dans son meublé. Sans nul doute, estimait-il, le cimetière, à minuit, avec ses ombres mouvantes, ses rôdeurs, offrait le décor idéal pour la scène de cruelle réconciliation à laquelle je devais me prêter avec lui. Forte de cette supposition, je ne pouvais m'empêcher de le haïr un peu en quelque recoin caché de mon cœur, mais le reste de ma personne l'aimait et le désirait, un désir si mordant que j'étais prête à marcher dans les flammes s'il me le demandait.

Sortir de la maison fut chose facile. Tabby et Em dormaient sous le toit, dans les anciens communs – Edwin possédait son propre cottage plus bas dans High Street et ne cessait de travailler qu'à la nuit tombée – et d'ordinaire, après être allé se coucher très tôt, Henry avait le sommeil profond. À onze heures et demie, je me faufilai hors de ma chambre, protégeant ma chandelle de la main. J'avais pris soin de ne porter qu'une robe de flanelle de couleur sombre, sans jupons, de manière à passer dans le corridor sans le moindre bruit, et ce fut ainsi dans un silence presque total que je descendis au rez-de-chaussée et gagnai la cuisine. Les clefs étaient accrochées à la porte et, en retenant mon souffle, je pris la plus lourde, celle de la maison, j'ouvris la porte et me glissai dehors dans la nuit.

Tizzy était assise à côté de la porte et s'enroula autour de mes chevilles, en ronronnant. Le temps d'un instant, j'hésitai, répugnant à m'en aller, me sentant étrangement réconfortée par la présence de la chatte : j'avais presque envie de la lover dans mon manteau et de l'emmener avec moi. Puis, me réprimandant intérieurement, je rabattis ma capuche de manteau sur ma tête, en frissonnant dans cette atmosphère noire et glacée, et je me mis à courir.

Sur mon chemin vers Highgate jusqu'au cimetière, je croisai peu de monde. Un enfant sortant d'un pub avec un demi-litre de bière dans un pichet, une mendiante enveloppée dans un châle en loques qui errait, apathique, à la dérive de porte en porte. Au coin de la rue, un groupe d'hommes me dépassa, ils sentaient la bière, il parlaient avec des voix fortes et regagnaient leur domicile en se soutenant mutuellement. Lorsque je les dépassai en courant, l'un d'eux me cria quelque chose, mais ils ne me suivirent pas. Profitant de ce que les réverbères étaient plus espacés, je tâchai de me fondre dans l'obscurité, et au bout d'une dizaine de minutes je me retrouvai devant la grande forme noire du cimetière, déployée sur le fond du ciel rougeoyant de Londres, tel un dragon assoupi. Tout était très calme, et j'eus conscience que les battements de mon cœur s'accéléraient à mesure que j'approchais du portail. Il n'y avait pas trace du veilleur de nuit, et je n'avais aucune raison de différer mon entrée, mais je demeurai l'œil fixé sur ces lieux quelques instants, regardant ces portes avec la même fascination morbide que j'avais éprouvée en regardant s'ouvrir l'auvent de la tente rouge, l'autre jour, à la foire.

Une sorte de mémoire flottante s'éveilla à cette pensée, et j'imaginai ces milliers de morts se redressant à mon approche, leurs têtes pointant du sol pierreux comme des jouets mécaniques. Cette image, là dans cette épaisse obscurité, c'était presque plus que je n'en pouvais supporter, mais me rappeler que Moïse m'attendait à peine quelques centaines de mètres plus loin me donna du courage. Moïse n'avait pas peur des morts, ni même des vivants – Moïse se délectait de ces histoires grotesques et terrifiantes. Il m'avait raconté la légende d'une femme enterrée vivante, comment on l'avait retrouvée étouffée, les mains raidies griffant l'air, le visage à quelques centimètres seulement de la surface, les doigts décharnés jusqu'à l'os à force de creuser la terre pour tenter de trouver une issue. Et l'année de l'épidémie de choléra, les morts avaient été si nombreux qu'il avait fallu les ensevelir dans des fosses communes, sans aucune inscription et en les recouvrant de chaux vive. Les cadavres étaient en si grand nombre que la chaleur de leur décomposition en avaient ramené certains à la surface, où plus tard ils avaient été découverts par deux amoureux qui se trouvaient dans le cimetière, ces quatre têtes dépassant du sol comme d'énormes champignons, avec la puanteur de la mort. Moïse savait à quel point je détestais ses histoires. Je crois que c'était pour cela qu'il me les racontait, pour se divertir de ma faiblesse. Et jamais auparavant je n'avais mesuré toute la cruauté que renfermait son rire.

Ici, l'obscurité était presque complète. Aucun bec de gaz n'éclairait le cimetière, et la lune tremblait telle une pauvre chose, qui projetait sur les pierres sa lumière terne et cadavérique. Les senteurs de la terre et cette obscurité étaient écrasantes. Je pouvais identifier les arbres d'après leur odeur en passant devant : les cèdres, les cytises, les rhododendrons, les ifs. Parfois, je trébuchais contre une pierre brisée ou contre une souche, et les craquements de mes pas me terrifiaient encore plus que ce silence épais et menaçant. Une fois, j'ai cru entendre des pas quelque part derrière moi et, glacé de terreur, je me suis recroquevillée derrière un caveau, et mon cœur battant à tout rompre secouait tout mon corps. Ces pas étaient lourds et, tandis que je restais immobile dans l'ombre noire, je crus entendre le soupir de quelqu'un qui respirait, une âpre respiration d'asthmatique, comme un soufflet.

J'étais presque arrivée au Cercle du Liban, maintenant, je n'avais plus que la longue allée à franchir avant de m'y retrouver en sûreté, mais j'étais incapable de bouger, malade de terreur, dans la vaste gorge de la nuit, pleine d'exhalaisons suffocantes tout autour de moi. Le temps d'un instant, ma santé mentale m'abandonna et s'éloigna en décrivant une spirale dans la nuit telle une pluie de confettis. J'étais reléguée dans une contrée reculée, hors du temps, le premier cercle de l'enfer de Dante, j'étais un atome de poussière dans le chaos, à une distance horrifiante de la lumière. Puis, lorsque je retrouvai la faculté de réfléchir, je sentis le monde se stabiliser un peu. Je glissai à genoux, pour trouver mon chemin sur le côté du caveau, je tâtonnai du bout des doigts, devenus tout à coup de miraculeuses sources de sensation. Silencieuse, je rampai. Lorsque les pas se rapprochèrent, je me figeai de nouveau, mes yeux s'efforçant en vain de capter un signe qui me permette d'identifier l'intrus. Je sentais la boue et l'eau goutter à travers mes jupes, mais je me plaquai contre le sol sans y prêter attention, en rabattant ma capuche sur ma chevelure, afin que sa clarté ne me trahisse pas dans le noir. Les pas se rapprochèrent encore un peu plus. Ils étaient presque sur moi maintenant. Je retins mon souffle, avec un goût d'éternité. Les pas s'étaient arrêtés. En jetant malgré moi un coup d'œil par-dessus mon épaule, tel Orphée, je vis la silhouette d'un homme sur le fond de ciel grisâtre, une menace immense, insoutenable, ses yeux tels deux points de lumière dans l'œil de la nuit.

LA LUNE

22

Voix de Moïse Zacharie Harper

Je sais, je sais. J'ai fait preuve d'une cruauté délibérée. Et cela ne m'a point déplu, d'ailleurs, de la traquer parmi les tombes tandis que la panique la gagnait, de l'épier, elle qui tentait de se cacher, qui tombait, qui glissait, pour finalement la précipiter à terre, et la relever de ce chemin boueux pour la serrer contre moi comme une enfant, les larmes trempant sa chevelure dénouée, qui lui retombait sur le visage, éparse, en bataille. Maintenant je pouvais me permettre de faire le généreux. Elle était redevenue tout à fait mienne.

Tout en la réconfortant, je finissais par comprendre un peu Henry Chester. Le pouvoir que je détenais sur elle était fondamentalement érotique, ses larmes constituaient le plus puissant des aphrodisiaques. Pour la première fois dans ma vie dissolue, une femme était mienne, corps et âme. Elle était désespérément avide de plaire, c'en était poignant, ses lèvres me dévoraient le visage dans une extase de doux repentir. Elle jurait que jamais plus elle n'essaierait de me braver, et dans le même souffle elle faisait serment qu'elle mourrait si je l'abandonnais, me plongeant dans le tourbillon d'un carrousel de sensations, toutes plus aiguës et plus puissantes les unes que les autres. Je retombai complètement amoureux. Au moment même où j'avais cru pouvoir me fatiguer d'elle, elle était venue à moi, avec une force toute nouvelle.

De folles paroles haletantes contre ma chevelure salée : « Oh Moïse... cela m'arrache l'âme du corps... J'ai besoin de vous... Jamais je ne vous laisserai partir, jamais je ne vous laisserai me quitter, si fort que soit votre désir de m'abandonner... Je vous tuerais, plutôt... » Elle prit une inspiration hachée, sa pâle figure tournée vers la mienne. À cet instant, l'illusion d'un reflet en provenance des réverbères de la rue là-bas révéla ses traits à la faveur d'un jeu d'ombre et de lumière. Ses yeux immenses, noirs et désolés, ses lèvres marbrées de pénombre, son joli visage tordu par une grimace de passion contrariée telle que, sur le moment, je me sentis mal à l'aise. Elle ressemblait à un ange noir et vengeur, avec de la folie et de la mort dans ses bras tendus, et tous les démons de l'enfer voletant de ses yeux à sa bouche. Elle s'était déjà dépouillée de ses vêtements, ne gardant que ses dessous, et sa peau livide luisait dans cette lumière étrange. Elle avança d'un pas, mon nom roulant dans sa bouche comme une malédiction, puis elle fut dans mes bras. Un parfum semblable à celui de la lavande, avec de la terre et de la sueur, lui collait à la peau. Elle abandonna ses jupons par terre derrière nous et fondit sur moi, succube assoiffé, ses baisers salés me brûlant la face. Nous fîmes l'amour debout là où nous étions, elle sans cesser un instant de me murmurer sa déraison. Après quoi, j'éprouvai la conviction qu'en un sens, au plus noir summum de la passion, j'avais contracté une promesse, ou signé un pacte, et que l'on pourrait plus tard exiger de moi que je le respecte.

Effie était assise sur une pierre tombale, recroquevillée comme une enfant, tremblante. En posant la main sur son front, je me rendis compte qu'elle était fiévreuse, et je tâchai de la persuader de se vêtir promptement, afin de ne pas risquer d'attraper froid. C'est à peine si elle me répondit, me regardant avec des yeux vides et tragiques. Lorsque je tentai de la vêtir moi-même, elle me laissa manipuler ses membres comme ceux d'une poupée grandeur nature. À quelques reprises, elle me tint des propos incohérents, mais pour l'essentiel, elle demeura silencieuse, et je me sentis regagné par l'irritation.

« Ne pouvez-vous pas m'aider, pour l'amour de Dieu ? » lâchai-je, cassant, tout en me débattant avec les lacets de sa robe.

Effie continuait de me dévisager à travers cette noire obscurité, comme une fillette qui se noie dans un lac.

« Allons, Effie, vous ne pouvez rester ici toute la nuit, repris-je avec plus d'aménité. Il va vous falloir rentrer chez vous avant que Henry ne découvre votre absence. »

Mais Effie se contentait de rester assise, le regard fixe. Elle avait l'air malade, sa peau livide et brûlante comme le soufre. Je ne pouvais la renvoyer à Cromwell Square dans un tel état, à moins que je ne veuille rendre publique toute cette scandaleuse affaire. Pareillement, je ne pouvais la laisser demeurer dans le cimetière de l'église. Il faisait froid – même moi, je me mettais à frissonner – et elle était déjà fiévreuse. Et plus que tout, elle avait besoin de changer de vêtements. Les siens étaient entièrement maculés de boue, l'ourlet de sa robe était déchiré. Si je la laissais s'en retourner dans cet état, elle et moi, l'un comme l'autre, nous serions bientôt découverts. Il ne me restait plus qu'un choix et, tandis que je considérais ce choix, je sentis un grand sourire brûlant se former dans la région de mon ventre. Cette idée n'était pas dénuée d'une certaine poésie.

« Allons, ma chère, fis-je vivement, en hissant Effie sur ses jambes. Je vous emmène voir Fanny. Je vais veiller à ce qu'elle vous permette de vous laver et vous donne des vêtements propres, et ensuite vous serez en mesure de rentrer chez vous avant que les domestiques ne soient levés. »

Impossible d'affirmer si elle m'avait entendu. Mais elle se laissa guider dans l'allée qui menait à la rue. Une fois, un bruit survenu derrière nous la fit sursauter, ses ongles acérés se plantèrent dans la chair de mes poignets, mais somme toute elle était surtout assez passive. Je la laissai debout au portail, le temps de trouver un fiacre, et lorsque je la soulevai pour l'y faire monter, je vis les sourcils du cocher décrire un accent circonflexe – une guinée dans la paume moite du bonhomme mit un terme à sa curiosité –, mais pour le reste les autres passants ne nous accordèrent pas un regard. Tant mieux.

La maison de Crook Street était illuminée, comme de juste, et, à la porte, ce fut une jeune femme rousse d'une beauté remarquable qui nous accueillit et me pria d'entrer. Effie me suivit sans protestation, et je la laissai en compagnie de la jolie jeune créature, le temps d'aller quérir Fanny.

Je dois reconnaître que Fanny tenait toujours une maison des plus convenables : une salle de jeux, un fumoir, un salon où les messieurs s'accordaient quelque détente dans un cadre opulent et bavardaient avec ces dames. Dans ces pièces, elle ne souffrait jamais le moindre comportement lubrique – pour ce faire, il y avait des chambres privées au premier étage – et quiconque manquait à ces exigences de bonne tenue se voyait poliment congédier de l'établissement, et sans tarder. J'ai connu des aristocrates moins exigeants que ne l'était Fanny Miller.

Je la trouvai dans le fumoir – elle avait toujours eu un penchant pour ces cigares noirs, petits et minces – vêtue de charmante façon, quoique non sans excentricité : un chapeau cramoisi rehaussé de glands et une veste d'intérieur assortie. Ses boucles fauves, à peine retenues par deux peignes en améthyste, jetaient des reflets sur le velours sombre et mat. L'un de ses chats, installé sur ses genoux, me considérait froidement.

« Tiens, Moïse, s'étonna-t-elle avec un flegme suave, qu'est-ce qui vous amène ici ?

— Un problème insignifiant, répliquai-je d'un ton léger, et une amie commune. Puis-je abuser un instant ? » Cette dernière remarque s'adressait au compagnon de fumoir de Fanny, un monsieur d'âge mûr, affligé d'une main tremblotante et d'une mine plutôt polissonne.

Les yeux d'agate de Fanny remontèrent de mes souliers boueux à mon visage, et retour. « Je vous prie de bien vouloir m'excuser », pria-t-elle ce bon ami d'âge mûr et, laissant là son cigare dans un cendrier de porcelaine, retirant son couvre-chef et sa veste, elle me suivit dans le corridor. « Eh bien, de quoi s'agit-il ? s'enquit-elle sur un ton plutôt moins suave.

— Effie est ici.

— Quoi ? » Soudain, ses yeux se changèrent en deux têtes d'épingles, incandescentes et dures. « Où est-elle ? »

Je ne compris pas le motif de cette fureur soudaine, et je me mis en devoir de lui expliquer brièvement ce qui s'était passé. Elle me coupa d'un geste de colère. « Pour l'amour de Dieu, un peu de calme ! siffla-t-elle. Où est-elle ? » J'évoquai la fille avec qui j'avais laissé Effie, et sans plus m'accorder un seul regard, Fanny s'en fut monter l'escalier, sa belle bouche réduite à un mince trait de colère.

« Quel est le problème ? » lui lançai-je, en agrippant la manche de sa robe cramoisie. Elle exécuta une volte-face, sa main levée prête à frapper la mienne pour se défaire de son emprise. Ce ne fut qu'au prix d'un grand effort de volonté qu'elle s'en abstint. Lorsqu'elle parla, ce fut avec un calme venimeux.

« Henry est ici, lui aussi », m'annonça-t-elle.

23

Voix d'Euphémie Madeleine Chester

Je ne sais pourquoi, j'eus l'impression de reconnaître la chambre. Je glissai à la dérive, et mon esprit s'enroulait moitié à l'intérieur de mon corps, moitié au-dehors, tel un génie jaillissant de sa bouteille. Le petit lit avec son édredon piqué en patchwork, la table, le tabouret, les images sur le mur, tout cela, j'eus l'impression de le voir avec les yeux de la mémoire. Moïse, Henry, l'étrange démence qui m'avait subjuguée dans le cimetière se trouvaient relégués au registre des rêves, et quant à moi je devenais le rêve d'un rêve flottant dans le noir. Je me souvins vaguement de mon arrivée dans la demeure de Crook Street, et d'avoir été conduite à l'étage… de mains amicales se glissant dans la mienne, de visages, de noms. Une fille d'à peu près mon âge, une éclatante chevelure de cuivre et des émeraudes aux oreilles : Izzy. Une dame ronde, d'humeur avenante, un corsage très ouvert sur des seins blancs opulents : Violet. Une Chinoise toute menue aux cheveux de jais, un anneau de jade à chaque doigt : Gabrielle Chau.

Je me rappelle leurs noms, leurs voix, le mélange sucré des parfums sur leur peau parfumée tandis qu'elles me dévêtaient et me lavaient le visage dans une eau chaude et odorante… puis il y eut un instant de vide, et bientôt je me retrouvai, lavée de frais, confortablement installée dans un étroit lit blanc, je portais une chemise de nuit d'enfant, à jabot, en lin, les cheveux coiffés et nattés pour la nuit. Je somnolai un moment et me réveillai en appelant ma mère, car j'avais de nouveau dix ans et peur du noir. Puis Fanny vint m'apporter un verre d'une boisson chaude et sucrée. Mais, dans mon esprit, Fanny se confondit avec ma mère, et je me mis à pleurer faiblement.

« Ne le laissez pas revenir..., suppliai-je. Ne le laissez pas entrer, ne laissez pas entrer le méchant homme ! » Pour une raison que j'ignore, j'avais peur que Henry ne vienne me faire du mal, alors que Henry était au lit, à des kilomètres de là, et dans ma confusion fiévreuse je m'agrippai à Fanny et l'appelai « Mère », et je pleurai. Il devait y avoir du laudanum dans cette boisson, car je me rendormis un moment, et quand je me réveillai, ma tête bourdonnait, j'avais la bouche sèche et molle, et je pris peur. Subitement, je me redressai dans mon lit, croyant avoir entendu quelqu'un debout de l'autre côté de la porte. Une planche du parquet grinça et, en scrutant le mince rai de lumière sous la porte, je vis l'ombre d'une personne, là, debout, j'entendis son souffle feutré, rauque contre le panneau de bois. Alors une panique immense, confinant au délire, s'empara de moi, et je tâchai de m'aplatir tout contre le pied du lit, le visage enroulé dans l'édredon, mais j'eus beau m'enfouir, au milieu du bruissement des draps, cette respiration persistait dans ma tête, et je crus entendre un grincement de métal contre le bois lorsque le prédateur commença de tourner la poignée de la porte. Malgré moi, il fallait que je regarde le rai de lumière tracer un ruban sans cesse plus large, révélant la silhouette de forte carrure d'un homme sur le seuil.

Henry !

Pendant un instant, je ne fus pas certaine que la drogue que j'avais prise ne me créait pas des hallucinations. Toute pensée rationnelle se trouvait suspendue à une absolue terreur, et une fois de plus je commençai de perdre la conscience de ma propre identité. Je n'étais plus Effie, mais quelqu'un de plus jeune, une enfant, une apparition…

« Qui est là ? » Sa voix était coupante, mais privée de timbre. Je ne fus pas loin d'y lire de la gêne. Comme je ne répondais pas, je l'entendis répéter sur un ton plus aigu, presque grinçant. « J'ai dit, qui est là ? Je vous entends. Qui est-ce ? »

Je changeai de position, en vain, et Henry s'avança de quelques pas.

« Je vous entends, espèce de petite sorcière. Je peux vous entendre dans le noir. Qui êtes-vous ? »

D'une voix qui n'était pas la mienne, je balbutiai le premier nom qui me vint en tête.

« Marta… Marta Miller. Je vous en prie… laissez-moi en paix, allez-vous-en. » Mais, en entendant mon nom, Henry s'était avancé de quelques pas. Il était à un mètre de moi et, quoiqu'il ne pût me voir, je distinguais bien son visage à la lumière du palier, la figure déformée par ce qui ressemblait à de la peur, le regard immobile.

« Allons, que je vous voie. » Il y avait plus que de l'insistance dans sa voix. « Venez à la lumière, que je vous voie ! » Il m'empoigna, et je m'écartai, en glissant derrière le montant du lit, de sorte que je fus cachée par cette ombre plus noire. Je tombai, mon pied heurta le lit, et brusquement je m'écriai : « Je vous en prie ! Laissez-moi tranquille ! Allez-vous-en ! »

Henry jura à voix basse et s'approcha d'un pas de plus dans le noir.

« Je ne vous ferai aucun mal. Je le promets. » Sa voix était enrouée, singeant la douceur. « Je veux juste voir votre visage. Nom de Dieu ! » Il poussa un juron en butant du pied contre la table de nuit. « Je vous ai dit de venir ici, par l'enfer ! »

Soudain, des pas précipités claquèrent sur le palier. Je risquai un œil par-dessus le montant du lit, et je vis Fanny, tenant d'une main un plateau avec un verre de lait et des biscuits, le sourcil relevé, en signe d'étonnement. Henry fut hors de la pièce à la seconde même. À les voir ainsi tous deux sur le palier pour la première fois, la haute taille de Fanny me stupéfia. Elle écrasait complètement Henry, majestueuse, aussi éblouissante qu'une déesse égyptienne. En face d'elle, c'était presque visible, il se ratatinait, mains tendues en un geste d'apaisement.

« Mais qui est-ce, là-dedans ? » demanda-t-il, presque sur le ton de l'excuse.

Le sourire de Fanny avait l'éclat, le froid du verre brisé.

« Ma nièce, Marta, répondit-elle. Elle est malade, elle a de la fièvre, le délire. Pourquoi me demandez-vous cela ? » Cette question était teintée d'une nuance de défi, mais Henry laissa errer son regard avec gaucherie.

« J'ai entendu des bruits… invoqua-t-il vaguement. Je… Cela m'a rendu nerveux. Et elle refusait de se montrer, cette saleté… Je… » Il s'interrompit, partit d'un rire forcé. « Je ne l'ai jamais rencontrée, votre nièce. » Il y avait une question contenue dans sa remarque.

« Vous la verrez, un jour », promit Fanny. Elle entra dans la pièce, déposa le plateau sur la table de nuit et referma la porte.

« Allons, Henry, venez à présent », le pria-t-elle avec fermeté, alors qu'il faisait mine de s'attarder, et j'entendis leurs pas s'estomper à mesure qu'ils s'éloignaient dans le corridor en direction de l'escalier.

24

Voix de Henry Paul Chester

L'aube pointait presque lorsque j'atteignis Cromwell Square et j'étais épuisé, l'esprit embrumé par la boisson et le parfum barbare de cette maison, une combinaison lourde et sensuelle d'encens, de fumée, de relents animaux et sauvages de félins et de femmes. À titre de pénitence, je m'étais interdit de prendre une voiture pour rentrer à la maison, mais en dépit de tout j'éprouvais une sensation de satisfaction répugnante, insistante, une quiétude perverse des sens qu'aucune marche, si longue fût-elle, ne pourrait annuler. Elle était jeune – quinze ans environ, point du tout aussi jeune que Fanny me l'avait promis – et jolie, la chevelure brune et bouclée, et des joues rose vif. Elle n'était pas vierge, mais toute préparée à tenir son rôle rien que pour moi, en feignant la répugnance et même en pleurant de vraies larmes à mon intention.

Ne me regardez pas comme ça ! Elle n'était pas seulement une putain payée pour exaucer mes vœux. Si cela ne lui avait pas plu, elle se serait mise en quête d'un métier plus décent. En fait, une guinée d'or sécha bien vite ses larmes, et il ne s'était pas écoulé cinq minutes avant que je la visse gaiement remonter à l'étage en compagnie d'un autre client. Avec de telles créatures, je vous l'assure, toute marque de sympathie n'est que gâchis : dès leur plus jeune âge, elles sont si corrompues que cela dépasse l'entendement. Au moins étais-je en mesure d'étancher ma soif coupable sur elles plutôt que sur Effie. C'était bel et bien pour le salut d'Effie que j'agissais de la sorte : quand je déclare qu'en mon cœur je ne l'ai point trahie, croyez-moi. Elle était mon icône de pureté, ma princesse endormie… Je savais qu'elle portait en elle les semences de la débauche : mais il ne tenait qu'à moi de m'assurer que ces semences ne se verraient jamais octroyer la faculté de croître. Mon amour était en mesure de préserver sa chasteté et, quels que soient les sacrifices que cela entraînait, j'étais désireux de les endurer pour son salut.

Oh, il y avait bien des écarts de conduite. Parfois, sa sensualité latente était telle que je ne pouvais contenir quelques faiblesses momentanées… mais je lui pardonnais sa nature, même si elle se rabaissait à mes yeux, tout comme j'avais pardonné à ma mère d'avoir causé chez moi cette première défaillance inoubliable.

Je dépassai la chambre d'Effie en me faufilant à pas de loup, et j'ouvris la porte de la mienne. Il faisait noir, je pouvais à peine discerner les contours de ma table de toilette et la garde-robe à la lumière trouble de la chandelle. Je tirai sur la porte pour la refermer derrière moi et posai la chandelle sur le manteau de la cheminée. Je me défis de mes vêtements et me tournai vers le lit – alors, sous le coup de l'émotion, j'eus le souffle coupé. Au milieu des ombres projetées par cette lumière vacillante, je pus distinguer une figure enfantine contre mon oreiller : des yeux d'un vert surnaturel étincelant d'une expression de haine farouche et vengeresse.

À l'évidence, c'était insensé : il n'y avait pas là d'enfant. Comment aurait-il pu se glisser dans mon lit au beau milieu de la nuit ? Il n'y avait pas d'enfant. Pour me le prouver, je me forçai à aller y regarder de plus près. Là encore, ce regard livide fixa le mien : cette fois, je saisis une vision, celle de ses dents, effilées comme des aiguilles, lèvres retroussées sur un rictus. Je reculai, pour empoigner la chandelle. Traînant cette longue flamme derrière moi comme un panache de fumée, je la brandis vers l'apparition, aspergeant de cire chaude et ma peau nue et les draps. La créature bondit sur moi, les mâchoires s'ouvrirent sur un sifflement de défi... et, avec un mélange de colère et d'extrême soulagement, je reconnus la forme mince et brune de la chatte d'Effie quand elle fendit l'air devant moi pour se fondre dans l'obscurité, disparaissant entre les rideaux avant de s'enfuir par la fenêtre ouverte.

Dans le miroir de la garde-robe, mon visage m'apparut marbré de taches livides, et ma bouche déformée par un rictus.

J'étais furieux contre moi-même qu'une simple chatte ait pu me causer une telle terreur irraisonnée, et plus furieux encore contre Effie, qui, sur un coup de tête, avait ramené cette chatte errante à la maison. Quel nom lui avait-elle donné ? Tisiphone ? Quelque sornette exotique qu'assurément elle était allée pêcher dans un de ses ouvrages, imaginai-je : je savais ne pas avoir mis la main sur tous ses livres. Dès le matin, je me promis de passer sa chambre au peigne fin pour y trouver ce qu'elle m'avait dissimulé. Et pour ce qui était de cette chatte... Je secouai la tête pour dissiper l'image de ce visage sur mon oreiller, du regard furieux de ces yeux verts distillant la haine absolue dans les miens... Une chatte, tout simplement. C'est égal, je pris dix grains de chloral, une nouvelle drogue recommandée par mon récent ami, le docteur Russell, avant de pouvoir supporter l'idée de poser ma tête sur cet oreiller.

25

Voix d'Euphémie Madeleine Chester

Je me souviens de sa main forte et fraîche contre mes cheveux. Son visage à la lumière de la lampe, aussi blanc que la lune. Les bruissements de sa robe, la fragrance de son parfum, chaude et dorée, d'ambre et de chypre. Sa voix, basse et calme, qui chantait sans paroles, en cadence, au rythme de sa caresse sur ma chevelure. Henry n'était qu'un mauvais rêve, qui se dissolvait à présent en une myriade de petites larmes de lumière. La pendule sur le manteau de la cheminée faisait entendre un battement de cœur plus fort que le mien : le cœur aussi léger qu'un pissenlit, je comptais l'écoulement de chaque instant, par une nuit chaude, telles des semences de soie. Les yeux clos, de douces songeries fusaient au loin dans l'obscurité accueillante du sommeil. La voix de Fanny me parlait très doucement, très gentiment, chaque mot était une caresse.

« Chut… chut. Dormez, petite fille… vous avez tellement sommeil… chut… » Je souris et je murmurai.

« C'est vrai. Chut… dors, ma chérie, ma petite Marta, mon amour. »

Je me laissai doucement aller à la dérive dans le berceau de ses bras. Tandis qu'elle me caressait les cheveux, je regardais les souvenirs flotter au loin comme des ballons suspendus dans les airs… Moïse…

le cimetière… l'exposition… Henry… en dépit de l'insigne clarté de chacun de ces souvenirs, je détenais la faculté de le laisser flotter au loin, et, après un moment, j'aperçus le nuage lumineux de ces ballons, ficelles entremêlées, couleurs rutilantes dans le soleil couchant. Cette vision était si belle que je crois m'être écriée à voix haute, d'une voix égarée de petite fille :

« Des ballons, mère… ils flottent tous au loin. Où volent-ils ? »

Sa voix était à peine audible, étouffée par ma chevelure. « Loin, très loin. Ils flottent et s'élèvent dans le ciel… jusque dans les nuages… et ils sont tous de couleurs différentes… rouge, jaune, bleu… Tu les vois ? »

Je hochai la tête.

« Flotte avec eux un moment. T'en sens-tu capable ? »

Je hochai de nouveau la tête.

« Sens-toi t'élever… t'élever dans les airs avec les ballons. C'est cela. Chut… »

Je compris que je commençai de m'élever sans effectuer aucun mouvement, par la seule pensée. Je m'élevai hors de mon corps, je dérivai, l'image paisible des ballons toujours présente dans mon esprit rêveur.

« C'est ainsi que tu flottais, avant, fit doucement Fanny. Tu t'en souviens ?

— Je m'en souviens. » Je n'émis guère qu'un mince filet de voix, mais elle m'entendit.

« À la foire, insista Fanny.

— Oui.

— Pourrais-tu y retourner ?

— Je… je ne veux pas. Je veux aller avec les ballons.

— Chut, ma chérie… tout ira bien. Rien ne peut te faire de mal. J'ai seulement besoin de ton aide. Je veux que tu reviennes en arrière et que tu me dises ce que tu es capable de voir. Dis-moi son nom. »

Je flottais dans un ciel si bleu qu'il m'était douloureux de le regarder. Je pouvais voir les ballons s'élever au-dessus de l'horizon. Et puis, au-dessous de moi, tout en bas, je pouvais voir les auvents et les tentes de la foire.

« Des tentes... ai-je murmuré.

— Descends. Va à cette tente et regarde à l'intérieur.

— Nnnon.... Je...

— Tout ira bien. Rien ne peut te faire de mal. Descends. Que vois-tu ?

— Des images. Des statues. Non, des personnages de cire.

— Plus près.

— Non...

— Plus près ! »

Soudain, j'y étais de nouveau. J'avais dix ans, recroquevillée contre le mur de ma chambre, et le Méchant Homme s'avançait vers moi, le désir et le meurtre dans les yeux.

J'ai crié. « Non ! Mère ! Ne le laisse pas faire ! Ne laisse pas le Méchant Homme venir ! Ne laisse pas le Méchant Homme venir ! »

Dans la brume empourprée du sang qui palpitait au creux de mes veines, j'entendis sa voix, toujours très calme : « Qui, Marta ?

— Non-on !

— Dis-moi qui ? »

Et alors j'ai regardé le visage de l'homme, en face. La terreur était à son sommet, une éternité glacée... puis je le reconnus. La terreur s'en fut et je m'éveillai, les bras forts de Fanny serrés autour de moi, la panne de velours de sa robe trempée de mes larmes.

Très gentiment, elle répéta : « Dis-moi qui. »

Au bout d'un moment, je le lui dis.

Ma mère m'a tenue serrée contre elle.

26

Voix d'Épiphanie Miller

Je suppose que voici un siècle, on m'aurait traitée de sorcière. Après tout, on m'a affublée de noms bien pires, certains de ces noms décrivaient la vérité, mais je me suis toujours souciée comme d'une guigne de ce que pensaient les gens. Je sais préparer un bouillon qui calmera une fièvre ou concocter une potion propre à faire voler en songe, et quelquefois, dans mon miroir, je puis voir des choses qui ne sont pas des reflets. Je sais comment Henry Chester appellerait cela : mais là encore, je possède des termes bien à moi pour qualifier Henry Chester et ses semblables.

Sans Henry Chester, en ce mois de juillet, Marta aurait eu vingt ans. Je suis assez riche et j'aurais pu lui laisser une coquette fortune : il n'y aurait pas eu de danger qu'elle fasse le trottoir, elle. Je lui aurais trouvé une maison, un mari si elle en avait voulu un. Tout ce qu'elle m'aurait demandé, je le lui aurais donné. Mais elle avait dix ans quand Henry Chester me l'a enlevée, et j'ai attendu dix autres années pour lui prendre son Effie. Dans ma vie, je n'ai guère eu beaucoup de temps pour la poésie, mais il ressort une effrayante symétrie de toute cette figure de géométrie, et selon moi ce n'est que justice. Une justice froide, naturellement, sans en être moins pleine d'amertume pour autant.

Quand j'ai donné naissance à Marta, j'étais jeune, aussi jeune qu'on puisse l'être. Elle aurait pu avoir trente pères, mais cela m'était égal. Elle était toute à moi… et, à mesure qu'elle grandissait, je me donnais beaucoup de mal pour la tenir à l'abri du genre de vie que je menais. Je l'ai envoyée dans une bonne école et je lui ai donné l'éducation que je n'avais jamais reçue : je lui ai acheté des vêtements et des jouets et je lui ai offert un foyer respectable avec une préceptrice, une parente éloignée de ma mère. Marta venait me voir aussi souvent que j'avais le courage de l'inviter – je ne voulais pas qu'elle se trouve exposée au style de personnages qui se présentaient dans ma maison, et je n'ai jamais permis à aucun de mes clients d'accéder au petit grenier que j'avais aménagé en chambre pour elle. Et c'est ainsi que, le jour de son anniversaire, je l'ai accueillie chez moi : quoique j'attendisse des invités ce soir-là, j'avais promis de lui trouver une compensation pour l'avoir négligée. Je l'ai embrassée pour lui souhaiter bonne nuit… et je ne l'ai jamais revue vivante.

À dix heures, je l'ai entendue m'appeler et j'ai couru là-haut dans sa chambre… mais elle était déjà morte, gisant les membres écartés en travers du lit, la chemise de nuit enroulée autour de la figure et le cou brisé.

Je savais que le meurtrier devait compter parmi mes clients, mais quand j'ai demandé à la police d'enquêter, on m'a simplement ri au nez. J'étais une prostituée, ma fille était la fille d'une prostituée. Et mes clients étaient des hommes riches, respectables. J'avais de la chance que ce ne soit pas moi que l'on arrête. Au bout du compte, ma fille a été enterrée sous une dalle de marbre blanc au cimetière de Highgate et son meurtrier a pu s'octroyer le loisir de l'oublier dix années durant.

Oh, j'ai bien essayé de le débusquer. Je savais qu'il était là : je le flairais, derrière sa façade de respectabilité, je flairais sa culpabilité. Savez-vous ce qu'est la haine ? La haine logeait dans tout ce que je mangeais, dans tout ce que je buvais. Dans mes rêves, la haine marchait à mes côtés lorsque je traquais le meurtrier de ma fille, et quand je maculais les rues de Londres avec son sang.

J'ai gardé la chambre de Marta dans l'état où elle l'avait quittée, avec des fleurs fraîches sur la table de nuit et un panier rempli de tous ses jouets dans un coin. Toutes les nuits, je me faufilais là-haut et je l'appelais – je savais qu'elle était là –, je la priais de me livrer un nom : rien qu'un nom. Si, dès les premiers temps, elle m'avait fourni un nom, j'aurais tué le détenteur de ce nom sans le moindre remords. Je serais montée à la potence dans une gloire toute biblique. Mais en dix ans, ma haine s'est faite vorace, aussi efflanquée qu'un loup affamé. Ma haine a de plus en plus recouru à la ruse, et je portais sur tout un chacun le même œil soupçonneux : sur tout un chacun, et sur un homme en particulier.

Souvenez-vous, je le connaissais : je n'ignorais rien de ses appétits avides et honteux, de ses accès brutaux de dégoût de soi, de sa culpabilité. Les filles qu'il demandait étaient toujours les plus jeunes, celles qui n'étaient pas encore formées, les vierges. Non qu'il y en eût beaucoup, de celles-là, mais je l'avais vu observer les enfants qui mendiaient dans la rue, et j'avais vu ses peintures, à ce vieil hypocrite : des convoitises de malade propres à faire suffoquer une femme. Mais il n'était pas le seul que je soupçonnais et je ne pouvais être sûre. J'ai essayé d'atteindre ma petite Marta. Au début, par le moyen des chandelles et d'un miroir, ensuite grâce aux cartes. Toujours les mêmes cartes : l'Ermite, l'Étoile, la Grande Prêtresse, le Valet de Deniers, le Changement et la Mort. Toujours les mêmes cartes dans un ordre différent : toujours l'Ermite flanqué du Neuf d'Épées et de la carte de la Mort. Mais Henry Chester était-il l'Ermite ?

Il était malin, comprenez-vous. S'il s'était enfui, j'aurais été édifiée. Mais il appartenait à une espèce au sang froid. Il continuait de nous rendre visite, pas souvent, peut-être une fois par mois. Toujours poli, toujours généreux. Je me lançai à la poursuite d'autres gibiers. Des hommes qui avaient trop brutalement cessé de se rendre chez nous après la mort de Marta. Un médecin, l'un de mes clients de longue date, émit l'hypothèse que ma petite fille était morte d'une sorte d'attaque : de l'épilepsie, a-t-il prétendu. Je n'accordai pas le moindre crédit à cette hypothèse. Mais la douleur et le temps érodaient ma conviction : je commençai de douter de la pureté de ma haine. Peut-être s'était-il agi d'une attaque en effet, ou encore d'un intrus, attiré par la perspective d'une prise facile. Inconcevable, que l'un de mes clients ait pu commettre un tel acte et demeurer si longtemps dans l'ombre.

Ma vengeance était en sommeil. Puis j'appris que Henry s'était marié. Une enfant, disait-on, à peine sortie des salles de classe. Une jeune fille de dix-sept ans. Cela réveilla ma suspicion – jamais je ne m'étais fiée à lui, jamais – et ma haine est venue les envelopper tous deux comme un essaim d'abeilles. Quel droit avaient-ils à la félicité quand Marta, elle, pourrissait à Highgate ? Quiconque détenait-il le moindre droit ?

Un jour, je les ai suivis à l'église, espérant apercevoir la fiancée, mais elle était tout enveloppée de noir, comme une veuve, et je ne pus voir que son visage menu sous sa coiffe. Elle avait l'air malade et je ne pus m'empêcher de ressentir une certaine dilection à son endroit, presque de la pitié. Elle ressemblait tant à ma pauvre Marta que j'avais perdue.

Je n'éprouve guère de penchant pour les prêcheurs : j'étais venu voir Chester et sa femme, pas pour écouter un sermon, et je fus donc la première à la voir s'en aller. Elle était en train d'écouter et voilà qu'à la minute suivante, elle défaillait, la tête inclinée en avant à la manière d'une enfant qui réciterait sa prière. Allons, j'ai de longtemps le chic de percevoir des choses que la plupart d'entre vous ne voient pas, ou ne veulent pas voir, et aussitôt que Mme Chester tomba, je vis bien qu'il ne s'agissait pas d'une simagrée ordinaire. Je la vis surgir de son corps, nue comme au jour de sa naissance, bénie soit-elle, et, à en juger par l'expression de surprise qui se lisait sur son visage, j'aurais parié que c'était la première fois que cela lui arrivait.

Un joli brin de fille, voilà ce qu'elle était aussi, rien à voir avec les peintures éthérées de Henry Chester, non, il émanait d'elle une beauté naturelle, pareille à celle d'un arbre ou d'un nuage. Personne d'autre n'était capable de voir cette beauté – et cela ne m'étonne guère, au milieu de toute cette armée de fidèles pratiquants. Ce truc-là, personne ne le lui avait enseigné : elle devait avoir appris ça toute seule, et je supposais qu'elle possédait d'autres talents dont elle ignorait tout. Alors, à cet instant-là, en ce lieu même, je me suis demandé si elle ne pourrait pas savoir quelque chose qui serait de nature à aider… Aussi l'appelai-je, en esprit, et elle regarda dans ma direction, un regard aussi aigu que la pointe d'une aiguille : dès lors, j'ai su qu'elle constituait la réponse à toutes mes questions. Tout ce que j'avais à faire, c'était de l'amener à moi.

Son nom était Effie et je l'ai maintes fois observée à son insu, en l'appelant à moi depuis la chambre de

Marta tout en haut de ma maison. Je vis qu'elle était malheureuse, d'abord avec Henry, ensuite avec Moïse. Pauvre petite fille solitaire : je savais que ce ne serait qu'une question de temps avant que je ne l'amène jusqu'à moi et qu'il me soit donné de prendre soin d'elle comme de ma propre fille : je connaissais son esprit, ses hantises... et quand je la vis à la foire, je sus que c'était là l'occasion de lui parler seule à seule.

La femme à la boule de cristal eut assez de bonté pour me céder sa place, moyennant une guinée : je me suis assise dans la pénombre, un voile me masquant le visage, et Effie n'a rien soupçonné. Elle était si sensible à mes pensées que je n'ai même pas eu à l'endormir : elle le fit d'elle-même... et pourtant, même alors, ce ne fut qu'après qu'elle se fut mise à me parler avec la voix de ma fille que je me rendis compte à quel point elle pouvait m'être unique et précieuse. Si elle avait la faculté de faire revenir cette voix-là avec une telle clarté, de quoi d'autre ne serait-elle pas capable ? À force d'hypothèses, la tête me tournait : revoir ma petite fille, la toucher... pourquoi pas ? Croyez-moi, je ne souhaitais aucun mal à Effie, mais sa réaction, lorsqu'elle fut brusquement tirée de son état de transe, ne laissa pas de m'étonner – même moi. Cette fille était trop précieuse pour que je la perde. Je ne pouvais la laisser filer.

Assurément, je n'aurais pas à fouiller trop loin pour qu'elle me livre le nom que je désirais. Henry Chester, l'Ermite, le meurtrier de ma fille...

J'avais désormais passé l'âge de vouloir crier ma révolte sur l'échafaud. S'il devait y avoir sacrifice, cette fois cela ne saurait être le mien.

27

Voix de Henry Paul Chester

C'était un accident, je vous l'affirme. Jamais je n'avais eu l'intention de la tuer. J'étais sur le point de m'en ouvrir à vous, mais cela fait si longtemps...

Sa mère m'avait toujours mis mal à l'aise : elle était trop solide. Je me sentais toujours diminué par elle, à la fois fasciné et repoussé par la promesse d'abondance qu'il y avait en elle. Elle semblait à peine humaine : comme si, sous sa peau rosâtre, j'allais trouver, non pas le sang et les muscles d'une femme normale, mais un étrange alliage de terre noire et de granit, telle une idole égyptienne aux yeux d'agate, et, à ses pieds, le sang du sacrifice, une mare de sang. Oui, j'avais un petit peu peur d'elle, mais elle m'attirait néanmoins. Son parfum possédait une sombre douceur corrompue, tel un million de roses défraîchies. Un parfum semblable à un poison, une caresse occulte, nonchalante, issue de tous les lieux humides et secrets de son corps de femme, une caresse prodiguée aux envies honteuses de mon cœur. Et cette femme-là avait une fille !

Je l'avais vue m'épier à travers la rambarde de l'escalier. Des yeux aussi verts que du verre m'avaient fixé dans la demi-pénombre du palier et, lorsque mon propre regard s'attacha à elle, elle lâcha un petit rire et se mit debout d'un bond, prête à disparaître en haut des marches si j'esquissais le moindre geste. Elle était pieds nus et en chemise de nuit, si bien que, à chacun de ses mouvements, la lumière faisait ressortir la silhouette de son corps à travers l'étoffe du vêtement. Elle n'avait rien de l'effrayante robustesse de sa mère : cette petite enfant trouvée était presque dépourvue de substance, avec ses cheveux raides et noirs retombant sur son visage pointu, avide... et pourtant, il y avait une ressemblance. Quelque chose dans les yeux, peut-être, ou dans la gracieuse fluidité de ses gestes : ainsi Cérès à la fécondité d'or avait-elle peut-être trouvé un miroir dans la pâle Perséphone.

Je lui demandai son nom.

Elle inclina la tête vers moi, ses yeux pleins de lumières. « Je n'ai pas le droit de le dire. » L'accent des Cornouailles était léger, presque imperceptible, pareil à celui de la mère, une manière un rien pâteuse de prononcer les syllabes.

« Et pourquoi pas ?

— Je ne devrais pas être ici.. J'ai promis. » N'étaient son sourire et la manière qu'avait la lumière de mettre son corps en valeur, j'aurais pu croire à son innocence, mais tandis qu'elle se tenait là debout au-dessus de moi, parodie de Juliette à son balcon, je savais, quel que fût son âge, qu'elle était la créature de sa mère, conçue dans le péché, élevée pour transformer en proies les pécheurs comme moi. Je pouvais presque sentir son parfum, de là où j'étais. Un mélange trompeur, troublant, de l'ambre mêlé à de l'eau des marais.

« J'ai promis, répéta-t-elle, en reculant de la rambarde. Il faut que je m'en aille.

— Attends ! » Je n'avais pu contenir ma réponse : en toute hâte, je commençai de grimper les marches de l'escalier, la sueur perlant à mes tempes. « Ne pars pas.

Je ne dirai rien. Regarde, continuai-je, en fouillant dans mes poches. Je vais te donner du chocolat. » Elle hésita, puis elle tendit la main pour prendre la friandise, défit immédiatement le papier qui l'enveloppait, et se mit à manger avec un plaisir pensif. Poussant mon avantage, je souris et posai ma main sur son épaule.

« Allons, maintenant, insistai-je gentiment. Je vais te ramener dans ta chambre et te raconter une histoire. »

À cette proposition, elle hocha la tête d'un air solennel et gravit tranquillement les marches devant moi, ses pieds nus tels de blancs papillons de nuit dans l'obscurité. Je ne pouvais rien faire d'autre que suivre.

Sa chambre était à l'écart sous les combles, elle sauta sur son lit, et, les jambes repliées, ramena le couvre-lit autour de son corps. Elle avait fini son chocolat et je la regardai se lécher les doigts pour bien les nettoyer, un geste si suggestif que mes genoux se dérobèrent presque sous moi.

« Et mon histoire alors ? demanda-t-elle avec effronterie.

— Plus tard.

— Pourquoi pas maintenant ?

— Plus tard ! »

À présent, son parfum me submergeait : elle remua la tête, son parfum retomba en cascade de ses cheveux, telle une pluie de fleurs, et là, devant ce geste, je perçus une odeur fétide, une odeur de marais, qui aurait pu être celle de mon propre désir.

Je ne pouvais supporter cela plus longtemps. Je m'avançai, je la saisis dans mes bras et j'enfouis mon visage, je me noyai en elle. Mes jambes se dérobèrent et je chus avec elle sur le lit, en me tenant désespérément à elle. Pendant un moment, elle m'apparut si forte que j'en conçus de la crainte, ses yeux s'écarquillant telles des rides sur l'eau dans l'obscurité, sa bouche ouverte proférant de silencieuses imprécations. Elle se mit à se débattre à coups de pieds, tel un vol de chauve-souris virevoltant autour de ma face, m'étouffant sous son poids. À cet instant, son corps agile et reptilien s'enroulant contre le mien, ses cheveux dans ma bouche, et l'odeur maladive du chocolat dans les narines, j'eus la certitude que j'allais la tuer.

Il y eut un afflux de sang dans mes oreilles et une panique terrible s'empara de moi. Je me mis à crier à pleine voix, de terreur et de dégoût. J'étais l'agneau du sacrifice, et elle était la déesse de la mort granitique, haletante et avide de mon sang. Rassemblant ce qui me restait de santé mentale, je la saisis à la gorge et je serrai aussi fort que je pus... la petite sorcière luttait comme un démon, hurlant et mordant, mais je m'aperçus que j'avais recouvré ma force et je lui fracassai la tête contre le montant du lit... une fois... deux fois... trois fois... même après avoir compris qu'elle avait le cou brisé.

Alors Dieu fut avec moi : si seulement j'avais eu le courage de quitter cette maison et de ne jamais y revenir, peut-être n'aurait-Il pas détourné Sa face de ma personne... mais, après coup, au beau milieu de mes tremblements, une fois passé cette terrible bataille, j'éprouvai une espèce d'excitation impie, une sensation de triomphe, comme si, loin d'avoir étanché la vague de désir qui montait en moi, je venais tout simplement d'ouvrir la porte à un désir d'un autre ordre, un désir qui ne pourrait jamais être tout à fait assouvi.

28

Voix d'Euphémie Madeleine Chester

Je n'ai guère le souvenir d'être retournée à Cromwell Square : il faisait presque jour et, dans quelques heures, les domestiques s'affaireraient, mais Henry n'était pas encore chez lui. Je trouvai un moyen de me glisser dans la maison, pour me dévêtir sans l'aide de personne et me glisser dans mon lit : je dormis un peu, mais j'avais dû reprendre du laudanum pour combattre les mauvais rêves qui menaçaient mon sommeil. Je ne pouvais plus discerner la réalité de ce qui était le fruit de mon imagination, à telle enseigne que je me demandai si oui ou non j'avais rêvé les événements qui, croyais-je, avaient eu lieu à Crook Street... Avais-je parlé à Henry ? Fanny était-elle venue me voir quand je dormais ? Vers six heures du matin, j'ai plongé dans un profond sommeil, et je me suis réveillée deux heures plus tard lorsque Tabby est entrée avec mon chocolat. J'avais un terrible mal de tête, j'étais fiévreuse et j'eus beau m'efforcer de faire joyeuse figure, Tabby devina sur-le-champ que quelque chose allait de travers.

« Ah ça mais, madame Chester, vous n'avez pas l'air d'aller bien du tout ! observa-t-elle, en ouvrant les rideaux et en s'approchant du chevet du lit. Vous êtes d'une de ces pâleurs !

— Non, Tabby, protestai-je, simplement un peu fatiguée. Maintenant ça va très bien aller.

— Je vais annoncer à M. Chester que vous n'allez pas bien, m'dame, répliqua Tabby d'un ton décidé.

— Non ! » Bien vite, je radoucis le ton de ma voix : il ne faudrait pas qu'elle sente ma peur panique. « Non. Cela ne sera pas nécessaire. »

Elle prit un air dubitatif. « Peut-être que vous aimeriez prendre une goutte de laudanum, m'dame ? » hasarda-t-elle. Je secouai la tête.

« Je vous en prie, non. Ce n'est qu'une petite migraine. Je vais aller mieux rien qu'avec cet excellent chocolat. » Il était brûlant, mais je me forçai à en avaler une gorgée, puis je la rassurai d'un sourire. « Merci, Tabby, vous pouvez aller maintenant. »

Elle quitta la chambre à contrecœur, en regardant par-dessus son épaule lorsqu'elle sortit, et je compris que je ne pouvais compter sur elle pour garder le secret sur mon état et n'en rien dire à Henry. Comme de juste, dix minutes plus tard, il entra dans ma chambre avec un verre et le flacon de laudanum.

« Tabby me dit que vous refusez de prendre votre médecine », me dit-il avec un soupçon de malice. Ses yeux lancèrent des éclairs en direction de la place où Tizzy était assise, sur mon lit, et sa bouche se tordit avec rancœur. « Je vous ai déjà expliqué que je n'aime pas que ce chat se tienne dans votre chambre la nuit. Je ne serais pas surpris que cela soit la cause de vos maux.

— Il me semble, à moi, répliquai-je avec aigreur, que Tabby et vous-même vous montrez tous deux bien trop soucieux de ma santé ! » Cette réplique tranchante me surprit autant que Henry, et aussitôt je rougis et marmonnai quelques paroles confuses en guise d'excuse. Je tâchai de me remémorer ce qui m'inspirait une telle hostilité soudaine à son endroit… et puis je me souvins de mon rêve – était-ce un rêve ? – dans lequel j'avais été témoin de… C'était dans le tréfonds de mon esprit, là, tout près de former un souvenir, d'une proximité tentatrice, sans que je pusse me le remémorer complètement. Seule demeurait l'impression : ce sentiment de dégoût et de haine, une soif de vengeance qui ne semblait pas m'appartenir. La violence de ces émotions m'ébranla d'autant plus que je ne pouvais me rappeler pour quel motif je les éprouvais, et ce fut d'une voix tremblante que je poursuivis : « Tout ira très bien. Je vous en prie, ne me donnez plus de laudanum. »

Il m'adressa un regard condescendant et se fit un devoir de compter les gouttes qui tombaient du flacon dans le verre.

« Vous allez m'obéir, Effie. Je ne suis pas d'humeur à supporter vos écarts de comportement, ce matin. Prenez votre médecine sur-le-champ, et une autre dose avec votre repas de midi, faute de quoi vous allez me mettre en colère.

— Mais je n'ai aucun besoin de médecine, protestai-je faiblement. Laissez-moi sortir me promener dehors, prendre l'air…

— Effie ! » Le ton de sa voix était glacial. « Vous ne réussirez pas à me faire perdre mon calme. Je connais le mauvais état de vos nerfs, mais vous allez me pousser à perdre toute patience à votre endroit ! Si vous étiez une véritable épouse… » Il se mordit les lèvres pour contenir le reste de sa phrase. « Si vous persistez dans ce comportement d'entêtée, continua-t-il d'un ton plus calme, je m'en laverai les mains et j'en référerai à Russell. Il possède une vaste expérience des hystériques.

— Je ne suis pas une hystérique ! protestai-je. Je… » Mais, voyant l'expression qui s'était allumée dans ses yeux, je me soumis et pris le verre, pleine de haine à son égard mais incapable de résister.

« C'est mieux. » Ses yeux étaient durs et, d'une certaine manière, triomphants. « Et souvenez-vous, un homme moins patient aurait tôt fait d'en finir avec vos accès d'humeur. Je vous promets que si vous causez encore le moindre désordre par vos larmes et votre entêtement, j'appelle Russell afin qu'il vienne vous examiner. Si vous ne buvez pas votre médecine, je vous la ferai boire. Et si vous ne vous conduisez pas comme le doit une bonne épouse, j'attendrai du médecin qu'il m'instruise du pourquoi de la chose. Est-ce bien compris ? »

Je hochai la tête, et je vis un sourire scintiller dans le fond de ses yeux : un sourire fugitif et malicieux.

« C'est moi qui ai fait de vous celle que vous êtes, Effie, ajouta-t-il d'une voix feutrée. Avant que je ne vous découvre, vous n'étiez rien. Vous êtes ce que je dis, ni plus ni moins. Si vous voulez devenir une hystérique, vous serez une hystérique. Ne vous imaginez pas que le médecin accordera plus de crédit à vos propos qu'aux miens : si je lui déclare que je vous crois folle, il acquiescera. Je puis le lui annoncer quand je le veux, Effie. Je peux vous faire faire ce que je veux. »

Je tentai de parler, mais alors que l'image de son visage exultant perdait et retrouvait tour à tour sa netteté devant mes yeux fatigués, j'eus seulement conscience d'un besoin terrible de pleurer. Peut-être le vit-il, parce que la ligne pleine de dureté de sa bouche se radoucit et il se pencha pour me baiser délicatement les lèvres.

« Je vous aime, Effie, chuchota-t-il, et sa tendresse était plus terrifiante encore que sa colère. J'agis ainsi parce que je vous aime. Je veux que vous soyez mienne, en sûreté, que vous soyez bien. Vous n'avez pas idée des souillures qui existent en ce monde, des dangers qu'une jolie jeune fille comme vous… Il faut vous fier à moi, Effie. Vous fier à moi et m'obéir. » Doucement, mais fermement, il me tourna le visage pour que je regarde le sien. Il affichait une expression soucieuse, mais je pouvais toujours voir danser au fond de ses yeux ce regard de cruelle jubilation. « Je ferais tout pour vous protéger, Effie. » Il émanait de lui une intensité presque insoutenable.

« Même en me tenant sous clef ? » Ma voix était à peine un chuchotement. Son regard était immobile, sa sécheresse de ton ne dissimulait pas tout à fait sa malice.

« Oh oui, Effie. Je vous tuerais plutôt que de vous voir gâchée. »

Là-dessus, il me laissa : et, couchée dans mon lit, l'esprit réduit à l'état d'une brume confuse et saturée de drogue, je tentai de me rappeler ce que je savais de Henry Chester – mais tout ce que je pus me remémorer, ce fut une image du visage serein de Fanny, le contact de sa main contre ma chevelure, et une vision de ballons…

Je m'éveillai vers midi, me sentant moins fatiguée, mais très triste et égarée. Je me lavai et m'habillai, puis je descendis au salon. Henry était déjà sorti. Je décidai de marcher jusqu'à Highgate afin de m'éclaircir les esprits et d'échapper à l'atmosphère oppressante de la maison. J'étais sur le point de mettre mon manteau quand Tabby entra en portant un plateau : me voyant vêtue pour sortir, elle sursauta de surprise.

« Ah ça, mais m'dame ! Pour sûr que vous n'allez pas sortir, après avoir été si malade ce matin !

— Je me sens beaucoup mieux, maintenant, Tabby, répliquai-je d'un ton modéré. Je crois qu'une marche me fera du bien.

— Mais vous n'avez rien mangé ! Tenez, voyez. J'ai du bon pain d'épice au four. Il sera prêt dans pas plus de quelques minutes. Dans le temps, ça vous plaisait toujours de goûter à un morceau de pain d'épice bien chaud.

— Tabby, je n'ai pas faim, merci. Peut-être prendrai-je quelque chose plus tard, à mon retour. Je t'en prie, ne t'inquiète pas. »

Tabby secoua la tête. « M. Chester ne sera pas content du tout si je vous laisse sortir aujourd'hui. Il m'a dit que vous ne deviez aller dehors sous aucun prétexte dans l'état où vous êtes, m'dame. » Elle rougit légèrement. « Je sais que vous aimeriez sortir, m'dame, mais tâchez de faire un effort et de comprendre. Ça ne sert à rien de causer encore du souci en plus à ce bon monsieur... et il a dit ça, oui, m'dame. » Une ride se creusa entre ses yeux. Elle avait de l'affection pour moi... mais Henry était le maître de maison.

« Je vois. » Sur le moment, j'eus un élan de rébellion : qu'importaient les instructions de Henry ? Puis je me souvins de ce qu'il avait déclaré à propos du docteur Russell, et de l'ingénuité avec laquelle Tabby venait de me rapporter ses propos : « l'état où vous êtes ». Subitement, je me sentis parcourue d'un frisson.

« Tout compte fait, peut-être vais-je rester ici, dis-je en affichant une certaine nonchalance, retirant mon manteau et faisant l'effort de me rasseoir.

— Je pense que vous feriez mieux, m'dame, approuva Tabby d'un ton maternel. Peut-être que vous aimeriez un petit thé ? Ou du chocolat ? Ou un peu de ce pain d'épice dès qu'il va sortir du four ? »

Je hochai la tête, mon sourire forcé me donna une crampe à la mâchoire. « Merci. »

Je luttai pour conserver mon calme, tandis que Tabby remettait de l'ordre dans le salon. Il me sembla qu'elle passait une éternité à allumer le feu, à rapetasser les coussins, à s'assurer que je ne manquais de rien. J'aurais pu lui dire que je désirais être seule, bien sûr : mais son dévouement à mon égard était réel et touchant – en outre, je ne voulais pas qu'elle rapporte à Henry que je m'étais en aucune façon conduite avec nervosité ou en hystérique. Il avait formulé sa menace on ne peut plus clairement... Cette seule pensée m'emplit justement d'une hystérie que je combattis pour la dominer : si j'étais jugée trop malade ou trop instable pour quitter la maison seule, quand pourrais-je voir Moïse ? Quand pourrais-je voir Fanny ?

D'un bond, je me mis debout et courus à la fenêtre. Je regardai dehors dans le jardin, où il venait de se mettre à pleuvoir. J'ouvris la fenêtre, je tendis les bras, je sentis l'humidité sur mon visage, sur mes mains. La pluie était chaude, l'odeur du jardin mouillé s'était brusquement chargée de nostalgie, comme le cimetière la nuit, et je sentis ma peur panique diminuer quelque peu. En laissant la fenêtre grande ouverte derrière moi, je retournai à mon siège et tentai de penser avec clarté, mais plus j'essayais de discipliner mes idées, plus je dérivais profondément dans ce demi-monde de la nuit précédente, où chaque souvenir paraissait enveloppé d'une tromperie narcotique. Peut-être Henry avait-il raison. Peut-être devenais-je folle. Si seulement je pouvais voir Moïse...

Non ! Pas encore. D'abord, il fallait que je convainque Henry que j'allais assez bien pour sortir seule : l'ennemi, c'était lui, décidai-je avec fermeté. Le coupable, c'était lui, pas moi. J'avais le droit de le haïr, me dis-je. J'avais le droit de me sentir malheureuse.

C'était la première fois que j'avais admis tant de choses à part moi. En toute tranquillité, ce jour-là, je déclarai la guerre à Henry, une guerre pleine de haine et de ruse. Il pouvait s'imaginer posséder toutes les armes, mais je n'étais pas la jolie sotte qu'il croyait : je le prouverais. Moi, au moins, je détenais l'avantage de la surprise…

29

Voix de Moïse Zacharie Harper

Le lendemain, je ne vis pas Effie, et pas plus le jour suivant, et, à dire vrai, elle ne me manquait pas : des affaires sérieuses m'occupaient l'esprit. Pour commencer, une volée de créanciers avaient cru bon de fondre sur moi d'un seul coup d'un seul pour réclamer paiement. Si j'avais pu profiter de la boule de cristal de Fanny, j'aurais sans aucun doute pu faire en sorte de me trouver ailleurs lors de leur visite, mais le fait est, hélas, que je fus obligé, après quelques menus échanges verbaux non dénués de vigueur, de m'acquitter d'une somme de presque cent livres. Voilà qui malheureusement me laissa au plus bas et, après une morne après-midi passée à m'absorber dans mes comptes, je me vis contraint d'admettre que j'étais endetté de la coquette somme de quatre cents livres et plus, une dette dont, même moi, je jugeai difficile de me soulager. Un mot implorant d'Effie n'ajouta rien pour égayer mon humeur : sa servante l'apporta à six heures du soir, heure à laquelle j'avais agréablement sombré dans une bouteille de vin, et je me sentais fort peu désireux de rééditer notre rendez-vous de la nuit précédente. J'ouvris l'enveloppe (dûment scellée) et, à la lumière de la chandelle, je tentai de déchiffrer les griffonnages laborieux d'Effie.

Très cher Moïse,

Il faut que je vous voie dès qu'il sera possible. Je suis dans une Situation Désespérée. Henry ne veut pas me laisser sortir de la Maison et me menace du Docteur si je ne lui obéis pas. Il faut que je m'enfuie, mais je n'ai nulle part où aller. Je vous en prie, venez me rendre visite quand Henry est au travail. Vous devez m'aider. Je vous aime.

E.

Je lus cette missive ingénue sans lui trouver beaucoup d'attrait. La calligraphie et les mots soulignés me permirent de comprendre qu'Effie l'avait écrite dans un état de grande agitation, mais je n'en tirai aucune conclusion. Je savais avec quelle facilité Effie pouvait se précipiter dans des états d'hystérie et, comme je n'ai rien de Messire Galahad, j'écartai toute l'affaire en y pensant le moins possible.

Je ne me cherche pas d'excuses : aucune femme ne me fera jamais marcher au doigt et à l'œil, surtout pas une femme en détresse. Je laisserai les histoires à dormir debout à Henry Chester et à ses semblables. Les contes dans lesquels le beau prince s'enfuit avec la princesse semblent toujours devoir s'achever sur une sentence de mariage à laquelle le beau prince se voit condamné – et je percevais dans ce petit mot d'Effie une menace abominable, comme si je pouvais me trouver invité à lui rendre visite afin de régler un autre genre de dette, une dette que je n'avais nulle intention de payer jamais. Aussi j'ignorai cette lettre. C'était encore la manière la plus aimable d'agir, me dis-je, mettre rapidement fin à toute cette affaire, la laisser à ses rêves éveillés, et bientôt elle trouverait un autre homme auquel épingler ses espoirs. J'étais assez entiché d'elle pour me réjouir de ce qu'aucun scandale ne l'atteigne par mon entremise.

Scandale. Mais voilà, c'était ça, l'idée.

Arrêter une décision à propos d'Effie m'avait tant absorbé que, durant quelques minutes, j'en avais proprement oublié mes propres soucis financiers. Dans cet élan de philanthropie auquel je venais de m'adonner, j'avais manqué d'apercevoir l'occasion qui brillait sous mes yeux, aussi douce, aussi claire que la lumière du soleil... et qui pourrait, ah ouiche, résoudre mes problèmes, et ceux d'Effie, également. À travers la brume avinée où je baignais, mon esprit commença de se livrer à de rapides calculs.

N'appelez pas cela du chantage : le mot est tellement inélégant. Appelez cela un investissement créateur, si vous voulez – et je vous en prie, ne me regardez pas ainsi ! Je n'avais aucune inclination pour Henry Chester. S'il était assez stupide pour préférer les filles dans les bordels à sa ravissante épouse, il pourrait tout aussi bien payer pour jouir de ce privilège. Il était riche comme Crésus : moi, pour ma part, je n'avais pas le sou. Il était plongé jusqu'aux yeux dans ses scrupules : là encore, je n'en avais aucun. Dieu était de son côté – que pouvait-il souhaiter de plus ?

Je ramassai le mot d'Effie dans la corbeille, je lissai la page toute froissée, pensif. Je haïssais l'idée de l'abuser, mais pour l'heure, je me prêterais à son jeu.

J'attrapai un crayon, je le taillai et je rédigeai un mot rapide à l'intention d'Effie. Puis j'enfilai mon manteau et je hélai une voiture pour qu'elle m'emmène à Crook Street. J'avais le sentiment que Fanny pourrait m'être d'une grande aide, si je le lui demandais.

30

Voix d'Épiphanie Miller

Je savais qu'il viendrait : sa rapacité et son égoïsme, c'était ce qu'il y avait en lui de plus fort et de meilleur, et je savais qu'il ne me décevrait pas. S'il ne s'était pas pris lui-même au jeu, je lui en aurais instillé l'idée, mais il valait bien mieux qu'il y vînt tout seul. Ce soir-là, il joua de tout son charme, ne sachant à peu près rien de la similitude de nos buts respectifs. Il avait besoin de moi, me dit-il, pour dresser le théâtre d'une petite scène de scandale qui allait ruiner Henry si elle se trouvait révélée au vu et au su de tous. Son exposition à l'Académie, son mariage, sa place à l'église... il serait mis fin à tout cela, pourvu que l'on chuchotât, ne fût-ce que par une allusion aux bonnes oreilles, le secret des activités du pieux M. Chester. Et puis il y avait Effie, naturellement : Henry semblait brandir au-dessus de sa tête la menace d'un médecin des nerfs afin de s'assurer de son obéissance. Si elle venait à lui révéler ce qu'elle savait de lui, Henry serait impuissant à la terroriser de nouveau.

Moïse ne fut pas long à remarquer qu'il ne serait pas le seul à tirer bénéfice de ce complot : Effie serait affranchie de sa tyrannie, lui-même se retrouverait à la tête d'une petite cagnotte dont il avait grand besoin (rien qu'une petite, car il n'était pas homme à céder à la cupidité) et moi… Eh bien, là, je pris un certain ascendant sur lui. Il ne parvenait pas à comprendre pourquoi je refusai cet argent. Était-ce mon affection pour Effie qui m'y poussait ? Était-ce par rancune dissimulée envers ce bon Henry ? Je peux dire que cela le démangeait de le savoir, mais je me contentai de rire sans rien lui révéler. Il était trop malin et trop peu scrupuleux pour que je lui confie même une vérité qu'il ne voudrait pas croire.

« Non, non, Moïse, dis-je en souriant. Je ne vous dirai pas un mot. Appelez cela de la rancune si ça vous chante, ou attribuez cela tout simplement à l'amour féminin de la discorde. Qui plus est, Effie est une bonne fille et je déteste savoir que cet hypocrite la rend malheureuse. Quel est votre plan ? »

Moïse afficha son grand sourire. « Dites-moi quand vous attendez la visite de Henry dans votre maison, expliqua-t-il. Débrouillez-vous pour que je puisse l'observer en compagnie de l'une de vos filles. Après quoi, tout ce que j'aurai à faire, ce sera d'écrire une jolie petite lettre, truffée d'allusions et de commentaires, assortie d'une promesse de révéler de plus amples détails à toutes les parties intéressées, et je vous fais serment que Henry paiera ce que je lui demanderai quand je le lui demanderai, aussi souvent que cela me plaira. Et tout cela sans le moindre risque. »

Je fronçai les sourcils. « Mais en quoi tout ceci pourrait-il être de quelque secours à Effie ? demandai-je. Je vois bien en quoi cela vous profitera, mais avant que je ne vous donne mon accord pour un plan pareil, je veux m'assurer du bonheur d'Effie. » Je feignis la perplexité un instant. « Je pense que vous pourriez lui écrire, vous aussi, suggérai-je, non sans hésiter.

— Non ! » Le visage de Moïse s'éclaira. « J'ai une bien meilleure idée. Je m'organise pour qu'elle soit là elle aussi, avec moi. Par la suite, si Henry prétend que je l'esbroufe et s'il refuse de payer, je dispose d'un témoin bien plus digne de confiance – quel meilleur témoin que sa femme ? Si elle révèle qu'elle l'a vu dans un bordel, lequel de ses bons amis qui se rendent fidèlement à l'église lui adressera encore la parole ? »

Je le regardai non sans une certaine admiration. Quel élève capable il faisait ! Et avec ça, si haut perché, au faîte de son arrogance, qu'il ne se rendit pas compte un seul instant de la facilité avec laquelle il se laissait manipuler.

« Effie, elle aussi, ici… » Ma voix s'estompa. « Jamais je n'y aurais songé. Mais cela me plaît assez, décidai-je, avec plus de vigueur. Je pense que ça fonctionnera. Dites à Effie que Henry sera de nouveau ici jeudi prochain à minuit. Dites-lui d'être présente à onze heures. Je la cacherai avant l'arrivée de Henry. Vous, soyez ici à minuit vingt, afin de donner à Henry le temps de se préparer. Je me charge du reste. »

31

Voix de Henry Paul Chester

Je passai toute la journée à l'atelier, à travailler sur *Les Joueurs de cartes*. J'étais très satisfait de la toile. C'était une pièce puissante, avec Harper assis contre le mur, affalé, les coudes sur la table et le visage à moitié incliné dans la lumière, le regard posé sur sa main avec cette expression de rouerie nonchalante qui le caractérisait si bien. Une lampe à huile malpropre à la lumière verdâtre gouttait au-dessus de lui, éclairant les murs graisseux et la table en bois brut, et soulignait d'un relief aigu les verres épais remplis d'une absinthe laiteuse.

J'avais esquissé le personnage de la femme au fusain, en me servant d'un modèle que j'avais trouvé en ville, pour la posture seulement : je voulais qu'elle soit à moitié de profil, une main sur la table devant elle, l'autre tenant la Dame de Pique à hauteur de ses lèvres, dans une mimique joueuse… Bientôt j'allais avoir besoin d'un matériau plus raffiné, d'une inconnue aux cheveux sombres. Pas Effie, avais-je tranché. Non, décidément, pas Effie : premièrement, je détestais la voir assise dans une telle intimité aux côtés de Harper, même sur ma propre peinture, et deuxièmement… il s'agissait d'un refus vague, nébuleux, une sensation de malaise lorsque j'envisageai sa présence dans mon atelier. Pourquoi diable cela devrait-il me mettre ainsi mal à l'aise ? me suis-je demandé. Elle avait pris la pose assise ici, pour moi, un bon millier de fois. Pourquoi pas cette fois ? J'étais incapable de répondre. Au lieu de quoi, ma mémoire me lança une brève image, aussi froide et intense que si je venais d'effleurer un fantôme... un visage menu qui me fixait dans le noir, une voix, comme la dentelle et le givre chuchotant ensemble, une odeur de chocolat...

D'où provenait ce souvenir insensé qui revenait à la surface de ma mémoire ? Et ce visage, informe et pourtant familier, la tache blanche et brouillée du visage menu de Perséphone dans les ténèbres infernales, comme un rêve de fécondité dans le giron d'un cadavre ? Je serrai les poings de dépit : je l'avais déjà vue auparavant, ma Dame de Pique. Qui était-elle ?

Qui ?

Quand j'arrivai à la maison, Effie était en train de travailler à sa broderie, avec toute la réserve d'une enfant sage. Les soieries étaient étalées sur l'ottomane, sur le repose-pied, sur la flanelle grise de sa robe, et les fils ainsi que le long panneau de la tapisserie composaient les seuls motifs de couleurs autour d'elle. Elle aurait pu être une nonne, avec ses cheveux retombant autour de ses épaules comme une coiffe et, pendant un moment, sa pureté apparente eut quelque chose de spectral, de terrifiant, comme une vision de la sainte Vierge. Puis elle leva le regard, et à cet instant je vis son visage comme celui d'une vieille femme ratatinée et vengeresse, grimaçant de haine et de fureur, une nonne aux cheveux blancs, plus vieille que le temps, avec une éternité de vilenie dans les yeux, et ma vie ne tenait qu'à un fil entre ses doigts noueux. Je criai presque.

Puis la lumière changea de nouveau et elle fut Effie, avec une expression aussi humble et innocente que celle de la Belle au bois dormant sur sa tapisserie. Je me demandai quelles pensées pitoyables et désespérées se jouaient dans son esprit et, à la vue de son sourire, je décidai de me tenir sur mes gardes. Il y avait dans ce sourire quelque chose d'entendu, quelque chose qui démentait la timidité de sa voix quand elle me salua. Était-elle sortie ? Avait-elle lu les livres défendus ? Avait-elle fouillé ma chambre ?

Je me forçai à lui sourire en retour. « Vous sentez-vous mieux, à présent, Effie ? demandai-je.

— Oui, merci, beaucoup mieux. Ma migraine est tout à fait partie maintenant, et j'ai travaillé à ma broderie tout l'après-midi. » Comme pour souligner ce propos, elle mit la tapisserie de côté et commença d'enrouler les fils de soie en une pelote bien régulière.

« Excellent, m'écriai-je. Toutefois, je garde présent à l'esprit votre état de santé de ce matin, et je ne pense donc pas que ce serait une bonne idée pour vous de sortir, au moins pendant quelques jours. » Je m'attendais qu'elle proteste, sachant de la bouche de Tabby à quel point elle aimait les promenades, mais Effie ne broncha pas.

« Oui, acquiesça-t-elle, je pense que le mieux est encore que je reste à la maison tant que je suis souffrante : je n'aimerais pas attraper froid au cimetière.

— Et pas de lecture, ajoutai-je, me disant que si quelque chose devait ébranler cette attitude qu'elle affectait d'adopter, ce serait bien cette allusion à ses précieux livres. Je suis certain que, pour une fille de votre tempérament fantasque, les romans et la poésie ne peuvent que causer d'incalculables dommages. J'ai plusieurs ouvrages édifiants, de même qu'une réserve de traités, si vous souhaitez les lire, mais j'ai retiré le reste de vos livres de la bibliothèque et je vous demanderai de ne plus en acheter. » Sur ces mots, je m'attendais véritablement à un éclat, mais elle se contenta de hocher la tête – se dessina-t-il la moindre trace de sourire sur ses lèvres pâles ? et se mit en devoir de ranger sa broderie dans sa corbeille d'ouvrage.

« Je veux essayer de terminer cette tapisserie cette année, si je le puis, m'annonça-t-elle. Je crois qu'elle ferait un assez joli pare-feu, ou peut-être le panneau central d'un couvre-lit. Qu'en pensez-vous ?

— Comme vous voudrez, répondis-je froidement. Je ne suis pas juge en ces matières. »

J'étais surpris et plutôt décontenancé. Ce matin, elle s'était montrée hystérique et désespérée, gémissant et pleurant comme une enfant gâtée : à présent, elle faisait preuve de calme et de maîtrise de soi, et d'une politesse qui confinait presque à une forme de mépris. Quel secret me dissimulait-elle ?

Pendant le dîner, je l'observai attentivement : comme à l'ordinaire, elle mangea peu, mais consentit à prendre un peu de pain beurré lorsque je commentai son manque d'appétit. Elle était docile, douce, et charmante – alors pourquoi mon ventre se contractait-il à la pensée de sa docilité, de sa douceur ? Mon malaise et mon mécontentement allaient croissant et plus tard je me retirai au fumoir et la laissai seule.

Je me dis que j'étais nerveux, tout simplement : j'avais à peine dormi la nuit précédente, j'avais travaillé toute la journée à l'atelier et j'étais fatigué. Voilà tout. Mais je ne sais pourquoi, ce n'était pas tout. Pendant mon absence, il était arrivé quelque chose à Effie, quelque chose de secret, peut-être même quelque chose de dangereux. Étrangement, d'une manière indicible, non révélée, je sentais qu'Effie n'était plus seule, qu'elle n'était plus mienne. Je demeurai éveillé jusque tard dans la nuit, à fumer et à boire, me creusant la cervelle pour découvrir ce qui avait finalement éveillé ma pâle petite sœur.

LE CHANGEMENT

32

Voix d'Euphémie Madeleine Chester

Cinq jours.

Durant cinq jours, j'ai attendu, et mon esprit n'était plus que tension à la base de mon crâne, mes pensées éparpillées telle une volée de papillons de nuit autour de la flamme de ma rage cachée. J'étais à peine capable de me nourrir : je redoutais de m'endormir, par crainte de crier mes pensées à haute voix dans la nuit, et le laudanum était le seul repos que j'osais accorder à ma cervelle en émoi. Je voyais bien toute la suspicion de Henry : parfois, je le surprenais à me dévisager, et quelquefois ses yeux croisaient les miens avec un air calculateur. Ne serait-ce qu'un mois plus tôt, je n'aurais pu supporter le questionnement pressant de son regard insistant : mais il y avait en moi une force nouvelle, une sensation de changement, une obscurité nouvelle dans mon cœur, qui me remplissait de terreur et me réjouissait. Je me sentais protégée par cette obscurité, tel le papillon informe qui tâtonne dans la nuit de sa chrysalide encore résistante, tandis que la guêpe remue dans son cocon de soie et rêve des songes agités, des rêves de revanche, où elle vole.

Et moi ? Volerai-je ?

Dans mes rêveries, je volais, flottant dans des cieux infinis et mouvants, la chevelure telle une traîne derrière moi, une queue de comète, un pont de songes jeté sur la nuit spectrale. Je vis des dragons prendre leur envol du sommet d'une montagne, je vis des marguerites éclore dans des grottes à plus d'un millier de mètres sous terre.

Mais volerai-je ? Ou piquerai-je ?

De cela aussi, je rêvais : oh oui. Et dans mes rêves, je vis Henry Chester dans une chambre d'enfant pleine de ballons et les demi-souvenirs informes et troublés qui m'avaient assaillie lorsque j'avais dormi dans la maison de Fanny me revinrent avec une clarté confondante. Des voix me parlaient du fin fond de l'obscurité et je découvris des visages, j'entendis des noms et je les accueillis volontiers, comme de vieux amis. Il y avait Yolande, les cheveux coupés court et la silhouette aussi droite que celle d'un garçon, qui fumait ses cigares noirs sans fin. Il y avait Lily, les manches de sa chemise d'homme remontées pour révéler ses avant-bras nus et épais. Il y avait Izzy, Violet et Gabrielle Chau… et, vision plus claire que le reste, je me souvenais de Marta, flottant dans l'air indistinct, des ballons dans les mains, flottant toujours plus près tandis que Fanny me caressait les cheveux et chantait… J'étais là cette nuit-là lorsque Henry était venu à moi, un désir noir et coupable dans les yeux… Je savais que j'avais été là et j'accueillis le changement subtil qui s'emparait de moi avec une joie féroce.

Il y eut des moments où j'eus peur de perdre la raison. Mais je tins toujours bon : quand le laudanum ne suffisait pas à combattre les prémisses de l'hystérie, quand je souffrais d'être isolée de Moïse et de Fanny, et lorsque mes doigts tremblaient d'envie de déchirer en lambeaux sanglants la tapisserie presque terminée de la Belle au bois dormant, alors je me glissais dans ma chambre où, dans le fond d'un de mes tiroirs, j'avais dissimulé la lettre de Moïse et le mot de Fanny. À les relire encore et encore, je savais que j'étais en sûreté, saine d'esprit : que bientôt je serais libérée de l'influence de Henry et de ses menaces... Je serais auprès d'amis qui m'aimaient.

Le jeudi, j'invoquai une migraine afin d'aller me coucher tôt et, à dix heures trente, je me faufilai au-dehors. À distance raisonnable de la maison, je hélai une voiture pour me rendre à Crook Street, où j'arrivai vers onze heures, comme j'en avais reçu l'instruction. Dès que j'eus franchi le seuil, je commençai de ressentir à nouveau cette sensation de tourbillon, de flottement, la terreur mêlée d'allégresse de mes rêves sous laudanum, l'aspect informe de mes vols nocturnes. Une fille m'a ouvert la porte, bouche bée, la figure bizarrement distordue à la lumière verdâtre du bec de gaz. La figure d'une autre fille est apparue derrière la sienne, et une autre encore derrière elle, et bientôt une multitude de traits sans liens les uns avec les autres papillonnèrent jusque dans le fond du vestibule : des sourcils interrogateurs, des bouches peintes, des mains agitées, des mèches coiffées en anglaises, chatoyantes... Je trébuchai sur la marche, ne conservant mon équilibre qu'en m'appuyant contre le chambranle de la porte, et une dizaine de mains se tendirent vers moi, des mains aux ongles dorés, gantées de dentelle, des mains baguées à chaque doigt, des mains douces et blanches, des paumes marquées par des lignes de destinée où se lisait la fatalité. Elles se tendaient vers moi et, tandis qu'elles m'attiraient à elles dans le vestibule, j'aperçus fugitivement mon visage dans les miroirs accrochés au mur de chaque côté du corridor : une enfilade d'images suspendues dans l'atmosphère sombre du lieu, s'éloignant à l'infini. Visage blanc, cheveu blanc, telle une petite vieille toute ratatinée parmi les visages ravissants, les lèvres peintes et les rubans aux couleurs éclatantes des autres filles, et je crus capter du regard, au passage, un carnaval de lumières et de reflets pris là dans ces miroirs semblables aux cercles de l'enfer, pour une éternité. Brusquement, une porte s'ouvrit sur ma gauche et Fanny fut à mes côtés.

« Bonsoir, ma chère, fit-elle, en me prenant par le bras pour me conduire au salon. Et comment allez-vous ? »

Je m'agrippai à la manche de satin vert et raide de sa robe pour retrouver le calme et l'équilibre. « Oh, Fanny, chuchotai-je. Tenez-moi contre vous un instant. Je suis si effrayée. Je ne sais même pas ce que je suis venue faire ici.

— Chut... » Elle m'attira à elle dans une étreinte pleine de rudesse, d'une seule main, et je pus sentir sur sa peau l'odeur du tabac, de l'ambre et du savon de chez Pear's, un mélange étrangement rassurant qui, d'une certaine façon, me rappela Moïse. « Fiez-vous à moi, ma chère, me dit-elle avec douceur. Faites ce que je vous dis et vous serez en sûreté. Ne faites confiance à personne d'autre. Il se peut que vous ne compreniez pas encore ce que nous sommes en train d'accomplir, mais croyez-moi, moi, je le sais. Henry Chester a suffisamment sévi – je ne le laisserai plus vous faire souffrir. Je vais vous apporter votre vengeance. »

J'écoutais à peine : il me suffisait de sentir son bras fort autour de mon épaule et sa main me lisser les cheveux. Je fermai les yeux et, pour la première fois après bien des jours, je sentis que je serais capable de m'endormir sans craindre mes propres rêves.

« Où est Moïse ? m'enquis-je, ensommeillée. Il a promis qu'il viendrait. Où est-il ?

— Plus tard, promit Fanny. Il sera là, je vous le promets. Ici. Asseyez-vous un moment. » J'ouvris les yeux lorsqu'elle me poussa doucement, mais d'une main ferme, vers un petit sofa devant le feu. Avec gratitude, je m'enfonçai dans les coussins.

« Merci, Fanny, dis-je. Je suis si... fatiguée.

— Buvez ceci », me proposa-t-elle, en me tendant un petit calice rempli d'un liquide chaud et sucré, parfumé à la vanille et à la mûre. Je bus, et j'éprouvai une plaisante sensation de détente qui se répandit dans mon corps agité de tremblements.

« Voilà une bonne fille. Maintenant vous pouvez vous reposer un moment. »

Je souris et laissai mon regard vagabonder paresseusement dans le petit salon. C'était une pièce minuscule, meublée dans toutes les nuances de rouge, avec la même opulence orientale que le reste de la maison de Fanny. Un tapis persan raffiné habillait le parquet, des éventails et des masques étaient accrochés au mur et un pare-feu chinois masquait à moitié le rougeoiement de l'âtre. Le mobilier était de cèdre et de bois de rose, tapissé de damas et d'écarlate. Megaera et Alecto étaient assis devant le pare-feu sur une carpette, et sur la table était posé un vase de roses rouges en verre teinté. Sur le moment, en portant mes mains à mon visage, je vis que, miraculeusement, j'avais fini par faire partie moi aussi de ce changement survenu tout autour de moi. Ma peau se colorait de l'ombre glorieuse des flammes, à la lumière de la lampe ma chevelure se transformait en un lever de soleil écarlate. J'étais remplie de chaleur et de bien-être. Presque inconsciemment, je tendis la main pour que Fanny me serve un autre verre de son punch, et je sentis une énergie nouvelle s'écouler au fond de ma gorge en une flamme ténue. Une sensation de clarté intense et soudaine s'empara de moi.

« Je me sens vraiment beaucoup mieux à présent, Fanny, dis-je d'une voix plus forte. S'il vous plaît, expliquez-moi ce que nous allons faire. »

Elle hocha la tête, en s'asseyant sur le sofa à côté de moi, dans un bruissement de jupes. Immédiatement, les deux chats vinrent à elle, blottir leurs douces frimousses dans ses mains et ronronner. Elle leur répondit par des roucoulades et des gazouillis, en les appelant par leur nom.

« Comment va Tizzy ? demanda-t-elle subitement. Vous traite-t-elle convenablement ?

— Oui, répondis-je avec un sourire. La nuit elle dort sur mon lit et quand je suis seule elle vient s'asseoir avec moi. Henry la hait, mais cela m'est égal.

— Bien. » Le temps d'une seconde, la bouche généreuse de Fanny parut se raidir, presque avec cruauté, et elle observa les chats sur ses genoux avec une intensité farouche et dure. Je compris qu'elle avait complètement oublié ma présence.

« Fanny !

— Ma chère ! » Le sourire fut de retour, l'expression aussi sereine qu'à l'accoutumée. Je commençai de douter d'avoir entrevu le changement que je venais d'apercevoir en elle.

« Que dois-je faire quand Henry va venir ? Vais-je me cacher, ainsi que me l'a expliqué Moïse ? »

Elle secoua la tête. « Non, ma chère, vous n'allez pas vous cacher. Pour le moment, vous allez vous fier à moi, en sachant que je prends soin de vous et que je ne permettrais pas que l'on vous fasse du mal. Mais il va vous falloir être courageuse et vous devrez agir exactement comme je vous le dis. Y parviendrez-vous ?

Je hochai la tête.

« Bien. Pas de questions, alors. Promis ?

— Je promets. »

Pendant un instant, mes yeux s'éloignèrent d'elle car leur attention avait été captée par quelque chose dans le fond de la pièce, quelque chose que, du coin de l'œil, je pris pour une grappe de ballons. Je sursautai, en jetant malgré moi un coup d'œil à cet endroit, et je sentis l'étreinte de la main de Fanny se resserrer sur mon bras, juste un peu.

« Qu'est-ce que c'est ? »

Il n'y avait pas de ballons. Simplement une tache circulaire dans l'angle de la pièce tout en haut à gauche, près de la porte.

« Chut, ma chère, fit Fanny d'un ton câlin. Ne vous tourmentez pas. Vous êtes ici en sécurité.

— Je croyais avoir vu... » Dans l'épuisement où j'étais, mes mots pesaient lourd, et chaque syllabe, telle une forme sans contour, se frayait un passage comme à travers une étoffe mitée. «... avoir vu des ballons. Qu'est-ce que... qu'est-ce que des ballons... ?

— Chut. Fermez les yeux. C'est cela. Chut... C'est cela. Dormez, ma chère. Dormez. C'est votre anniversaire, et nous accrocherons des ballons. Je vous le promets. »

33

Voix d'Épiphanie Miller

La pendule sur le manteau de la cheminée indiquait onze heures et quart. Je la regardai, endormie sur le sofa, et c'était comme si les os de sa face avaient changé de place, à telle enseigne que leurs lignes moins marquées se brouillaient, comme le visage inachevé d'une enfant.

« Marta ! »

À mon appel, elle remua légèrement, elle porta les doigts à sa bouche, suivant cette habitude singulière et puérile qui avait toujours été la sienne.

« Marta, il est l'heure de se réveiller. »

Ses yeux s'ouvrirent, d'abord égarés, puis fixant les miens avec une douceur confiante qui me déchira le cœur.

« Est-ce que j'ai dormi ? s'enquit-elle, en se frottant les yeux.

— Oui, Marta. Vous avez dormi longtemps... » Je sentis mon cœur exulter dans ma poitrine. C'était la voix enfantine et profonde de Marta, noyée de sommeil à présent, avec en écho l'inflexion suave de la voix de sa mère.

« Est-ce qu'il est déjà arrivé ?

— Non, mais il sera bientôt là. Nous allons devoir nous préparer pour sa venue. Suivez-moi. »

Elle était docile, me suivit sans un bruit, sa main dans la mienne. Je priai pour que le parti que j'avais pris soit le bon.

« D'abord, nous allons devoir nous assurer qu'il ne vous reconnaît pas, lui dis-je, en la conduisant en haut de l'escalier, vers ma chambre. Je vais vous prêter l'une de mes robes, puis nous allons transformer votre visage et votre chevelure.

— Très bien. » Son doux sourire ne vacilla nullement. « Et je n'aurai pas peur ?

— Non, ai-je répondu. Vous n'aurez pas peur. Vous allez vous montrer forte et courageuse, comme je vous l'ai conseillé.

— Oui…

— Il ne vous reconnaîtra même pas. Et quand il me demandera votre nom, que direz-vous ?

— Je suis Marta.

— Bien.

— On appelle ça du henné, Marta, lui appris-je tandis que nous lui rincions les cheveux. Cela va vous foncer la chevelure et vous rendra méconnaissable aux yeux de Henry. Dès après son départ, nous vous appliquerons une lotion qui vous restituera votre couleur naturelle. D'accord ?

— Oui.

— Maintenant je vais vous aider à passer cette robe qui est à moi : je ne l'ai pas portée depuis longtemps, et j'étais plus jeune et plus mince, alors. Elle est jolie, n'est-ce pas ?

— Oui.

— Et après cela, nous allons vous farder le visage d'un peu de poudre et de rouge afin de vous donner une autre allure.

— Il ne me reconnaîtra pas.

— Pas maintenant que vous êtes plus âgée. »

Représentez-vous l'image d'une plaque photographique à l'instant où elle projette le cliché sur le papier, qui s'assombrit peu à peu pour passer du blanc à l'or le plus pâle, de l'ambre au sépia. Imaginez la lune quand son mince profil s'élargit lentement jusqu'à ce qu'elle soit pleine, exerçant sa force d'attraction sur les marées. Imaginez la chrysalide qui fendille et entrouvre son solide couffin de larve et déploie ses ailes au soleil. L'imago pleure-t-elle la chenille qu'elle a été ? S'en souvient-elle seulement ?

34

Voix de Henry Paul Chester

C'est un mensonge : je ne rêve jamais. Il est des gens, vous savez, qui ne rêvent pas. Mes nuits sont des tranches d'oubli où Dieu lui-même ne peut s'immiscer. Si Dieu est incapable de m'atteindre, dites-moi, pourquoi devrait-elle, elle, arpenter mes rêves, parfumée de lilas et de tromperie, aussi douce et meurtrière qu'une tunique empoisonnée ? Je ne la vois pas : je ne sens pas sa chevelure effleurer ma face aux petites heures de la nuit. Je n'entends pas le bruissement de sa peau caresser la soie de sa robe. Je ne la guette pas du coin de l'œil, debout au pied de mon lit.

Je ne suis pas couché, éveillé, à la désirer.

Je pensais avoir passé l'âge de rechercher une Schéhérazade : j'avais labouré un millier de sillons dans un million de filles... de jeunes filles, blondes, brunes et rousses, pleines et belles, avec ou sans leur consentement. J'ai ouvert leur chair très secrète, j'ai goûté leurs liqueurs sombres et parfumées, je les ai nourries et je me suis nourri d'elles. Mais pourtant le Mystère m'échappe toujours. Chaque fois que je me levais de leur couche fétide, rassasié et violé par leur désir ardent et aride, je le savais : il y avait un Mystère, mais plus je creusais et moins j'en découvrais l'essence. Elles m'observaient de leurs yeux mornes et stupides, avec un désir brûlant, en toute conscience... tout Mystère enfui, comme le château mythique du conte de fées, qui ne demeure jamais plus d'une heure en place. Je commence à comprendre Haroun-al-Rashid, qui épousait ses fiancées le soir en vue de les exécuter le lendemain matin : peut-être, à mon exemple, pensait-il capter une part du Mystère dans les restes éviscérés de cette orgie nocturne. Peut-être, comme moi, rampait-il jusque chez lui, trop pâle dans la lumière impitoyable du jour, avec rien d'autre sur les mains que de la semence et du sang. Mais lui et moi, frères en désillusion, nous partagions ceci : jamais nous n'avons perdu espoir. Comme le dernier spécimen de la race des monstres, nous avons gardé la foi, nous déchirant et nous infligeant l'exercice d'une supplication aussi futile que monstrueuse, un véritable arrachement, même si je n'ai jamais pu déchiffrer la vulve d'une femme, ce hiéroglyphe indéfiniment répété, même si je n'ai jamais pénétré le labyrinthe des arcanes de son être essentiel. Peut-être, si par magie j'avais été capable de rapetisser à la taille d'un fœtus, serais-je parvenu à renverser le cours des choses, à remonter le courant jusque dans l'obscurité rougeâtre de ma mère : alors peut-être aurais-je pu comprendre le Mystère sans qu'il soit besoin d'assener des coups et de détruire... mais je ne possède aucun don de magie. Le dernier de mes rêves impossibles, c'était Schéhérazade, renouvelé chaque matin d'entre les braises de mon désir, tel le Phœnix, un sceau neuf apposé chaque matin afin de délivrer un nouveau message d'espoir et d'acceptation, une nouvelle étoffe chaque nuit, chaque nuit un visage différent : mille et une fioles intactes contenant un élixir d'une puissance déroutante, biblique... le mystère de la vie éternelle.

Est-ce que je rêve d'elle ?

Peut-être.

Je pris neuf grains de chloral avant de quitter la maison : j'étais saisi d'une étrange appréhension, mes mains venaient constamment essuyer ma bouche, comme un enfant pris sur le fait de quelque incartade. D'étranges pensées me traversèrent l'esprit comme autant de mauvais présages : en passant devant le cimetière, je crus discerner la silhouette d'une enfant tout en blanc, debout, pieds nus au portail, qui me regardait. Je criai au cocher de s'arrêter : en y regardant une seconde fois, je m'aperçus qu'il n'y avait pas d'enfant, mais simplement une pierre tombale blanche à l'intérieur des murs d'enceinte, et qui réfléchissait la lumière de la lune. Comme je regardais, un chat bondit sur la pierre et me fixa des yeux avec un regard sauvage et scintillant qui franchit les espaces sombres qui nous séparaient. Magnifié jusqu'à atteindre une intensité irréelle par cette nuit claire, lorsque ma voiture passa devant lui, il parut faire jouer ses mâchoires à mon adresse, soit par peur, soit en guise d'avertissement. Dans l'état fantasque où j'étais, j'ai presque fait demi-tour, mais un désir avide, un désir tout sauf purement charnel, me retint : je ne pouvais pas faire demi-tour. La maison m'appelait à elle.

Fanny m'introduisit dans le vestibule, réussissant comme d'ordinaire à me déconcerter avec la vision raffinée de sa robe fourreau vert vif, ses longues plumes, son parfum. Comme toujours, sa maison était une véritable ruche d'essences et, le temps d'un instant, je me noyai dans les parfums. Puis Fanny me conduisit aimablement dans le fond du corridor, jusqu'à l'un des petits salons adjacents, une pièce qu'en près de dix ans je ne me rappelais pas avoir jamais vue.

« J'ai là quelqu'un, je pense, que vous allez apprécier de rencontrer », m'annonça-t-elle avec un petit sourire.

Je sentis ma mâchoire se contracter : quelque chose dans son expression me dérangea, une sorte de tranquille assurance. Je libérai vivement mon bras de sa poigne d'une force surprenante, et ce faisant je perdis l'équilibre et me cognai l'épaule contre le cadre de la porte. Fanny sourit encore une fois, et son visage, à la lumière de la lampe, se déforma sur une expression de joie vengeresse.

— Monsieur Chester... » Sa voix était pleine de sollicitude et cette expression fugitive s'effaça – si même elle exista jamais. « Vous ne semblez pas au mieux aujourd'hui. J'espère que vous n'êtes pas en train de tomber malade ? »

Tomber malade. Dans le ton de sa voix, ce mot revêtit des accents inquiétants et sibyllins qui s'insinuèrent dans mon esprit comme des serpents. Je lui repris le bras pour retrouver l'équilibre.

Mallllade.

« Oui, merci, Fanny, répondis-je au hasard, je me porte fort bien. Fort bien en vérité, ajoutai-je, sentant le monde alentour retrouver sa stabilité. » Je m'efforçai d'afficher un sourire jovial. « Alors, qui suis-je sur le point de rencontrer ? m'enquis-je sur un ton badin. L'une de vos nouvelles protégées ? »

Fanny hocha la tête. « Si l'on veut, oui, acquiesça-t-elle. Mais tout d'abord je vous propose de goûter à mon punch, une spécialité bien faite pour égayer les esprits. Entrez donc. » Et, soulevant le loquet, elle m'ouvrit la porte du salon et m'entraîna à sa suite.

La lumière était dans les tons rouges, utérine, troublante. Mes yeux s'y adaptèrent presque aussi difficilement que si je m'étais trouvé dans une obscurité totale. De l'encens brûlait, un vague parfum érotique, comme du patchouli, et tandis que Fanny me guidait vers un sofa et me versait un verre – elle ne semblait éprouver aucune difficulté à évoluer dans cette pièce obscure –, j'aperçus des tentures dorées sur les murs, cloutées de fausses pierres précieuses, des ornementations de cuivre sur le mobilier et une statue en particulier, un immense cercle de bronze à l'intérieur duquel un dieu doté de quatre bras paraissait se livrer à une danse. Dans la lumière rouge vacillante, je vis ce dieu bouger.

Fanny me tendit un verre de punch chaud, que je pris sans quitter la statue des yeux.

— Qu'est-ce que c'est que ça ?

« Shiva, dieu de la lune, répondit Fanny. Et de la mort. » Je bus pour dissimuler le brusque retour de mon malaise. Ce breuvage corsé me tétanisa les papilles : et sous cette force, il avait presque quelque chose d'amer.

« Folie idolâtre, m'écriai-je d'une voix plus sonore que je n'en avais eu l'intention. Il a l'air… fort sauvage.

— Le monde est sauvage, renchérit Fanny avec légèreté. Je le trouve tout à fait approprié, ce dieu. Mais s'il vous dérange… », sa voix resta en suspens, interrogatrice, non sans une note de moquerie.

Je répliquai avec raideur : « Bien sûr que non. Ce n'est qu'une statue.

— Alors pour le moment je vais prendre congé, monsieur Chester. » Elle s'éclaircit poliment la gorge, et je me souvins de la payer, fouillant mes poches en quête de quelques guinées. Toujours très femme du monde, elle escamota les pièces au creux de sa paume avec la dextérité d'un prestidigitateur, en paraissant à peine les remarquer. Puis elle se retourna vers la porte.

— « Je vais laisser à Marta le soin de se présenter elle-même », fit-elle, et elle sortit.

Pendant un moment, j'observai la porte, décontenancé, dans l'attente de l'entrée de la fille, puis un petit bruit derrière moi m'alerta, je fis volte-face, renversant à moitié mon verre, et le liquide décrivit un arc scintillant autour de moi. À cet instant, gagné par une conviction superstitieuse, j'étais certain que la statue de Shiva s'était animée et qu'elle me tendait ses quatre bras, les yeux éclairés d'un regard malicieux, un regard de prisme. J'en criai presque.

Puis je la vis assise dans la pénombre, à peine visible contre les plis lourds d'une tapisserie indienne, et je retrouvai mon sang-froid du mieux que je pus, m'efforçant de contenir ma colère de m'être laissé prendre au dépourvu. J'achevai de boire le punch que Fanny m'avait servi et je posai le verre sur le manteau de la cheminée : lorsque je me retournai, j'étais déjà plus calme, capable d'adresser un sourire rassurant à cette fille, scrutant la demi-obscurité pour discerner ses traits dans cette lumière troublante.

Je vis qu'elle était jeune, une quinzaine d'années peut-être, à peu de chose près, et très mince et déliée. Ses longs cheveux défaits paraissaient noirs, mais ses yeux auraient pu être de n'importe quelle couleur, car ils reflétaient la lumière rouge des lampes tels des rubis. Ses paupières et ses sourcils étaient lourdement fardés de khôl et de poudre d'or, et sa peau avait une sorte de ton chaud et doré qui, dans mon esprit, était associé aux bohémiennes. Elle portait un kimono en soie d'une étoffe rouge et mate qui accentuait sa silhouette fluette et enfantine, et, autour de son cou et de ses bras, dans ses oreilles, de lourdes pierres pourpres couvaient et étincelaient comme braise.

Le temps d'une seconde, je retins mon souffle devant sa beauté.

« M… Marta ? bégayai-je. Est-ce là votre nom ?

— Je suis Marta », confirma-t-elle. Sa voix était un chuchotement, légèrement rauque, avec un doux accent de la campagne tempéré par une note distante de moquerie, un peu semblable à celle de Fanny.

« Mais je… » Me rendant compte de la chose, je poursuivis : « Je vous ai déjà rencontrée. Je suis entré dans votre chambre par accident. »

Pas de réponse.

« J'espère que vous vous sentez mieux. » L'allusion que j'avais espéré placer dans ma phrase tomba misérablement à plat.

« Êtes-vous… (Là encore, j'étais à court de mots.) Êtes-vous nouvelle dans… Je veux dire… Êtes-vous… ? » Je pus de nouveau sentir sa moquerie, entêtante et déroutante.

« Je suis ici pour vous, murmura-t-elle, et pendant un instant je l'imaginai venue dérober mon âme, comme l'Ange de la Mort. Pour vous seulement.

— Ah. » C'était absurde, je me sentais diminué, aussi incapable de m'exprimer qu'un écolier en présence d'une putain plus âgée que lui de plusieurs années. Presque… presque comme si cette fille n'était pas une petite roulure de quinze ans mais la vestale vierge de quelque mystère immortel. Gauchement, je changeai de position dans mon fauteuil, la désirant mais incapable de parler. Elle avait la maîtrise de la situation.

— Approchez, monsieur Chester, chuchota-t-elle, et je vais vous raconter une histoire.

Le jeune homme partit à la recherche de la Sorcière, et la Sorcière le vit de loin dans son verre et elle sourit. Elle avait attendu sa venue si longtemps, et depuis trois jours désormais elle avait senti partout sa pré-

sence, dans le ciel d'hiver laiteux, sur la lande brumeuse, dans les châtaignes qui rôtissaient devant l'âtre et, ce matin, dans l'œil du Pendu. Ce n'était presque rien : une vision furtive, rien de plus, un semblant de clin d'œil entendu, mais pour la Sorcière, c'était suffisant, et elle attendit, en jetant une autre brique de tourbe dans le feu, passant les cartes en revue, en quête de la moindre apparition de son visage.

« D'autres le virent arriver et désapprouvèrent d'un signe de la tête : ils ne connaissaient pas son histoire, quoi qu'elle eût pu tenir lieu de joli conte pour une soirée d'hiver, et ils n'avaient nulle envie de la connaître – seuls celui qui est exempt de toute faute ou le fou se mettent en quête des sorcières, et les présents qu'ils leur offrent ne sont pas toujours aisés à porter. Mais le jeune homme était impétueux et plein de confiance en lui, arpentant la lande avec l'ardent désir de celui qui n'a jamais dévié de sa route. Il y avait de la colère dans son cœur, et de la vengeance, car sous ce beau visage, se tenait un monstre tapi : un monstre qui sortait toutes les nuits de l'obscurité, de son pas lourd, afin de se repaître de chair humaine. Les philtres de la Sorcière avaient créé ce monstre, et le jeune homme savait que ce n'était qu'en tuant la sorcière qu'il pourrait rompre le sort.

Elle observa un silence, en posant sa petite main fraîche sur mon visage. Je sentis ses bras se faufiler autour de moi, elle vint chuchoter dans ma chevelure, derrière ma nuque, me donnant la chair de poule. Cette sensation était à la fois érotique et perturbante.

« Ainsi... Je pus entendre le sourire qu'elle avait dans la voix lorsqu'elle poursuivit :

Le jeune homme traversa la lande jusqu'à ce qu'il atteigne le repaire de la Sorcière. Et quand il avisa sa roulotte rouge dans un vallon entre deux collines, il connut un frisson de joie et de terreur. La nuit était presque tombée et, sous le couvert d'un coucher de soleil sanglant, il se faufila vers sa roulotte et regarda à l'intérieur.

La sorcière attendait. Elle le vit à la porte et ne put réprimer son rire quand il leva son épée.

"Prépare-toi à affronter la mort, sorcière !" s'écria-t-il.

La Sorcière entra dans la lumière, et le jeune homme vit qu'elle était belle. Elle écarta sa robe... Comme ceci.

Dans un geste superbe d'arrogance et de dévergondage, elle laissa tomber son kimono à terre. Elle demeura un instant debout face à moi telle une déesse païenne, sa peau couleur de cuivre rouge dans la lumière rosâtre, ses cheveux défaits lui effleurant la taille. Derrière elle, Shiva tendit les bras, un geste de désir sauvage et plein de grâce. Dans un mouvement unique et fluide, elle atteignit ma chemise et la déboutonna : moi, pareil à la victime d'un ensorcellement, je me trouvai incapable de bouger, assailli de tous côtés par la sensualité vibrante qui s'attachait à elle, presque visible, tel un feu Saint-Elme. Lorsqu'elle tourna le visage vers la lumière, je vis sa beauté transcendante, enflammée à travers le voile rouge de sa chevelure : une beauté qui existait indépendamment de ses traits, un objet qui atteignait mes entrailles, m'attira vers elle et me fit crier... et pourtant, il n'y avait ni amour ni tendresse dans ses yeux : seulement une espèce de désir morne, une insondable allégresse qui aurait pu s'assimiler à un désir de vengeance ou même à de la haine. Je découvris que cela m'importait peu.

Elle s'assit sur moi, tel un Centaure écarlate, le visage tourné vers le plafond, chacun de ses muscles tendus vers l'assouvissement. Je la sentis me dévorer, me réduire à l'état de poussière, d'atomes. Le plaisir fut immense, un anéantissement, une agonie...

... Et quand ils en eurent fini, le jeune homme dégaina sa dague et trancha la gorge de la Sorcière, afin que personne ne sût jamais comment elle avait nourri le monstre en lui, comme il s'était avidement nourri d'elle.

Elle était derrière mon dos, une fois encore, la chute de ses cheveux s'écoula comme un torrent sur mon épaule gauche, et la fragrance de sa peau douce et chaude me submergea. J'entendais à peine ce qu'elle me disait, mais sa simple présence suffisait à me satisfaire, et les accents de sa voix s'élevaient et retombaient en rythme avec mon cœur le plus secret.

Puis le jeune homme dormit de nombreuses heures, et quand il se réveilla il s'aperçut que c'était le jour et que la roulotte était vide. Il se retourna pour s'en aller, mais alors soudain il aperçut l'étui de cartes de la Sorcière ouvert sur la table. Une pulsion inexplicable s'empara de lui et il ouvrit l'étui pour voir les cartes. Elles étaient belles, chacune d'elles était aussi douce que l'ivoire et peinte de détails exquis.

Je m'attendais à tout moment, comme à mon habitude, à connaître un accès de dégoût de moi-même : tout désir éteint, je ne lambinais jamais avec les putains après que j'avais usé d'elles... J'éprouvais même rarement l'envie de les revoir. Mais celle-ci était différente des autres. Pour cette femme – cette fille –, et pour la première fois de ma vie, j'éprouvais de la tendresse, un sentiment que je n'avais jamais connu, même avec Effie. Surtout pas avec Effie. Quelque chose en moi désirait la goûter, goûter la texture, le grain de sa peau, afin de la connaître : comme si l'acte pur et simple que nous venions d'accomplir n'avait rien été… rien révélé, rien gâché. Je me rendis compte avec une clarté soudaine, enivrante, que c'était là le Mystère, cette fille, cette tendresse.

Mû par une impulsion, le jeune homme étala les cartes sur la table en respectant le motif qu'il connaissait pour être l'Arbre de Vie. L'Ermite, l'Étoile, les Amoureux, le Valet de Deniers, l'Amour, le Désir, la Grande Prêtresse, le Changement… Soudain, le jeune homme se sentit mal à l'aise. Il n'avait pas envie de voir la dernière carte, la carte du Destin. Sa main tremblait quand il l'avança vers la carte et la retourna, avec précaution, craignant de la découvrir.

Le Pendu… Il détourna le regard, frissonna. Cela n'avait aucun sens ! Les cartes n'avaient pas de pouvoir sur lui.

Et pourtant, ses yeux revinrent une fois vers la carte posée sur la table, non sans crainte, à la dérobée.

Je lui touchai le cou, le bras, la courbe ferme de la cuisse.

« Marta… »

Le visage sur la carte lui parut familier. Il regarda de nouveau. Des cheveux noirs, des sourcils clairs, des traits réguliers… Il recula d'un pas.

— Non ! Non. Son imagination lui jouait des tours. Et pourtant, en observant la carte à distance, il put

presque croire reconnaître le visage du Pendu… il était presque certain de le reconnaître…

« Marta.
— Oui ?
— Je vous aime. »
Dans le noir, son baiser fut doux.

35

Voix de Moïse Zacharie Harper

Pour commencer, j'étais furieux.

Contre moi-même, pour avoir supposé que Fanny allait véritablement m'apporter son aide, contre Effie qui s'était laissé entraîner dans une mascarade aussi dangereuse, aussi stupide, mais plus particulièrement furieux contre Fanny. Quand elle m'eut annoncé qu'Effie se trouvait dans la pièce avec Henry, je la vouai aux neuf cercles de l'enfer et j'exigeai de savoir quel jeu elle jouait.

Elle demeura dans le vague, à me faire enrager.

« Mais votre jeu, mon cher, le vôtre, me répliqua-t-elle d'une voix sucrée. Nous sommes en train de fabriquer un scandale qui va vous permettre de discréditer Henry et de mettre la main sur son argent. N'est-ce pas exact ? »

C'était exact, mais je n'avais aucune envie que toute l'affaire soit dévoilée avant que j'en retire profit, et je m'en ouvris à elle.

« L'affaire ne sera pas dévoilée, me rassura-t-elle avec un sourire. Henry ne la reconnaîtra pas. »

C'était ridicule. Henry était marié avec elle, pour l'amour de Dieu !

« À vrai dire, poursuivit Fanny, je ne pense pas que vous la reconnaîtriez vous-même. Elle est si bonne… actrice. »

Je proférai un juron qui n'eut d'autre effet que de la faire sourire.

« Jugez vous-même, me pria-t-elle instamment, avec une inflexion un brin moqueuse. Je vous assure que votre précieux argent ne court aucun risque. »

Il ne me restait rien d'autre à faire que ce qu'elle m'avait demandé. Il y avait un judas aménagé dans le mur derrière une tenture, et par ce truchement je pus surveiller le salon sans aucun danger d'être découvert. Tandis que je plaçai mon œil contre le trou, je me rappelle m'être interrogé non sans un certain malaise sur le nombre de judas existant ainsi dans la maison, et sur la fréquence de leur utilisation.

Non que j'attendisse quoi que ce fût d'une confrontation entre Effie et Henry – n'était le ridicule de la chose : cette fille allait perdre la maîtrise de ses nerfs et plonger dans un état d'hystérie dès qu'il la reconnaîtrait. J'aurais de la chance si j'échappais à une arrestation et, si tel était le bon plaisir d'Henry, il aurait la meilleure des excuses possibles pour expédier sa femme dans un asile pour toujours. Qui plus est, si elle était assez oie pour le croire incapable de la reconnaître, elle ne méritait vraiment que l'asile.

J'étais si absorbé par ces amères pensées que, pendant un petit moment, je ne remarquai pas vraiment le détail du petit théâtre d'ombre et des acteurs que Fanny avait mis en scène pour mon profit. Cependant, quelques instants s'étant écoulés, je fus à même d'observer la scène avec une curiosité froide et mordante, et en outre je parvins à connaître un réveil – certes discret – de mon sens de l'humour. Lorsque j'en vins finalement à y réfléchir, toute la situation me parut d'un noir comique. Il se pourrait bien que la ruine ou l'escroquerie me mène en prison d'ici moins d'une semaine, mais je n'en fus pas moins en mesure de déceler, quelque part au creux de mon ventre, les prémices d'un aigre sourire.

Sans que je pusse entendre ce qui se disait, mes yeux s'étaient adaptés à la lumière rouge, ce qui me permit de distinguer les traits de Henry et ceux de la fille.

Effie ?

Je louchai par le trou minuscule, le sourcil froncé. « Ce n'est pas Effie. » Malgré moi, j'avais parlé à voix haute, et j'entendis Fanny glousser toute seule à côté de moi. Je regardai à nouveau, essayant de retrouver une ressemblance.

Décidément, non, ce n'était pas Effie. Oh, certes, il existait bien une ressemblance superficielle, quelque chose dans la silhouette et dans le dessin du visage, mais cette fille était plus jeune, ses cheveux plus foncés. Sous cette lumière trompeuse, la couleur de sa chevelure aurait pu aller du noir à l'auburn, mais elle semblait plus épaisse que celle d'Effie. Les yeux étaient plus sombres, eux aussi, et chargés de fard, les sourcils épais et noirs. Mais la vraie différence tenait à la manière dont cette fille bougeait : elle possédait la grâce fluide, serpentine, d'une danseuse exotique, les manières agaçantes d'une courtisane-née. Effie était gauche, sans cesse en quête, désespérément passionnée : cette fille en revanche possédait un calme, une grâce de chaque instant, mais une grâce distante, parfaitement, presque douloureusement maîtrisée.

À l'instant même où, soulagé mais furieux à la fois, ma colère menaçait d'éclater en un surcroît d'imprécations à l'encontre de Fanny, je reconnus que, somme toute, oui, c'était bien Effie, mais une facette d'Effie que je n'avais jamais soupçonnée. Le temps d'une seconde, je fus envahi d'admiration – et par quelque chose de plus primitif. Je voulais cette fille, cette bohémienne à la peau luisante : à ce moment-là, peut-être, j'eus envie d'elle plus que je n'avais envie de l'argent de Henry... du moins est-ce le seul motif qui explique pourquoi je n'ai pas mis un terme à cette dangereuse partie de cache-cache, dès ce soir-là.

Après que Henry eut enfin quitté la maison, Fanny alla recueillir Effie dans le petit salon et la fit monter dans son cabinet de toilette pour l'aider à s'y changer. Là, je découvris l'habile panoplie d'artifices grâce auxquels elles avaient créé la personne qu'elles nommaient « Marta » : les fards, les poudres, les teintures et les onguents que Fanny retira en ayant recours à toute une variété de crèmes et de lotions. Puis j'observai Fanny lorsqu'elle lava les cheveux d'Effie dans une décoction limpide et fortement parfumée, avant de rincer ensuite à l'eau claire la teinture qu'elles avaient employée.

Effie demeura passive tout au long, se désintéressant de mes observations ou même de mes louanges pour sa prestation spectaculaire : et, quand toute trace de son déguisement eut été effacée, elle sombra profondément dans un état de somnolence, comme droguée, me répondant à peine quand je lui parlais. Avec un coup d'œil sec à Fanny, je me demandai si « Marta » n'était pas bel et bien une création née des puissants aphrodisiaques de cette dernière. Je me demandai, et ce n'était pas la première fois, quel était réellement le jeu de Fanny.

Il était trois heures quand il me fut permis de ramener Effie chez elle : elle passa un certain temps devant le feu à se sécher les cheveux avant que Fanny ne la déclare prête à partir, et je me souviens de les avoir regardées toutes deux, Effie, la tête posée sur les genoux de Fanny, et Fanny peignant sa chevelure qui séchait, en de longs mouvements caressants, tandis qu'Effie, à son tour, caressait les chats assis à ses pieds, dans un mouvement d'imitation inconsciente. Au vu de leur symétrie de posture et de la quiétude de leurs expressions, je fus frappé par l'idée de leur ressemblance, telles des sœurs, telles des amantes. Je me trouvai exclu, inconsciemment, certes, mais exclu tout de même : et quoique je ne fusse pas amoureux d'Effie, j'éprouvai une sorte de colère trouble, laiteuse, entêtante comme l'absinthe. J'étais plongé si profondément dans mes pensées que lorsque Fanny, plus tard, rompit le silence, je sursautai, pris en faute.

« Allons, ma chère, fit-elle d'une voix feutrée, il est l'heure de se réveiller. Allons. »

Effie, qui pourtant, autant que je pus voir, n'était pas endormie, s'étira et releva un peu la tête.

« Chut, oui, je sais que vous êtes fatiguée, mais il vous faut rentrer chez vous à présent. Vous vous souvenez ? »

Effie émit un petit bruit, signe d'acquiescement ou de protestation.

« Allons, Effie. Vous reviendrez bientôt. »

Effie leva les yeux et, lorsqu'elle me vit, l'expression de confusion s'effaça de son visage et elle sourit avec encore plus de vivacité que je ne l'avais vue faire de toute cette soirée.

« Moïse ! » s'exclama-t-elle, comme si je n'étais pas resté assis là à côté d'elle la moitié de la soirée. « Oh, Moïse ! » Et que je sois damné si elle ne bondit pas sur-le-champ pour se jeter à mon cou.

J'étais plutôt enclin à lui lâcher une réponse sarcastique, lorsque je vis se dessiner sur le visage de Fanny une mimique où se lisait, entre autres sentiments mêlés, une évidente satisfaction, et je décidai de n'en rien faire. Il se mijotait quelque chose dans la tête de cette sorcière, et je n'allais pas être assez sot pour l'ignorer. Une femme dangereuse, cette Fanny Miller : souvenez-vous-en, si d'aventure vous la rencontrez.

Ainsi donc, disais-je, il m'a fallu ramener Effie chez elle avant le lever des domestiques : elle avait les cheveux presque secs à présent, et elle passa sa vieille robe et son manteau. Elle semblait presque euphorique, tout en demeurant plutôt évasive quant aux événements survenus dans ce salon, et dont j'avais été le témoin. Dans le fiacre, je me risquai à lui poser une question très directe et elle me regarda avec une étrange expression de vacuité.

« Demandez à Marta », me conseilla-t-elle simplement, et elle n'ajouterait rien de plus.

Je m'abstins de la tourmenter. Je m'attendais qu'elle sache que je l'avais observée et j'éprouvai une certaine gêne à l'évoquer. Cela était assez naturel, je suppose. Non, c'était à Fanny que j'avais besoin de parler : c'était elle qui avait manigancé toute cette situation. Effie n'était qu'un instrument, tout au plus. Il était tard, mais aussitôt que j'eus déposé Effie à sa porte, je m'en retournai et je refis le chemin en sens inverse pour regagner Crook Street.

36

Voix d'Épiphanie Miller

Je n'ignorais pas qu'il reviendrait. Je l'avais vu nous surveiller, les neuf cercles de l'enfer allumés dans ses yeux, et je le savais au comble du déplaisir. Il aimait à maîtriser, notre Moïse : il n'appréciait guère d'être tenu dans l'ombre et il détestait que l'on se serve de lui – il était assez intelligent pour s'apercevoir qu'en un sens on avait usé de lui, et il m'importait de le conserver dans de bonnes dispositions jusqu'à ce que je n'aie plus besoin de ses services.

Je veillai à lui témoigner plus de chaleur que lors de notre première rencontre : à dire vrai, ce ne fut guère difficile. Mon plan avait réussi au-delà même de mes attentes, et quand Moïse arriva, je me sentais transportée et gorgée d'énergie. Lui, en revanche, il était calme et sur ses gardes, soupçonnant une conspiration sans être certain de savoir où porter d'abord ses regards. Il arpentait le salon, les mains dans les poches, les sourcils légèrement froncés en accent circonflexe.

« Moïse, quel plais...

— Vous avez joué là un jeu fort dangereux avec mon avenir, Fanny, m'interrompit-il sèchement. Par l'enfer, peut-être consentirez-vous à m'expliquer ce que vous êtes en train de manigancer ? »

Je lui glissai mon sourire le plus sucré.

« Modérez votre humeur, Moïse, le réprimandai-je en riant. De quoi vous plaignez-vous ? Vous n'avez jamais couru le moindre danger, et vous le savez.

— Ce n'est pas franchement la question, me coupa-t-il sèchement. Nous avions un accord, et j'attendais de vous que vous le respectiez. Quoi qu'il en soit, vous avez joué gros et j'ai servi d'enjeu : et si Chester avait reconnu Effie ? Ça m'aurait coûté cher. Chester est un salaud influent – pensez-vous qu'il m'aurait laissé filer en me tapant simplement sur les doigts ? Il aurait fait tout son possible...

— Oh, cessez de geindre, l'interrompis-je gaiement, et asseyez-vous donc. Je ne supporte pas de devoir me casser la nuque en deux pour pouvoir vous parler. Je n'ai pris aucun pari. Dans cette lumière, sous ce déguisement, personne n'aurait pu reconnaître Effie. Et surtout pas Henry. Loin de lui l'idée de découvrir sa femme en pareille posture.

— Il se peut. Mais pourquoi courir ce risque ?

— Asseyez-vous ! » répétai-je.

Il s'exécuta de mauvaise grâce, et je réprimai un sourire de triomphe. Je le tenais !

« Vous souvenez-vous quand nous avons formé ce plan ? » l'ai-je interrogé. Moïse hocha la tête. « Vous m'avez demandé quel motif j'avais de m'engager dans tout ceci. »

Je puis jurer qu'il me regardait avec la dernière intensité.

« Voici des années, ai-je expliqué, Henry Chester... eh bien, je ne vous révélerai pas quel acte il a commis, mais jamais on ne m'a rien infligé de pire, et depuis lors j'ai souffert dans l'attente de la vengeance. J'aurais pu le tuer, je le sais. Mais je me fais vieille. Je ne veux pas finir sur l'échafaud. Et je veux que ma vengeance soit pleine et entière. Je veux la ruine totale de cet homme. Me comprenez-vous ? »

Ses yeux brillaient de curiosité et il approuva de la tête.

« Ce n'est pas sa vie que je veux. Je veux sa position, sa carrière, son mariage, sa santé mentale. Tout. »

Moïse eut un large sourire contraint. « Vous n'y allez pas de main morte, n'est-ce pas, Fan ? »

Je ris. « En effet ! Et en cela, nos intérêts convergent, Moïse. Faites ce que je vous demande et vous obtiendrez votre argent, en quantité. Mais... » Je marquai un temps de silence afin de m'assurer qu'il m'écoutait : «... si vous étiez tenté d'œuvrer pour votre compte propre, ou si vous vous livriez à quelque tentative que ce soit pour circonvenir mon plan, je ne vous laisserais pas vous en sortir indemne. Je n'ai nullement l'intention de vous nuire, mais à mes yeux cette affaire est plus importante que vous, et de loin. S'il le faut, par conséquent, je vous tuerai. Je vous ai averti une fois déjà. Vous en souvenez-vous ? »

Moïse afficha son large sourire engageant, l'air chagriné, et je sus qu'il allait mentir. « Si je m'en souviens... Je suis trop avisé pour courir le risque de vous mettre en colère, Fan. »

Une demi-promesse. Son expression innocente sonnait aussi vrai qu'une pièce de six pences en plomb, mais cela valait mieux que rien. Croyez-moi, je disais la vérité. J'appréciais vraiment Moïse, en dépit de son évidente nature de Janus à deux faces – mais j'espérais qu'il se montrerait assez avisé, en effet.

« Je veux que Henry revoie Marta. La semaine prochaine.

— Oh ? » Il s'était exprimé d'une voix sucrée, sur un ton des plus désinvoltes.

« En fait, ce que je veux, c'est que Henry voie beaucoup Marta. »

Son sens de l'humour commençait de reprendre le dessus, et je le vis afficher à nouveau son grand sourire. « Je vois. » Il soupira. « Tout au moins, je vois tout le prix du divertissement que promet cette situation, sans saisir de quelle aide cela nous sera, en particulier parce que tout cela revient à dire que je ne serai pas en mesure de toucher le moindre argent de Henry.

— Soyez patient, lui conseillai-je. Vous aurez cet argent bien assez tôt. Voyez-vous, Moïse, mon cher, grâce à quelques préparatifs préliminaires et à un peu de chimie simple, Henry est d'ores et déjà moitié amoureux de Marta. »

À ces mots, il éclata de rire. « Ça, ce serait une belle blague, fit-il malicieusement.

— Et une blague qu'en peu de temps vous pourriez tourner à votre avantage », soufflai-je.

Aucune manifestation de mauvaise humeur ne se lisait plus désormais dans son regard : je puis assurer que grâce au sens aigu du ridicule que possédait Moïse, il goûtait toute l'ironie de la situation et, pour cette raison au moins, je savais qu'il marcherait de pair avec moi. Tout au moins pendant un temps. Et tant que je tiendrais Moïse, je tiendrais Effie.

Effie, qui devait être mon As d'Épées.

*

Ce dut être dans un conte de fées que je lus que tout homme est secrètement amoureux de sa propre mort, qu'il chasse avec le désespoir d'un amoureux éconduit : si Effie ne m'avait pas révélé, avec la voix de Marta, que Henry Chester était l'Ermite, je l'aurais deviné ce soir-là quand il rentra chez lui en titubant, cet éclat sombre et rayonnant dans le regard. Parce qu'alors je sus qu'en quelque région de son âme coupable, il l'avait reconnue – non, pas Effie, non pas la pauvre petite chose insipide qui attendait d'être possédée par un esprit plus fort qu'elle, mais Marta, ma chère Marta, qui reprenait vie en virevoltant dans les yeux d'Effie… oh oui, il l'a reconnue, le vieil Ermite. Et il était attiré, comme un homme attiré par la froide séduction de la tombe. J'avais des moyens de voir clair dans des temps passés – je les possède encore, quand je me sens d'humeur à en user –, ainsi captai-je son désir lugubre et je le nourris. Oh, il existe des herbes pour engourdir l'esprit et d'autres pour replier la réalité en formes aussi délicates que des oiseaux en papier… et puis il existe des esprits, oui, et des fantômes, que vous y croyiez ou non, qui arpentent les méandres du cœur d'un homme coupable, dans l'attente de connaître la chance d'une renaissance.

Je pourrais vous conter comment j'ai observé ma mère qui insufflait la vie au corps d'un homme bâti d'argile, en lui chuchotant d'étranges souvenirs dans sa tête sans cervelle, et vous conter comment l'homme réel de cette histoire est devenu fou. Ou encore vous narrer le récit de cette racine que la jolie jeune fille a mangée pour s'entretenir avec son amoureux mort. Ou celle de l'enfant malade qui a quitté son corps pour voler là où son père gisait mourant, afin de chuchoter une prière dans l'oreille du vieil homme… tout cela, je l'ai vu, et bien d'autres choses encore. Hochez la tête pour marquer votre désapprobation et ne jurez que par la science, si vous le voulez. Voici cinquante ans, votre science se serait appelée magie. Elle se déplace, voyez-vous, la vague insaisissable du changement. Elle murmure. Elle nous porte sur ses eaux sombres et secrètes. Et la vague restitue les corps morts, en vertu d'une certaine foi, et à une heure donnée. Tout ce dont nous avions besoin, nous deux, c'était d'un peu de temps. Pour moi, pour l'amener plus près. Pour Marta, le temps de prendre des forces.

Nous avons attendu.

37

Voix de Henry Paul Chester

C'est curieux, comme le temps peut se replier sur lui-même à la façon des draps de lin dans une armoire, rapprochant ainsi le passé du présent, tant et si bien que les événements en viennent à se toucher, et même à se recouvrir, en une promiscuité trouble et perverse. En regagnant Crook Street à pied, je fus soudain tourmenté par un souvenir d'une telle intensité que j'eus peine à me figurer l'avoir si longtemps banni de mon esprit : en un sens, je venais de m'affranchir de quelque enchantement, comme si la fille aux cheveux roux avait révélé le sombre hémisphère de mon esprit et libéré les monstres de mon passé, des monstres errant d'un pas lourd.

Mon euphorie était chargée d'amertume, d'images de damnation, comme en songe : j'avais la force de supporter ma faute – cette faute qui m'était aussi familière que les lignes de ma paume –, mais cette faute ne constituait pas la somme de mes émotions. De surcroît, je ressentais une joie des plus farces, une joie gothique, la joie des démons, des dieux et des damnés. Pour la première fois, je me divertissais de ma faute, me donnant en spectacle aussi éhontément qu'une putain à deux sous devant l'image sévère de mon père, qui gisait au fin fond de mon âme. À la lumière ocre d'une lune décroissante, je courais pour la joie de courir, précédé de mon ombre monstrueuse, avec cette pépite d'allégresse dans les entrailles, chaude et torsadée, qui me brûlait. Dans le silence, j'appelai son nom sacrilège : « Marta ! »

Il me semblait encore sentir son parfum contre ma peau. Ce parfum flottait encore dans mes narines, la fragrance du mystère et du délice sulfureux... Je ris sans raison, comme un dément – en vérité, je sentis mon équilibre mental commencer de m'échapper, telle une vierge prude qui peut se dissimuler sous ses voiles.

Et je me souvins.

Ma première communion, seulement quatre semaines après cette scène honteuse et secrète dans la chambre de ma mère... L'été s'était flétri en un automne décadent, trop mûr : des guêpes grasses et brunes menaçaient traîtreusement autour des pommiers ; même l'atmosphère était chargée d'un voile jaunâtre et brumeux, d'une odeur douceâtre et maladive qui évoquait les lourdes averses d'après la moisson et le fruit abandonné là, pourrissant, sur la branche.

Nous étions six à faire notre communion ce jour-là, quatre garçons et deux filles : nous devions former une procession depuis le village jusqu'à l'église pendant que le chœur suivait en chantant des hymnes, et les familles fermaient la marche, cierges à la main. C'était pour mon père un jour de fierté – quoique ma mère, qui n'appréciait guère la chaleur, ne fût pas présente – et je me gardai bien de me plaindre : mais j'abhorrais cette tunique blanche, si semblable à une chemise de nuit de fille, et le surplis qui s'enfilait par-dessus. Je détestais l'huile capillaire dont ma nourrice m'avait enduit la tête pour aplatir ma chevelure et la rendre bien nette : l'odeur en était aussi blette et aussi sucrée que celle des pommes pourries, et j'avais peur que les abeilles boursouflées ne vinssent voltiger autour de ma tête dans un silence sournois. La journée était d'une chaleur putride et je sentais les gouttes de sueur rouler de mes cheveux et de ma figure jusque dans mon surplis, me picoter et dégouliner de mes aisselles, de mon ventre, de mon bas-ventre. Je m'efforçai de l'ignorer, d'écouter les voix douces, un peu de fausset, des garçons du chœur (ma propre voix s'était cassée à peine une semaine auparavant : il ne serait pas question de chœur en ce qui me concernait), ainsi que les notes plus profondes, plus sévères du chant de mon père. J'essayai de me rappeler que ce jour était pour moi un jour particulier. Qu'en ce jour, j'allais être reçu en qualité de membre de l'église à part entière, que le dimanche suivant, quand les adultes se lèveraient pour recevoir la communion, boire le vin dans le calice orné de pierreries et tendre la bouche vers ces mystérieux disques blancs de l'hostie, je serais des leurs. Je goûterais le sang et la chair du Rédempteur.

Soudain, je me mis à frissonner. J'avais lu des choses dans les livres de mon père à propos de la transsubstantiation, du miracle du Sang et de la Chair. Mais ce n'est qu'à présent que cette image terrible me revenait avec toute la clarté du plus terrible des cauchemars enfantins. Qu'adviendrait-il quand je mordrais dans ce pain d'hostie mince et blanc et que je le sentirais se changer en chair crue dans ma bouche ? Le vin se transformerait-il pour prendre la consistance épaisse, écœurante du sang dès que le calice toucherait mes lèvres ? S'il devait en être ainsi, alors comment pourrais-je éviter de m'évanouir de froid sur les marches de l'autel ?

J'eus une image fugitive de moi-même, une image de cauchemar, d'une pâleur cadavérique, je répandais du sang et des vomissures à grands hoquets rauques, sous les regards horrifiés, stupéfaits de l'assemblée des fidèles, et mon père se tenait debout, en silence, abasourdi, la coupelle d'hosties en main.

Je manquai m'évanouir, ici et maintenant. Peut-être étais-je en train de recevoir ma punition, me dis-je, suivant cette logique sans appel de la faute. Je croyais être passé inaperçu dans la chambre de ma mère. Je n'avais pas avoué la chose – je ne pouvais l'avouer à mon père, pas même au confessionnal – et j'avais cru, dans ma stupidité malfaisante, avoir échappé au châtiment. Mais Dieu, lui, tout ce temps, avait été là, Dieu avait tout vu et à présent il allait me faire boire du sang, et je savais que j'allais m'évanouir, car je pouvais presque sentir le goût terne et métallique de cette nappe de sang dans ma gorge, et si j'en souillais l'hostie je serais damné pour l'éternité des éternités...

Au prix d'un terrible effort, je ravalai ma terreur. Il me fallait aller de l'avant. Il me fallait aller au bout de cette cérémonie. Faute de quoi, mon père allait découvrir mon forfait puisque je n'aurais plus qu'à le lui avouer – et la pensée de ce qu'il m'infligerait alors me piqua au vif, me tira de ma paralysie et me lança en direction de l'église presque au pas de course. Ce n'était pas du sang, m'admonestai-je avec fureur. Ce n'était qu'un vin bon marché. Non plus que la chair morte d'un vieux corps crucifié. Ce n'était que de petites galettes, des galettes parce que le pain devenait trop vite rassis, j'en avais vu de semblables dans le coffret que Père conservait dans sa sacristie personnelle. Je levai les yeux et vis la gueule de l'église prête à nous engloutir tous les six, vêtus de blanc, pareils à six petites hosties blanches, et je réprimai un besoin pressant et blasphématoire de glousser.

Mentalement, j'adressai un pied de nez :

(je m'en moque... je n'ai pas peur...
vos stupides hosties, vous pouvez vous les mettre où vous savez)

Puis je gloussai pour de bon, si fort que mon père me jeta un coup d'œil brutal, qui me fit transformer sur-le-champ ce gloussement en une toux. Je me sentais déjà beaucoup mieux.

Nous avons attendu ce qui m'a paru des heures, et l'office se déroulait en litanies rabâchées. Les paroles de mon père étaient semblables à ces lourdes abeilles gavées de sucre du verger aux pommiers. Par instants, je saisissais une phrase, une bribe de phrase, mais, pour l'essentiel, ses paroles ne signifiaient rien. Je fixai du regard les deux filles assises à l'opposé de moi, sur la gauche de l'allée centrale : il y avait là Liz Bashforth, quelconque et rougeaude dans une robe blanche trop petite de plusieurs tailles, et Prissy Mahoney, dont la mère avait « perdu » son mari dix ans plus tôt. La rumeur voulait qu'il n'y ait jamais eu de mari, rien qu'un Irlandais beau parleur et bon à rien qui s'était enfui à Londres, en laissant sa femme et sa fille se débrouiller toutes seules. Quoi qu'il en soit, la mère de Prissy avait l'air de s'être franchement très bien débrouillée toute seule, parce que Prissy était habillée d'une robe de communion neuve, avec dentelle et rubans blancs, gants blancs et petits souliers blancs. Comme je la regardais timidement pardessus mon livre de psaumes, je vis de quelle manière ses cheveux retombaient en deux gerbes bien ordonnées, librement, sur ses seins. Le mot me fit rougir un brin, mais j'étais à un âge où ma curiosité des filles dépassait de loin la connaissance véritable que j'en avais, et je me surpris à la regarder de nouveau, mon regard s'insinuant irrésistiblement vers les menus renflements de son corsage enrubanné. Elle me rendit mon regard, presque avec le sourire, et je détournai vivement la tête, rougissant plus profondément encore. Mais toujours je revenais poser les yeux sur elle.

Lorsque mon père donna enfin le signal de la communion, j'y prêtai à peine garde. Je me levai en toute hâte, pour prendre place dans la file sans quitter Prissy du regard. Tandis que nous avancions vers l'autel, je remarquai qu'elle était toujours attentive à mon regard posé sur elle, rejetant ses cheveux auburn par-dessus son épaule avec une précision de geste empreinte d'insouciance, les hanches ondoyantes, dans un mouvement hypnotique, une parodie de séduction enfantine.

J'étais si envoûté que, sur le moment, je remarquai à peine que les autres garçons la regardaient eux aussi, avec des ricanements parfaitement audibles. Je restai proprement ahuri un bon moment. Puis je me figeai, tétanisé. Dans le dos de la robe blanche, la robe de communion de Prissy, du sang suintait à travers la soie brillante, juste à l'endroit où les jambes se rattachaient au corps : un trou de serrure aux contours irréguliers, là où le sang avait perlé doucement à travers l'étoffe durant les heures qu'elle avait passées assise sur le banc. Je sentis une peur acide s'emparer de mes entrailles et tout mon corps fut soudain couvert de filets moites de sueur. C'était comme si mes pensées blasphématoires à l'égard des hosties avaient revêtu cette forme scabreuse et lubrique. Fasciné et horrifié par ce trou de serrure sanglant au dos de la robe de Prissy, incapable du moindre mouvement ou d'en détacher mon regard, je trébuchai dans l'allée centrale tel un homme ivre, la puanteur de l'encens m'atteignant soudain les narines dans une promiscuité insupportable. En cet instant de cauchemar, je me remémorai les jouets musicaux de mon père et j'imaginai Prissy Mahoney en Colombine, dansant vêtue de sa robe bleu et blanc, mise en mouvement perpétuel par mes pensées sacrilèges. Je la vis se mettre en branle, tout d'abord avec des gestes saccadés, sans grâce, puis avec toute la fluidité lisse, inhumaine, propre au mécanisme qui l'animait, les cheveux flottant, les jambes nues fouettant l'air d'obscène façon, les seins légèrement secoués sous la dentelle du corsage, alors même qu'elle n'arrêtait pas de sourire, de son sourire parodique et révoltant, et que le sang s'écoulait jusqu'en bas de ses jambes comme s'il ne devait jamais cesser…

Bien plus tard, j'appris ce qu'était la menstruation et, quoique je ne me départe jamais du dégoût que m'inspirait cette pensée, j'en vins à comprendre que la pauvre Prissy n'était pas le monstre imaginé par l'individu que j'étais à l'âge de douze ans : mais j'étais totalement ignorant, alors, et je savais simplement que Dieu me surveillait d'un œil aussi immense et impitoyable que le ciel. Je me savais damné pour m'être moqué de l'hostie et pour avoir osé venir communier sans m'être confessé, sans avoir été absous de mes péchés. Le sang était le signal, comme le sang du calice et le sang dans le cœur de la galette, le sang qui était le legs du Péché Originel, le sang, le sang…

Mon cri me libéra de tout le désespoir accumulé, retenu prisonnier à l'intérieur de moi et, le temps d'une seconde, j'entendis au loin ma propre voix, comme une mouette folle avant de plonger plus profond dans la mer noire et sans marée de mon propre chaos intérieur, irrémédiablement.

Plus tard, on me rapporta que je m'évanouis en criant sur le sol de l'allée, le corps brûlant convulsé de haut-le-cœur, la gorge déchirée de sanglots. Mon père conserva le calme glacial dont il ne se déparait jamais, ordonnant, sans ajouter le moindre commentaire, que l'on m'installe dans la sacristie tandis que les autres recevaient la communion et puis que l'on me porte à la maison, jusque dans mon lit. Je gardai la chambre vingt-quatre heures, tandis que la rumeur colportait ses racontars monstrueux d'un bout du village à l'autre : on rapportait que j'étais possédé du démon (sans quoi, pourquoi aurais-je été pris d'une crise à la vue de l'hostie ?). Que j'étais dément, que j'étais mort.

Durant ce moment que je passai alité, aucun médecin ne vint me visiter, mais mon père, lui, demeura tout ce temps assis à mon chevet avec sa Bible et son rosaire, à prier tandis que j'étais la proie de la fièvre et du délire. Je ne sais si je parlai dans mon sommeil – si tel fut le cas, je suis incapable de m'en souvenir, et mon père ne m'en souffla mot – mais quand je me réveillai, le lendemain, il me hissa hors de mon lit sans rien dire, me lava, me récura et m'enfila mes vêtements de communion. En silence, nous nous rendîmes à l'église et je fis ma communion devant une foule assez nombreuse de spectateurs. Je pris le pain d'hostie et le vin sans le moindre incident. À partir de là, les rumeurs furent non pas réduites au silence – car dans une communauté villageoise, aucun scandale ne s'éteint jamais vraiment – mais devinrent simplement muettes, tout au moins quand mon père était à portée de voix. Selon l'histoire officielle, j'avais souffert d'une petite crise d'épilepsie, et l'on jugea qu'il s'agissait là d'une excuse suffisante pour me tenir loin de l'école et de l'influence des autres garçons. L'œil de mon père, comme celui de Dieu, était sur moi sans relâche. Mais jamais il n'évoqua l'épisode de l'église, et pour la deuxième fois, d'être encore parvenu à m'en tirer de justesse, je connus une allégresse teintée de malaise et de mépris. En grandissant, j'oubliai complètement l'incident.

Jusqu'à présent.

J'essayai d'étudier le mécanisme mental qui venait de me souffler à l'esprit ce souvenir indésirable, mais je ne parvins pas à en trouver la cause. Prissy Mahoney était morte depuis vingt ans. Mon père était mort et je ne remettrai plus jamais les pieds dans mon village natal... alors pourquoi fallait-il que je perçoive des événements survenus lors de cet été-là, cet été oublié depuis si longtemps, et me les rappeler avec une telle impression de proximité ?

J'étais un idiot, m'invectivais-je avec brutalité. Voilà tout. Il n'y avait désormais personne pour me juger. Personne.

Mais mon humeur avait changé, et même si je tentais de saisir à nouveau ce sentiment d'insouciance et de joie sans vergogne que j'avais éprouvé antérieurement, j'en fus incapable, et j'atteignis Cromwell Square juste avant l'aube, avec des aigreurs d'estomac et les paupières lourdes.

À mon retour, j'allai voir dans la chambre d'Effie et je fus frappé par la profonde amertume de ma réaction lorsque je la vis, blanche et paisible au milieu de ses draps en désordre, aussi innocente qu'une enfant. De quel droit se faisait-elle passer pour innocente ? Je la connaissais, je devinais ce trou de serrure étroit, ce talisman de chair entre ses jambes, je connaissais son impureté maladive. L'hypocrite ! Si elle avait vraiment été une femme, je n'aurais pas eu à aller coucher avec une putain de Haymarket ce soir ou à rentrer chez moi dans cette aube froide, poursuivi par les Furies de mon souvenir...

Mais là ma rage se heurta à un obstacle : Marta n'était pas une putain de Haymarket. Je le savais, alors même que la part consciente de mon esprit m'incitait à verser dans une frénésie encore plus débridée. Je me remémorai son contact, sa voix, la saveur de sa peau, et je mettais à cette remémoration toute l'intensité d'un amant…

Marta.

« Marta… » Le son de ma voix me fit tressaillir. Je ne m'étais pas rendu compte que j'avais parlé à haute voix. Je jetai un coup d'œil inquiet vers Effie. Alertée par ma voix, elle parut s'étirer sous le couvre-lit, se retourner avec agitation sur son oreiller avec un petit geignement enfantin. J'étais sur le seuil et je retins mon souffle car je désirais qu'elle dorme. Pendant une minute ou deux, je restai là sans bouger, par crainte de la déranger. Puis je poussai la porte pour l'ouvrir très doucement, et je sortis dans le corridor.

Soudain, je sentis quelque chose me toucher la jambe et, dans un accès absurde, presque de la peur, je songeai à la poupée Colombine affublée du visage de Prissy Mahoney, lancée à mes trousses de son pas de danseuse, comme dans une féerie maligne, cherchant à m'atteindre dans le noir avec une jubilation vorace et sans bornes. Je criai presque. Puis je vis la lueur surnaturelle de ses yeux dans la pénombre et poussai un juron d'une voix feutrée. Encore le satané chat d'Effie !

Je sifflai contre l'animal, qui siffla contre moi, un accès de fureur ondoyante dans la nuit, puis il regagna son élément, l'obscurité, et je me faufilai à l'abri, en sécurité, dans ma chambre.

38

Voix d'Euphémie Madeleine Chester

Lorsque je me réveillai, la lumière du soleil se déversait par la fenêtre ouverte et Tabby était assise à mon chevet avec un plateau chargé de chocolat et de biscuits. Je cherchai à l'intérieur de ma mémoire les rêves de la nuit passée, mais je n'y trouvai guère que des images intenses et fragmentées. Fanny assise près du feu avec Meg et Alecto, ma tête sur ses genoux, le visage de Moïse, de couleur ocre à la lumière du feu et la bouche de Henry souriant avec une tendresse qu'il ne m'avait jamais témoignée après notre mariage... Des images lumineuses, dissociées, comme les figures éparpillées d'un paquet de cartes... et pourtant, j'éprouvai une sensation de liberté et de bien-être que je n'avais plus connue depuis la mort du bébé.

Je me redressai brusquement, me sentant soudain affamée. Je bus le chocolat et je mangeai tous les biscuits, puis je demandai à Tabby de m'apporter des toasts.

« Je me sens tout à fait rétablie ce matin, je le jure, m'écriai-je gaiement.

— Je suis très heureuse de vous l'entendre dire, m'dame, pour sûr, me répondit prudemment Tabby, mais j'espère que vous n'allez pas vous épuiser avant d'avoir retrouvé la santé. M. Chester a bien dit...

— M. Chester ? Où est-il aujourd'hui ?

— Il a dit qu'il irait travailler à son atelier, et qu'il ne serait pas de retour avant ce soir. »

J'espérai que mon soulagement ne fût pas trop apparent. « Je vois, dis-je, en affectant tant bien que mal l'indifférence. Eh bien, je pense qu'aujourd'hui je me porte assez bien pour sortir faire une petite promenade. L'air frais me requinquera, et c'est une belle journée, vous ne trouvez pas ?

— M. Chester a insisté, m'dame...

— Il a insisté pour que je ne me fatigue pas si tôt après ma maladie. Je crois être assez avisée pour juger par moi-même si une brève promenade est de nature à me causer du tort.

— Très bien, m'dame. »

Je me congratulai moi-même dans un secret ravissement, comme si je venais d'enregistrer une petite victoire.

Je laissai à Em le soin de m'habiller dans une élégante robe de marche de couleur or, avec la coiffe assortie. En me regardant dans le miroir, je remarquai combien j'étais devenue pâle au cours de ces dernières semaines, mes cernes très apparents sous le pourtour de ma coiffe, et je souris bravement à mon reflet afin de chasser de mon visage l'expression pleine de hantise qui paraissait encore vouloir y persister, à fleur de peau. Assez, me suis-je dit. J'avais été souffrante, mais désormais c'était fini : Moïse avait remis les choses à leur place, et bientôt, nous pourrions... Je me passai la main sur les yeux, me sentant subitement envahie par le trouble. Qu'avions-nous fait, Moïse et moi ? M'étais-je rendue à Crook Street la veille au soir ? Si tel avait été le cas, qu'y avais-je fait ?

Je fus parcourue d'une vague de vertige et je me retins à ma coiffeuse pour m'empêcher de tomber.

Un souvenir insensé émergea de l'embrouillamini de mes pensées : Fanny en train de me laver les cheveux dans une cuvette et de les sécher entre ses doigts… de regarder l'eau teintée d'ocre rouge s'écouler des mèches pâles de mes cheveux… Non, ce devait être un rêve. Pourquoi Fanny aurait-elle voulu me teindre les cheveux ? Je fronçai les sourcils à cette pensée, tâchant de me souvenir, mais alors que j'observai mon reflet, il me sembla voir mes yeux changer de couleur, mes cheveux foncer, le ton de ma peau se réchauffer pour se parer de l'or pâle du thé de Chine… Je sentis mes doigts s'engourdir, ma bouche se relâcher, mon âme glisser hors de mon corps comme une feuille tombée d'un livre… et je sus qu'il me fallait me souvenir… Mais il était tellement plus facile de dériver comme un ballon à la merci du moindre souffle de vent, d'entendre la voix douce de Fanny me répéter de m'endormir, que tout allait bien, que je pouvais oublier, que tout allait bien…

Je sentis la secousse redoublée qui me ramena à l'intérieur de mon cœur, et je contraignis ce souvenir à regagner l'obscurité. Je ne voulais pas me souvenir.

(chut tout va bien vous n'avez pas à vous n'avez pas besoin tout va chut…)

Je n'avais pas besoin de me souvenir. Fanny tenait tout dans sa main.

Je quittai la maison au milieu de la matinée : j'atteignis le meublé de Moïse à midi. Il se levait à peine, les yeux rougis par le manque de sommeil et ses cheveux blonds tombant en désordre sur sa figure pâle. Même dans cet état, la pureté de ses traits et sa beauté, presque féminines, me frappèrent comme toujours – féminines, à vrai dire, si vous ne teniez pas compte des rides autour de la bouche, qui trahissaient sa perversité, de la fente troublante des yeux et de cet air perpétuellement moqueur. Par l'entrebâillement de la porte, il me décocha son sourire – un demi-sourire, tout au plus, car à travers l'étroite ouverture je ne pouvais voir que la moitié de son visage. Un relent d'odeur de renfermé et de fumée de cigare franchit le seuil.

« Effie ! Attendez une minute. »

La porte se referma, et se rouvrit quelques minutes plus tard pour dévoiler la chambre de Moïse sens dessus dessous. Selon toute évidence, il avait tenté de créer un semblant d'ordre, et les fenêtres étaient ouvertes. Il me baisa distraitement la bouche et s'affala en travers d'une chaise, avec un large sourire.

« Un verre de brandy, Effie ? »

Je refusai d'un signe de la tête, en regardant Moïse se verser une dose généreuse du sombre liquide dans un verre, avant de l'engloutir d'un geste naturel et exercé.

« Pour fêter ça, m'expliqua-t-il, en se versant un autre verre. Vous vous en êtes magnifiquement sortie, hier soir, ma chère. »

Hier soir ?

Il a dû saisir mon expression déroutée, parce qu'il m'a souri encore plus largement en levant son verre à ma santé, un salut en forme de dérision.

« Je comprends votre modestie, ma chère, ajouta-t-il, taquin. Très inélégant de ma part d'y faire seulement allusion. Pourtant, c'est grâce à votre prestation spectaculaire que nous avons mis ce cher Henry dans notre poche. Tout ce qu'il vous faut, c'est faire preuve d'un peu de patience, et il sera à nous. À vous, se corrigea-t-il avec emphase, en vidant le fond de son verre. Tout à vous. »

Mon instinct m'avertit de ne pas lui révéler ma perte de mémoire. J'avais besoin de temps pour réfléchir.

« Êtes-vous en train de m'expliquer que votre idée a réussi ?

— Mieux que cela, repartit Moïse, Henry a avalé le tout, l'hameçon, la ligne et le plomb. Qui plus est, Fanny me soutient qu'il est mordu de Marta. (Un clin d'œil troublant, intime, à mon adresse.) D'ici deux ou trois semaines, nous serons en mesure d'amener ce cher Henry à payer tout ce qu'il voudra.

— Oh ! (Je commençai d'y voir clair, au moins là-dessus.) Mais, et moi ? Vous disiez...

— Patience, ma chère. » Je ne sais pourquoi, je trouvai qu'il affichait un trop généreux sourire, un sourire trop entendu. « Donnez-moi deux ou trois semaines pour le travailler. Ensuite, avec son argent... Cela vous dirait-il d'aller vivre en France, ma chère ? »

Je le dévisageai, déconcertée. « En France ?

— Ou en Allemagne, ou en Italie si vous préférez. On dit qu'en Italie le marché pour la peinture est excellent.

— Je ne comprends pas. » Pour une raison que j'ignorais, j'étais presque en larmes : son sourire me paraissait monstrueusement jubilatoire, un sourire de troll.

« Évidemment, Henry pourrait ne pas vous accorder le divorce, continua-t-il, impitoyable, aussi pourriez-vous ne jamais plus avoir la possibilité de regagner votre domicile. Mais et après, que manqueriez-vous ? À qui manqueriez-vous ? Je vous demande d'être Mme Moïse Harper, espèce de petite oie, m'expliqua-t-il, tandis que je le dévisageais, le regard vide. Grâce à l'argent de Henry, nous pourrions nous installer assez confortablement, et avec mes tableaux nous pourrions vivre décemment. Bien sûr, cela ferait scandale, mais d'ici là, vous seriez partie depuis belle lurette – et que vous importerait-il ? »

Je ne cessais pas de le dévisager. Je me sentais comme un jouet mécanique défectueux, plein de mouvements potentiels, mais figé dans un silence stupide, l'esprit réduit à l'état d'une bobine de ressorts brisés et de roues dentées inertes. Je me sentais comme s'il n'existait plus de lien entre moi et ce que Moïse m'avait dit.

« Allons, reprit ce dernier, après un long silence, voilà qui m'apprendra à me montrer si arrogant. Moi qui croyais plutôt ne pas être dépourvu de charisme. J'y vois clair à présent, vous préféreriez vous enfuir avec le premier vendeur de petits pains venu. À l'évidence, je me suis trompé.

— Non ! » Mes mots avaient dans ma bouche un goût de cuivre, une saveur étrange, mais les syllabes forçaient le passage entre mes dents avec la véhémence du désespoir. « Je... je n'ai jamais cru... je n'ai jamais imaginé fuir Henry, et particulièrement après ce que vous avez dit...

— Peu importe ce que j'ai dit, Effie. J'ai déclaré vous aimer, vous en souvenez-vous ? »

Je hochai muettement la tête.

« Je savais également que, vu l'état de mes finances à cette période, il n'existait pour moi aucune possibilité de vous épouser. J'aurais pu me faire coffrer pour dettes à tout moment. Quelle sorte de mariage aurait-ce été pour vous ?

— Alors vous...

— Alors je vous ai menti. Je vous ai affirmé ne pas vouloir vous épouser. C'était douloureux, ça l'est toujours – mais pas autant que si je vous avais dit la vérité. »

Il me sourit, l'air rassurant, et me passa le bras autour de la taille. « Mais à présent, si je puis persuader Henry de partager ne serait-ce qu'un peu de sa richesse, nous voilà installés pour la vie. En outre,

Henry vous doit bien un petit quelque chose en paiement de tous les misérables traitements qu'il vous a réservés. »

Moïse savait se montrer persuasif et je me laissai entraîner dans une délicieuse fantaisie à deux, composée d'une main habile et délicate, la sienne : dans cette fantaisie, nous vivions à Paris, à Rome ou à Vienne, Moïse gagnait une fortune grâce à sa peinture et Henry Chester n'était plus que le souvenir estompé d'un passé sinistre et à moitié relégué dans l'oubli.

Et pourtant la pensée de la nuit précédente («votre prestation spectaculaire») continuait de voleter et de s'agiter à la limite de ma conscience, à me perturber. Je me sentais bizarrement distante, je fus même prise de vertige un instant, et je m'agrippai au dossier d'un siège pour retrouver mon équilibre. Puis une vision me frappa, une vision qui était aussi un souvenir, aussi puissant que du gin pur, et l'impact de cette vision m'ébranla l'esprit.

J'étais à nouveau dans ma chambre, prête à me coucher, ma poupée préférée calée sous le bras. Dans un coin, je pouvais voir les ballons que mère avait achetés pour mon anniversaire rebondir contre la fenêtre dans le courant d'air léger. J'étais excitée et heureuse, mais je me sentais parcourue d'une vague de culpabilité, incommode et diffuse, à cause de l'Homme qui m'avait vue dans l'escalier, et même si l'Homme avait paru assez amical, je savais que ça n'aurait pas plu à Mère que je lui demande de venir dans ma chambre.

D'un violent coup de tête, je me défis de ce souvenir et le temps d'un instant le monde retrouva sa stabilité, toute sa netteté. Puis tout se renversa et je fus

de retour dans la chambre avec (l'ermite) le Méchant Homme, mais cette fois je n'avais pas peur.

Au lieu de quoi, j'avais dans la bouche un goût de cuivre, une saveur salée, et il me fallut un moment avant d'y reconnaître la haine. Mais

(henry)

le Méchant Homme m'observait, et je fermai les yeux à demi, je lui fis mes yeux langoureux de chat égyptien et lui adressai un sourire penché de poupée chinoise. Le Méchant Homme ne me reconnut pas

(henry ne me reconnut pas)

et bientôt je serai devenue forte...

Soudain cette scène se dissipa en un kaléidoscope discordant, incohérent de scènes fragmentées : je sentis mes souvenirs exploser, projetés vers l'extérieur, en tous sens, et puis un bruit s'éleva, un murmure d'abord, qui gagna en intensité vers l'aigu, jusqu'à se changer en un gémissement de démence, un hululement à la limite de l'insanité. Et dans cette voix je découvris que je pouvais discerner des mots, des pensées, des questions désespérées et des réponses informes. C'était un mur barbelé de sons contre lequel ma santé mentale se précipitait de façon insensée, tâchant de ne pas entendre, de ne pas se souvenir.

(vais-je voler ou vais-je)

(oh maman le méchant homme ne laisse pas le méchant homme oh)

(pique pique pique piquepiquepiquepiquepique...)

(c'était henry henry l'a tuée henry a tué)

(marta)

(moi c'était moi mais je suis de retour je suis de retour et maintenant)

(oh on va s'amuser maintenant on va apprendre à piquer petite sœur on va)

(voler?)

(parce que henry a tué mon bébé henry a t...)

(marta)

(marta)
(marta)

Mon cri était haut perché, un cri de désespoir, une volée de guêpes en feu, une pluie de coutelas, la gifle du rasoir dans l'œil du sain d'esprit. J'avais vaguement conscience de mains me griffant la face et d'une voix – la mienne – criant de tout là-haut, du nid d'aigle de ma folie où le vent sifflait :

« Non ! Allez-vous-en ! Allez-vous-en ! Allez-vous-en ! C'est Effie ! Effie ! Effie ! Eff... » Je criai mon nom encore et encore, sans relâche.

Puis j'entendis la voix de Fanny dans ma tête, la voix de ma mère, mon ancre, mon amie. Une sensation de soulagement cotonneuse et délirante m'enveloppa tandis que tous ces bruits à l'intérieur de ma tête s'apaisaient, et son cœur battait à mes oreilles – une vibration cosmique, éternelle. Je pouvais presque sentir ses mains se promener doucement dans ma chevelure, éconduire toutes ces frayeurs d'un geste cajoleur.

(chut tout va bien petite fille tout va bien il est inutile que tu te rappelles rien de tout cela)

(mais fanny il y avait quelqu'un d'autre dans ma tête et j'étais)

(chut il ne se passera plus beaucoup de temps avant que nous ne nous occupions de Henry)

(mais je)

(chut et en plus tu aimes ça tu le veux)

(...?)

(il t'a fait du mal aussi il t'a fait peur aussi maintenant tu as une amie qui te comprend)

(marta ?)

(n'aie pas peur nous comprenons nous pouvons t'aider t'aimer)

(aimer ?)

(oh oui laisse-moi entrer je sais aimer)

Imaginez un flocon de neige flottant jusqu'au fond d'un puits. Imaginez un flocon de suie tombant du ciel bas de Londres.

(j'aime)

(je...)

Et puis plus rien.

39

Voix d'Épiphanie Miller

Je suppose que j'aurais dû m'attendre à quelque chose de ce genre. J'ai vraiment tenté d'amener Effie à oublier tout ce qu'elle avait accompli en état de transe – je considérais que cela ne lui serait d'aucun bénéfice de s'en souvenir, mais je m'aperçus que je possédais bien moins d'ascendant sur elle que je ne l'avais cru. Les gens croient que l'on peut contraindre un individu à se plier à peu près à n'importe quoi sous l'influence d'un puissant hypnotiseur : ce n'est pas vrai. Marta était Effie, à tous les sens du terme, ou bien, si vous préférez, Effie était devenue Marta. J'aime à penser qu'elle et ma petite Marta se trouvaient en un sens liées, peut-être en raison de l'épreuve commune qu'elles avaient subie par la faute de Henry. J'aime à croire qu'Effie possédait des dons naturels de voyance, et que ma petite Marta était en mesure de me parler, de m'atteindre par son truchement… mais j'ai conscience que la voix de la raison formule tout autre chose. Cette petite voix-là, glaciale et malveillante, me rabâchait que Marta n'était que le fruit de ma propre persuasion et de la dépendance au laudanum dont souffrait Effie, qu'elle ne voyait que ce que je voulais qu'elle voie et n'agissait que sous mes ordres. Soit, peut-être.

Pour moi, la voix de la raison sonne un petit peu comme celle de Henry Chester, débile et irascible, disputant contre elle-même afin de dissimuler le tremblement perfide des larmes. Je prétends, moi, que la science d'aujourd'hui n'est que la magie d'hier, et que la magie d'aujourd'hui équivaut peut-être à la science de demain. L'amour demeure la seule constante de ce monde rationnel et agité, l'amour et son autre face obscure, la haine. N'accordez aucune foi à mes propos si vous préférez, mais Effie et moi, nous avons rappelé Marta à nous par l'amour et par la haine. Pour un temps, nous lui avons donné un foyer et elle nous a fugitivement accordé d'entrevoir un mystère. Vous pouvez croire que je me suis servie d'Effie à mes propres fins : soyez assurés qu'il n'en a rien été. Je l'aime autant que j'aime ma propre fille, car je sais qu'elles composaient les deux facettes d'une seule et même femme, un être riche. Ensemble, nous formons Trois-en-Une, les Érinyes, inséparables et invincibles, unies par l'amour. Ce fut l'amour qui me souffla l'idée de faire oublier à Effie ce que je lui avais montré : l'amour, également, qui l'a ramenée à nous quand elle avait besoin de sa mère et de sa sœur. Je savais que cela arriverait, tôt ou tard. Simplement, c'est arrivé plus tôt que je n'avais cru.

L'après-midi était fort avancé lorsque Moïse arriva à Crook Street, l'air négligé et plutôt agité. Effie était venue lui rendre visite et elle avait apparemment connu une sorte de crise qui avait grandement perturbé notre Moïse. Je lui fournis une explication simple, que je le croyais capable de comprendre. La voix de la raison fut assez éloquente pour endiguer toutes ses inquiétudes, au moins pour un temps, et il repartit, quelque peu insatisfait, mais revenu à plus de docilité. Effie, à ce qu'il m'avait dit, était retournée à Cromwell Square avec pour instructions de ne pas quitter son domicile avant jeudi, et je me fiais assez à elle pour être certaine qu'elle ne fournirait à Henry aucun motif de suspicion. Tout ce dont nous avions besoin, c'était d'un peu de temps.

40

Voix de Henry Paul Chester

Cette semaine-là, j'aperçus Effie moins que jamais auparavant. C'était plus fort que moi : subitement, je ne pouvais supporter sa présence, son parfum, sa voix. À présent que j'avais goûté d'une chair plus forte, la pâleur maladive d'Effie me repoussait. Désormais, il émanait d'elle une odeur de laudanum en permanence – elle prenait fréquemment une dose de cette drogue, sans que je la sollicite, et je notai chez elle une tendance croissante à la nervosité, à mesure que la journée s'avançait et que la médication perdait de son effet. Elle mangeait et parlait encore moins qu'à l'ordinaire, m'accusant de son regard noir. Le chat était sans arrêt sur ses genoux comme un être familier et malfaisant, qui me fixait de ses yeux mi-clos, immobiles et jaunes. Malgré moi, je me laissai bientôt infecter par l'illusion que, d'une manière ou d'une autre, tous deux me jugeaient, qu'ils détenaient la faculté de voir à l'intérieur des canaux et des circonvolutions de mon cerveau.

Je ne pus le supporter et j'approfondis mes échanges avec le docteur Russell, lui exprimant mes soucis concernant la santé mentale de ma femme. Même encore à présent, je ne suis pas certain de savoir pourquoi j'ai agi de la sorte. Peut-être avais-je compris dès cet instant que la vie avec Effie me serait insupportable, après que j'étais tombé sous l'enchantement de Marta. J'ai vu Russell à plusieurs reprises et je lui ai exposé que cette nouvelle drogue, le chloral, était exactement ce dont j'avais besoin pour combattre mon insomnie – il me vanta l'absence de tout effet secondaire, et cela ne tomba pas dans l'oreille d'un sourd – et je discutai de l'apparente dépendance d'Effie.

Russell me témoigna chaque fois un intérêt poli et respectueux, ses yeux verts et perçants brillaient, l'air absorbé, tandis qu'il énumérait les diverses manies auxquelles les femmes de cette espèce sont communément sujettes, me citant des cas d'hystérie cataleptique, de schizophrénie et de nymphomanie. L'intellect plus faible des femmes, m'apprit-il, les rend plus susceptibles de contracter des maux de l'esprit, et cette idée paraissait le remplir de cette délectation abstraite qui est le propre du véritable savant. J'en vins à penser que je tenais, en la personne de Russell, un allié potentiel inestimable. Un pèlerin, en quête de cas d'insanité de plus en plus exotiques, un collectionneur de têtes réduites. Un jour, il pourrait se laisser convaincre d'ajouter Effie à sa collection – et, à peine formulée cette pensée, je la rangeai à l'écart, délicatement, la réservant pour un emploi futur. Je serrai ses lettres dans un tiroir fermé à clef de mon bureau, avec la désinvolture résolue d'un empoisonneur mettant de côté la fiole meurtrière pour un usage ultérieur.

Je passai des journées entières dans mon atelier, essayant d'achever *Les Joueurs de cartes*, et pour la première fois de ma vie je peignis sans modèle. À la place, j'exhumai de ma mémoire ses traits à demi remémorés, mon amour chatoyant, dessinant mes esquisses directement sur la toile à l'huile et au pastel. Je m'aperçus qu'elle prenait magiquement forme sous mes doigts dotés d'une sensibilité nouvelle, alors que je me remémorais la texture de sa chevelure, la chaleur de sa peau, son port de tête insouciant dans cette lumière ocre. Je n'exécutai pas d'études préparatoires, car je peignis directement, avec la délicatesse d'un amoureux torturé : la lumière rougeâtre enflammait ses pommettes, rehaussant la ligne arrogante et vulnérable de la mâchoire, l'arc frémissant de la bouche. Une zébrure vacillant depuis l'âtre reflétait les charbons ardents de ses yeux. Sa bouche était légèrement tendue, elle levait le regard vers l'autre joueur assis en face d'elle, mais ses sourcils sombres dessinaient un arc sardonique, évoquant son rire et son triomphe. Je peignis sa silhouette dans des tons sombres, de manière à placer l'accent sur le visage – peut-être les traits les plus expressifs qu'il m'ait jamais été donné de peindre – et je mis en lumière la cascade de sa chevelure, grâce à un halo rouge qui lui conférait un rayonnement dangereux et ambigu, telle une ville en flammes. Cinq jours durant, je travaillai fiévreusement à ma Dame de pique, obscurcissant les parties achevées de la toile afin que son visage, par contraste, n'en soit que plus frappant, étudiant la lumière et le mouvement circulaire des formes, le tourbillon d'ombre et de lumière censé conduire le spectateur à ce visage, à ce visage uniquement, de sorte que son compagnon avait l'air d'un enfant noyé, en regard de la gloire démoniaque et archaïque qui émanait d'elle.

Une fois, très fugacement, je me figurai percevoir encore, dans ses traits mobiles et changeants, une certaine ressemblance avec Effie : mais à peine avais-je formulé cette pensée que je sus que j'avais eu tort. Marta était vivante et si vibrante qu'elle ne pouvait être comparée à ma pauvre petite Mendiante – autant comparer une flamme à une feuille de papier.

D'instinct je sus que si elles devaient se rencontrer, Effie se trouverait aussi totalement consumée par l'énergie vorace de Marta que la glace par le soleil.

Tout au long de cette semaine, je m'enfiévrai, je brûlai pour elle et, la nuit, je me retournai, je griffai mes lourds vêtements nocturnes qui m'entravaient, l'Œil de Dieu planté tel un clou au sommet de mon crâne, et ma faute misérable susurrée sans fin, comme une voix syphilitique à mes oreilles.

Peut-être rêvai-je.

Dans le vide accidenté et sans étoiles de ma conscience assoupie je la vis peut-être, je la sentis contre ma chair monstrueuse... tout ce que je sais, c'est que je fus tiré d'un somme sombre et agaçant pour me retrouver plongé dans un état de veille chaud et lascif. Mes draps brûlaient de l'humidité sulfureuse de mon corps et ma propre puanteur m'atterra, mais cependant je me languissais d'elle avec tout le désir maladif du chasseur égaré qui a mangé de l'écorce de l'arbre oublié, et des harpies pareilles à des Centaures chevauchaient mon sommeil, leurs crochets de reptile me crachant leur venin au visage, ma face bouffie de sommeil.

Le chloral approfondissait mes visions, me noyait dans le lit de l'océan, dans des torsades de vase brune. Six nuits de suite, j'empruntai mon sommeil au flacon de chloral – je me souviens encore du verre bleu nuit, froid antidote à tous mes rêves écarlates et autres succubes pourpres, ce joyau étrange et baroque que je portai comme un talisman dissimulé contre ma poitrine assoupie. Ravagé par la puissance de ma fièvre et de mon désir, j'atteignis l'aube du jeudi avec une sensation de déchéance, de retombée dans la réalité la plus triviale. Sachant qu'elle se tenait là, à ma portée, à quelques heures de distance seulement, je me figeai en m'apercevant soudain que je ne me rappelais plus son visage, que ce soir, quand elle viendrait à moi, vêtue de soie rouge et de la lumière du feu, je verrais le consentement las de ses chairs débauchées, les rides autour de ses yeux, toute la vilenie et la dérision de son état de putain dans ses gestes aguerris. C'était une erreur que de retourner une deuxième fois auprès d'elle. À présent je le savais. Il n'y avait ni Schéhérazade, ni damoiselle aux yeux de grenats et aux pieds de fée. Aujourd'hui, elle ne serait qu'une putain à deux sous, habilement éclairée, judicieusement vêtue, mais quoi qu'il en soit une putain : toute cette tendre alchimie, en elle sécrétée, s'en serait allée. Aujourd'hui je le savais.

J'arrivai sur le coup de minuit : je vis la pendule dans le hall marquer cette minute cruciale avec une clarté de cauchemar et je frissonnai en réprimant une extase prémonitoire tandis que l'heure se mettait à sonner, chaque note telle une épine enfoncée à coups de marteau entre les touches de xylophone de mon échine délicate. Et tandis que ces notes s'engloutissaient dans le silence, une porte s'ouvrit dans mon dos et Fanny surgit, toute vibrante dans un brocart jaune, les cheveux torsadés, de vrais sarments de vigne. Deux de ses animaux de compagnie étaient lovés autour de ses chevilles, leurs yeux me transperçaient, et j'essayai d'éviter leur regard fixe, silencieux, méprisant lorsque Fanny me conduisit, non pas au salon rouge comme précédemment, mais en haut de l'escalier, dans une chambre au premier étage que je n'avais jamais vue auparavant.

Elle frappa à la porte, qu'elle ouvrit sans un mot. Il faisait presque noir, la lumière du corridor détruisit momentanément le subtil éclairage intérieur de la pièce. J'entendis la porte repoussée d'une main décidée se fermer dans mon dos et, le temps d'un instant, je regardai autour de moi, désorienté. La pièce était vaste et presque nue, éclairée de plusieurs becs de gaz protégés par des globes de verre bleu. Je me remémorai un instant le flacon de chloral, promesse d'apaisement et d'oubli, et je frissonnai. Je me rendis compte que ce n'était pas cette pensée qui me faisait frissonner : la pièce était fraîche, le feu éteint masqué par un sombre pare-feu de laque de chine. Des tapis recouvraient partiellement le parquet, mais les murs étaient nus et la pièce semblait morte, sans rien de l'opulence du salon rouge. Le seul mobilier que je pusse voir, c'était une petite table sur laquelle étaient posés une carafe bleue et un verre.

« Je vous en prie, servez-vous », siffla une voix derrière moi, et soudain elle fut là – étrange comme elle savait passer inaperçue, quand elle le choisissait. Ses cheveux noirs (comment avais-je pu les croire rouges ? Ils étaient aile de corbeau, d'une noirceur de dame de pique) tombaient raides comme la pluie entre ses mains ouvertes. Sous cette lumière mortelle, elle était d'une pâleur de fumée : la bouche formait une tache floue, les yeux étaient d'un bleu cobalt saisissant, par contraste avec la pâleur toute gothique du visage. Sa robe était tissée dans des pans d'étoffe raide qui contrastaient avec sa chair vulnérable, et, dans ce cadre lugubre, l'opulence du vêtement avait quelque chose de perturbant, comme s'il s'était agi d'une Coppélia oubliée dans une boutique déserte, attendant simplement qu'on la mette en marche. Ma Colombine bleue, ma colombe colérique…

Mécaniquement, je me versai un plein verre de la liqueur contenue dans cette carafe bleu barbeau – une liqueur forte, au goût prononcé, corsée d'une saveur piquante de genévrier – et une fois encore je luttai pour surmonter la sensation d'irréalité où je baignais.

Pendant un moment, je me demandai si cette boisson ne contenait pas du chloral, car je me sentis sombrer dans un état d'abandon liquide, la silhouette de Marta oscillant tel un spectre dans cette lumière sous-marine – une sirène noyée dans une crypte saline, une odeur d'herbe et de pourriture dans ses cheveux qui flottaient. Puis ses bras froids se replièrent autour de moi et je sentis fugitivement sa bouche contre la mienne, sa voix me chuchotant à l'oreille d'inaudibles obscénités, et je m'évanouis contre elle, m'agrippant à sa robe, l'attirant avec moi jusqu'au sol, jusqu'au lit terne de la mer, son sang affluant à mes oreilles, sa chair suffoquant tous mes sentiments de péché d'une félicité bienvenue. Sans voix, je m'engloutis en elle, et elle était couchée sous moi, aussi froide et passionnée que l'océan, mouvante, elle refluait, elle s'écoulait, elle croissait et décroissait, proie de ses propres plaisirs secrets, de sa propre concupiscence, inhumaine, indéchiffrable.

Quand à la fin je fus épuisé, nous nous allongeâmes tous deux sur les tapis bleus et moelleux et elle me chuchota un long conte, comme en rêve, l'histoire paisible et muette d'une femme qui se transformait avec la lune, d'une jeune fille qui se changeait en femme superbe, puis en hideuse petite vieille à mesure que le mois s'avançait… et puis je la désirai à nouveau et je plongeai en elle comme un dauphin, transporté, à demi effrayé par mes propres désirs obscurs, presque divinisé par l'accroissement de mes facultés perceptives, j'avançai sur les eaux et je disséminai de la semence à la face des cieux, pluie d'étoiles blasphématoire.

« Il faut que je vous revoie. Il faut que je vous revoie bientôt.

— Jeudi prochain. » Le chuchotement de sa voix est terre à terre, sans passion, presque grossier : la voix d'une putain à deux sous qui organise ses petites affaires.

« Non ! je veux vous revoir plus tôt que cela. »

Elle secoue distraitement la tête. Le terne brocart de sa robe enserre ses genoux et ses chevilles, et plus haut, elle est aussi nue que la lune, ses tétons sont de l'azur le plus délicat contre sa peau poudrée, ses côtes qui ressortent dessinent des barres mauves sur son torse.

« Je ne peux vous voir qu'une fois par semaine, fait-elle patiemment. Seulement le jeudi. Seulement ici.

— Pourquoi ? » La colère jaillit de moi comme un acide. « Je vous paie, n'est-ce pas ? Où passez-vous le reste de la semaine ? Avec qui sortez-vous ? »

Ma Colombine imparfaite sourit gentiment, un sourire encadré par les boucles humides de ses anglaises.

« Mais je vous aime ! » À présent, m'accrochant tel un infortuné à son bras menu, assez fort pour y faire naître des hématomes, et affamé, si affamé, ô mon aimée si trouble. J'aime votre chair bleuie de meurtrissures, votre chevelure d'algues, la courbe menue de vos chevilles de garçon au-dessus du brocart décadent de votre robe de putain. « Je vous… (Révélation.) Je vous aime. »

Changement de lumière. Des yeux de chloral réfléchissent mon visage implorant. Sa tête s'incline légèrement, c'est une enfant qui écoute.

Sèchement, elle réplique : « Non. Vous ne m'aimez pas. Pas assez. Pas encore. »

D'un geste, elle coupe court à ma tentative de dénégation angoissée, et se met à enfiler, avec une grâce un peu gauche, la robe qu'elle a abandonnée. Une enfant gâtée qui se rhabille dans les vêtements de sa mère. « Vous m'aimerez, Henry, fit-elle d'une voix feutrée. Bientôt vous m'aimerez. »

Je reste un long moment seul dans cette chambre bleue, roulé en boule autour de mon désir languissant. Elle a laissé un foulard de soie sur le sol, à mes pieds. Je l'écrase et je le tords sans remords entre mes mains, comme si au fond de moi un être primitif voulait écraser et tordre sa gorge pâle... mais Schéhérazade est partie, ses loups à ses talons, leurs yeux tels des saphirs.

Marta. Marta. Marta ! J'aurais pu me rendre fou rien qu'à répéter ce nom. Marta, mon succube à deux sous, ma sublime déception, mon enfant de la lune croissante, décroissante. Où partez-vous, mon aimée ? Pour quelque crypte sous-marine et sombre, où les ondines flottent à la dérive parmi les noyés et les dupes ? Pour quelque cercle de pierre, où vous danserez jusqu'à l'aube avec les autres sorcières ? Ou bien descendez-vous au bord de la rivière, la bouche peinte en rouge, drapée d'une robe longue ? Vous roulez-vous dans des allées crasseuses, frayez-vous avec la lie de la société et les infirmes ? Que voulez-vous de moi, Marta ? Dites-moi ce que c'est et je vous le donnerai. Peu importe ce que c'est.

Peu importe.

41

Voix d'Euphémie Madeleine Chester

Ma vie, c'était l'œil précaire du typhon, et moi, j'étais la danseuse délicate sur le fil du rasoir, qui s'inclinait et se balançait, aussi cassante dans notre jardin que les feuilles laquées du peuplier qui reflètent des échardes de lumière à la surface noire de l'étang. Nous étions seuls ensemble, tout à fait seuls tandis que Henry s'agitait dans la maison, une graine dans une gourde, ne connaissant plus que ses propres songes blafards… Nous étions seuls ensemble.

Elle me suivait, reflet imparfait dans l'œil du chat, pâle empreinte rétinienne de moi-même qui me chuchotait dans le noir. Marta, ma sœur, mon ombre, mon amour. La nuit, enfants pleins de secrets, nous nous parlions à voix basse sous les couvertures. Le jour, invisible, elle me suivait, me prenait la main sous la table du dîner, me murmurait des paroles rassurantes à l'oreille. Moïse, je ne le voyais pas – il considérait que nos rencontres pourraient mettre nos plans en péril –, mais je n'étais pas solitaire. Et nullement effrayée non plus : nous nous étions acceptées l'une l'autre, elle et moi. Pour la première fois de ma vie, j'avais une amie.

Afin que nous puissions rester ensemble, je feignis la maladie, je prenais du laudanum et je faisais semblant de dormir. J'étais sujette à des rêves fantomatiques, des rêves où des structures d'apparence vitreuse luisaient au soleil, où des banderoles de gaze voletaient à la lumière des étoiles, avec des vaisseaux magiques gréés de voiles, de véritables ailes, haut dans le ciel clair. Pour la première fois depuis des années, je me sentais libre de cet édifice haineux, fait d'angoisse et de faute, qu'Henry avait construit autour de moi, libérée d'Henry, libérée de moi-même. J'étais claire comme le verre, aussi pure que l'eau de la source. J'ouvrais les fenêtres de ma chambre et je me sentis traversée par le vent qui sifflait en moi comme si j'avais été une flûte... Je pleurai de joie. Je commençais de concevoir l'idée de la grâce.

« Allons, m'dame ! »

La voix de Tabby me sortit en sursaut de cette rêverie euphorique et je me retournai, me sentant soudain secouée, prise de vertige. Elle posa le plateau qu'elle m'apportait et se précipita vers moi : brusquement ma vue se dédoubla, et je pus voir qu'elle était sous le coup de l'émotion, préoccupée. Ses bras se refermèrent autour de moi : sur le moment, je crus que c'était Fanny, venue me ramener à la maison, et je me remis à pleurer.

« Oh, m'dame ! » Me soutenant d'un bras passé autour de ma taille, elle m'emmena vers le lit, me portant à moitié. « Allongez-vous donc là une minute, m'dame. Je vais vous remettre d'aplomb vite fait, moi. » Jacassant toute seule avec des accents de désarroi, elle se mit aussitôt en devoir de fermer la fenêtre et d'entasser des couvertures pour m'en couvrir, sans que j'aie pu prononcer une parole. « Quelle idée de vous tenir debout comme ça dans le froid, sans rien sur le dos – vous allez attraper la mort, m'dame, la mort ! Pensez un peu à ce que M. Chester dirait s'il savait – et vous ne pesez rien, une vraie plume. Vous ne mangez pas assez, pas la moitié de ce qu'il faudrait, m'dame, allons, que...

— Tabby, je t'en prie ! (Je l'interrompis d'un petit rire.) Ne te soucie pas tant. Je me sens tout à fait rétablie maintenant. Et j'aime l'air frais. »

Tabby remua la tête avec véhémence. « Pas ce mauvais air d'automne qui souffle en rafales, ah ça mais non, m'dame, je vous demande bien pardon. Pour les poumons, c'est fatal, tout bonnement fatal. Ce qu'il vous faut, c'est une bonne tasse de chocolat et manger un peu, pas ce que vous conseillent le docteur Russell et M. Chester, mais de la bonne nourriture de la campagne comme dans le temps...

— Le docteur Russell ? » Je m'efforçai de maîtriser cette tension inquiète dans ma voix, mais j'entendis, impuissante, les mots que je prononçai virer à l'aigu. « Il m'a dit qu'il n'enverrait pas chercher de médecin ! Je vais très bien, Tabby. Très bien.

— Ne le prenez pas ainsi, m'dame, fit Tabby d'un ton conciliant, j'ose dire que M. Chester s'inquiétait à votre sujet, et qu'il a appelé le docteur pour avis. Peut-être que je n'aurais pas dû vous le dire.

— Oh si, Tabby. Tu as tout à fait raison de m'en faire part. S'il te plaît, qu'a dit le docteur ? Quand est-il venu ?

— Oh, hier, m'dame, vous dormiez. Je ne sais pas au juste ce qu'il lui a raconté, j'ai vu que M. Chester s'entretenait avec lui seul à seul dans la bibliothèque, mais il m'a juste demandé de bien veiller à ce que vous n'arrêtiez pas de prendre vos gouttes, et de vous donner quantité de boissons chaudes et de nourriture légère. Du bouillon de poulet et de la gelée et tout ça. M'est avis que... – là, sa figure s'assombrit de nouveau, – ce dont vous avez besoin, c'est de la bonne nourriture bien nourrissante, de bons puddings et de la viande rouge et peut-être un verre de bière avec ça.

Voilà de quoi vous avez besoin, et pas du bouillon et de la gelée. Voilà ce que j'ai dit à M. Chester.

— Henry... » murmurai-je, en tâchant de refouler mon agitation. Quelle importance cela avait-il, que Henry se soit entretenu avec le médecin ? Bientôt il serait trop tard, il ne pourrait plus rien faire. Tout ce que j'avais à faire, moi, c'était de garder mon calme, et de ne lui fournir aucun prétexte de mécontentement. Bientôt Moïse serait prêt à mettre son plan en action. Jusque-là...

(Chut... dors. Chut...)

Tabby me tendit une tasse de chocolat. « Chut, m'dame. Buvez ceci et allongez-vous. Cela va vous faire rudement du bien. »

Je me forçai à prendre la tasse.

« Et vos gouttes ? Les avez-vous déjà prises, m'dame ? »

Je souris malgré moi. L'idée de ne pas prendre ces gouttes m'apparut soudain d'une drôlerie proprement hilarante. Je hochai la tête, toujours en souriant. « Il va bientôt falloir que tu ailles chez le pharmacien, Tabby, pour en racheter. J'ai presque terminé le flacon.

— Bien sûr que je vais y aller, m'dame, répondit Tabby d'un ton rassurant, je vais y aller pas plus tard que ce matin, ne vous tracassez pas. Maintenant vous allez me boire ce chocolat et je vais vous monter un petit déjeuner. » Et, avec une feinte sévérité : « Et cette fois vous allez m'en avaler un peu ! » J'opinai encore du chef, en fermant les yeux tandis qu'une vague soudaine de lassitude déferlait sur mon crâne migraineux. J'entendis la porte se refermer derrière elle et, à l'instant même, je rouvris les yeux. D'un bond léger, Tizzy sauta sur la courtepointe, tout à côté de ma main, que je tendis mécaniquement pour la caresser. En ronronnant, elle vint se pelotonner sur l'oreiller, aussi près de moi que possible, et nous nous endormîmes un moment toutes deux.

Je me réveillai pour trouver une tasse de chocolat refroidi et, posé à côté de moi sur la table de nuit, le plateau du petit déjeuner promis par Tabby. Du thé – froid depuis longtemps –, des toasts avec du bacon et des œufs brouillés. J'avais dû dormir au moins une heure. Je versai le thé par la fenêtre et je donnai les œufs et le bacon à Tizzy, qui les mangea avec une délectation féline et délicate – au moins la pauvre Tabby serait contente que, pour une fois, je ne lui renvoie pas son plat intact. Je me vêtis d'une vieille robe d'intérieur grise, je glissai mes cheveux sous un bonnet blanc, puis je me lavai la figure, non sans remarquer dans le miroir à quel point j'avais l'air pâle, épuisée. Même mes yeux semblaient avoir perdu toute couleur, et, sous ce bonnet d'allure sévère, l'ossature de mon visage paraissait ressortir avec une netteté inaccoutumée. Cela m'était bien égal. Je ne m'étais jamais trouvée belle, même au temps où j'étais le Beau Petit Brin de Fille de M. Chester. Celle qui était jolie, c'était toujours Marta. Pas moi.

Henry était à son atelier, comme à son habitude : il y passait pour ainsi dire le plus clair de son temps, désormais. *Les Joueurs de cartes* était terminé, il avait déjà reçu les louanges de Ruskin – ce dernier avait émis la recommandation que Henry expose la toile à l'Académie Royale, et promis de publier un article flamboyant dans le journal – mais Henry, lui, paraissait distant, se désintéressant presque de la question. Il m'annonça qu'il travaillait maintenant à un projet différent, une toile de grand format intitulée *Schéhérazade*, mais il manifestait une étrange réticence à l'évoquer. En fait, je constatai qu'il répugnait à aborder quelque sujet que ce fût : nous prenions nos repas presque en silence, et le tintement des couverts contre la porcelaine était horriblement amplifié, dans la salle à manger où ils faisaient écho. À plusieurs reprises, j'invoquai une indisposition afin d'éviter ces repas guindés et terrifiants, Henry qui mâchait, moi qui tapotais nerveusement des doigts contre mon verre, et ma voix, morne à force de faux enjouement, qui griffait le silence dans une tentative fragile et sans espoir de le rompre. Il arrivait que Henry émerge de son état de vide contemplatif pour se lancer dans une tirade violente et malvenue, et, pour la première fois, je compris véritablement Henry Chester : je savais qu'il me haïssait avec une passion secrète et détestable, au-delà de toute raison, de toute logique, c'était aussi élémentaire, aussi inconscient qu'un essaim d'abeilles animé d'un seul et unique souci : un besoin pressant de piquer… Et, forte de cette compréhension fraîchement acquise, je me rendis compte d'autre chose encore : Henry ignorait qu'il me haïssait. C'était en lui, à l'état latent, cela croissait dans le noir, dans l'attente de son heure… pour le moment, Henry n'en savait rien, et j'espérai que Moïse agirait sans tarder.

Je passai les quatre semaines suivantes dans ce demi-sommeil, droguée, défaite, semblable à la chenille dans sa chrysalide. Je découvris que mon corps avait contracté des penchants étranges et inédits : moi qui, par le passé, n'avais jamais été très friande de pareilles douceurs, je mangeai quantité de gâteaux et de cakes, au grand ravissement de Tabby, qui ne m'adressait aucun reproche, bien au contraire, et, au lieu de thé, je me mis à boire de la citronnade. Je n'étais pas autorisée à sortir dans le jardin – si j'avais envie d'air frais, les domestiques veillaient à ce qu'il y eût toujours quelqu'un pour me tenir compagnie lorsque je m'asseyais au bord de l'étang ou sur la terrasse, que ce soit Em, avec son babillage enjoué, ou Tabby, brouillonne, mais d'une infaillible gentillesse, les manches fleuries de sa robe à smocks retroussées sur ses bras épais et rougeauds, ses doigts agiles et gercés occupés à coudre ou à faire du crochet. Le temps devenait de plus en plus maussade, je passais des heures à la fenêtre à regarder la pluie et à travailler à mon ouvrage de broderie : pour la première fois, je prenais véritablement plaisir à cette tâche fastidieuse, que l'on exécute sans réfléchir – piquer des points sur le canevas. Parfois, la journée s'écoulait tout entière à mon insu, et sans qu'il me soit arrivé de formuler une seule pensée cohérente. Il existait de vastes espaces dans mon esprit où je ne me souvenais de rien, et entre ces espaces tournoyaient des images distantes et fragmentées qui parfois me prenaient au dépourvu, en m'aveuglant par leur intensité soudaine.

Un matin, alors que Henry était sorti, tante May me rendit visite avec Mère. Mes sens étaient la proie d'une telle confusion ce jour-là qu'un moment, c'est à peine si je les reconnus, toutes les deux. Je ne sais pourquoi, elles me paraissaient très distantes : Mère était resplendissante dans un manteau rose avec une coiffe à plumes d'autruche, et parlait avec grande animation d'un M. Zellini qui l'avait emmenée faire une promenade dans son cabriolet. Tante May avait l'air vieilli et, lorsque je l'embrassai, je me surpris presque à fondre en larmes, sans raison réelle, en me remémorant avec une terrible nostalgie les jours anciens de Cranbourn Alley.

Elle me regarda de ses yeux noirs et brillants, avec perspicacité, en me serrant contre sa poitrine dure et plate, et elle murmura, si bas que ce fut à peine si je pus l'entendre : « Oh, Effie, viens à la maison. Tu sais que tu auras toujours une maison chez moi, quoi qu'il arrive. Viens à la maison, maintenant, avant qu'il ne soit trop tard. »

Et, pour partie, mes larmes venaient de ce que j'avais conscience qu'il était trop tard. J'avais un nouveau foyer à présent, une nouvelle famille. À ce moment-là, un froid terrible m'envahit, la sensation que les événements se déroulaient si vite que je parvenais à peine à les suivre, une impression de me noyer dans des souvenirs étrangers... peut-être, si nous avions été seules, aurais-je essayé d'expliquer à tante May ce qui m'arrivait. Mais il y avait mère qui était là, passant joyeusement en revue les qualités de M. Zellini, Tabby qui briquait le vestibule, en donnant de la voix pour nous restituer, à sa manière vigoureuse, une chanson de music-hall... tout cela était si loin de Crook Street et de sa splendeur ternie que les mots me manquèrent.

Une nuit, alors que je m'apprêtai à m'endormir, je songeai à Moïse avec un désir languissant, brusque, douloureux : étonnée de m'apercevoir que deux semaines pleines avaient passé sans que j'eusse du tout pensé à lui. Ma tête se mit à tourner et, désespérée, je sombrai au fond de mon lit pleine d'une confusion, d'une solitude et d'une culpabilité épouvantables. Comment pouvais-je avoir oublié l'homme que j'aimais, l'homme pour lequel je serais volontiers morte ? Que m'arrivait-il ? Si j'avais oublié Moïse, ma mère, tante May, qu'aurais-je pu oublier encore ? Peut-être perdais-je la raison. Ma mémoire abritait tant de sombres lieux – tant d'arrière-pensées et de soupçons. Que m'arrivait-il la nuit, quand apparemment je dormais si profondément ? Pourquoi, un matin, avais-je trouvé mon manteau accroché dans ma garde-robe, dégoulinant, trempé, comme si j'étais sortie sous la pluie ? Pourquoi le niveau du laudanum dans le flacon diminuait-il régulièrement, alors que je ne me rappelais jamais en avoir pris ? Et pourquoi cette conscience sans cesse accrue que très bientôt quelque chose allait arriver, quelque chose de capital ?

Je commençai de tenir un journal pour me remémorer mes faits et gestes, mais en relisant les pages écrites, je m'aperçus que j'étais incapable de me rappeler avoir écrit la moitié de ce que j'y voyais. Des fragments de poésie, des noms et des dessins griffonnés ponctuaient le reste : à certains emplacements, l'écriture était si différente de la mienne que je doutais d'avoir écrit tout cela. Mon écriture à moi était ronde et soignée. Celle de cette étrangère n'était que pattes de mouche informes, l'écriture de quelqu'un qui viendrait à peine d'apprendre à former les lettres.

Une fois, j'ouvris mon journal et j'y lus mon nom, EUPHEMIE MADELEINE CHESTER, écrit maintes et maintes fois. Une autre fois, c'était les noms des chats de Fanny : TISIPHONE, MEGAERA, ALECTO, TISIPHONE, MEGAERA, ALECTO, TISIPHONE... couvrant près d'une demi-page. Mais d'autres fois mon esprit possédait la précision et la clarté d'une pointe de diamant, et ce fut l'une de ces fois-là que je me rendis compte que Henry me haïssait. Dans la peur panique furieuse et délirante qui suivit cette révélation, je parvins à admettre, non sans un certain plaisir, l'idée qu'il me fallait le combattre, en recourant à toute l'adresse dont je disposais, en retournant contre lui son propre mépris à mon égard. J'attendis, j'observai, et je commençai d'entrevoir ce qu'il avait concocté.

Sans le vouloir, naturellement, Tabby m'avait avertie : aussitôt qu'elle avait mentionné le docteur Russell, j'avais su. Mais la peur irraisonnée qui m'avait alors submergée avait reflué depuis longtemps. Je ne laisserais pas Henry me vaincre. Je l'écrivis dans mon journal en lettres capitales, en lettres de sang, afin de m'en souvenir si je souffrais encore d'une de ces pertes de mémoire : j'allais échapper à Henry. J'allais m'enfuir avec Moïse. Fanny allait y pourvoir. Quand Henry était là, je faisais toujours semblant d'être dans un état de vague somnolence... cependant, derrière mes paupières lourdes, mes yeux avaient l'acuité du rasoir, et j'attendais.

Je savais ce que je cherchais.

42

Voix de Henry Paul Chester

Quatre semaines s'écoulèrent, très semblables à la première, avec la lenteur écrasante, douloureuse, de ces après-midi d'été lorsque j'avais douze ans et que tous les trésors de la Nature s'étalaient, se déployaient au-dehors, sous les fenêtres verdâtres et poussiéreuses de la salle de classe. J'attendais, me consacrant volontairement à la tâche dans mon atelier jusqu'à l'épuisement, afin, lorsqu'il me faudrait m'en retourner ensuite à la maison, d'être au moins capable d'afficher un semblant d'équilibre mental. Les murs de l'atelier étaient couverts d'études : de profil, de face, de trois quarts, de mains, des détails de la chevelure, des yeux, des lèvres. Je travaillais à une cadence qui confinait à l'obsession. Je jonchais le parquet d'esquisses à l'aquarelle, à la craie et à l'encre : chacune d'entre elles était une perfection, chacune d'entre elles était imprégnée de la clarté agitée de turbulences de ma mémoire amoureuse.

Un samedi, je me rendis chez mon fournisseur de Bond Street où j'achetai une superbe toile, tendue et apprêtée, la plus grande que j'aie jamais songé à utiliser. Elle faisait bien deux mètres quarante de hauteur par un mètre cinquante de largeur, et parce qu'elle était déjà agrafée au cadre, je dus payer deux hommes pour la transporter de la boutique à mon atelier. Mais elle valait bien jusqu'au dernier penny des vingt livres que je l'avais payée, car aussitôt que je l'eus installée sur mon chevalet, je me mis à tracer d'une main fiévreuse, directement sur cette magnifique surface crémeuse, les croquis des personnages monstrueux et sublimes de mon imagination spectrale.

Je suppose que vous avez vu ma *Schéhérazade* : encore de nos jours, elle est accrochée à l'Académie, elle y règne sur les Rossetti, les Millaise et les Hunt, qu'elle considère de haut, de son regard énigmatique, où se lisent toutes les couleurs du spectre. Elle est légèrement plus grande que nature ; presque nue, sur un fond flou de draperie orientale : son corps est à peine mature, il est dur, mince et gracieux, la peau a la couleur d'un thé léger, les mains longues et expressives, les ongles vernis de vert, alignés comme des griffes. Les cheveux tombent jusqu'aux pieds (j'ai un tout petit peu faussé la vérité, mais le reste est réel, croyez-moi) et il y a là suggérés une pavane provocante, un soupçon de rengorgement dans la posture où elle se tient (debout, elle observe l'observateur), un air de défi dans sa nudité, moquant le désir coupable de l'homme. Elle est d'une glorieuse immodestie, elle tend la main pour introduire le spectateur au récit exotique et audacieux de quelque périlleuse aventure : le visage est rouge d'excitation, l'excitation du récit, et il y a, autour de la bouche, de la moquerie et une expression d'humour féroce, quelque chose qui pourrait bien ressembler à un sourire ou une grimace de triomphe. À ses pieds est posé un livre ouvert, dont les pages volettent au hasard, et dans l'ombre deux loups attendent, couchés, babines retroussées sur les crocs, des yeux de soufre. Si vous observez le cadre, vous y trouverez inscrit là un fragment de poème :

Qui part en quête de Schéhérazade
Par terre, par air ou par mer ?
Qui ose baiser ses lèvres pourpres
Et vivre pour conter le récit ?
J'ose chercher Schéhérazade
Mille et une nuits
Je la cherche dans la lune décroissante
Et dans le soleil qui sombre.
Ô qui peut retenir Schéhérazade
Au-delà du soleil levant ?
Je la chercherai dans la lune décroissante
Mille et une nuits.

Oh, Marta, Marta, Marta. Ton nom est un poème d'une puissance si terrible que chaque fois que je l'écris je me sens immortel : à l'écrire deux fois, je chavire d'extase. Trois fois, et les oiseaux tombent du ciel de ravissement : si j'ose en couvrir une page, j'en suffoque de joie, de joie, de joie.

Jeudi, je rentrai à la maison plus tôt que d'habitude : la vision de ma Schéhérazade inachevée était trop puissante pour mes chairs douloureuses ce jour-là, le précipice de ses yeux m'appelait à quelque insanité trop enchanteresse pour que je pusse la supporter. Je quittai mon atelier à la hâte, omettant de me changer, la tête soudain remplie d'une douleur qui battait monstrueusement dans mes orbites injectées de sang. J'avais laissé mon chloral à la maison et, aussitôt que j'eus atteint Cromwell Square, je courus directement à ma chambre, à cette fiole bleu nuit. J'étais à mi-chemin de l'armoire à pharmacie, la porte de la chambre entrouverte derrière moi, quand je la vis, figée à côté de mon secrétaire, comme si, en conservant l'immobilité, elle croyait pouvoir passer inaperçue.

Un instant, je la pris pour Marta. Puis, une colère gigantesque explosa à l'intérieur de ma tête, oblitérant même la douleur. Peut-être était-ce le fait qu'elle m'avait vu dans cet état vulnérable où je ne me surveillais pas, fouillant parmi les bocaux de médicaments en quête de mon chloral. Ou peut-être était-ce sa figure, sa figure pâteuse d'idiote, ses yeux vides et sans couleur et ses cheveux de vieille folle... ou les lettres qu'elle tenait à la main.

Les lettres de Russell ! Je les avais presque oubliées.

Ma fureur fut irrépressible, vertigineuse. Un instant, je demeurai silencieux, la dévisageant, et cette seule et unique pensée se répétait de loin en loin : « Comment ose-t-elle, comment ose-t-elle ? » Effie aurait pu aussi bien être de pierre : elle croisa mon regard de ses yeux fixes, gris et ternes, et parlait à voix basse, mais sur un ton accusateur.

« Vous avez écrit au docteur Russell. Vous lui avez demandé de venir. »

Son impertinence me laissa momentanément sans voix. Était-il possible qu'elle m'accuse, quand c'était elle qui m'avait dérobé mes lettres ?

« Pourquoi ne m'avez-vous pas dit que vous aviez écrit au docteur Russell ? » Sa voix était sèche, imperturbable, et elle me brandissait ces lettres comme une arme. Le vice était si visible sur sa face que j'en reculai presque vers la porte. La fureur émanait d'elle en vagues étourdissantes, palpables.

« Vous avez lu mes lettres. » Je tâchai de prendre un ton de voix impérieux, mais les mots que je prononçais ne formaient qu'un embrouillamini de sons informes, une poignée de cartes que l'on éparpille. Mes pensées me semblaient soudain très distantes et lentes, ma colère muette obstruant leur développement. J'essayai encore. « Je ne vous reconnais aucun droit de porter le regard sur mes papiers, dis-je, en me passant la langue sur les lèvres. Mes papiers personnels. »

C'est le premier souvenir que j'ai d'elle soutenant sans broncher la sécheresse du ton de ma voix. Ses yeux : deux pierres vert-de-gris. Des yeux de chat.

« Tabby m'a confié que le docteur Russell était venu vous rendre visite. Vous ne m'en avez jamais fait part. Pourquoi ne m'avez-vous pas informée que vous l'aviez envoyé chercher, Henry ? Pourquoi ne vouliez-vous pas que je le sache ? »

Une peur lente et cotonneuse commença de me parcourir comme un frisson. Je me sentais petit, pour ainsi dire insignifiant devant sa rage brûlante, je rapetissais devant elle, je devenais un autre, un autre plus jeune... l'image de Colombine la danseuse exécuta tout d'un coup un bond dans mon esprit, souvenir de diable détestable jaillissant de sa boîte. Et je me rendis compte que je commençai de suer. Je me forçai à ne pas regarder le flacon de chloral à quelques centimètres de ma main.

« Maintenant écoutez-moi, Effie ! » la coupai-je. Oui, c'était mieux, beaucoup mieux. « Vous vous conduisez sottement, au-delà de ce qui est permis. Je suis votre mari et j'estime avoir tous les droits de prendre les mesures que je souhaite en vue d'assurer votre bonne santé. Je n'ignore pas que vous avez les nerfs fragiles, mais cela ne saurait vous fournir aucun motif de fouiner dans mes papiers personnels. Je...

— Cela n'a rien à voir avec mes nerfs ! » Elle éleva la voix avec fureur, mais sans l'hystérie que je me serais attendu à voir accompagner pareil éclat. Au lieu de quoi, elle lut la lettre, à haute voix, sur un ton amer et sarcastique, en singeant ses accents solennels avec l'aplomb d'une impudente enfant.

« Cher M. Chester,

« Pour faire suite à notre récente conversation, je veux marquer mon accord, et de tout cœur, avec

votre propre diagnostic de l'état nerveux de votre chère épouse. Si la manie ne paraît pas être aiguë pour le moment, il semble y avoir quelque preuve de dégénérescence. Pour ma part je continuerais de recommander l'usage fréquent du laudanum afin de prévenir d'éventuelles crises d'hystérie, ainsi qu'un régime alimentaire léger et beaucoup de repos. Je partage votre avis, il serait fort peu judicieux que la dame sorte de chez elle pour aller marcher tant que je n'aurai pas procédé à de plus amples vérifications de son état mental : entre-temps, je suggère que vous la mainteniez sous étroite surveillance, et que vous me rapportiez tout exemple de convulsion, d'évanouissement, d'hystérie ou de catalepsie...

— Effie ! » l'interrompis-je, et je détestai l'accent conciliant qui perçait dans ma voix. « Vous ne comprenez pas ! » Même à mes oreilles, ces mots résonnaient avec une irascibilité bien peu convaincante, et voici qu'à nouveau j'étais submergé par la sensation perturbante d'être diminué. Ma tête cognait et je n'osais prendre mon flacon de chloral tant qu'elle m'observait : une seule fois, je me précipitai d'une main tremblante vers ma drogue, ce qui n'eut d'autre effet que de l'envoyer buter contre le fond de l'armoire, au milieu des autres potions et des poudres... hors d'atteinte maintenant, à moins que je ne tourne franchement le dos à Effie, exposant ainsi ma nuque vulnérable à la puissance maléfique de son regard.

« Je ne souhaite que vous venir en aide, laissai-je échapper inconsidérément. Je veux vous voir rétablie. Je sais que vous avez été souffrante et je...vous avez été si malade après la perte du bébé... il était bien normal que vos nerfs fussent un peu dérangés. Voilà tout ce dont il s'agit, je vous le promets, Effie. Je vous le promets ! »

Avec froideur, elle répéta : « Cela n'a rien à voir avec mes nerfs.

— Je suis heureux de l'entendre, ma chère, repris-je, en retrouvant mon aplomb..., et si vous vous rétablissiez, je serais le premier à en rendre grâce. Mais il ne faut assurément pas vous comporter de si sotte manière. Ce... cette lubie ridicule qui est la vôtre... Cette lubie ridicule, qui entretient chez vous l'illusion que le docteur et moi nous emploierions comment dire... à conspirer contre vous : ne voyez-vous pas que c'est justement cela que je redoutais ? Vous êtes ma femme, Effie : quelle épouse soupçonnerait son mari comme vous paraissez me soupçonner ? »

Elle fronça le sourcil, mais je voyais bien que je l'avais ébranlée. Les cognements dans mon crâne s'apaisèrent un peu, j'eus un sourire et j'avançai vers elle pour l'étreindre. Elle se raidit, mais ne s'écarta pas. Sa peau était sulfureuse, brûlante.

« Pauvre chérie. Peut-être feriez-vous mieux de vous étendre un moment, lui recommandai-je. Je vais vous envoyer Tabby avec une tasse de thé. » Je sentis son corps déjà raidi dans mes bras s'agiter de secousses convulsives.

« Je ne veux pas de thé ! » Sa voix était étouffée par sa chevelure, mais je devinai l'irrépressible irritation que trahissait son cri et je m'autorisai un sourire. Pendant un instant, son attitude glaciale et furieuse m'avait inquiété mais je m'étais attendu à ce que le naturel finisse par reprendre le dessus. J'aurais dû savoir que l'obéissance était si profondément enracinée en elle qu'elle ne me défierait pas bien longtemps. Et pourtant j'avais deviné quelque chose dans ses yeux... quelque chose qui, durant un court moment, m'avait diminué, relégué comme si je comptais pour rien, comme si je n'existais même pas…

Longtemps après qu'elle eut quitté la pièce, le souvenir de ce moment persista. Même le flacon bleu nuit fut impuissant devant la cacophonie de mes pensées discordantes, et quand finalement je sombrai dans un sommeil agité, je rêvai : je remontai le mécanisme de la danseuse Colombine ; je la mettais en mouvement, ses jambes fouettaient l'air follement, avec obscénité sous sa jupe tachée de sang, et ses cheveux pâles flottaient en un arc lumineux tout autour d'elle. Dans mon rêve, j'avais de nouveau douze ans, et, avec effroi, je la regardais danser de plus en plus vite, se tordre à présent de frénésie démoniaque, les bras et les jambes se fondre dans l'air lumineux. Et voici que, dans mon rêve, j'étais possédé par la froide certitude d'avoir mis en œuvre quelque maléfice, une force qui ne cesserait jamais de s'exercer, qui, pour m'atteindre, survolait le temps depuis les années de mon enfance, dans l'attente d'une occasion de percer le voile de la mémoire et de frapper…

Je tendis la main dans l'air qu'elle brassait de ses membres, vers cette tache floue, faite de soie et de lames, qu'était devenue Colombine – je sentis ma main tailladée comme par un rasoir, mais je parvins à me saisir d'elle avec fermeté. Elle gigotait dans ma main, un vrai serpent, mais je tins bon et, en ajustant ma cible avec soin, je la lançai contre le mur, de toutes mes forces. Il y eut un éclatement, un grésillement de rouage et de roues dentées, un frisson final de musique… et quand j'osai regarder de nouveau, elle gisait, brisée, au pied du mur, sa tête de porcelaine éclatée et ses jupes remontées autour de la taille. Je me sentis gagné d'une vague ample et brûlante, une vague de soulagement. Et, tandis que je commençai de m'extraire malaisément de mon rêve pour retrouver un état de veille, j'entendis ma propre voix, avec une clarté inquiétante, disloquée :

« Tu aurais dû rester endormie, petite fille. »

L'AS D'ÉPÉES

43

Voix d'Épiphanie Miller

Elles allaient de pair à présent, deux jumelles fantomatiques – leurs visages se fondant l'un dans l'autre de sorte qu'à l'instant où Effie me dévisagerait à travers les yeux de sa sœur, le rire de Marta filtrerait à travers le voile du sourire d'Effie. Enfin, elle était là, presque visible, et je crus mon cœur sur le point d'éclater par amour pour elle, par amour pour toutes les deux. Elle était heureuse à présent, plus heureuse qu'elle ne l'avait jamais été, heureuse de se savoir revenue à la maison, de nouveau en lieu sûr avec sa mère, en sûreté avec sa sœur. Depuis la nuit où je lui avais demandé le nom de l'Ermite, je n'avais plus eu besoin de recourir à ses souvenirs : cette part d'elle-même dormait, plongeait plus profond dans la ténèbre de ces choses qu'il valait mieux laisser dans l'oubli, et elle avait cessé de rêver du Méchant Homme et de ce qu'il lui avait fait voici bien longtemps. En fait, avec l'aide de mes potions, elle se rappelait très peu de chose.

Elle était contente de dormir dans sa chambre, ses livres et ses jouets autour d'elle : elle s'amusait avec Meg et Alecto et, quand Henry venait, elle s'amusait avec lui, également. Elle flânait dans les forêts de brocart de ma garde-robe : baroque, d'or et d'écarlate ; fantomatique, en gris ; une sirène, en vert ; une pâle impératrice de violet et de noir. Chaque visite entraînait Henry un peu plus loin. Nous lui administrions du chloral et de puissants aphrodisiaques, nous le fouettions de baisers empoisonnés qui le laissaient pâle et haletant sur le sol longtemps après que Marta avait quitté la chambre. Il perdit toute faculté de distinguer la réalité de la fiction et je suis certaine que si je lui avais montré Effie sans son déguisement, il ne l'aurait pas reconnue. Son corps avait minci et de délicates meurtrissures fleurissaient sur ses bras et sa poitrine. Mais Henry était à cent lieues de les remarquer. Ma petite Marta brillait à travers les chairs d'Effie, les transcendait, devenait forte. Et il était à elle, tout à elle. Je l'observais, l'œil de plus en plus vague, amorphe à mesure que les semaines passaient, sursautant à la vue d'une ombre, et mon cœur était plein d'une noire jubilation, tandis que nous nous repaissions de lui, ma fille et moi. Ne laissez personne prétendre que la vengeance n'est pas douce : elle l'est. Je le sais.

Moïse vint me voir à deux reprises : ses créanciers n'allaient pas attendre éternellement, me dit-il, et il ne comprenait pas ce que nous attendions. Je lui prêtai cinquante livres afin de le tirer provisoirement d'affaire, et cela ne parut pas lui déplaire de pouvoir continuer à jouer le jeu un certain temps. Bientôt, lui assurai-je : bientôt.

Laissons juste à ma petite Marta le temps de grandir.

Cinq semaines passèrent, et cinq jeudis. Henry Chester montait l'escalier de ma maison en trébuchant, à l'aveuglette, dans un ravissement embué, un ravissement de cauchemar, attaché à son seul désir. Elle marchait juste derrière lui, mon apparition, elle le dépouillait de toute son assurance, de sa supériorité mâle et prétentieuse, de sa bigoterie religieuse, de ses icônes et de ses rêves. S'il n'avait pas été Henry Chester, j'aurais pu concevoir de la pitié à son endroit, mais la seule pensée de mon triste petit fantôme et de ce qu'elle avait été jadis suffisait à dissiper toute ambiguïté dans mon esprit. Il n'avait pas eu pitié de ma petite Marta.

Cinq semaines virent s'enfuir un automne gris et terne. L'hiver fut précoce et un vent brutal, noir, étourdissant couvrit les rues de givre et déchira le ciel en sombres calicots de grisaille. Je me souviens des décorations de Noël dans les boutiques de Londres, des sapins sur Oxford Street et des guirlandes entortillées le long des becs de gaz, mais dans Crook Street, les fenêtres et les portes demeurèrent sans ornements. Nous aurions matière à fêter, mais plus tard.

La dernière visite de Henry eut lieu le 22 décembre : à trois heures de l'après-midi, la nuit tomba et, à neuf heures, la pluie fine s'était changée en grésil, puis en neige, qui avait à peine le temps de blanchir les pavés avant de noircir. Peut-être aurions-nous un Noël blanc, après tout. Effie arriva tôt, enveloppée jusqu'aux yeux dans son épais manteau : je regardai le ciel et la fis presque s'en retourner, pensant que Henry ne viendrait jamais par une nuit si lugubre et si menaçante. Mais la foi de Marta était plus grande que la mienne.

« Il viendra », fit-elle avec une espiègle assurance, ce soir plus que jamais.

Oh ma jolie Marta ! Son sourire était si beau que je fus tentée de renoncer à ma vengeance : n'était-ce pas assez de l'avoir à nouveau près de moi, de la tenir dans mes bras et de sentir sa peau fraîche contre ma joue ? À quoi bon risquer tout cela pour une victoire stérile sur un homme déjà damné ?

Mais je savais pourquoi, bien sûr.

Pour l'heure, elle était encore à lui. À ses yeux à lui. Elle était encore Effie pour moitié, et elle ne serait jamais pleinement mienne tant qu'il n'aurait pas abandonné toute prétention sur elle. Tant qu'il continuerait de les voir toutes deux comme des individus distincts, elles ne seraient jamais vraiment unies, elles ne reviendraient jamais en cet endroit bénéfique et sûr qu'elles avaient quitté. Elles flotteraient telles deux moitiés, se désintégreraient lentement dans le vide de l'oubli d'où seul l'amour d'une mère pouvait les sortir. Il fallait les libérer.

« Marta. »

Son sourire, derrière le regard iridescent d'Effie, était rayonnant.

« Quoi qu'il arrive, souviens-toi combien je t'aime. »

Je sentis sa petite main remonter dans le creux chaud de mon cou.

« Je te promets que bientôt ce sera fini, ma chérie, chuchotai-je, les bras autour d'elle, je te le promets. »

Je sentis son sourire contre ma peau.

« Je sais, mère, dit-elle. Je vous aime, moi aussi. »

44

Voix de Henry Paul Chester

Après cela, elle fut mon ennemie : une douce ombre qui, dans notre maison hantée, surveillait mes mouvements de ses yeux froids et vert-de-gris. Elle était devenue d'une minceur de mante religieuse, et ce en dépit des quantités de sucreries qu'elle absorbait, flottant telle une sirène noyée dans l'air verdâtre, épais des lampes à gaz. Autant que possible, j'évitais de la toucher, mais elle paraissait prendre plaisir à se frotter contre moi aussi souvent qu'elle pouvait, et son contact était pareil à celui du brouillard hivernal. Elle m'adressait à peine la parole mais se murmurait à elle-même d'une voix fluette et enfantine : parfois, la nuit, lorsque j'étais couché, réveillé, je m'imaginais l'entendre chanter dans le noir. Des comptines et des ritournelles de cour d'école, et puis une berceuse française qu'elle avait chantée petite fille :

Aux marches du palais…
Aux marches du palais…
Y a une si belle fille, lonlà
Y a une si belle fille…

Je m'entretins une fois encore avec Russell : je me laissai persuader, avec force soupirs et un soupçon de larmes viriles, que le seul espoir de guérison, pour ma chère Effie, résidait dans un séjour sous étroite surveillance dans quelque hospice réputé – je sursautai avec ostentation devant l'allusion de ce bon docteur au fait que le chagrin de la perte de l'enfant ait pu porter atteinte à l'équilibre mental d'Effie, non sans m'élever contre cette idée lorsqu'on en vint à me faire comprendre, non sans véhémence, que si je n'agissais pas bientôt, Effie pourrait porter gravement atteinte à son intégrité physique. Lorsque je signai un certain document, que le docteur contresigna, j'affichai une mimique grave, le sourcil froncé, non sans un sourire d'excitation en mon for intérieur, et, à mon départ, je serrai soigneusement le document dans mon portefeuille. Sur la route de mon domicile, je m'arrêtai en chemin à mon club pour y déjeuner – la première fois depuis des semaines – et je dévorai avec voracité. Je m'autorisai à accompagner mon verre de fine d'un cigare, luxe rare. Je fêtai l'événement.

Il faisait presque nuit lorsque j'arrivai à Cromwell Square, et pourtant, à ma montre, il n'était que trois heures dix. Le vent qui s'était levé balayait les rues en tous sens de torrents de feuilles noircies, et quand je payai le cocher avant de me précipiter pour m'abriter, je crus sentir sur ma figure la morsure de la neige fondue. Lorsque j'ouvris la porte, la griffe gelée d'un vent cinglant me saisit par les basques de mon manteau, projetant devant moi une rafale de feuilles mortes dans la maison : avec un frisson, je refermai la porte en la claquant sur l'obscurité. Il pourrait bien neiger, ce soir.

Je trouvai Effie dans le salon sans lumière, assise à côté de l'âtre vide, son ouvrage abandonné sur ses genoux. La fenêtre, contre toute raison, était ouverte et le vent s'engouffrait dans la pièce. Les feuilles mortes jonchaient le parquet. Durant un bref instant de cauchemar, ma vieille terreur m'envahit à nouveau, cette sensation désespérée d'être diminué, comme si toute sa pâleur gothique et son apparence fantomatique m'avaient en quelque sorte transformé en un spectre qui hanterait l'intérieur de sa propre demeure : moi, à la dérive, tel un esprit, et elle, créature de chair éternelle, solide, vivante. Alors je me souvins de ce document dans mon portefeuille et le monde se réaffirma. Poussant une exclamation d'impatience, j'avançai de deux pas pour aller sonner Tabby, et je fis l'effort d'adresser la parole à Effie, m'usant les yeux à scruter la tache grise et floue de son visage dans le noir.

« Ah ça mais, Effie, la réprimandai-je. Qu'est-ce donc qui vous prend, à rester assise dans ce froid glacial ? Vous allez mourir de froid. Et à quoi pense donc Tabby, à vous laisser ainsi sans feu ? Depuis combien de temps êtes-vous ici ? » Elle se tourna vers moi, une jeune femme, mais à moitié, le visage scindé en deux par le rai de lumière de la lampe à gaz du couloir.

— Henry. » Sa voix était aussi froide et aussi atone que le reste de sa personne. Dans ses traits bizarrement disloqués, seule la moitié de la bouche semblait remuer : un œil fixait le mien, la pupille réduite à la taille d'une tête d'épingle face à la lumière.

« Ne vous agitez pas, ma chère, poursuivis-je. Tabby va arriver d'une minute à l'autre. Je vais m'assurer qu'elle vous allume un bon feu, et puis ensuite vous pourrez boire un peu de chocolat chaud. Allons, nous ne voulons pas prendre froid, n'est-ce pas ?

— Ah non ? » Je crus capter dans sa voix une intonation légèrement sardonique.

« Bien sûr que non, ma chère, repartis-je vivement, en m'efforçant de ne pas bredouiller. Tabby ! Le diable soit de cette bonne femme, elle devrait être là, à présent. Tabby ! Veut-elle vous faire geler à mort ?

— Tabby est sortie, fit doucement Effie. Je lui ai dit de se rendre chez le pharmacien pour mes gouttes.

— Oh.

— Il n'y a personne d'autre que nous. Em a pris son après-midi. Edwin est rentré chez lui. Nous sommes seuls, Henry. »

À nouveau, la même terreur irraisonnée m'envahit et je luttai pour conserver la maîtrise de moi-même. Pour une raison que j'ignorais, l'idée d'être seul avec Effie, à la merci de toutes les pensées étranges qui pouvaient lui passer par la tête, voilà qui m'atterrait. Je fouillai dans ma poche pour y trouver mon briquet, je me fis violence pour me retourner dos à elle et m'escrimai à allumer la lampe... Je sentis ses yeux, plantés comme des ongles dans ma nuque, et ma mâchoire se serrer à force de haine contre elle.

« Voilà qui est mieux, n'est-ce pas ? Maintenant nous pouvons nous voir. » C'était la pure vérité, formulée en toute simplicité. Point n'était besoin d'imaginer qu'elle avait en un sens prévu cette confrontation. Il n'y avait aucune raison de penser que, d'une manière ou d'une autre, elle savait déjà... Je me retournai face à elle, la mâchoire douloureuse, à cause d'un sourire qui, je ne l'ignorais pas, ne l'abusa pas un seul instant.

« Je vais fermer la fenêtre », dis-je.

J'osai prendre le temps de fermer le loquet, puis le rideau, avant de ramasser les feuilles sur le parquet. Je jetai les feuilles dans l'âtre. « Je me demande si je ne pourrais pas faire partir ce feu.

— Je n'ai pas froid, objecta Effie.

— Mais moi si, répliquai-je avec un enjouement qui sonnait faux. Voyons un peu... cela ne doit pas être bien difficile. Tabby fait ça tous les jours. » Je m'agenouillai devant le foyer et me mis en devoir de disposer du papier et du petit-bois sur le charbon. Il y eut une flamme brève et un crépitement, puis la cheminée se mit à fumer.

« Mon Dieu, m'écriai-je en riant, cela doit exiger plus de savoir-faire que je ne pensais. »

Les lèvres d'Effie se contractèrent sur un demi-sourire entendu, haineux. « Je ne suis pas une enfant, cracha-t-elle soudainement. Et pas une sotte non plus. Vous n'avez pas à vous adresser à moi comme si tel était le cas. »

Sa réaction avait été si brusque que j'en restai de nouveau interloqué. « Allons, Effie..., commençai-je stupidement, je... » En me ressaisissant, je pris une voix toute de patience acerbe, une voix de médecin. « Je vois bien que vous êtes souffrante, dis-je. Tout ce que je puis dire, c'est que j'espère qu'ultérieurement vous vous rendrez pleinement compte de tout ce que vos paroles comportent à mes yeux de blessant et d'ingrat. Toutefois, je...

— Pas plus que je ne suis souffrante, m'interrompit encore une fois Effie – et à ce moment précis, je n'eus d'autre solution que de la croire : ses yeux étaient perçants et éclatants, de vrais scalpels. Malgré tout ce que vous avez fait et dit pour me démontrer le contraire, je ne suis pas souffrante. Je vous en prie, ne vous mettez pas en peine d'essayer de me mentir, Henry. Nous sommes seuls dans la maison. Il n'y a personne ici devant qui jouer la comédie, personne d'autre que vous. Tâchez d'être honnête, pour notre salut à tous les deux. » Elle avait la voix sèche et dépourvue d'émotion, une voix de gouvernante, et le temps d'un instant j'eus à nouveau douze ans, je fanfaronnai non sans fausseté, non sans naïveté, afin de me soustraire au châtiment, mais chaque mot ancrait un peu plus profondément ma faute.

« Vous n'avez aucun droit de me traiter de la sorte ! » Ma voix trahissait ma faiblesse, même à mes propres oreilles, et je déployai tous mes efforts pour conserver dans le ton employé un tant soit peu d'autorité. « Ma patience a des limites, Effie, même si j'adopte la plus grande indulgence à l'égard de votre comportement. En qualité d'épouse, vous me devez le respect, à défaut d'autre chose, et...

— Épouse ? s'exclama Effie, et cela me rassura étrangement d'entendre une note perçante s'insinuer dans le ton mesuré de sa voix. Quand avez-vous jamais voulu de moi que je sois une épouse ? Si je devais dire ce que vous...

— Dire quoi ? » Je parlais trop fort mais c'est que j'avais l'impression que les mots m'échappaient. « Que je vous ai soignée quand vous étiez malade, que j'ai supporté vos accès, que je vous ai donné tout ce que vous avez toujours voulu ? Je...

— Ma tante May m'a toujours répété qu'il n'était pas convenable que vous épousiez une jeune fille beaucoup plus jeune que vous. Si elle savait...

— Savait quoi ? »

Sa voix n'était plus qu'un chuchotement. « Si elle savait de quelle façon vous me traitez... et où vous allez au milieu de la nuit...

— Vous divaguez, jeune femme. Aller où, pour l'amour du Ciel ?

— Vous le savez... à Crook Street. »

Je suffoquai. Comment pouvait-elle savoir ? Se pouvait-il que l'on m'ait reconnu ? Que l'on m'ait suivi ? Les implications de ce qu'elle savait me submergèrent, telle une vague engourdissante, bourdonnant à mes oreilles comme la rumeur du scandale. Cela ne se pouvait pas. Elle se vantait.

« Vous êtes folle ! »

Elle remua la tête en silence.

« Vous êtes folle, et je peux le prouver ! » Fiévreusement, je passai la main dans la poche de mon manteau, pour en retirer le papier de Russell. Je le lus à haute voix, par bribes essoufflées, le crâne palpitant comme un muscle cardiaque, une euphorie maladive se répandant dans mes veines : “… que la patiente Euphémie Madeleine Chester… des preuves trop importantes pour être ignorées… manie, hystérie et catalepsie… dangereuse pour elle et pour les autres… jusqu'à plus ample informé recommande un traitement d'une durée illimitée… toute compétence requise pour… ” Vous avez entendu ce qu'il a dit : je peux vous faire envoyer dans un asile, Effie, un asile pour déficients mentaux ! Personne n'accordera foi à une femme mentalement déficiente ! Personne ! »

Son visage était dépourvu d'expression, si ce n'est une terrible vacuité. Pendant un instant, je me demandai si elle m'avait entendu, ou si elle s'était une fois de plus retranchée dans ses pensées étranges et insondables. Mais lorsqu'elle prit la parole, ce fut d'une voix fort calme.

« J'ai toujours su que vous me trahiriez, Henry », annonça-t-elle.

J'essayai de parler. Mais somme toute, elle avait raison : je n'avais personne devant qui jouer la comédie, personne d'autre que moi-même.

« Je savais que vous ne m'aimiez plus. » Elle sourit et, un instant, parut presque belle. « Mais c'est égal, car je ne vous aime plus depuis longtemps. » Elle pencha la tête, comme si quelque chose lui revenait en mémoire. « Mais je ne vous laisserai pas me sacrifier, Henry. Je ne vous laisserai pas m'enfermer. Je ne suis pas malade et il y aura bientôt quelqu'un pour le comprendre. Alors peut-être les gens vont-ils commencer de croire ce que je dis. » Elle me lança un coup d'œil où se lisait la malveillance. « Et je pourrais leur raconter tant de choses, Henry, ajouta-t-elle d'un ton égal. La maison de Crook Street et ce qui se passe là-bas... Fanny Miller ne mentirait pas pour prendre votre défense, n'est-ce pas ? »

Chaque fois que je respirais, ma gorge se remplissait d'aiguilles, ma poitrine se serrait au-delà du supportable. Sans me soucier du sourire triomphant d'Effie, je m'emparai de la fiole pendue à mon cou et, d'un violent mouvement de torsion, j'en retirai le bouchon. Les mains tremblantes, je m'en versai dix gouttes dans un verre, avant d'y ajouter du sherry. Le verre était trop plein : un peu de cette mixture déborda, dégoulinant dans ma manchette. Une haine soudaine, aiguë, monta en moi.

« Personne ne voudrait croire une histoire aussi exotique. » J'avais retrouvé une voix posée, à mon immense soulagement.

« Je pense, moi, qu'il n'y aurait rien d'impossible à cela, rectifia-t-elle. En outre, songez au scandale, alors même que votre œuvre commence de s'attirer une certaine reconnaissance. Le seul soupçon que vous ayez pu tenter de placer votre femme dans un asile afin de l'empêcher de révéler votre vice secret... voilà qui scellerait votre ruine. Courriez-vous ce risque ? »

Je remerciai je ne sais quels dieux obscurs pour le chloral que j'avais pris. Déjà, il me semblait que l'on avait soulevé le couvercle de mon crâne pour y insuffler un courant d'air froid, réduisant mes pensées à la dimension de quelques atomes dans la brise. J'entendais ma voix, à distance, et qui s'éloignait distinctement.

« Ma chère Effie, vous êtes surmenée. Je crois que vous devriez vous allonger un peu et attendre que Tabby vous apporte vos gouttes.

— Je ne m'allongerai pas ! » Comprenant qu'elle avait en quelque sorte perdu l'avantage, Effie s'était défaite de son attitude inquiétante et la sécheresse de sa voix était à la limite de l'hystérie.

« Qu'à cela ne tienne, ma chère, ne vous allongez pas, répliquai-je. Loin de moi l'idée de vous contraindre. Je vais descendre voir si Tabby n'est pas rentrée.

— Vous ne me croyez pas, c'est cela ?

— Bien sûr que je vous crois, ma chère. Bien sûr que si.

— Je peux causer votre perte, Henry (en dépit de ses efforts pour essayer de la maîtriser, sa voix flancha – "cau... auser vo... otre perte, H... Henry"), je le peux et je le ferai ! » Mais la figure fantomatique à la voix froide et suave, aux yeux vert-de-gris s'était enfuie, et la menace sonnait creux. Des larmes argentaient son visage et ses mains tremblaient. D'un effleurement de la main, je glissai le document de Russell dans ma poche poitrine et je m'octroyai le luxe d'un sourire.

« Dormez bien, Effie. »

Et, m'en retournant dans le corridor éclairé au gaz, je sentis un poing fermé se serrer à l'intérieur de ma cage thoracique, se serrer avec joie, avec cruauté. Jamais je ne la laisserai nous atteindre, Marta et moi. Jamais.

Avant que cela n'arrive, je préférerais la voir morte.

45

Voix de Henry Paul Chester

Je suis arrivé à Crook Street avec vingt minutes de retard, le souffle de la tempête tourbillonnant dans mon dos. Sur le pavé, la neige fondait avec les reliquats de l'automne pour former une boue épaisse et grasse sur laquelle les roues de la calèche glissaient et dérapaient dans les tournants. J'étais d'une étrange sérénité, en dépit de la confrontation de ce soir avec Effie – j'avais pris une seconde dose de chloral avant de me mettre en route et mon crâne résonnait de manière singulière, c'était la vibration d'une harpe dans le lointain, aussi douce et tendue que la peau d'un enfant.

Avec Marta au bout de mon périple, Effie m'était presque sortie de la tête : demain, je m'organiserais pour qu'on l'emmène dans une bonne maison de santé à quelque distance de Londres, où personne ne prêterait attention à ses divagations – et si on l'écoutait quand même, j'avais l'assurance que ma vie publique exemplaire m'exonérerait de tout soupçon : après tout, elle n'était qu'une femme, et modèle pour artiste-peintre de surcroît. Il se pourrait que l'on me prenne en pitié pour l'échec de mon mariage, mais on ne m'en ferait pas porter le blâme. En outre... elle était malade. Peut-être plus malade encore que nous n'en avions idée. Par une nuit comme celle-ci, j'avais l'impression que tou ou presque pourrait arriver.

La porte du numéro 18 s'ouvrit en éventail, dessi nant un quartier de lumière rosâtre. Remuant de morbides pensées, j'entrai, laissant derrière moi une traînée de boue gelée sur le seuil. Fanny était tout de soie magnolia et de gaze de zéphyr vêtue : son allure ridiculement virginale de jeune promise me mit mal à l'aise, et je m'étonnai des pouvoirs illimités que détiennent les femmes de paraître telles que les hommes désirent les voir. Même Marta.

Même Marta.

Quels secrets lugubres habitaient sa chair parfaite ? Quel prédateur affamé rôdait dans le brocart enchevêtré de sa chevelure ?

Sans un mot, je suivis la traîne bruissante de Fanny jusque dans les combles de la maison, jusque dans les greniers et les cagibis. Lorsque je compris où elle me conduisait, j'en éprouvai une horreur soudaine, car je la croyais capable d'ouvrir à la volée la porte de la chambrette du grenier pour me révéler une scène à l'identique. Les jouets sur le sol, le lit blanc, les fleurs sur la table de nuit et cette enfant de putain nue sous sa chemise de nuit, inchangée mais un petit peu plus pâle après toutes ces années passées dans cet obscur caveau, tendant les bras et m'appelant avec la voix brouillée de Marta...

Le timbre de la mienne fut brusque, et d'une fragilité de givre : « Pourquoi dois-je monter jusqu'ici ? Pourquoi ne pouvons-nous pas nous installer dans un salon ? »

Fanny ignora mon incivilité. « C'est la chambre personnelle de Marta, Henry, expliqua-t-elle d'un ton raisonnable. Elle a tout spécialement demandé que l'on vous amène ici.

— Oh. » Dans ma bouche, mes mots se nouèrent en un écheveau de fils d'acier qui refusa de se démêler. « Si... cela ne lui fait rien, j'aimerais mieux... ce n'est pas un peu lugubre, par ici ? Et froid. Il fait très froid dans cette partie de la maison. Peut-être...

— Cette chambre est le choix de Marta, répliqua Fanny, inflexible. Si vous lui infligiez une rebuffade, je ne crois pas qu'elle accepterait de vous revoir.

— Oh. » Il n'y avait rien à ajouter. Bouche bée, j'essayai d'afficher un sourire jovial qui me fit l'effet d'une grimace. « Je... je n'avais pas tout à fait saisi. Certainement, si Marta... »

Mais Fanny s'était déjà détournée, sa traîne époussant les marches. La poussière sur le sol donnait l'impression de n'avoir jamais été foulée par personne. Je regardai la porte, m'attendant presque à découvrir la poignée vernie bleu et blanc de la garde-robe de ma mère. Je me défis de cette pensée avant qu'elle ne puisse porter atteinte à cette maîtrise précaire que je devais au chloral : quelle absurdité ! Je m'exprimai presque à voix haute. Quelle absurdité, m'admonestai-je violemment. Il n'y avait là ni poignée de porte bleu et blanc, ni enfant de putain pâle et menue aux yeux accusateurs et sombres, du chocolat autour de la bouche. Il n'y avait là que Marta, Marta, Marta, Marta... mon poison ineffable, l'aimée aux yeux de chloral issue de mes rêves soufrés. Je posai la main sur la poignée, non sans remarquer la peinture blanche écaillée qui découvrait toute la palette des couches précédentes de peinture... vert, jaune, rouge, aussi éclatantes pour l'œil de ma perception nouvelle qu'une aile de papillon... mais pas de bleu, me rassurai-je, triomphant, pas de bleu... et à côté de ma main, sur la peinture, je vis de menues empreintes de doigt. Une enfant se serait-elle arrêtée là, aurait-elle appuyé la paume et trois petits doigts contre les boiseries… ? Marta ?

Même ses mains à elles ne sauraient être si menues. Et ces marques collantes, ces traces confuses, encore fraîches sur la peinture blanche. Se pouvait-il que ce soit… du chocolat ?

Mon sang-froid, ce frêle édifice, s'effondra avec mes cris et je poussai sur cette porte de toutes mes forces. Elle refusa de s'ouvrir. Dans mon esprit, il ne restait aucune place pour la pensée : une logique aveugle et insensée s'imposait à moi, la soudaine conviction qu'après toutes ces années, c'était ainsi que Dieu entendait me faire payer ce que j'avais infligé à l'enfant de la putain… me faire payer avec Marta. Cette image paraissait plausible et redoutable à mon cerveau désordonné : l'enfant de la putain, la main sur la porte, à l'écoute, entrant pour découvrir Marta qui m'attendait, ressortant, une fois sa revanche prise… et Marta qui m'attendait toujours, qui m'attendait, la nuque brisée, la robe remontée sur la figure…

Je criai de nouveau et me mis à cogner de mes poings meurtris contre les panneaux de la porte, le souffle sifflant dans une trachée réduite au diamètre d'une paille. « Marta ! Marta ! M… »

Alors la porte s'ouvrit sur l'obscurité. Sur ma lancée, j'allai me précipiter contre le mur au fond de la pièce, tandis que la porte se refermait à la volée derrière moi. Pendant un instant, l'obscurité fut absolue et je continuai de crier, certain à présent que l'enfant fantôme, si froide, si blanche, se trouvait avec moi dans la pièce, toujours désireuse que je lui raconte une histoire.

Puis une lumière éblouit tout. Le temps d'un instant, l'empreinte sur ma rétine en fut si lumineuse qu'elle m'aveugla, puis je la vis, debout à côté de la fenêtre, la lampe à la main. Mon soulagement fut si grand que je m'en évanouis presque, et de grandes fleurs noires déployèrent leurs pétales dans mon champ de vision.

« Marta. » Je tâchai de contenir l'expression de mon soulagement, afin que ma voix n'en laisse rien paraître. « Je... je suis désolé. Je... ne suis pas tout à fait moi-même aujourd'hui. » Je souris faiblement.

« À dire vrai, monsieur Chester, moi non plus. » Elle eut un petit sourire malicieux : sa voix, un chuchotement, du foin, un ciel d'été. « Peut-être avons-nous tous deux besoin d'un remontant. »

Elle remplit nos verres, et je l'observai, sentant le battement de mon cœur ralentir presque jusqu'à la normale, et bientôt j'eus la force de passer les lieux en revue.

La pièce était on ne peut plus dépouillée. Un lit étroit, un couvre-lit blanc, une table de nuit, une aiguière et une vasque, une petite table et un fauteuil élimé, voilà tout le mobilier qui se trouvait là et, à la lumière d'une seule et unique lampe, tout cela n'en avait l'air que plus sinistre. Pas de tapis sur le plancher nu, pas de gravures aux murs, pas de rideaux. Et en ce jour, Marta elle-même était à l'image de la chambre, vêtue d'une chemise de nuit blanche toute simple, pieds nus, le visage en partie masqué par les cheveux dénoués. Sur le moment, une fois encore, je me sentis mal à l'aise – les similitudes avec cette autre nuit étaient trop fortes –, comme si tout ceci n'était encore qu'un de ses déguisements destinés à me faire basculer dans un état permanent de démence. Mais quand elle passa ses bras autour de moi, elle était chaude et légèrement parfumée de fragrances simples, enfantines ; savon, lavande et quelque chose de sucré (de la réglisse ?) : elle qui m'avait accablé de sensations entêtantes et exotiques, elle était à présent la plus élémentaire, la plus juvénile des séductrices, une vierge de quatorze ans, avide et timide, délicieusement néophyte, d'une sincérité douloureuse.

Et naturellement je n'ignorais pas qu'il s'agissait, là encore, d'un de ses déguisements : l'essence de Marta m'était alors aussi inconnue que jamais. Mais je me rendis à cette tendresse illusoire, et tandis que nous étions allongés, deux enfants dans les bras l'un de l'autre, elle me chuchota une petite histoire à l'oreille. L'histoire d'un homme qui tombe amoureux du portrait d'une morte, qui l'achète et le cache dans son grenier de peur que sa femme ne puisse lui poser des questions. Chaque jour, il rend visite au portrait, devient de plus en plus mélancolique, incapable de renoncer au plaisir qu'il ressent à la regarder ainsi fixement. Sa femme se met à le soupçonner et, un jour, elle le suit tout là-haut dans son refuge secret et l'observe, assis face au portrait. Saisie par la jalousie, elle attend son départ, puis elle s'empare d'un couteau et avance jusqu'à cette peinture haïe, avec l'intention de la taillader, de la réduire en lambeaux. Mais le tableau est hanté par l'âme de la morte et, lorsque sa rivale vient à elle armée de ce couteau, elle lui bondit dessus. Il y a lutte, mais la femme fantôme possède la force du désespoir. La pauvre épouse, hurlante, est expulsée de son corps, poussée dans le chaos, et la femme fantôme, ravissant la vie de l'autre, redescend calmement l'escalier pour rejoindre son nouvel amant.

J'accueillis la fin de l'histoire avec un frisson. « Marta, croyez-vous aux fantômes ? » lui demandai-je.

Je la sentis hocher la tête contre ma peau nue, et je crus entendre son rire feutré. Ce rire me mit mal à l'aise, et ce fut avec un accent de colère que j'y répliquai : « Les fantômes n'existent pas. Les êtres ne reviennent pas hanter les vivants. Je ne crois pas que les êtres aillent nulle part une fois morts.

— Pas même au Ciel ?

— Tout particulièrement pas au Ciel.

— Alors... » Sa voix se fit taquine : « Vous n'avez pas peur des morts ?

— Pourquoi en aurais-je peur ? Il n'est rien dont j'aie honte. » Ma face me brûlait et je me demandai si elle le sentait. « Je n'ai pas envie d'en parler.

— Très bien. » Son consentement avait quelque chose d'enfantin. « Alors parlez-moi de votre journée. » Cette offre me fit franchement rire : cette phrase si conjugale, dans sa bouche !

« Non, racontez-moi », insista-t-elle.

Alors je lui racontai : et je lui en dis peut-être plus que je n'en avais l'intention. Dans mes bras, elle était douce et enfantine, silencieuse, n'étaient de temps à autre de petits bruits en signe d'acquiescement. Je lui parlai d'Effie et j'expliquai comment j'en étais venu à la menacer ; de la sensation, confinant à la superstition, que j'avais d'être un fantôme dans ma propre maison, de ma décision de placer Effie dans un asile, où elle ne constituerait plus une menace ; de ma conviction qu'elle pourrait me détruire. Effie était au courant pour nous deux – quoique j'ignorasse l'ampleur de ce qu'elle savait –, Effie, l'ennemie, la guetteuse silencieuse dans la pénombre, l'enfant fantôme... le fantôme. Effie, qui aurait dû demeurer endormie, qui aurait dû dormir : Effie, qui aurait dû être morte...

Au bout d'un moment, j'oubliai que je m'adressais à Marta : je m'imaginai devant le trône du Seigneur, négociant désespérément avec Lui et Sa sublime et stupide indifférence, négociant pour ma vie... Ma vie !

Je n'avais aucun droit : cela, à présent, je le sais. Je l'avais prise avant qu'elle fût en âge de comprendre ce qu'était l'amour. En recourant à la tromperie, je l'avais privée de sa seule chance de bonheur. Je l'avais déformée pour satisfaire mes propres appétits déformés, puis lorsque je m'étais fatigué d'elle, je m'en étais défait.

Je sais ce que je suis.

Et pourtant, avec Marta dans mes bras, la douce humidité de son souffle contre ma peau, j'avais l'impression d'entrevoir une autre possibilité, et mon dégoût de moi-même, à la fois extatique et délicat, fit se hérisser les poils de mes bras. Les mots que j'avais confiés à Marta continuaient de résonner dans les profondeurs de mon crâne, aussi doux et tendus que cette harpe invisible sous mes paupières.

« Les fantômes n'existent pas. Les êtres ne reviennent pas hanter les vivants. Je ne crois pas que les êtres aillent nulle part après leur mort. » Je me rendis compte que j'avais parlé à voix haute, interrompant le flux de cette espèce d'atroce auto-analyse proférée par ma bouche. J'étais incapable de me rappeler un traître mot de ce que j'avais dit.

Marta m'observait, sans un mot, l'air de me jauger. Je saisis le reflet d'un sourire dans le demi-cercle de son iris éclairé par la lampe, aussi délié qu'un croissant de lune. Son visage était de pierre. « Henry. »

Soudainement je sus ce qu'elle allait dire et je tressaillis, pris dans le faisceau de son regard fixe, pur et mortel. Je commençai de parler, sans prêter garde à ce que je disais, peu importait, pourvu que cela l'empêche de prononcer ces paroles, cette parole que je pouvais entendre résonner, impitoyable et frénétique, dans les canaux vides de mon cerveau, cette parole qui ferait se lever un nouveau ciel et une nouvelle terre, issus du charnier sous-marin de mon esprit sans dieu…

« Henry. »

Je me retournai. Cette femme était inéluctable.

« Vous souvenez-vous du jour où vous m'avez dit que vous m'aimiez ? »

J'approuvai muettement.

« Vous m'avez fait une promesse. Étiez-vous sincère ? »

J'hésitai. « Je…

— Étiez-vous sincère ?

— Oui. » Ma tête cognait, ma bouche fut inondée d'une amertume semblable à celle du gin pur.

« Écoutez-moi, Henry. » Sa voix était sourde, impérieuse : intime comme la mort. « Vous ne l'aimez plus. Maintenant, c'est moi que vous aimez. N'est-ce pas ? »

Je hochai la tête.

« Aussi longtemps qu'elle sera là, je ne serai pas vôtre. Il vous faudra toujours vous cacher. Toujours venir en secret. »

Protestant à demi, à court de mots, je sentis mon souffle palpiter entre mes lèvres desséchées, mais la terrible pureté de son regard m'intima le silence.

« Vous dites qu'elle sait déjà, pour ce qui touche à nous deux : elle sait qu'elle peut causer votre perte. Même la faire enfermer – si vous y parveniez – pourrait ne pas suffire. Elle pourrait parler, amener les gens à l'écouter. Pensez-vous que sa famille ne la croirait pas ? Qu'ils la croient ou non, il y aurait scandale. La tache serait indélébile, Henry.

— Je… » Les mots se coinçaient dans ma gorge, des nœuds de laine, la conscience de ce qu'elle allait dire dressait un mur de flammes torrentielles dans ma cervelle. Pis encore, je désirais qu'elle le dise, et lâcher les loups retenus à l'intérieur de mon crâne.

Douce Schéhérazade ! La tête me tournait, en proie au délire, à une espèce de joie terrible que même ma terreur ne parvenait pas à dissiper, et cette pensée inéluctable au fond du crâne, déchirant mes chairs et mes os avec la force d'une balle, pour se joindre à ces mots qui déjà étaient à l'œuvre sur ses lèvres tremblantes. Elle parlait de meurtre : elle parlait de réduire Effie au silence pour toujours…

Sur le moment, je m'abandonnai complètement aux images qui voletaient dans mon esprit et je découvris en moi-même une certaine excitation à l'idée du meurtre. Une sensation si intense qu'elle éclipsait presque mon désir languissant pour Marta… puis l'enchantement de Marta se réaffirma et je l'enveloppai de mes bras, enfouissant mon visage dans la douceur et la suavité de sa personne, ce parfum de lilas et de chocolat… Je crois que je pleurai.

« Oh, Marta.

— Henry, je suis désolée. » Je m'aperçus qu'elle venait de parler : « Je vous ai réellement aimé, et vous ne saurez jamais ce que ces nuits passées ensemble ont signifié pour moi… »

Depuis les abysses où j'étais plongé, je sentis mon esprit s'interroger fiévreusement. Que voulait-elle dire ? Ces propos sonnaient presque comme si…

« … mais après cela, je sais qu'il nous est impossible de nous revoir. Je… »

L'engourdissement nimba tous mes sens, une couverture gelée oblitérant toute pensée cohérente. Seule cette petite voix désemparée au fond de ma tête ne cessait de répéter stupidement : c'est un au revoir, c'est un au revoir, ce n'est pas cela qu'elle avait l'intention de dire, c'est… Non ! Il ne pouvait en être ainsi ! Ce n'était pas ce mot-là que j'attendais d'elle ! Ce n'était pas cette promesse-là que j'avais envie de tenir. L'hystérie monta en moi comme un accès de tension artérielle. À distance, je pouvais capter ma propre voix, saisie par le rire. Un rire criard, hurleur, le rire fou d'un clown.

« Non ! Non ! N'importe quoi, pour vous... n'importe quoi... tout... » La chose la plus terrible qui soit. « Cela, il ne faut pas, pas ça... » Oh, ma Marta, ma froide Getsemani... « Je ferai n'importe quoi ! »

Enfin, elle m'entendit. Elle présenta son visage à la lumière, ses yeux rencontrèrent les miens, et le temps d'un instant je blêmis, exsangue sous son emprise, je la sentis à la torture, et cette torture s'insinua en moi comme les branches d'une étoile. Je répétai mes mots, afin qu'elle sache que je disais la vérité : « Je ferai n'importe quoi. »

Elle hocha la tête avec lenteur, frêle et implacable. Je forçai ma voix à conserver un reste de maîtrise, énonçant chaque syllabe avec soin, au cas où la substance visqueuse de ma propre pensée m'aurait étouffé.

« Effie est malade, dis-je, haletant sous l'effort. Il se peut qu'elle ne vive pas longtemps. Elle prend sans cesse du laudanum. Il lui arrive parfois d'oublier quelle quantité elle en a pris. »

Marta me dévisageait toujours, de ses yeux surnaturels, ses yeux de chatte.

« Elle peut mourir... à tout moment. »

Cela ne suffisait pas : lorsque son regard se détourna du mien en papillonnant, je le sus. Elle n'était pas Effie, qui se contentait de prendre la proie pour l'ombre. À elle, je lui avais tout promis.

Désespéré, je proférai ces mots pleins de haine, cette lâche reconnaissance de ma faute déjà acceptée.

« Personne n'en saura jamais rien... »

Le silence résonna entre nous.

Nous scellâmes notre pacte ainsi que le sont traditionnellement les pactes passés avec le Diable : imaginez si vous le pouvez l'œil de Dieu sur cette scène. Le pauvre Chester se contorsionnant et gémissant sur son chevalet de torture, un chevalet de langueur, fait de chair barbelée, la douce voix du démon dans l'oreille – comme Il a dû en rire ! J'ai donné mon âme pour une femme. Comme il a dû se tordre de rire dans Son berceau étoilé, ce champion immortel et insouciant de l'absurde, lorsque nos voix s'élevèrent vers Lui dans la nuit telles des mouches... et que cela pouvait m'être égal. Marta était toute mon âme.

Après cette confession initiale, je l'ai trouvée terriblement terre à terre. Ce fut elle qui pensa aux détails, à ce plan qui vous est sans nul doute d'ores et déjà bien connu. Très froidement, elle définit quel serait mon rôle, de sa voix feutrée, chuchotée, ses mains menues posées comme de la glace sur ma peau... Ce serait on ne peut plus simple. Dès le lendemain, je me rendrais à mon atelier pour y travailler, comme d'habitude, et j'en rentrerais à la nuit tombée. Je donnerais pour instruction à Tabby d'administrer à Effie ses gouttes, comme d'habitude. Après le dîner, quand Effie gagnerait sa chambre, je lui apporterais une tasse de chocolat, comme souvent, fortement arrosée de laudanum et d'un peu de cognac afin de dissimuler l'odeur médicinale de la drogue. Effie sombrerait dans un sommeil lourd et torpide, qui l'engloutirait sans cesse plus profond jusqu'à ce qu'elle s'arrête de respirer : une libération aimable, indolore. Dès que je pourrais sortir, sûr de ne pas être vu, je la porterais au-dehors, où un ami de Marta se tiendrait prêt à me seconder avec une voiture de louage. Nous roulerions jusqu'au cimetière et porterions le corps dans un caveau prévu à cet effet, que nous ouvririons au moyen d'outils fournis par cet ami de Marta. Nous placerions le corps à l'intérieur et scellerions à nouveau la tombe, ni vu ni connu. Il suffisait de veiller à choisir une famille sans descendants vivants pour être assurés que l'effraction de cette tombe ne soit jamais découvert. Je serais en mesure d'informer la police que ma femme était mentalement malade – Russell s'en porterait certainement garant – et sujette à des comportements erratiques. Je jouerais le rôle du mari inquiet, et par la suite l'affaire serait oubliée. Nous serions libérés d'elle, enfin.

Un seul et unique détail me gênait : ce complice qui se proposait. Je comprenais qu'il me fallait quelqu'un pour m'aider à porter le corps et faire le guet au cimetière, mais Marta refusa de me dire à qui elle songeait, m'assurant que je devais me fier à elle. À la fin, elle se mit en colère, m'accusant d'essayer de trouver des excuses à ma lâcheté. Je me souviens d'elle sur le lit blanc et nu, les jambes repliées, assise sur ses talons, telle la Vierge Marie de Rossetti, les cheveux en bataille sur ses épaules et les poings serrés, aussi durs que des pierres à feu.

« Vous avez peur ! avait-elle craché, méprisante. Vous promettez, vous promettez... si les pensées étaient des péchés, à l'heure qu'il est vous seriez en enfer mais lorsque vient le moment d'agir pour de bon, vous minaudez et vous soupirez comme une fille ! Me croyez-vous incapable de passer à l'acte ? M'en croyez-vous incapable ?

— Marta », l'avais-je implorée.

Sa rage était merveilleuse, toute de feu et de poison.

« Maartaaa, s'était-elle moquée cruellement. MMMaartaa... » Soudain, j'avais eu de nouveau douze ans, la cour de l'école, le visage calé dans l'encoignure de la porte, le goût des larmes et de la haine dans la bouche (pleure-bébé, pleure-bébé, regardez le bébé qui pleure...), et j'avais senti mon visage se ratatiner en une grimace tragique, ma vision se dédoubler fugitivement tandis que de pauvres larmes d'impuissance commençaient de dégouliner, tremblotantes, sur mes joues. J'étais incapable de comprendre sa soudaine cruauté. Pour une raison inconnue de moi, Marta enrageait.

« Est-ce là tout ce dont vous êtes capable ? avait-elle crié, amère. Pleurer ? Je vous demande de vous libérer, de me libérer, et vous restez planté là comme un écolier boudeur ? Je voulais un homme, un amant, et vous ne me donnez rien ! Je vous demande du sang et vous m'offrez de l'eau !

— M... Mmm... » Sur le moment, c'était presque le mot « Mère » que j'avais prononcé. L'écheveau emmêlé qui m'emplissait la bouche s'était changé en une harpe brisée, une caverne éolienne de douleur et de trouble. Je sentais le côté gauche de mon visage se contracter de manière incontrôlable, ma paupière, un papillon pris au piège de ma chair torturée.

Ce mépris, c'était plus que je n'en pouvais endurer. Je criai tout l'amour et toute la haine de mon cœur boursouflé. Quels mots mes cris recelaient-ils ? – si c'étaient là des mots – je n'en sais rien.

Mais ils contenaient une promesse.

Radoucie, elle m'avait embrassé.

Je suis ce que je suis.

46

Voix d'Épiphanie Miller

Dès que je le vis, je sus que notre heure était arrivée. Il s'était départi de sa maîtrise de soi cassante, de son masque glacé et méprisant de respectabilité : et ce qui en subsistait était informe, incapable de plus rien simuler, n'était le cri simple et stupide de la chair torturée et du désir sans fin. Le vent noir et chargé de neige fondue l'emportait comme un enfant qui se noie, les yeux immenses, étonnés, à telle enseigne que, le temps d'un instant, j'entraperçus l'innocent qu'il avait été jadis… et qu'il ne m'a plus jamais été donné de revoir. En tout cas pas de la manière dont vous pourriez l'entendre.

Ce matin-là se leva sans aube, mais à sept heures, Moïse, l'œil trouble, émergeant d'un lit qui n'était pas le sien, demanda à me voir. Il entra dans ma chambre sans frapper, les cheveux dans les yeux, avec un rictus désabusé. Il avait l'air irritable et fatigué, et je supposai un mal de tête, car il fondit droit sur la bouteille de cognac et s'en versa un verre généreusement rempli.

« Eh bien, Moïse, fis-je, le ton léger, vous avez une mine effarante. Vous devriez vraiment veiller à votre personne, mon cher. »

Moïse vida le verre d'un seul trait et grimaça. « Sur ce chapitre, vous n'êtes guère en peine, n'est-ce pas, ma très chère Fanny ? rétorqua-t-il. Dieu sait ce que cette roulure a versé dans mon verre la nuit dernière, mais j'ai une migraine de tous les diables. Et par-dessus le marché elle a eu le front de me compter quatre guinées !

— La nuit dernière, vous la trouviez charmante, lui rappelai-je avec aménité.

— Eh bien, la nuit dernière c'était la nuit dernière. Ce matin, elle faisait la quarantaine bien sonnée.

— Ingrat ! Prenez un peu de café. » Je souris et lui en servis une tasse. « Toutes les femmes sont des illusionnistes, vous savez.

— Vous êtes toutes des sorcières, coupa-t-il, en tendant la main vers sa tasse. Et vous plus que toutes les autres, Fanny. Alors ne vous avisez pas d'essayer aucun de vos charmes sur moi ce matin, je ne suis pas d'humeur. » Une demi-minute durant, il but dans un silence maussade, puis brusquement se leva, reposant sa tasse sur la table, si brutalement que je crus qu'elle allait se fendre.

« Une bonne fois pour toutes, à quel jeu jouez-vous ? demanda-t-il avec irritation. Je suis fatigué d'attendre, fatigué de repousser mes créanciers quand je pourrais retirer une bonne somme de toute cette histoire. Quand allez-vous cesser de vous livrer à vos jeux, vous et Effie, et vous atteler à la besogne ?

— Asseyez-vous, Moïse, fis-je avec amabilité.

— Je n'en ai aucune envie, me coupa-t-il avec humeur. Sans doute me croyez-vous aussi stupide qu'elle. Ce que je veux maintenant, c'est une réponse. Sans quoi, que cela vous plaise ou non, je me charge de tout par mes propres moyens, et vous et Effie, vous ne verrez pas un penny de l'argent de Chester. Compris ? »

Je soupirai.

« Je vois qu'il va falloir tout vous raconter », fis-je.

47

Voix de Moïse Zacharie Harper

Il vous faut comprendre que j'étais furieux. Je n'avais rien contre elles – tout au moins, pas encore –, j'avais eu la patience d'attendre, selon le vœu de Fanny, et sans poser de questions. Mais le temps passait et j'avais reçu une nouvelle visite d'un de mes plus importants créanciers. Quant à Effie, je ne lui avais pas adressé la parole depuis des semaines. Je ne la voyais que lorsqu'elle venait à Crook Street, pâle, apathique, le regard vide, fixe, hébété, de l'intoxiquée au laudanum qu'elle était. Malgré le mépris que m'inspirait sa faiblesse, il m'arrivait aussi d'éprouver un serrement de cœur de regret pour la créature belle et passionnée qu'elle avait été jadis. Elle m'écrivit une bonne dizaine de fois. Ses lettres étaient désespérées, violentes et confuses, son écriture italique bien nette se délitait sur des paragraphes entiers de griffonnages irréguliers que je parvenais à peine à déchiffrer. Elle n'osait pas me rencontrer. La veille du jour où j'affrontai enfin Fanny, je reçus un dernier message, plus bref que les autres : une page déchirée dans un cahier d'écolier, sans date ni signature. L'écriture était informe, semblable à celle d'un enfant. Un paragraphe rédigé comme à coups de rasoir remplissait le papier jauni. Mon nom apparaissait en tête du billet, en lettres de dix centimètres de haut :

Moïse

Dieu mon amour mon amour mon amour. Cela semble si long. Ai-je été malade ? En avez-vous souvenir ? J'ai l'impression d'avoir dormi, dormi toute ma vie... et rêvé tant de choses. J'ai rêvé que j'étais morte, tuée par Henry Chester et laissée dans le grenier rempli de jouets mécaniques. Il me dit folle... mais ses yeux sont des galeries de mine. Parfois je l'entends la nuit, quand tout le monde dort : je l'entends parler. Moïse ? Est-ce que vous l'aimez vous aussi ? Est-ce là pourquoi vous ne voulez pas me rencontrer ? Tout le monde l'aime. Parfois je me dis que je pourrais mourir d'amour pour elle... ma vie pour elle, ma pauvre vie misérable... mais pour vous. Vous êtes ma vie. Dans les sombres corridors de ma mémoire endormie vous me suivez – j'entends votre rire. Votre main sur ma chevelure : je dors cent années. La poussière se dépose sur mes paupières. Je vieillis. Cela lui est égal : elle m'attendra. Et vous ? Parfois j'observe mon visage dans le miroir et je me demande si elle est là, à m'attendre. Moïse, empêchez-moi de dormir.

À Oxford, je m'en souviens, je m'étais rendu à une soirée dans une turne d'étudiant. Une histoire nocturne et louche, minuit, du cognac de contrebande et deux ou trois filles à la face chevaline, venues de l'autre bout de la ville, et qui gloussaient. Je m'en souviens, quelqu'un a suggéré que l'on s'essaie à une séance de spiritisme et c'est avec grand réjouissement que nous avons installé un petit guéridon, des chaises disposées en cercle et les lettres de l'alphabet inscrites à la craie sur le pourtour de la table. Nous avons baissé les lampes, et, tandis que nous nous livrions à ces préparatifs de séance, les filles poussaient des cris perçants et ces jeunes messieurs s'esclaffaient. Aussitôt que la compagnie eut fait silence, je frappai sur la table, ce qui déclencha une nouvelle cacophonie générale.

Pour commencer, le verre placé au-dessous de nos mains tournoya au hasard sur la table : des cris appelant au « Silence ! » entrecoupaient les rires, à quoi s'ajoutaient des cris indignés contre les tricheurs supposés de la compagnie – autant dire, tous autant que nous étions !

Ensuite, le verre, selon toute apparence mû par une volonté propre, se mit à sillonner la table, épelant lettre après lettre des messages paillards concernant les membres de l'assemblée, ce qui causa un nouveau débordement de cris et de gloussements de la part des filles, qui étaient grises. Au registre des tours de passe-passe, j'avais toujours eu la main leste.

Mais alors tout changea : la manœuvre prudente que je tentai avorta du fait d'un spiritiste plus talentueux. Je cherchai à reconquérir le verre, mais il s'arracha de ma main et sillonna la table à toute vitesse, avec une précision confondante. Je jetai un œil irrité sur mes partenaires, qui me faisaient face… et je le jure, personne ne touchait le verre. Personne.

Même alors, je n'ignorais pas qu'il devait y avoir un truc : je ne croyais pas aux fantômes, et je n'y croyais pas davantage ce jour-là. Mais lors de cette soirée je n'ai jamais découvert qui avait été le truqueur – j'avais cru tous mes amis trop saouls, ou trop dépourvus d'imagination, pour réussir un tel tour – cependant je garde en tête ces bribes de phrases impuissantes prononcées d'une voix atterrée autour d'un guéridon dans cette chambre obscure voici quinze ans, et les mots qui marquèrent mon cerveau au fer rouge en ces minutes, avant que mes nerfs ne lâchent et que je ne renverse la table d'un coup de pied avec un cri de terreur et de dégoût…

Je ne sais pourquoi je vous raconte cela. Mais il était fort possible que la lettre d'Effie – ces phrases hachées, en ligne brisée, écrites sur une page d'un cahier de brouillon d'écolier – et ces autres phrases, saoules, désemparées, proférées autour de cette table proviennent du même cœur égaré, brisé : une voix d'entre les morts.

Empêchez-moi de dormir...

Fanny avait ses raisons à elle de me maintenir à distance d'Effie. Dieu sait que je m'en souciais comme d'une guigne. J'en avais par-dessus la tête de leur petit jeu et j'aurais aimé ne jamais m'y trouver impliqué. Au lieu de quoi, Fanny me fournissait boisson et divertissement tout le temps que je passai à Crook Street, et elle et Effie tenaient leurs conciliabules interminables au premier étage. Mais ce n'était pas là le pire. Non.

C'était ce nom, cette affirmation murmurée de sa présence à elle, son nom à elle, son absence lancinante, sa semence et son essence, sa présence nébuleuse... Marta.

Son nom était un soupir, une prière, une supplique : sur les lèvres de Fanny, un baiser, sur celles de Henry, un gémissement, et sur celles d'Effie, une bénédiction d'une puissance si complexe et si béatifique que son être tout entier baignait dans l'amour et le désir languissant... Marta.

Passé minuit, elle traversait les couloirs mal éclairés de la maison de Crook Street. Sur son passage, je la sentais m'effleurer la nuque, un geste ironique et léger, et je frémissais d'un dégoût extatique et désemparé : je captais son parfum sur les rideaux et les brocarts, par la fenêtre ouverte j'entendais sa voix un peu rauque, avec un soupçon d'accent, qui se riait du brouillard londonien, froid et humide. Je rêvais d'elle lorsque je l'avais vue pour la première fois par la fente dans le mur, me consumant à travers l'épaisseur de pierre et de plâtre – une rose brûlante de chair cramoisie, un centaure qui gambadait, une Furie, cheveux en flammes, riant au cœur du brasier telle une folle ou une déesse... Sa sensualité était corrosive, railleuse, insoutenable...

Et pourtant Marta n'existait pas.

Parfois, il me fallait me remémorer ce fait, par crainte de perdre la raison comme eux tous. Marta n'existait pas – cela, je le savais : je l'avais vue se réduire à un simple tourbillon ocre-rouge dans la vasque de la salle de bains, à une trace de cosmétique sur la blancheur d'une serviette de lin... Marta n'existait pas ! Telle Cendrillon, elle était le produit d'une magie trompeuse : minuit sonné, l'aube ne laissait subsister d'elle rien d'autre que quelques cheveux teints sur un oreiller : une poupée faite de chiffons et de peinture. Et pourtant, si je ne l'avais pas vue de mes propres yeux...

Maudite soit-elle ! Maudits soient tous ces jeux empoisonnés.

Marta n'existait pas.

*

Là-dessus, il y eut cette affaire avec Henry Chester. Oh, ne croyez pas que j'aie changé d'avis à son sujet. Je n'avais aucun motif d'aimer le personnage, ni lui de m'aimer, mais il me semblait que toute l'histoire devenait un tantinet trop compliquée pour mon goût. J'admets tout d'abord avoir ri à l'idée qu'Effie soit amenée à séduire son propre époux – il y avait là quelque chose d'infiniment pervers qui m'attirait – mais si vous aviez vu Chester, son sourire figé, mortel... Il avait l'air d'un homme à la frontière de son propre enfer : un homme condamné par le destin. Derrière la façade sévère de respectabilité tout urbaine, l'œil de l'abîme.

Que me voulaient-elles ? Du diable si je le savais ! Elles s'entretenaient à huis clos, se chuchotaient leurs plans, mais Fanny devait bien savoir dès alors que même si nous réussissions à arracher Effie de haute lutte à Cromwell Square, il n'y aurait pas place pour elle à mes côtés. Je n'allais pas l'épouser et n'en avais jamais eu l'intention. Quand par extraordinaire elle venait à parler de l'avenir, Fanny disait toujours : « Quand nous serons de nouveau réunis », comme si des retrouvailles de famille se trouvaient inscrites dans les cartes. Moi, je ne parvenais pas à voir les choses ainsi. Effie, vivre à Crook Street ? Plus j'y pensais, plus cela me paraissait absurde, absurde et déconcertant. Plus tôt je tirerais mon épingle du jeu, décidai-je, mieux cela vaudrait.

Il ne m'était même pas possible d'entrevoir là une source de revenu : cette sinistre mascarade paraissait devoir traîner indéfiniment en longueur, et je me sentais inexorablement aspiré dans l'univers de Crook Street, de Fanny et de Marta, empêtré dans la trame et la chaîne du cauchemar.

À y resonger, je suppose que j'aurais pu, dès alors, me libérer – j'aurais perdu toute chance de faire chanter Henry Chester, mais ce n'était pas pour cela que je restai. Appelez cela de l'arrogance si vous voulez : je ne voulais pas qu'une femme l'emporte sur moi. Quoi qu'il en soit, je tombai bel et bien dans leur piège. Je devais avoir perdu la raison.

J'aime à penser que de prime abord j'ai hésité : ce plan était si gothique, si ridicule, qu'il aurait mérité de servir de livret d'opérette, une opérette au burlesque un tantinet sombre. Assise sur le sofa, Fanny se pomponnait en m'exposant le tout, et moi, en dépit de ma migraine lancinante, je me pris à rire : du rire maladif, nerveux de l'hystérie.

« Fanny, vous êtes impayable, fis-je. J'ai vraiment cru un instant que vous étiez sérieuse.

— Oh, mais je le suis, répliqua-t-elle sereinement. Très sérieuse. » Elle m'observa un moment de ses yeux d'agate au regard énigmatique, puis me sourit à demi, d'un air mystérieux. « Je compte sur vous, Moïse, mon cher. Vraiment. »

Je lâchai un soupir d'exaspération. « Êtes-vous en train de me dire qu'Effie a persuadé Henry d'accepter son propre meurtre ? » J'eus un rire forcé, et ce fut un amoncellement de fleurs séchées dans la gorge, ma gorge que j'éclaircis en me versant un autre verre de fine que j'avalai aussitôt à moitié.

Le silence résonna entre nous.

« Vous n'y croyez pas ? me demanda enfin Fanny.

— C'est... Effie que je ne crois pas. »

Maudite soit-elle ! Sa voix avait la suavité du lait et je savais ce qu'elle allait dire.

« Par Dieu, Fanny, il n'y a pas de Marta ! » J'entendis ma voix se fausser, très au-dessus de son registre normal, et je luttai pour en retrouver la maîtrise. « Il n'y a pas de Marta. Il n'y a qu'Effie, qui est aux trois quarts folle... et que s'attend-elle à gagner dans tout ceci ? Que veut-elle ? »

Elle sourit avec indulgence. « Vous devriez le savoir. » Un temps, pour me laisser me pénétrer de ses paroles. « Elle et moi, nous comptons toutes deux sur vous. » Son sourire se fit espiègle. « Ainsi que Marta, cela va de soi. »

48

Voix de Henry Paul Chester

Je n'avais pas la force de rentrer chez moi. L'idée de pénétrer dans la maison où elle couchait, de franchir sa porte, peut-être de la frôler dans le corridor ou de sentir son regard fixe, accusateur et dément dans le creux de mes reins, de la regarder boire son chocolat au petit déjeuner ou déplier son ouvrage de broderie dans le petit salon où le soleil donnait le matin... en sachant, durant tout ce temps, qu'à minuit elle serait étendue morte dans une tombe quelconque à Highgate, peut-être la même exactement que celle qui abritait le demi-sommeil troublé de l'enfant de la putain... cela m'était intolérable.

Au lieu de quoi, je me mis en chemin dans l'obscurité, jusqu'à mon atelier, où je tâchai de dormir. Mais le vent hurlait au-dehors avec la voix d'Effie, faisant trembler les fenêtres. Vingt grains de chloral, voilà tout ce que j'osai prendre. Même cela ne m'apporta aucun réconfort, si ce n'est une léthargie de l'esprit, triste et glacée, qui rapidement se transforma en une agitation frissonnante, telles des feuilles dans le vent. J'avais une bouteille de fine dans l'un de mes placards : j'essayai d'en boire mais je découvris que ma gorge s'était contractée à la dimension d'un chas d'aiguille. Étouffant, je recrachai le liquide brûlant, qui décrivit un large arc de cercle autour de moi. Soudain, je perçus un mouvement dans l'angle opposé de l'atelier. Dans la pénombre la plus épaisse, je crus voir une tenture bouger… le contour d'une main de femme…

« Qui est là ? »

Aucune réponse, si ce n'est celle du vent. Ma voix : une pluie d'étincelles dans la nuit. « J'ai dit : qui est là ? » J'ai avancé d'un pas, et elle se tenait là, debout, dans un coin, au fond de la pièce, le visage formant une tache pâle, et elle me réclamait, les mains tendues : pendant un instant, je sombrai dans un complet délire, un flot torrentiel de sons se déversa de mes lèvres. C'est comme à distance que je perçus le tour incohérent des syllabes qui s'échappaient de moi, alors que je sombrai dans la démence… puis à tâtons mes mains trouvèrent le cadre de la toile, et l'odeur de la peinture et du vernis m'emplit les narines.

« Ahhh… » Comme si, dans ce moment terrible, j'avais perdu l'usage du langage, je luttai pour maîtriser ma voix, pour lui faire retrouver son registre normal, pour la contenir : j'avais la bouche molle, et le papillon de nuit captif sous ma paupière gauche voletait, désemparé.

« Sch… Schéhérazade. »

Voilà qui était mieux. Je répétai ce nom, sentant ma bouche reprendre forme humaine dans le sillage de ces syllabes si difficiles à prononcer. Je me forçai à toucher le tableau, et j'eus un rire forcé, un rire de fausset, mais au moins c'était un rire. Il n'y avait rien, pas de quoi avoir peur, me dis-je, furieux. Il n'y avait pas de danseuse Colombine aux orbites vides, aux dents carnivores, pas de petit enfant fantôme, les bras tendus et du chocolat sur les doigts, pas de Prissy Mahoney avec son trou de serrure sanglant, pas de Mère me surveillant depuis son lit de mort avec son beau visage ravagé…

Assez ! Je m'obligeai à me détourner du tableau (absurde, que j'en sois à percevoir les yeux de Marta comme des pointes enfoncées au marteau sous mes omoplates, découpant impitoyablement le cordon lisse et blanc de mon échine) et je marchai vers le feu avec la lenteur du supplicié. Je consultai ma montre. Deux heures et demie. Je trouvai un livre posé sur un fauteuil, et j'y jetai un œil, l'air de rien, pour passer le temps. Je vis non sans répugnance qu'il s'agissait d'un livre de poésie et, l'ouvrant au hasard, je lus :

MA SŒUR ENDORMIE

Elle s'est endormie la veille de Noël :
À la fin l'ombre à elle longtemps refusée
De ses paupières lasses a pesé
Sur la douleur que nul ne pouvait soulager.

Une main enfantine avait souligné certains passages de cette strophe au crayon rouge et, avec un tremblement, je compris de quel livre il s'agissait : sur la page de garde, la mention EUPHÉMIE MADELEINE SHELBECK, inscrite d'une écriture ronde et appliquée, me fit rejeter le volume aussi loin de moi que possible, dans la pénombre. Maudite soit-elle ! Ne me laisserait-elle jamais en paix ?

Dans les cheminées, sous les chevrons, la voix du vent avait atteint une note surnaturelle : toute la bâtisse n'était plus qu'un nid d'aigle traversé de battements d'ailes, de cris, de créatures invisibles. Je me trouvais à l'intérieur de la boîte de Pandore, je n'étais plus qu'une ombre dans l'attente de ma libération, une incarnation du chaos agitée de soubresauts. Comment pouvais-je avoir peur de l'obscurité ? J'étais l'obscurité, la matrice de tous les démons nocturnes. Il était ridicule de penser que le monstre puisse avoir peur, pathétique de l'imaginer, recroquevillé devant tout ceci, à la lumière d'un feu mourant, la nuit même de sa libération. Je commençai presque de me délecter à cette idée quand la porte de l'atelier s'ouvrit en claquant et la terreur revint me tenailler.

Pendant un instant, je les vis réellement, les démons de ma mémoire, ma mère à leur tête, tel un ange noir, et puis une rafale de vent glacée me frôla le front, telle une lame de rasoir, et la porte claqua. Ce fut alors que je vis le chat, le chat d'Effie, tranquillement installé à côté de la porte, au beau milieu d'un amoncellement de feuilles mortes que le vent souffla dans la pièce. Je crus d'abord que les feuilles étaient ce chat, puis je vis ses yeux d'agate luire sur le seuil, une patte levée avec une précision délicate, un élégant salut de femme. Je l'observai : il bâilla comme un serpent et se mit à lécher sa patte tendue avec une grâce languide. À l'instant même, une certitude me glaça : c'était elle, l'enfant fantôme, qui me surveillait à travers les yeux du chat, dans la froideur de sa haine infinie et de son innocence souillée, le fantôme de mon premier meurtre venu me railler alors que je me tenais assis là, envisageant de commettre le second. Je pouvais presque entendre ses mots :

(Étalorsmon et alors mon et alors mon histoire ?)

« Va-t'en », m'écriai-je, d'une voix inarticulée, cadences hésitantes parmi les battements du silence.

(va-t-elle crier henry ? va-t-elle s'éveiller et te voir ? va-t-elle sentir la lavande et le chocolat oh henry ?)

« Ceci est le produit de mon imagination. »

(êtes-vous)

« Il n'y a pas de chat ici. »

(henry)

« Il n'y a pas de chat ici ! »

Ma voix se brisa et s'évanouit dans le noir, telle une volée de coups de feu et, tandis que le silence se rétablissait autour de moi, je compris que j'avais raison : ce que j'avais cru être un chat tigré à côté de la porte n'était en réalité qu'une volute de feuilles brunes emportée par ce courant d'air. Bizarrement, cette découverte, loin de me réjouir, pénétra mon cœur un peu plus profondément d'un frisson de froid. Je me détournai, écœuré et tremblant. Je me demandai ce que faisait Marta.

Penser à elle, la douce certitude de sa présence, voilà qui m'éclaircit un peu les esprits. Ma bien-aimée sans merci, je m'imaginai, le cœur brûlant, la tenir dans mes bras, et de savoir qu'elle serait bientôt mienne fit frémir mon cœur froid d'un courage terrible et violent. Avec l'aide de Marta, j'étais capable de cet acte, sans remords : il n'y aurait pas d'ange noir à ma porte, pas de chat automnal tapi dans l'ombre… pas d'enfant fantôme petite et pâle. Pas cette fois-ci. Cette fois-ci, Marta serait mienne et nous marcherions mille et une nuits ensemble.

Je pris cinq grains de chloral supplémentaires et j'eus la satisfaction de les sentir exercer presque immédiatement leur effet : le sommet de mon crâne n'était plus qu'un roulement d'échos et de résonances, clair et froid, flottant délicieusement au-dessus de mon corps comme le ballon d'un enfant. Mes pensées ressemblaient elles aussi à un ballon, encloses et lointaines, se mouvant dans le noir avec une lenteur de rêve.

Trois heures moins vingt-cinq. Le temps se déployait devant moi en une spirale infinie… une telle quantité de temps. Les secondes formaient de silencieux brisants roulant sur une grève grise et lugubre, décomptant l'infinité. J'avançai en titubant jusqu'à mon chevalet et me mis à peindre.

Je veux croire que vous l'avez vue : certains la tiennent pour ma plus grande œuvre, même si son histoire est peut-être trop voisine du cœur obscur de son créateur pour véritablement plaire. Je ne puis l'imaginer partager une galerie avec les courtisans blasés de Rossetti ou les enfants sucrés et trop gâtés de Millais : Mon *Triomphe de la mort* est le portail de mon enfer personnel, l'incarnation des plus noires pensées, des peurs les plus froides, de toute douceur réprimée... elle est terrible, d'une blancheur d'ossement, létale, la chevelure déployée autour du visage comme les branches d'une étoile noire. Elle est debout, jambes écartées, les bras tendus vers l'Œil de Dieu, qui ne cille pas, dans les nuages couleur de lait caillé qui planent au-dessus d'elle, nue et terrifiante dans sa nudité, car même s'il ne subsiste nulle humanité dans sa beauté morne et nauséabonde, nulle tendresse dans l'arc pur et violent de ses lèvres, elle peut encore éveiller le désir : le plaisir glacial et désespéré de la tombe. En un sens, elle est plus belle que jamais, rouge et blanc comme les Phalanges sanglantes du ciel, elle se tient au milieu d'un paysage dévasté d'ossements humains, et derrière elle se dresse un ciel écarlate, apocalyptique.

Quoiqu'elle possède le visage de Marta, ce n'est pas Marta, ce n'est pas Effie, ce n'est ni ma mère ni Prissy Mahoney ni la danseuse Colombine. Ou, si vous voulez, elle est toutes celles-là à la fois et plus encore. Elle est votre mère, votre sœur, votre bien-aimée... le rêve trouble et honteux que vous avez rêvé aux premiers jours du monde. Elle, c'est moi... elle, c'est vous... elle, c'est le démon le plus bas dans l'ordre du plaisir, le plaisir, cette oubliette sulfureuse : sur sa tête, une couronne d'épines... à ses pieds, un chat fait de feuilles mortes bâille, funeste présage : et, traversant de part en part la sensualité mortelle de son corps enfantin, reptilien, le double triangle que forme sa bouche, ses seins et la sombre nébuleuse de sa toison pubienne… les quatre hiéroglyphes occultes du Tetragrammaton : yod-he-vau-he… le nom secret de Dieu.

Je suis celui que je suis.

49

Voix de Moïse Zacharie Harper

Plus j'y pensais, plus la chose me mettait mal à l'aise. Mais l'enjeu avait trop d'importance à mes yeux pour que je fasse le bégueule devant ce qui n'était qu'une innocente tromperie : le plan était simple, d'une simplicité vraiment enfantine, sans le moindre risque de raté. Tout ce que j'avais à faire, c'était d'aider Henry à emmener Effie au cimetière, choisir un caveau dans lequel cacher le corps, l'y placer, sceller le caveau, puis revenir à cette tombe lorsque Henry aurait quitté les lieux, libérer Effie et la conduire à Crook Street. Elles auraient beau dire, l'une et l'autre, là s'arrêterait ma responsabilité et alors je pourrais enfin m'employer à en recueillir les bénéfices. Simple.

Henry croirait Effie morte, soit en raison de la dose excessive de laudanum qu'il lui avait administrée soit à cause du froid qui régnait dans le caveau – il avait neigé toute la journée –, Fanny serait satisfaite et je verrais un peu la couleur de cet argent. Mais Effie, me dites-vous, si je vous ai bien entendu ? Allons, je ne lui ai jamais promis de miracle et elle possédait en la personne de Fanny une amie sûre. Allons, Fanny veillerait sur elle. Je pourrais même passer faire un saut de temps à autre, pourvu que l'on ne fasse pas allusion à Marta en ma présence. De cette roulure, je ne voulais plus jamais entendre parler.

Ainsi j'arrivai à Cromwell Square vers minuit et demi. La neige s'était amoncelée, rendant tout trajet en voiture impossible, et il me fallut marcher de Highgate High Street jusqu'à la demeure de Chester, de la neige plein les bottes, plein les cheveux, et le manteau plâtré de neige par le vent qui me soufflait dans le dos. Cela s'annonçait comme une veillée de Noël parfaite.

Une dizaine de bonshommes de neige, sentinelles fantomatiques, veillaient sur High Street – l'un d'eux arborait même un casque de policier planté avec désinvolture au sommet de sa tête chauve – et, en dépit de l'heure tardive, je pouvais entendre des rires et des chansons ici et là aux fenêtres éclairées : des lanternes de couleur et des couronnes brillaient aux portes, des chandelles et des guirlandes de Noël aux fenêtres, il y eut des senteurs âpres de cannelle, de clou de girofle et d'aiguilles de pin lorsque je passai devant une maison à la porte ouverte, un éventail de lumière sur la neige, à cette heure où quelques invités somnolents, demeurés tard, quittaient la fête et dérivaient sans but dans la nuit. Je souris. Par une nuit comme celle-ci – particulièrement ce soir –, nous aurions beau faire, nous passerions inaperçus.

Je tambourinai à la porte de Henry peut-être cinq bonnes minutes avant qu'il ne réponde. Lorsqu'il m'ouvrit enfin – j'attendais impatiemment de voir sa tête quand il découvrirait l'« ami » de Marta –, je le crus sur le point de me claquer la porte au nez ; puis il se ravisa et me signifia muettement d'entrer. Je me débarrassai de la neige en frappant les semelles de mes bottes sur le sol, je m'ébrouai et j'entrai. La maison avait un aspect morne, presque négligé. Il n'y avait pas de houx, pas de gui, pas la moindre mèche de cheveux d'ange. Il n'y aurait pas de Noël au 10, Cromwell Square. Henry avait une allure épouvantable : en costume noir impeccable et chemise empesée, rasé d'assez près pour s'être pelé la couche supérieure de l'épiderme, on eût dit un cadavre fraîchement sorti des mains du thanatopracteur. Les yeux étaient immenses et vides, la face blême, les traits flasques, et, au-dessous de l'œil gauche, seule et unique chose vivante sur sa face lugubre et désolée, un muscle infime palpitait par saccades.

« Vous êtes l'ami de Marta ? » Ses premières paroles furent prononcées d'un ton rauque et feutré, d'une voix semblable à un nerf à vif dans le fond de la gorge. « Pourquoi ne m'en a-t-elle rien dit ? A-t-elle cru que je n'oserais pas... ? N'a-t-elle pas... ? » Je captai un éclair de rage et de clairvoyance dans ses pupilles dilatées, et brusquement il m'empoigna par le revers, tremblant de fureur subite. Je pouvais voir les pores de sa peau grossis par les gouttes de sueur qui perlaient à ses lèvres.

« Soyez maudit ! siffla-t-il. J'ai toujours su que l'on ne pouvait se fier à vous. C'est vous, n'est-ce pas ? C'est vous qui avez tout révélé à Effie au sujet de Crook Street. C'est vous le fautif. N'est-ce pas ? » Sa voix se brisa et le tic au-dessous de son œil s'accentua, déformant ses traits en un rictus de gargouille.

D'une secousse, je me dégageai le col de son emprise. « Mon cher camarade, je n'ai pas la moindre idée de ce que vous voulez dire, lui répondis-je d'un ton dégagé. Je suis venu parce que Marta m'a demandé de venir. Elle se fie à moi. Si tel n'est pas votre cas, vous avez tout loisir de traiter cette affaire par vos propres moyens. »

La respiration lourde, Henry me jeta un regard furieux. « Soyez maudit, répéta-t-il. Pourquoi fallait-il que ce soit vous ? Si vous soufflez ne serait-ce qu'un mot de tout ceci...

— Oh, voilà qui est on ne peut plus probable, n'est-ce pas, l'interrompis-je, sarcastique. Moi aussi, je mise gros, vous savez. Je vais veiller à ce que tout se passe comme il faut – en outre, nous pouvons nous fournir mutuellement des alibis. Rien d'étrange à ce qu'un peintre réputé passe une soirée avec son mécène, n'est-ce pas ? Voilà qui nous met tous deux à l'abri. » Je me passai les mains dans ma chevelure encore humide et lui concoctai une mimique de mon cru, celle d'un homme que l'on a blessé. « Henry, ajoutai-je, je nous croyais amis ? »

Un regard furieux jaillit puis il hocha lentement la tête. « Je suis un peu... surmené, admit-il d'un ton bourru. Naturellement, jamais je n'aurais pensé cela de vous. Un ami de Marta... » Il me secoua maladroitement la main, d'un geste embarrassant. « Vous m'avez pris par surprise, voilà tout, m'expliqua-t-il en retrouvant la démarche énergique que je lui connaissais. Suivez-moi au salon. »

J'obtempérai avec circonspection, avec le sourire, mais sans me départir de la mimique de l'homme blessé.

« Cognac ? demanda-t-il, en se servant généreusement.

— Voilà qui préserve du froid », approuvai-je avec chaleur, en inclinant mon verre dans sa direction.

Nous bûmes en silence, en prenant notre temps.

— Alors, repris-je enfin, où sont les domestiques ?

— J'ai envoyé Tabby rendre visite à sa sœur à Clapham... Visite de Noël, vous comprenez. La femme de chambre d'Effie est au lit avec une rage de dents.

— Quelle chance, relevai-je. Vous pouvez dire que c'est presque providentiel. »

Henry frissonna. « J'ai conscience de ce que vous devez penser, reprit-il non sans raideur. La situation... est on ne peut plus désespérée. » Il avala convulsivement sa salive. « Et non moins... répugnante à mes yeux, vraiment.

— Bien sûr », approuvai-je d'un ton doucereux.

Le coup d'œil qu'il lança dans ma direction fut vif et nerveux, un véritable regard d'oiseau. « Je... » Il hésita, sans nul doute aussi conscient que je l'étais moi-même du côté farce de la situation. Ah, les bonnes manières de salon que voilà, pleines de civilité !

« Croyez-moi, je comprends, insistai-je, sachant que si je ne parlais pas il allait rester figé, son verre à la main, l'air de s'excuser, ce sourire navré plaqué sur le visage pour le restant de la soirée. J'ai eu vent des... problèmes que vous avez connus avec la pauvre Mme Chester.

— Oui. » Il hocha la tête avec emphase. « Elle était souffrante, la pauvre, terriblement souffrante. Le docteur Russell – il est l'auteur de plusieurs livres sur les désordres mentaux – l'a examinée, vous savez. Elle est complètement folle. Incurable. Il m'aurait fallu l'envoyer dans un établissement, pauvre Effie. Et songez au scandale !

— En l'état actuel des choses, la moindre petite brise de scandale suffirait à ruiner votre carrière, acquiesçai-je avec sincérité, tout spécialement à présent, alors que votre *Schéhérazade* a reçu une telle acclamation de la part de la critique. J'ai entendu dire que Ruskin songe à écrire un article sur elle.

— Vraiment ? » Mais son attention n'en fut que momentanément détournée. « Ainsi donc voyez-vous... continua-t-il, eh bien, une action menée avec la plus grande délicatesse... la plus grande célérité et... » Le tic refit surface un instant et je le vis sortir son flacon de chloral, le secouer pour en extraire une demi-douzaine de grains et les faire rouler dans sa paume d'un geste délié, entraîné. Il saisit le coup d'œil que je lui adressai et avala les grains presque furtivement, avec une gorgée de cognac.

« Chloral, fit-il à voix basse, l'air de s'excuser. Mon ami, le docteur Russell, me l'a recommandé. Pour mes nerfs, vous savez. C'est sans saveur... inodore. (Il hésita.) Elle n'a pas... souffert, s'enquit-il douloureusement. Ce fut si... facile. Elle s'est juste endormie. » Un long silence, puis il répéta ces mots, avec étonnement, comme hypnotisé par leur résonance. « Elle s'est endormie. La veille de Noël. Connaissez-vous ce poème ? J'ai fait un tableau de ce poème... » Il partit à la dérive, le regard vide, quelques secondes, bouche ouverte, presque serein, n'était la contraction sans merci de ce muscle au-dessous de l'œil.

« Le moment rêvé, fis-je avec vivacité, en consultant ma montre. C'est la veille de Noël. Personne ne va se demander ce que nous fabriquons dehors à cette heure de la nuit. Si nous sommes vus en train de porter un corps, les gens vont présumer qu'il s'agit d'un de nos amis qui n'est pas arrivé à vider son verre, et puis il fait suffisamment froid pour que nous portions des cache-col, des chapeaux et des manteaux sans attirer l'attention. Mieux que tout, il va neiger toute la nuit et ainsi les empreintes de nos pas dans le cimetière vont être complètement dissimulées. Le moment rêvé, Henry. »

Un battement de silence. Je le vis approuver de la tête, acceptant la vérité de ce que je venais de dire. « Bon, fis-je, très terre à terre. Où est Effie ? »

Il tressaillit, comme actionné par des fils invisibles. « Dans... sa chambre. » Sur son visage, je lus plus d'embarras que de culpabilité, ce qui ne laissa pas de m'amuser. « Endormie. J'ai... j'ai versé ça dans son chocolat.

— Bien. » Je gardai une voix neutre. « Et demain matin qu'allez-vous dire aux domestiques, quand ils vont s'apercevoir de sa disparition ? »

Henry sourit, lèvres pincées. « J'annoncerai à Tabby qu'Effie est partie voir sa mère pour le réveillon de Noël. Je dirai que je veux lui préparer une surprise et je demanderai à Tabby de nous préparer une belle maison pour Noël. Nous ne voudrons manquer de rien : du houx, des guirlandes, l'arbre le plus grand qu'elle pourra trouver... Il s'agira de l'occuper. Quant à moi, je me rendrai dans Londres pour acheter à Effie son cadeau de Noël, comme si de rien n'était. » Son sourire était presque serein. « Quelque chose de joli. Je le placerai sous l'arbre et je demanderai à Tabby de nous cuisiner un repas tout spécialement pour tous les deux – quelque chose qu'Effie apprécie vraiment... » Il s'interrompit, fronçant le sourcil comme si un souvenir subit venait de perturber le cours de sa pensée. « Le chocolat. Elle aime le chocolat... » Il observa un nouveau silence, la paupière soulevée par d'invisibles filins, puis il poursuivit non sans effort : « Du gâteau au chocolat, quelque chose dans ce goût-là, précisa-t-il. Ensuite j'attendrai. Au bout d'un certain temps, je commencerai de m'agiter et puis j'enverrai une messagère à la maison de sa mère pour m'enquérir de son retard. La messagère reviendra me dire qu'elle n'est jamais arrivée là-bas. Alors j'appellerai la police et je déclarerai sa disparition. »

Pendant un instant, comme je croisai son regard fixe, impassible, triomphant, j'éprouvai quelque chose qui ressemblait presque à de l'admiration. Je me demandai si j'aurais fait preuve d'autant de calme en pareille circonstance. Non que je n'aie commis l'acte vil entre tous à quelques reprises dans ma vie, mais jamais je n'ai empoisonné une femme de sang-froid – ce qui ne revient pas à dire que l'envie ne m'en est jamais venue ! Tandis que j'observai Henry Chester, sa face blême et ce regard impitoyable et glacé que je lisais dans ses yeux, je me demandai si je n'avais pas mésestimé l'homme. Pour la première fois, il paraissait vraiment un être vivant, un homme tenant son destin en main. Un homme qui regarde sa faute droit dans les yeux avec un sourire pincé, amer et se résout : « Bien. Allons-y. Je suis ce que je suis. »

LE DEUX DE COUPES

50

Voix d'Euphémie Madeleine Chester

Figurez-vous un flocon de neige emporté au fond d'un puits profond. Figurez-vous un flocon de suie tombé du morne ciel de Londres. Figurez-vous cela un instant.

Au travers de nappes d'obscurité, je flottais : je traversais d'un pas de danseur des paysages de péril. Je vis un chevalier portant une brassée d'oriflammes saluer une dame dans une tour de cuivre. Je vis un troupeau de chevaux blancs. Je vis l'oiseau-lyre, la queue telle une comète... Ma sœur d'ombre me prit par la main et nous suivîmes des vagues rêveuses sur les rivages de mers étranges. Et elle me conta l'histoire d'une jeune fille qui dormit cent ans, et autour d'elle, durant ce temps, tout et tout le monde vieillit et mourut. Mais la jeune fille avait un amant qui se refusait à l'oublier. Il monta la garde sur son sommeil de glace, il attendit, attendit... il l'aimait tant. Chaque jour, il s'asseyait à côté d'elle et lui parlait et lui racontait son amour. Chaque jour il la coiffait et préservait son visage de la poussière et des toiles d'araignée et il attendait. Or, à mesure que le temps passait, il vieillissait, devenait infirme. Ses serviteurs, le croyant fou, l'abandonnèrent et s'en furent. Mais lui, il attendait toujours. Jusqu'à ce jour où, assis dans les derniers rayons du soleil d'automne, presque aveugle et diminué par l'âge et les épreuves, il crut la voir remuer, ouvrir les yeux, s'éveiller. Et il mourut de joie avec son bel amour dans ses bras et son nom dans l'agonie de son souffle.

Oui, elle me chuchotait des histoires dans mon sommeil. Je sentais sa main sur mes cheveux et sa voix me chanter doucement :

Aux marches du palais
Aux marches du palais…
Y a une si belle fille, lonlà,
Y a une si belle fille…

Je contemplai ce corps étendu sur le lit. Pauvre et blanche petite fille… quelqu'un l'attendrait-il ?

Moïse allait m'attendre. Je le savais. Il m'avait promis de me réveiller. Je savais qu'il me réveillerait. Quand Fanny m'avait exposé son plan pour la première fois, j'avais refusé. J'étais effrayée, je ne voulais pas attendre dans le noir qu'ils scellent le caveau au-dessus de ma tête : même sous laudanum, j'étais certaine que cela me rendrait folle… mais elle m'avait promis la venue de Moïse. Pas plus de quelques minutes, m'avait-elle promis : puis il arriverait et je pourrais me réveiller. Ensuite nous serions réunis, Moïse et moi, et rien ne pourrait jamais nous séparer. Je le savais : il me l'avait promis.

Henry avait envoyé Tabby rendre visite à sa famille et mon cœur saignait pour elle. Durant ces heures sombres et froides, je me languissais d'avoir ma chère Tabby auprès de moi, d'entendre sa voix gentiment grondeuse, de sentir autour de moi ses bras robustes et rougeauds, de respirer les bonnes odeurs de pâte à pain, d'amidon et de cire, qu'elle soit là pour border mes couvertures lorsque j'étais au lit, une brique chaude à mes pieds et la veilleuse brûlant à côté de moi sur la table de chevet…

Demain, me dis-je, Tabby me croirait morte. Tante May le croirait elle aussi, elle vieillirait d'un seul coup derrière le comptoir de sa petite boutique de Cranbourn Alley. Mère devrait renoncer à ses coiffes frivoles et à ses promenades dans le cabriolet de M. Zellini – en deuil de sa fille qu'elle n'avait jamais vraiment comprise, elle s'habillerait de noir, ce qui ne lui allait guère. Oserais-je leur rendre visite, quand je serais en sûreté, loin de Henry, hors d'atteinte ? Je ne croyais pas que j'oserais. Pour eux, je serais morte, morte à jamais. Je n'osais pas risquer que Henry découvre jamais la chose.

La nuit fraîchit. La neige dessinait sur ma fenêtre un lacis blanchâtre, soufflait en hurlant dans le conduit de la cheminée, sifflait contre la pierre chaude de l'âtre. Le vent se lamentait dans les profondeurs de l'âtre et les heures s'égrenaient. Tizzy s'assit un moment sur mes genoux, en ronronnant, les yeux réduits à deux fentes, deux croissants d'or à la lumière du feu… Je me demandai si Henry veillerait sur ma chatte après mon départ.

Soudain, je fus tiré en sursaut de ma transe de mort par un bruit à la porte, des pieds raclant le parquet. Mon cœur se mit à battre follement. C'était Henry, pas avec du poison, mais porteur de quelque chose de bien plus efficace pour amener mon cœur troublé à l'immobilité. Un couteau, un couperet, une corde habilement nouée. La porte s'ouvrit à la volée. À la lumière du gaz, sa face était verdâtre, une sorcière peinte par un enfant, les paupières étirées vers le bas en longs volets d'ombre. Grâce à la discipline apprise au long de mes années de pose, en qualité de modèle de Henry, j'obligeai mon visage à conserver une expression de quiétude endormie, et je bâillai.

« C'est toi, Tabby ? » murmurai-je.

Sa voix fut aimable, presque tendre : « C'est moi, Henry. Je vous ai apporté quelque chose. » Sa main effleura la base de ma nuque, m'enflamma sèchement de sa fièvre. « Du chocolat. Pour ma petite fille. Je ne veux pas que l'on vous néglige sous prétexte que Tabby est partie.

— Du chocolat. Merci, fis-je en souriant vaguement. Voilà qui va m'aider à m'endormir, n'est-ce pas ?

— Oui, cela va vous aider. Dormez bien, Effie... » Il me déposa un baiser sur la tête et il y eut son haleine, humide et chaude contre ma chevelure. Je perçus son sourire.

« Bonne nuit, monsieur Chester.

— Bonne nuit, Effie. »

Quand il fut parti, je jetai le chocolat de Henry et, couchée sur mon lit, j'adjurai mon corps subtil de se dresser. J'y parvenais désormais sans effort et, passant de pièce en pièce, je volai par toute la maison avant de sortir dans la neige. Je sentis les flocons de neige me transpercer le corps mais j'étais insensible au froid, je ne ressentais que l'exaltation brûlante de mon âme envolée, et mon rire flottait, chuchotement de blancheur sur le vent cinglant. J'attendis : dans mon état présent, je conservais peu de notion du temps et j'aurais pu dériver ainsi des heures durant, balancée dans les bras de l'orage, avant de les voir sortir de la maison. Mon cœur ne put se retenir de faire un bond lorsque je reconnus Moïse, son vieux chapeau enfoncé sur les yeux et le col de son pardessus relevé afin de se protéger du froid. Henry se tenait à côté de lui et, du haut de mon nid d'aigle sifflant à tous vents, j'étais à même de l'apercevoir distinctement.

Il était grotesque, comiquement raccourci sous cet angle de vision bizarre, un nain, un œil pointé vers le haut par-dessous le bord du chapeau, deux mains gantées de mitaines tenues en visière afin de se garantir de ce vent, de cet orage dont j'étais moi-même la source… Je me mis à rire. Et dire que, pour transformer toutes mes terreurs et toutes mes craintes en mépris, il suffisait d'un changement d'angle : j'avais été tellement habituée à lever les yeux sur la mince ligne de sa bouche, sur les deux puits froids de ses yeux, que j'avais oublié la faiblesse, la cruauté et la tromperie qui le souillaient… De là-haut, j'affûtais le regard de ma perception nouvelle pour me concentrer sur des choses encore jamais vues auparavant et j'aperçus le nuage qui roulait autour de sa tête, le halo fangeux de couleurs livides et torturées que formait son âme. Depuis la bouche de la nuit, je ris… et peut-être cette fois m'entendit-il, parce qu'il leva le nez, avec des yeux féroces et, l'espace d'un moment, son regard fixe croisa le mien dans un instant de clairvoyance pure, infernale…

Mais alors le ravissement obscur qui me submergea ne dura qu'une seconde : car Moïse se tenait debout derrière Henry, portant le corps de la pauvre petite Effie posé sur son bras, comme si elle ne pesait guère plus que le manteau qui la recouvrait de la tête aux pieds, et le visage de mon amant était à demi obscurci de lumière, gâché par le bandeau spectral qui masquait sa figure en une éclaboussure écarlate et brillante, telle la capuche rouge sang du bourreau.

51

Voix de Moïse Zacharie Harper

Elle était allongée sur le lit, les cheveux défaits, la respiration si légère que, le temps d'un instant, je la crus vraiment morte. La fiole de laudanum était posée à côté d'elle sur la table de chevet, près de la tasse de chocolat vide, et, du coin de l'œil, je vis Henry toucher cette tasse laissée là, d'une main qui me parut aussi fragile, aussi translucide que si elle eût été de porcelaine. Effie portait sa robe grise et, contre cette étoffe sans couleur, sa peau semblait lumineuse, sa chevelure touchée d'une pâle phosphorescence, étalée en volutes sur le couvre-lit et cascadant jusqu'au sol. Pendant un instant, j'eus l'œil capté par la broche épinglée sur sa gorge, un présent de Fanny, un objet en argent, en forme de chat qui fait le gros dos, et qui offrait un miroir à la lumière verdâtre. Derrière moi, j'entendis Henry former un son inarticulé, comme s'il étouffait.

« Elle est endormie, m'écriai-je avec vivacité, ne voulant pas voir faillir la résolution de Henry. Où est la cape ? »

Henry pointa le doigt vers l'endroit où la cape était accrochée, derrière la porte.

« Aidez-moi à l'envelopper dedans. Y a-t-il une capuche ? Mieux vaut trouver une coiffe. » Henry ne bougea pas. « Pressons, mon vieux ! fis-je avec impatience. Je ne peux pas m'occuper d'elle tout seul. »

Muettement, il secoua la tête, avec une expression mêlée de dégoût.

« Je... je ne peux pas la toucher. Prenez ça, ajouta-t-il, en me tendant le manteau et la coiffe. Vous, mettez-les-lui. »

Je haussai les épaules avec irritation et m'affairai avec les cordons de la coiffe et les boutons de la cape. Effie était légère, et je découvris que je pouvais la porter sur mon bras comme un enfant, la tête pendante contre mon épaule et les pieds nus touchant le sol. Même alors, Henry répugna à la toucher. Il m'ouvrit les portes, les refermant derrière nous avec toute l'attention pointilleuse qu'il portait habituellement aux détails, remettant les bibelots en place, éteignant la lampe à gaz du corridor et enfilant ses bottes et son manteau sans un seul regard, ni pour elle ni pour moi. Quelque dix minutes plus tard, nous sortions dans la neige et Henry fermait la porte à clef derrière nous. Maintenant, c'était sans retour.

Soudain, je vis Henry s'arrêter, son corps se raidir. D'un bond, un chat était venu couper notre route, une patte levée : je reconnus la chatte d'Effie, Tizzy, ses yeux jaunes allumés d'une lueur de sauvagerie, excitée par les gros flocons de neige qui tourbillonnaient autour d'elle. À la vue du chat, un son étranglé s'échappa de la bouche de Henry : à considérer son visage livide de condamné, j'eus la conviction qu'il allait tomber sous le coup d'une espèce d'attaque : la bouche béait mollement, les traits se défaisaient, un tricot qui s'effiloche.

« Aaaah...

— Ne faites pas l'idiot, mon vieux ! le coupai-je plus sèchement qu'il n'était dans mon intention. Ce n'est qu'un chat. Reprenez-vous, pour l'amour de Dieu. » Tout ce manège commençait de me porter sur les nerfs. « Passez le bras autour d'elle, ordonnai-je, avec une brutalité délibérée. Une fois que vous serez débarrassé d'elle, vous pourrez vous laisser aller aux remords si ça vous chante, mais pour l'heure... »

Il hocha la tête et se remit en mouvement : je vis de la haine dans ses yeux, mais cela m'était égal. Voilà qui l'aiderait à préserver son esprit de tout ce qui l'assaillait.

Dans des circonstances normales, cette marche jusqu'à Highgate ne m'aurait guère pris plus de quelques minutes : cette nuit-là, cela me parut sans fin. Des monceaux de neige s'étaient entassés çà et là en travers de la route. Une neige poudreuse et traîtresse qui, au-dessous de la surface, s'était changée en glace. À ce contact, nos pieds se dérobaient sous le poids de notre corps. Les orteils d'Effie traînaient sur la mince croûte de neige, ralentissant un peu plus notre progression. En dépit de sa légèreté, nous nous rendîmes compte qu'il fallait chaque fois, au bout de quelques centaines de mètres, nous résoudre à nous arrêter pour nous reposer, notre haleine nous enrubannant de buée, les mains gelées et le dos trempé d'une sueur acide et chaude. Nous ne vîmes quasiment pas âme qui vive. Deux ou trois hommes devant une taverne nous observèrent d'un œil atone, un enfant nous regarda fixement derrière un rideau pelucheux à la fenêtre d'une maison plongée dans l'obscurité... Vint le moment où Henry crut avoir aperçu un agent de police et se figea une fois encore de panique jusqu'à ce que je lui fasse observer, pour sa gouverne, que d'ordinaire la tenue réglementaire des agents de police ne comportait ni paire d'yeux en boutons de bottine ni de carotte à la place du nez.

Une demi-heure plus tard, nous arrivâmes au cimetière, d'une clarté peu naturelle, presque lumineux sur ce fond de ciel d'un orange terne. Comme nous approchions, je sentis Henry hésiter à aller de l'avant, pesant contre mon épaule si bien que j'en fus presque à devoir les soutenir tous deux, et lui, et Effie. Jetant un dernier coup d'œil autour de nous, je m'assurai qu'il n'y avait personne dans les parages. En fait, la visibilité était si faible que je pouvais à peine distinguer la lumière du bec de gaz le plus proche, et la neige qui tombait en bourrasques avait déjà commencé de recouvrir nos empreintes de pas. Je fis glisser le poids du corps d'Effie de mon épaule et pris la lanterne éteinte accrochée à ma ceinture.

« Là, dis-je brièvement à Henry, tenez-la une minute. » Je le vis presque défaillir lorsque la tête d'Effie roula sur sa clavicule : les cordons de la coiffe s'étaient relâchés et les rubans de ses cheveux pendaient sur sa figure, aussi spectrale que la neige. En proie à une panique soudaine, Henry la laissa presque tomber. D'une main, il se mit à se tripoter la figure et lâcha un cri étranglé de dégoût. Il repoussa le corps, de sorte que ce dernier se renversa en arrière dans la neige et Henry exécuta un bond en arrière, les mains levées dans un geste de parade presque enfantin.

Il me regarda avec une fureur sauvage. « Elle est vivante ! chuchota-t-il. Elle est vivante et elle a bougé.

— Peut-être, concédai-je, mais elle n'est pas consciente. Aidez-moi à la relever. » En dépit de mon irritation croissante, je gardai une voix aimable. « Ce n'est plus loin maintenant. »

Henry secoua la tête, l'air buté. « Je l'ai sentie bouger. Elle se réveille. Je le sais. Vous, prenez-la. Passez-moi la lanterne », articula-t-il douloureusement, et je compris qu'il était près de défaillir.

Je lui tendis la lanterne et ramassai Effie dans la neige, en tirant une fois encore sa coiffe sur ses cheveux défaits. Derrière moi, Henry chercha à tâtons dans sa poche et en tira un flacon de chloral, pour se le renverser tout entier dans la bouche. Puis, les doigts tremblants, il parvint à allumer la lanterne et, sur un dernier coup d'œil derrière lui, il me suivit et franchit les portes pour pénétrer dans le cimetière.

52

Voix de Henry Paul Chester

Derrière le mur du cimetière, à l'abri du vent, de sa présence pénétrante et infinie, le silence était immense, assourdissant. Le ciel au-dessus de moi, rempli de choses volantes, telles les pièces d'un puzzle, m'était indéchiffrable. Pas de lune, pas d'étoiles, rien que de noirs flocons tourbillonnant à la manière des papillons de nuit à la flamme de la lanterne, et le sol lumineux, aussi blafard que la lune, comme si, en un sens, la terre et le ciel avaient échangé leurs places, à l'occasion de cette nuit unique et monstrueuse.

Je suivais Harper et l'observai de dos. Malgré la neige profonde, il marchait à longues enjambées égales : il portait Effie dans ses bras, et la chevelure d'Effie retombait comme un linceul sur les mains et les poignets de Harper. Pour la première fois de ma vie, je fus possédé d'une envie intense et soudaine à l'égard de cet homme qui semblait n'éprouver nulle crainte, nul remords, nulle faute. Car il était coupable, autant que je l'étais, mais en quelque sorte il avait accepté sa faute, fait la paix avec elle… Comme je désirais être Moïse Harper ! Or, tandis que le chloral commençait d'exercer son effet, je me découvris une fois encore la faculté d'accepter l'énormité de ce que nous étions en train de faire : absorbé dans le silence palpitant et feutré de ma propre personne, je me rendis compte que j'étais confronté à un Mystère, à un retour à des flux et des courants que j'avais déjà sillonnés, un retour aux eaux de mon enfance et de mon péché, un retour dans la chambre au bouton de porte bleu et blanc et à la source de toute ma haine et de toute ma misère... ma mère.

J'avais depuis longtemps cessé de sentir le froid. Il y avait bien un picotement à l'extrémité de mes doigts et de mes pieds, mais ceci mis à part, je ne possédais plus aucun corps – je dérivais à quelques centimètres au-dessus de la neige, traînant un peu les pieds contre cette mince croûte. Toutes mes sensations se réduisaient à la taille d'une minuscule tête d'épingle de feu froid et je compris que saint Paul avait raison : le péché originel se transmettait à l'âme par le truchement du corps. J'étais là, hors de mon corps, et je me sentais tout à fait pur : le mot meurtre dansait devant moi, un bouquet de lumières éclatantes... fixez ce mot suffisamment longtemps et découvrez qu'il devient absolument dépourvu de signification.

Je me souviens d'être passé par le Cercle du Liban, des tombeaux de part et d'autre de l'allée, couverts de neige tels des toits de chaume et que soulignait la flamme de la lanterne. Et puis Harper s'arrêta, laissa tomber le sac d'outils de son épaule, dans la neige, et se retourna vers moi.

« Couvrez la lanterne, fit-il, laconique, et montez la garde ici, au bord de l'allée. » Tout en inclinant la tête vers le tombeau situé devant lui, il fit doucement descendre Effie sur le sol et entreprit de fouiller dans son sac. « Personne ne se rend plus sur cette tombe, m'expliqua-t-il en se tournant vers la porte du tombeau. Tous les parents sont morts. C'est l'endroit idéal. »

Je ne répondis pas. Toute mon attention était concentrée sur ce petit tombeau. C'était une sorte de chapelle, le nom Isherwood inscrit en blason barrait la pierre pourrissante en lettres gothiques : brièvement, j'entrevis une fenêtre en vitraux sur le mur du fond, illuminée d'un éclat soudain par la lanterne que je tenais à la main. À côté de la fenêtre, il y avait les vestiges d'un repose-pied : le brocart jadis délicat n'était plus qu'un mince filigrane, moisi par l'action du temps et de l'humidité. Moïse avait ouvert la porte sans difficulté aucune et, de ses mains gantées de mitaines, il balaya le sol pour en dégager la neige accumulée et les feuilles qui jonchaient le marbre.

« Vous voyez ? fit-il, sans regarder autour de lui, c'est l'ouverture. » Par-dessus son épaule, tout ce que je pouvais voir, c'était une dalle de marbre, légèrement plus pâle que le reste, dans laquelle était fiché un anneau d'acier. « Il doit y avoir une dizaine de personnes là-dedans, continua Moïse, en commençant de faire levier sur les côtés de la dalle au moyen d'un court ciseau. « Bon sang !, s'exclama-t-il avec irritation lorsque l'outil glissa de sa main. C'est scellé depuis longtemps et ça tient bien. Il va falloir que j'entame la pierre. »

Soudain, la nuit me sauta à la gorge comme un loup affamé. Une fois encore, cette sensation noya mes membres gelés et je me mis à suer. Une mixture âcre et brûlante qui nimba mon corps de flammes. Je savais ce que nous allions trouver dans le caveau lorsque Moïse l'aurait finalement ouvert. Malgré l'air mordant qui me déchirait les poumons, je crus capter le parfum ineffable du jasmin et du chèvrefeuille...

Puis Effie remua.

Je sais qu'elle a remué : je l'ai vue. Elle a changé de position, à peine, et m'a fixé de ses yeux terribles, vert-de-gris. Je l'ai vue, vous dis-je.

Harper lui tournait le dos. Il était parvenu à déplacer la dalle de marbre et travaillait à la dégager du trou, son souffle dessinant une plume de dragon de buée pâle autour de la face. Il m'entendit crier et se retourna, scrutant l'allée du regard, en quête du moindre signe de présence d'un témoin.

« Elle est réveillée : elle a bougé ! »

J'ai vu Harper esquisser un geste d'impatience. Mais elle remuait bel et bien : tout d'abord ce fut presque imperceptible, quoique je pusse deviner la haine enroulée en elle se déployer à l'intérieur de son corps mince et blanc. Et son visage était celui de ma mère, celui de Prissy Mahoney, c'était la poupée Colombine et l'enfant de putain mort, leurs bouches remuant presque à l'unisson avec la sienne, remuant pour former des mots, des mots de noire invocation, comme si, à leur commandement, la terre avait pu s'ouvrir et libérer une fontaine de sang sur la neige immaculée... Mais Harper l'avait enfin remarquée : sa joue qui se tournait, somnolente, contre la cape noire, les poings qui se serraient par intermittence... dans l'instant, il fut à côté d'elle, le flacon de laudanum en main, le bras passé autour de ses épaules. Je l'entendis murmurer quelque chose, la voix brouillée comme celle d'un enfant endormi.

« Mo... ïse, je...

— Chut, restez calme. Rendormez-vous. » Sa voix, une caresse.

« Non... je ne... je ne veux pas... » À présent, elle était encore plus sur le point de se réveiller, luttant pour écarter les voiles de sa conscience. Dans la ténèbre, la voix de Harper était prévenante, avenante.

« Non, Effie... rendormez-vous... chut, rendor... »

Ses yeux s'ouvrirent d'un seul coup et, à ce moment, je vis l'Œil de Dieu derrière ses pupilles dilatées. Je croisai Son regard pur, apocalyptique, et je sentis Son œil se régler sur moi tel un verre grossissant dans le soleil. Je fis face à Son indifférence immense et monstrueuse.

Je criai.

53

Voix de Moïse Zacharie Harper

Jurant en mon for intérieur, je tâchai de conserver une voix douce et réconfortante. Maudite soit-elle ! Quelques minutes de plus et l'affaire était dans le sac. Je tirai la cape pour la rabattre sur son visage et limiter l'influence revivifiante du froid, je passai mon bras autour d'elle et lui chuchotai avec douceur. Mais Effie revenait rapidement à elle, ses yeux s'agitaient sous ses paupières closes, son souffle était rapide et irrégulier. D'une main, j'ouvris le flacon de laudanum, tâchant de la convaincre, à force de cajoleries, d'en prendre quelques gouttes.

« Allons, Effie… chut… buvez juste ceci… allons, c'est une bonne fille, ça. » Mais je ne pus la persuader de prendre la drogue. Au lieu de quoi, elle se mit à parler, ce qui fut d'un effet des plus désastreux.

Henry n'était pas loin. Il avait été pris de panique quand Effie avait ouvert les yeux et s'était éloigné en courant de quelques pas dans l'allée, mais il était encore à portée de voix. Si Effie laissait échapper un seul mot de notre plan, je n'ignorais pas que même Henry serait assez avisé pour en deviner le reste. Je la serrai plus fort dans mes bras et je tâchai d'étouffer ses paroles.

« Allons… répétai-je, plus pressant. Buvez ceci, et tenez-vous tranquille. »

Ses yeux s'attachèrent aux miens. « Moïse, fit-elle très distinctement, j'ai fait un rêve si étrange.

— Ne vous en faites pas pour ça, sifflai-je désespérément.

— Je... (Dieu merci, songeai-je, elle sombrait à nouveau.)

— Tenez, buvez juste votre médecine, comme une bonne fille, et dormez.

— Vous allez... vous reviendrez me chercher, n'est-ce... n'est-ce pas ? »

Maudite soit-elle ! Henry revenait dans l'allée. Je tentai de lui pincer les narines et de la forcer à avaler le laudanum, mais elle parlait encore.

« Exactement comme... Juliette dans la tombe... comme le tableau de Henry. Vous viendrez, n'est-ce pas ? »

Sa voix fut soudain très claire dans la nuit.

Il vous faut le comprendre : je n'ai jamais eu l'intention de lui causer aucun mal. Si seulement elle s'était tenue tranquille quelques minutes de plus... ce n'était franchement pas ma faute. Je n'ai pas eu le choix ! Henry était presque à ma hauteur : encore un mot et toute l'affaire aurait été gâchée. Tous nos efforts, tout notre dur labeur, en pure perte. Je n'arrivais pas à faire en sorte qu'elle se tienne tranquille.

Comprenez que j'ai agi par pur instinct : je n'ai jamais eu l'intention de la blesser, mais simplement de l'amener à se tenir à carreau durant les quelques minutes qu'il me fallait pour écarter Henry de notre route. Il faisait noir. À force de m'escrimer sur cette pierre, j'avais les mains engourdies et oui, j'étais tendu : qui ne l'aurait pas été, à ma place.

Très bien, très bien. Je ne suis pas fier de ce que j'ai fait, mais vous auriez agi de même, croyez-moi. Je lui ai frappé la tête contre le rebord de la sépulture, pas très fort, mais plus fort que je n'en avais eu l'intention. Juste pour qu'elle se tienne tranquille. Si, par ma faute, Henry avait chamboulé notre plan, elle ne m'en aurait certainement pas été reconnaissante. Elle aurait attendu de moi que je fasse tout mon possible, pour son salut comme pour le mien.

Cette roulure aurait pu tout gâcher.

Elle s'est écroulée dans la neige et, lorsque je l'ai soulevée, j'ai vu une perle de sang assombrir la concavité dans la pierre où sa tête avait reposé. Rien qu'une tache circulaire de la taille d'un penny. Je résistai à la panique. Et si je l'avais tuée ? Elle était frêle, déjà sur le point de s'évanouir... cela n'aurait pas demandé grand-chose d'achever la besogne de Henry. J'approchai le visage plus près du sien et j'écoutai sa respiration... je n'entendis rien. Qu'attendiez-vous que je fisse, alors ? J'étais incapable de réagir : Henry m'aurait immédiatement soupçonné. Il n'y avait rien d'autre à faire qu'attendre. Dix minutes, et Henry serait parti. Ensuite je pourrais m'occuper d'Effie. Je ne pouvais croire que cette petite tape sur la tête avait pu la tuer : le plus vraisemblable, c'est que le sifflement du vent m'avait empêché de l'entendre respirer. Je ne pouvais me permettre de paniquer pour un motif si trivial.

Doucement, je brossai la neige amoncelée sur elle et je la portai dans le caveau. En regardant par l'ouverture, je vis qu'il faisait noir à l'intérieur, et je suspendis la lanterne de Henry au-dessus de l'entrée, afin de ne pas tomber. Il y avait là une dizaine de marches étroites qui menaient jusqu'en bas, certaines d'entre elles cassées et pourries par le temps. Prudemment, je descendis le corps amolli d'Effie et cherchai dans la ténèbre autour de moi un emplacement où le déposer. Il faisait légèrement plus chaud dans le caveau qu'à l'extérieur, et cela puait là-dedans, le vieux et le moisi, mais au moins les cercueils n'encombraient pas, dissimulés qu'ils étaient derrière des dalles de pierre étagées et scellées par du ciment. Je la portai dans le fond du caveau, là où il restait encore un étage vide, assez large pour s'y coucher. De mon havresac, je fis un oreiller pour sa tête, je l'enveloppai étroitement dans la cape et la laissai là pour remonter les marches et rejoindre Henry.

Je scellai de nouveau le caveau, répandant de la terre et des feuilles mortes sur la dalle, de sorte que mon intrusion ne soit pas remarquée. Puis je fermai la porte et la calai à l'aide d'une pierre. En me retournant vers Henry, je lui tendis la lanterne et lui souris.

Pendant un moment, il me dévisagea, le regard vide : puis il hocha la tête et prit la lanterne.

« Ainsi donc... c'est fait, fit-il d'une voix feutrée. C'est vraiment fait. »

Assez étrangement, il avait l'air plus lucide qu'il ne l'avait été de toute cette soirée. Sa voix était claire et presque indifférente.

« Vous vous rappellerez comment agir, ensuite, n'est-ce pas ? m'enquis-je d'un ton pressant, un rien perplexe devant cette sérénité pour le moins inédite chez lui. Les cadeaux. L'arbre. La femme de chambre. Tout doit être parfaitement normal. » Je pris péniblement conscience que si j'avais réellement tué Effie, je risquais ma tête tout autant que lui la sienne.

« Évidemment. » La voix était presque arrogante. Il s'est détourné à demi, et je fus frappé par l'impression fort singulière que l'on me signifiait mon congé. À cette pensée, j'eus un grand sourire, et puis soudain je fus gagné par le rire, j'étouffai d'une amère hilarité parmi les tombes, un chant absurdement approprié à cette nuit gothique, un cri de harpie dans l'air embué, et de lourds flocons de neige m'emplissaient la bouche, les yeux, les cheveux. Alors la silhouette de Henry Chester se mit à descendre lentement l'allée, la lanterne levée, tel un apôtre sévère conduisant les morts sur la route de l'enfer.

54

Voix d'Euphémie Madeleine Chester

Durant un temps par-delà le temps, il n'y eut rien : une lamelle d'éternité. J'étais au-delà de tout mouvement, car tout mouvement avait atteint son terme. Au-delà de la pensée, au-delà des rêves. Puis le monde commença de revenir à moi. Des pensées isolées flottaient à la dérive dans mon esprit, telles des notes détachées d'une symphonie inachevée, pour s'élever au-dessus de ma tête, un arc de douceur sonore. Je traversai des nuages de mémoire couleur d'absinthe à la recherche de moi-même, plongeant bas, très bas dans l'obscurité jusqu'à ce que soudainement un visage flotte devant moi tel un ballon et je me remémorai un nom… puis un autre… et un autre, voletant autour de moi dans la brume comme autant de cartes éparpillées… Fanny… Henry… Moïse…

Mais où était-elle, ma sœur d'ombre ? Ma compagne de rêve, ma jumelle, mon amie la plus proche ? Prise d'une panique croissante, je la cherchai autour de moi et je m'aperçus que, pour la première fois depuis notre rencontre et notre voyage de conserve, j'étais seule. Seule et dans la ténèbre. Une vague de mémoire se brisa sur ma tête et je criai, en proie au désarroi : ma voix fit étrangement écho contre la pierre gelée et, dans le reflux de cette vague noire, je compris où j'étais. J'essayai de remuer. Mon corps était de pierre, et mes mains d'argile glacée. L'air était épais, dur comme du verre, il me déchirait les lèvres et les narines alors que je m'obligeais à respirer. Je sentais mes cheveux humides collés contre mon visage par un mélange amer autant qu'acide : celui de ma sueur et des humeurs fétides de la tombe.

Lorsque je forçai mes membres rigides à exécuter des mouvements auxquels ils se refusaient, je découvris que je parvenais à me dresser sur les coudes. Péniblement, je me mis à scruter les lieux autour de moi, les yeux dilatés devant l'obscurité infinie. J'étais couchée sur une sorte de saillie – mes mains engourdies étaient incapables de me dire si cette saillie était de pierre ou de bois, mais, au jugé, j'estimais qu'elle s'achevait à quelques centimètres sur ma gauche. Ce qu'il y avait au-delà, j'étais incapable de le deviner, préférant demeurer totalement immobile à l'endroit où j'étais plutôt que de risquer d'entrer en contact avec les planches pourrissantes d'un vieux cercueil... Au-dessus de moi, je parvenais à peine à distinguer les bruits de la nuit, le hululement aigu du vent et la course folle et vague des arbres, réduits à une musique violente et muette par la neige et la pierre.

Songeant au monde extérieur, je demeurai un instant désorientée, m'imaginant profondément enfouie dans la terre, les racines des cèdres tout autour de moi, palpitantes d'une vie obscure. Demain, des gens viendraient emprunter ces allées enneigées pour se rendre à l'église. Des enfants vêtus de manteaux et de chapeaux aux couleurs éclatantes, et qui rêveraient de descendre Highgate Hill à la luge... des amoureux bras dessus bras dessous, aveuglés par le soleil réverbéré sur la neige... des chanteurs de Noël portant lanternes et livres de psaumes... et durant tout ce temps je serais là au-dessous d'eux, gelée dans la pierre noire avec les défunts autour de moi...

À cette pensée, sans le vouloir, je me mis à crier : Non ! Moïse allait venir. J'étais censée attendre, et il viendrait me chercher. Le comprendre m'envahit d'un grand soulagement. Pendant un moment, je m'étais trouvée si désorientée que je m'étais crue déjà morte, emprisonnée à jamais sous la neige et le marbre.

Cette pensée me soulagea, me réchauffa, et, une fois de plus, je glissai paisiblement hors de mon corps, pour gagner la lumière, là où ma sœur m'attendait déjà.

55

Voix de Moïse Zacharie Harper

Je regardai Henry disparaître dans High Street et je m'arrêtai un instant pour consulter ma montre. Il était deux heures du matin, formellement la veille de Noël. J'étais trempé et, maintenant que je ne portais plus Effie, je commençais de souffrir du froid. Je décidai d'accorder à Henry une demi-heure environ pour arriver chez lui – il ne convenait pas du tout qu'il me tombe dessus au moment où j'ouvrirais la tombe – et j'entamai une marche d'un demi-kilomètre ou à peu près sur la route, jusqu'à l'un de mes vieux repaires, dont la propriétaire professait un mépris salutaire des heures de fermeture et où j'aurais l'occasion de prendre un ou deux verres en passant, histoire de réchauffer cette nuit sinistre. S'il fallait que je rouvre ce caveau tout seul, je ne le ferais qu'avec quelques verres dans le ventre.

Je sais ce que vous pensez et en un sens vous n'avez pas tort. Vous voyez, une idée m'était venue lorsque j'avais couché le corps sans vie d'Effie sur cette niche dans le caveau, une idée que je croyais devoir examiner dans un décor moins morbide. Jusque-là, dans toute cette affaire, je n'avais songé qu'à duper Henry en lui faisant croire à la mort d'Effie. Ni Fanny ni moi n'avions réfléchi plus avant. Personne ne s'était jamais demandé ce qu'il adviendrait d'Effie, invalide comme elle l'était, lorsque c'en serait fini de toute cette pantomime. Je comprenais désormais qu'elle aurait très vraisemblablement besoin d'un traitement médical – voire même d'une hospitalisation. Il lui faudrait un endroit où demeurer, un endroit où on ne la reconnaîtrait pas, car si Henry avait vent de ce qu'elle était encore en vie, cela ne signifierait pas seulement la fin de notre lucrative machination, mais très probablement une arrestation. En vérité, tout convergeait vers le fait qu'Effie...

Ce ne fut qu'une réflexion. Un homme a bien le droit de réfléchir, non ? Et de toute façon... je jure que je n'y aurais jamais réfléchi si je ne l'avais crue pour ainsi dire déjà morte. Ne pensez pas que je n'éprouvai aucun tiraillement de remords à l'égard de ma petite Effie à moi. J'étais très épris d'elle, vous savez. Mais il vous faut admettre que sa mort aurait fort bien convenu à tout le monde. Presque comme s'il en avait été convenu ainsi, d'une certaine manière. Et c'était si poétique, vous ne trouvez pas ? Une vraie Juliette au tombeau, qu'elle-même avait évoquée.

56

Voix de Henry Paul Chester

Enveloppé d'un linceul de silence, je m'en retournai non sans mal au milieu d'amoncellements de neige. Un silence aussi immense que la mort. La perception que j'avais eue des yeux sans merci d'Effie m'avait blanchi, purgé de toute pensée : égaré dans la neige vierge, je marchai, avec cette absence infinie, miséricordieuse au creux de la cavité lisse de mon crâne.

Obstinément, j'essayai de me contraindre à la souffrance : je m'accusai brutalement d'avoir été le meurtrier d'Effie, je l'imaginais, à l'intérieur du caveau, toujours en vie, se réveillant, hurlant, pleurant, s'écorchant les doigts jusqu'à l'os, jusqu'au sang dans sa lutte pour s'échapper... toutefois mes divagations les plus atroces échouaient à éveiller le moindre frémissement, la plus petite pointe de remords... rien. Et, tandis que je regagnai mon domicile à pied, je pris conscience d'une sorte de résonance dans mon esprit, une simple note tenue, au-delà de l'ouïe humaine, mais finement réglée sur quelque accord de mon être le plus subtil, une résonance qui trouva graduellement sa résolution dans un hymne simple, joyeux, monodique vibrant contre mon tympan, en cadence avec le rythme percussif et capricieux de mon cœur. Marta, ma messe noire. Mon requiem. Ma danse macabre. Je pouvais la sentir m'appeler dans la nuit, me désirer, désirer mon âme, de sa voix inaudible mais proche, intime… J'atteignis la maison et elle était déjà là : enroulée dans sa cape noire, de sorte que, lorsque, sans un mot, elle me pria d'entrer, je ne pus voir que l'ovale pâle de son visage. Sans même m'arrêter pour allumer les lampes, je lui tendis la main. Son nom flambant sur mes lèvres. Pourquoi était-elle arrivée ? Comment avait-elle pénétré dans la maison, autant de questions qui ne me vinrent même pas à l'esprit. Il me suffisait de la savoir là. Il me suffisait de la prendre dans mes bras – comme elle était légère, presque sans substance à travers les épaisseurs de laine et les plis et replis de sa cape ! – pour m'enfouir le visage dans la douceur glaçante de sa chevelure, de humer le parfum âcre de la nuit sur sa chair livide : quelque chose comme du jasmin avec du lilas avec du chocolat…

Mes lèvres se consumèrent contre les siennes, mais sa chair était d'un froid desséchant. Froide et sucrée, avec un goût d'orange et de fleur de sureau : je la tenais dans mes bras et je l'embrassais, ses doigts légers et d'une délicatesse agaçante me dépouillaient de mes vêtements, traçant des spirales de feu froid sur ma peau nue. Tout en me dévêtant, elle me chuchotait à l'oreille, et sa voix était semblable au bruissement des cyprès dans le cimetière de Highgate. Tout en murmurant elle m'embrassait. Ouvrant à chaque baiser une petite bouche froide dans ma chair de soufre. Sous ses doigts, j'étais un million de points sensibles, tendant gauchement les mains vers elle à travers le voile épais de mon propre désir. Elle laissa glisser la cape de ses épaules et je découvris qu'elle était nue, spectrale dans l'obscurité verdâtre, la lumière de la neige derrière elle reflétée sur sa peau livide… mais elle était si belle, à cause de tout cela.

« Oh Marta… Oh Marta… qu'ai-je fait pour toi… que ne ferais-je pas pour toi… »

Sa réponse, ce furent cent hiéroglyphes froids sur ma peau frissonnante et mon corps fut un obélisque recouvert de secrets occultés.

Lorsque ce fut fini, je me souviens d'avoir ramassé mes vêtements et de m'être frayé un chemin jusqu'au fond du corridor pour gagner ma chambre. Elle me suivit, toujours nue, ses pieds ne faisant aucun bruit sur l'épaisseur des tapis. Je laissai tomber mes vêtements par terre et me glissai entre mes draps : elle me suivit et nous nous allongeâmes ensemble, deux enfants fatigués, jusqu'à ce que, plus tard, je m'endorme.

À huit heures le lendemain matin, à mon réveil, elle était partie.

57

Voix de Moïse Zacharie Harper

Très bien, très bien. J'avais bu plus que deux ou trois verres. C'était qu'il faisait chaud, au Beggar's Club. J'y retrouvai quelques camarades en train de jouer aux cartes, et qui m'offrirent un verre. Je payai moi-même une tournée, et là-dessus nous avons commandé un morceau à manger, et avec le froid et la marche et la boisson... bon, j'ai été... retardé. Peut-être pas exactement retardé, mais comprenez que j'avais réfléchi ferme, tout en marchant, et que j'étais parvenu à une conclusion douloureuse.

Inutile de me regarder ainsi. Ne croyez pas que ce fut une décision commode à prendre. En fait, c'était en partie pour oublier ce que j'avais été obligé de faire que j'ai pris un premier cognac, et puis bon... de fil en aiguille, j'en étais presque arrivé à l'oublier complètement. Je me souviens d'avoir consulté ma montre à cinq heures du matin avec une espèce de saisissement. Mais à cette heure-là, bien sûr, il était trop tard. La décision ne reposait plus entre mes mains.

À cette heure-là, j'étais trop défait pour songer à rentrer chez moi. Au lieu de quoi, en échange d'une chambre, je laissai le reste de mon argent à la vieille harpie qui tenait ce club et je rampai dans mon lit sans quitter ma chemise, comptant bien dormir jusqu'à l'aube, avant de rentrer chez moi, mais je n'étais pas dans les draps depuis cinq minutes – je somnolais déjà, douillettement installé – lorsque quelque chose, d'un seul coup, me tira à moitié de mon sommeil. De nouveau, je l'entendis, un grattement à la porte, léger, presque furtif, juste le chuchotement d'ongles taillés en pointe contre la surface inégale du bois. Probablement un autre client, saoul comme une barrique, me dis-je, et qui voulait partager ma chambre après avoir trouvé toutes les autres pleines. Eh bien, je n'avais nullement l'intention de le laisser entrer.

« La chambre est occupée », lançai-je, enroulé dans mes couvertures. Silence. Peut-être avais-je imaginé ce grattement à la porte. Je me remis aussitôt à glisser dans le sommeil. Puis mon attention fut à nouveau retenue par le grincement de la poignée de porte qui tournait. Cela commençait à m'agacer. Maudit soit ce gaillard, allait-il me ficher la paix ? De toute façon, la porte était fermée au verrou. Une fois qu'il aurait compris de quel bois je me chauffais, il allait filer.

« Je vous ai dit que cette chambre était occupée ! m'écriai-je d'une voix forte. Dégagez, comme un bon garçon, et trouvez-vous un autre endroit, hein ? » Voilà qui devrait suffire, me dis-je, et je me retournai dans mon lit, savourant la chaleur des couvertures et la douceur du lin.

Là-dessus, la porte s'ouvrit.

Le temps d'une seconde, je crus que c'était la porte de la chambre voisine, mais lorsque je risquai un œil par-dessus mon épaule, je vis une entaille de lumière grisâtre issue de la fenêtre toute proche et, fugitivement souligné, le visage d'une femme. Avant que j'eusse le temps de réagir, la porte s'était refermée et j'entendis les petits pas de la femme s'approcher du lit. J'étais sur le point de dire quelque chose – j'avais la cervelle encore un tantinet brouillée par tout ce cognac – quand elle s'immobilisa à côté de moi, et je m'aperçus qu'elle était en train de se déshabiller.

Bon, que croyez-vous que je fis ? Vous vous attendiez que je remonte les draps pour m'en couvrir la tête et que j'appelle la propriétaire ? Ou que je joue les prudes et que je m'écrie : « Oh mademoiselle, mais nous nous connaissons à peine, si je ne m'abuse ? » Eh bien non, je ne dis rien. Je me contentai d'attendre : à en juger d'après le peu que j'avais vu de cette fille, elle était jeune et elle avait bonne allure. Peut-être m'avait-elle vu au club et s'était-elle dit… Inutile de prendre cet air surpris, ce genre de chose m'est déjà arrivé précédemment. Il me vint aussi à l'esprit qu'elle avait pu entrer dans la mauvaise chambre par mégarde, auquel cas je serais mieux avisé de tenir ma langue. En outre, je ne me sentais plus aussi fatigué qu'une minute auparavant, mais alors plus du tout.

Lorsque ses vêtements glissèrent à terre avec un bruissement de soie, elle ne dit rien : dans la ténèbre, je vis sa pâle silhouette avancer vers moi, je sentis le poids de son corps sur le couvre-lit et puis sous le couvre-lit quand enfin elle se glissa contre moi dans les draps. Elle me toucha, je tressaillis. Elle était si froide que, sur le moment, j'eus l'illusion déroutante que ses attouchements allaient me déchirer la peau. Mais c'est alors que ses bras se faufilèrent, taquins, érotiques, autour de ma personne, goûtant et tâtant avec une adresse si exquise que, en dépit du froid qui noyait mes membres languides, je commençai de réagir avec une violence inattendue, d'apprécier la sensualité de ce froid, la volupté de ses caresses réfrigérantes. Elle vous retournait autant qu'une limonade glacée corsée de gin, irruption de saveurs intimes contre mon palais blasé. Elle m'enfourcha, et je pus sentir sa longue chevelure retomber sur mon visage, sa chevelure aussi légère et froide que des toiles d'araignée, ses jambes minces et fortes, étroitement nouées autour de mes côtes. Et pourtant, malgré la nouveauté de tout ceci, j'aurais pu jurer qu'elle ne m'était pas inconnue... Des ongles taillés pointus raclèrent doucement mes épaules frémissantes. Un souvenir insaisissable et lancinant, mais j'étais certain que nous nous étions déjà rencontrés. Je l'entendis chuchoter quelque chose de presque inaudible, contre mon visage. Instinctivement, je me retournai pour entendre ses paroles.

« Moïse... »

Même son haleine était froide, et fit se hérisser les poils de ma poitrine. Mais plus que cela, il y avait cette sensation de gêne, croissante désormais. La certitude de l'avoir déjà rencontrée.

« Moïse... Je vous ai si longtemps cherché... oh, Moïse. »

Un temps d'arrêt, qui fut presque celui où je la reconnus.

« J'ai attendu, mais vous n'êtes jamais venu. J'ai si froid. »

Là encore : presque... mais pas tout à fait. Et d'une certaine façon, je ne voulais pas demander qui elle était : juste au cas où... je changeai gauchement de position, les vapeurs de fine obscurcissant mes pensées. Un souvenir clignotait dans ce brouillard, un souvenir presque sans conséquence... moi-même, dans un passé lointain, à cette table de spiritisme (*j'ai si froid*) observant un verre qui semblait sillonner par ses propres moyens la surface cirée de la table.

« J'ai si froid... » Son chuchotement était mélancolique, distant. La voix d'un souvenir. J'essayai de prendre les choses avec jovialité.

« Pas pour longtemps, ma chérie, la rassurai-je avec un rire feutré. Je vais bientôt vous réchauffer, moi. »

Sans conteste, je sentis mon excitation nettement décroître. Sa chair était comme de l'argile entre mes doigts gelés.

« J'ai attendu, Moïse… si longtemps. J'ai attendu. Mais vous n'êtes jamais venu. Vous n'êtes jamais… » Un autre long soupir chuchoté, un écho dans une caverne.

Et il me vint ensuite une pensée tellement absurde que j'en ai presque ri à gorge déployée. Mais aussitôt que je m'attardai à considérer ce qu'impliquait cette pensée, mon rire me resta dans la gorge…

« Effie ?

— … je…

— Ô mon Dieu, Effie ! » Soudain, le doute n'était plus permis. C'était elle. Le parfum de sa peau, le contact de sa chevelure, sa voix perdue chuchotant dans le noir. La tête me tournait et je pestai contre ce brandy. À distance, je pus entendre ma voix répéter son nom, stupidement, comme une poupée cassée.

« Mais… comment êtes-vous sortie ? Je… » Et, piteux : « J'ai eu l'intention de venir, vous savez. Vraiment. Je… » Et, inventant à la hâte un motif : « Quand je suis revenu, il y avait un policier en faction à la sortie du cimetière… Je ne pouvais pas entrer. J'ai attendu, attendu… J'étais fou d'inquiétude.

— Je vous ai suivi, fit-elle, le regard vide. Je vous ai suivi ici. J'ai attendu votre venue. Oh Moïse… »

La réalité de ma trahison fit écho entre nous, plus forte que les mots eux-mêmes. Je m'obligeai à lui parler, avec une sincérité contrefaite : « Dieu, Effie, vous ne savez pas… ce satané flic a fait le pied de grue des heures… quand je m'en suis finalement dépatouillé, vous étiez déjà partie. J'ai dû vous manquer de quelques minutes… » Je l'embrassai, avec une passion factice. « Pour le moment, montrons-nous reconnaissants de nous trouver réunis et que vous soyez sauve. Entendu ? » Je me forçai à passer mes bras autour d'elle, alors que je frissonnai. « Réchauffez-vous maintenant, c'est tout, ma chérie, et tâchez de dormir.

— Dormir… » Sa voix était presque inaudible à présent, son souffle, un chuchotement infime dans l'oreille de la nuit. « Je ne veux plus du sommeil… J'ai assez dormi. »

Lorsque je m'éveillai quatre heures plus tard, elle était partie et je pus presque croire avoir imaginé tout cet épisode : mais comme pour m'apporter la preuve que je n'avais pas rêvé, elle avait laissé sa carte de visite sur la table de chevet à côté de moi : une broche en argent, un chat qui faisait le gros dos.

58

Voix de Henry Paul Chester

Tabby revint de sa visite à sa famille tôt le matin de Noël : je m'éveillai aux bruits qu'elle fit en s'affairant en bas de l'escalier et me vêtis en hâte. Je la trouvai dans l'escalier, portant un plateau de chocolat et de biscuits à Effie.

« Bonjour, Tabby, la saluai-je, la gratifiant d'un sourire tout en la délestant du plateau. C'est pour Mme Chester ? Je vais le lui apporter.

— Oh, ne vous donnez pas cette peine, monsieur… » commença-t-elle, mais je coupai court, l'avertissant d'un ton affable : « Je puis vous dire qu'aujourd'hui vous allez avoir largement de quoi vous occuper, Tabby. Voyez si nous n'avons pas reçu de lettres ce matin, et ensuite retrouvez-moi dans le grand salon et je vous aviserai de ce que Mme Chester et moi avons prévu.

— Très bien, monsieur. »

Je me précipitai à l'étage avec le plateau, je renversai le chocolat par la fenêtre et croquai deux de ces biscuits. Puis je défis le lit d'Effie, je froissai sa chemise de nuit, la jetai par terre et tirai les rideaux. Je laissai la tasse sur la table de chevet – c'était le genre de désordre dans lequel Effie appréciait de vivre – et, point trop mécontent de mon ingéniosité, je redescendis au rez-de-chaussée pour m'occuper de

Tabby. Je me sentais beaucoup plus maître de moi ce matin. Je découvris que j'étais capable de regarder la chambre d'Effie, ses affaires, de toucher sa chemise de nuit et la tasse dans laquelle elle avait bu son chocolat drogué sans le moindre scrupule. C'était comme si ma rencontre avec Marta la nuit précédente m'avait insufflé un nouvel état d'esprit, une énergie indomptable. L'aube avait banni les démons de la nuit pour de bon et, dans le grand salon, je pris soin d'adopter avec Tabby le ton le plus enjoué.

« Tabby, dis-je avec une bonne humeur pleine d'entrain, aujourd'hui Mme Chester a décidé de ménager à sa mère une surprise en lui rendant visite à l'occasion de Noël : pendant qu'elle sera sortie, vous et moi nous allons lui préparer une surprise à notre tour.

— Monsieur ? s'enquit poliment Tabby.

— Vous allez lui acheter suffisamment de houx et de gui pour décorer toute la maison, et ensuite vous allez vous atteler à la préparation du dîner de Noël le plus succulent que vous ayez jamais cuisiné. Je veux de tout : des œufs de caille, de l'oie, des champignons... et, bien sûr, la meilleure des bûches au chocolat – vous savez quel faible Mme Chester peut avoir pour le chocolat. Si quelque chose peut lui faire retrouver sa gaieté habituelle, c'est bien le chocolat, ne croyez-vous pas, Tabby ? »

Les yeux de Tabby pétillaient. « Oh oui, monsieur, dit-elle avec bonheur. Je me suis tant fait de souci pour la jeune dame... elle est mince comme ça, monsieur, elle a besoin de bien manger. De bien manger comme il faut, voilà tout ce qu'il lui faut, et qu'importe ce que dit le docteur, et...

— Tout à fait, l'interrompis-je. Donc, Tabby, pas un mot. Que ce soit notre secret, pour faire une surprise à

Mme Chester. Si vous sortez immédiatement, vous serez rentrée largement à temps pour décorer l'arbre.

— Oh, monsieur ! s'exclama Tabby, rayonnante. Ce que ma jeune dame va être contente !

— Mais certainement, je l'espère. »

Lorsque Tabby quitta la maison d'un pas allègre, je m'offris le luxe d'un sourire. Le plus dur était fait. Si Tabby pouvait être convaincue que tout allait pour le mieux, alors mes ennuis touchaient à leur fin. J'attendais presque cette journée de courses dans les magasins non sans une certaine impatience !

Vers onze heures, je pris un fiacre dans Oxford Street et passai une heure environ à regarder les boutiques. J'achetai un sac de marrons à un marchand des quatre saisons et les croquai avec plus de ravissement que je n'en avais connu pour aucune nourriture depuis ma première rencontre avec Marta, je jetai les coques chaudes dans le caniveau et les regardai s'éloigner en flottant sur cette rivière grise de neige fondue. À un autre marchand, j'achetai une boucle de ruban doré, et à un autre encore une paire de gants roses en agneau, et puis à un troisième une orange. J'oubliai presque que je jouais la comédie et je me surpris à considérer avec soin quelle sorte de cadeaux Effie apprécierait le plus... serait-ce ce joli pendentif en aigue-marine, ce peigne en écaille de tortue, cette coiffe, ce châle ?

J'entrai dans une mercerie et me retrouvai devant un étalage de linge de nuit, cherchant nonchalamment parmi les chemises de nuit, les bonnets, les jupons... puis je me figeai, une amère excitation me saisit à la gorge. Sur l'étalage, là, devant moi, il y avait un déshabillé, le négligé de soie couleur pêche de ma mère, exactement semblable à mon souvenir, mais tout neuf, la soie arachnéenne débordant de dentelle, telle l'écume de la mer... Une pulsion immense et furieuse s'empara de moi : il fallait que je l'aie. Impossible de m'en éloigner et de le laisser là, ce glorieux trophée de ma victoire sur la faute. Je l'emportai avec moi, plein d'une sensation vertigineuse d'euphorie.

Je ne fus pas longtemps à me retrouver chargé d'une dizaine ou presque de petits paquets, sans compter le précieux colis. Tout à mon enthousiasme, j'avais acheté plus de cadeaux que jamais auparavant – et parmi ceux-ci, il y avait le petit paquet que je destinais à Marta : un beau pendentif en rubis qui brillait et palpitait comme un cœur. Mon dernier achat fut un arbre de Noël de cinq mètres de hauteur que je décidai de faire livrer et, avec une sensation de périlleuse satisfaction, je me mis en route pour regagner Cromwell Square.

Ce fut alors que je la vis. Une petite silhouette fluette enveloppée dans une cape sombre, la capuche rabattue lui couvrant en partie le visage. Je l'entraperçus assez longtemps pour voir une main blanche agrippée à la laine de la cape, les phalanges livides contre les replis noirs, assez longtemps pour apercevoir les mèches raides de ses cheveux pâles dans la pénombre d'un passage… puis elle s'en fut.

À l'instant même, tout mon semblant d'aplomb soigneusement bâti de toutes pièces s'effondra, se replia comme un château de cartes. Je luttai contre le désir insensé de courir après elle, de lui arracher cette capuche de son visage… Mais voilà qui était ridicule. Ridicule même de penser qu'il pouvait s'agir d'Effie. Ridicule d'imaginer Effie, la boue de la tombe encore accrochée à ses jupes, avec dans les yeux ce regard terrible, ce regard affamé…

Malgré moi, mes yeux scrutèrent à la dérobée le fond de cette ruelle, là où cette jeune fille avait disparu : quel mal y aurait-il à y jeter un œil, me dis-je, juste pour voir… Le passage était étroit, le pavé gras de neige fondue et après des semaines de détritus accumulés. Un chat brun, tigré, maigre fouinait dans le caniveau pour en dénicher un oiseau mort… et la fille était partie. Bien sûr qu'elle était partie, me dis-je avec colère. M'étais-je imaginé qu'elle m'attendrait ? Il y avait des maisons dans ce passage, des boutiques où elle avait pu entrer. Il ne s'agissait pas d'une apparition gothique, revenue tourmenter mon imagination chauffée à blanc.

Et pourtant, j'avais froid, si froid… et lorsque je m'en retournai d'un pas résolu pour quitter ce passage et retrouver les lumières et les rumeurs d'Oxford Street, j'aurais juré que toutes les portes de cette ruelle perdue étaient clouées de planches, condamnées. Oui, et toutes les fenêtres aussi.

59

Voix de Moïse Zacharie Harper

Je m'éveillai à la sonnerie des cloches. Un grand fracas discordant, des cloches aveuglantes, roulant tels des chariots, sillonnant l'étoffe suave et floue de mes rêves, les contraignant à se transformer en souvenirs aigus et brutaux. Au-dehors la rue était blanche. L'air, blanc. Au loin, je pouvais discerner un petit groupe progressant à grand-peine dans le brouillard, en direction de l'église. Je sonnai pour que l'on m'apporte du café et, ignorant le « Joyeux Noël » fort gai de la servante, je le bus et m'aperçus, la chaleur du breuvage me parcourant les veines, que je retrouvais, pour faire face aux événements de la nuit précédente, mon détachement habituel. Ne croyez pas que je n'étais pas ébranlé. La nuit avait prélevé son tribut de rêves et d'inventions troubles – mais ce n'était là que songes.

C'est la différence, voyez-vous, entre moi et Henry Chester : il retournait ses terreurs contre lui-même, tels des démons affamés ; pour ma part, je regarde les miennes pour ce qu'elles sont, les fictions d'une nuit sans repos – et pourtant, d'une certaine façon, elles parvenaient à me duper, aussi vrai qu'elles dupaient le pauvre Henry... Mais il n'est pas dans mon genre de me montrer amer : un joueur doit savoir perdre avec élégance – je me demande simplement comment elles sont parvenues à leurs fins.

Je m'habillai dans mes vêtements de la veille et j'examinai quelle serait ma prochaine action. Dieu seul savait ce qu'Effie avait raconté à Fanny à l'heure qu'il était. La nuit dernière, je n'avais pu saisir si elle avait seulement compris que je l'avais abandonnée. Mais Fanny, elle, s'en aviserait. Et Fanny pouvait me causer grand mal si elle se mettait cette idée en tête... oui, Fanny était la femme à voir avant même de songer à rendre visite à Henry.

Aussi enfilai-je mon pardessus et me mis-je en chemin pour Crook Street, à pied. La marche m'éclaircit les esprits – l'air était vif, tout chamarré de guirlandes et chargé d'odeurs âcres d'épines et d'épices – de sorte que, le temps d'arriver à la porte de Fanny, j'étais prêt à l'affronter avec en main le jeu de bluff le plus dangereux que j'aie jamais abattu.

Je frappai de longues minutes à la porte, sans réponse. Je commençai de me dire qu'il n'y avait personne au logis quand j'entendis le loquet cliqueter, et le visage de Fanny m'apparut, le regard posé sur moi, aussi pâle et dénué d'expression que le cadran de l'horloge dans le vestibule derrière elle. Ma première pensée fut qu'elle s'était rendue à l'église, car elle était en noir. De larges plis de doux velours l'enveloppaient de la gorge aux chevilles et, contrastant avec cette étoffe opulente, sa peau était d'une blancheur saisissante, ses prunelles d'agate plus félines que jamais, mais les yeux étaient rouges, comme si elle avait pleuré. Étrange, et quelque peu embarrassant d'imaginer chose pareille. Depuis toutes ces années que je la connaissais, jamais je n'avais vu Fanny Miller répandre une larme. Je me dandinai, mal à l'aise, ma bouche s'étira en un sourire grotesque qui me fendit la face tout entière.

« Fanny, joyeux Noël ! »

Sans un sourire, elle me pria d'entrer. Je tapai mes bottes sur la marche et accrochai mon manteau dans le vestibule. Il n'y avait pas trace des filles de Fanny et, sur le moment, j'eus l'impression inquiétante que la maison était à l'abandon. Je pouvais sentir l'odeur de la poussière – ou l'illusion de la poussière –, un pouce d'épaisseur de poussière sur des parquets moisis. Pendant un instant de flottement, j'entendis le tic-tac de l'horloge du vestibule, amplifié en un martèlement artériel assourdissant, le martèlement d'un cœur gigantesque... puis la pendule s'arrêta brusquement, les aiguilles stupidement figées une minute avant midi, la cadence le cédant au silence.

« Votre horloge s'est arrêtée », ai-je remarqué.

Fanny ne répondit pas.

« Je... je suis venu dès que j'ai pu, poursuivis-je avec entêtement. Est-ce qu'Effie va bien ? »

Ses yeux étaient indéchiffrables, les pupilles minuscules. « Effie n'existe pas, lâcha-t-elle, presque avec indifférence. Effie est morte.

— Mais... la nuit dernière, je...

— Effie n'existe pas, répéta-t-elle, et sa voix était si lointaine que je me demandai si, à l'exemple de Henry Chester, elle n'avait pas développé un penchant excessif pour ses dernières potions. « Pas d'Effie, répéta-t-elle. Maintenant il n'y a plus que Marta. »

Encore cette roulure.

« Oh, je vois, un déguisement, acquiesçai-je sans conviction. Ah ça, mais c'est une bonne idée. Cela signifie qu'on ne la reconnaîtra pas. Ah... à propos de la nuit dernière... » Je me balançai d'un pied sur l'autre, l'air emprunté. « Je... bon, notre plan s'est... je veux dire... Henry a tout éventé. Il aurait fallu que vous soyez là. »

Pas de réponse. Je n'avais même pas l'assurance qu'elle m'écoutât.

« Je me faisais du souci pour Effie, expliquai-je. J'allais revenir la chercher sur-le-champ mais… Effie a dû vous raconter, je suis tombé sur certaines… difficultés. Il y avait un agent de police aux portes du cimetière… il a dû voir la lanterne et il est venu y jeter un œil de plus près… j'ai attendu des heures. À la fin je suis revenu mais Effie était déjà partie. J'étais malade d'inquiétude. »

Son silence était de plus en plus désarmant. J'étais sur le point de reprendre la parole lorsque j'entendis du bruit dans le corridor derrière moi. Un chuchotement de soie contre du papier, soie contre soie. Déconcerté, je tressaillis et me retournai brusquement lorsque je vis une ombre, monstrueusement allongée, passer en vacillant sur le mur tapissé de papier peint : dans la pénombre du corridor, je la discernais à peine. Je devinai à demi ses traits dans le pâle ovale du visage, au travers de voiles de lumière grise et trompeuse. Les plis de sa robe grise retombant doucement jusqu'au sol en une courbe parfaite, sa chevelure noire, défaite et lisse, je percevais sa sérénité… je percevais sa froideur, la délicatesse glacée de la passion qui l'habitait…

« Effie ? » Ma voix rauque démentait ma vaine tentative de jovialité.

« Je suis Marta. »

C'était tout naturel. Cette fois, je me risquai à glousser, mais tout ce que je réussis à produire en fait de gloussement fut un son grotesque qui s'égara dans le silence. Sa voix était monocorde, exsangue : le chuintement de la neige qui tombe.

Maladroitement, je lui expliquai : « Je suis juste venu vous rendre visite pour m'assurer que vous alliez bien. Ah… si vous ne tombiez pas malade à cause de… enfin, tout ça, vous voyez. »

Silence. Je crus entendre un soupir. Sa respiration : le frottement râpeux de la peau contre l'herbe gelée.

« Plus tard dans la journée, je vais rendre visite à Henry, m'obstinai-je. Vous savez... une visite d'affaire. Histoire de parler d'argent. » Mes propres paroles m'étaient aussi insupportables que s'il se fût agi d'ulcères au fond de la gorge. J'éprouvai un inconfort physique à parler. Maudites soient-elles, pourquoi ne parlaient-elles pas ? Je vis la bouche d'Effie s'ouvrir – mais non, n'est-ce pas, ce n'était pas Effie. C'était Marta, cette roulure de Marta, l'ange noir des désirs lugubres de Henry, tentatrice, torturante... Elle n'avait rien à voir avec Effie, rien, et même s'il se pouvait qu'elle soit une fiction née de l'ocre et des poudres, je compris qu'elle n'en était que plus dangereuse. Car elle était réelle, la maudite, aussi réelle que vous ou moi. Et je pouvais percevoir le ravissement immobile où elle était de me voir ainsi m'empêtrer dans des phrases hachées, à la recherche d'une explication qui m'avait pourtant paru aller de soi quelques instants auparavant, dans la neige. Elle allait dire la chose : je savais ce qu'elle allait dire. Soudain, j'eus le souffle presque coupé, et lorsqu'elle s'avança vers moi, me toucha, mon souffle, une myriade d'aiguilles se ficha dans ma gorge. Sa rage me marqua au fer rouge mais sur ma peau son contact délicat me fit l'effet d'un anesthésique – je ne sentis rien. Sa voix était un chuchotement, intime et froid, prometteur d'extases de ravissement et de souffrance.

« Vous m'avez abandonnée, Moïse. Vous m'avez laissée, pour que je meure dans le noir. » Sa voix était hypnotique. J'admis presque la chose.

« Non ! Je...

— Je sais.

— Non, j'étais en train de dire à Fanny…

— Je sais. Maintenant c'est mon tour. » La voix était distante, presque dépourvue d'expression. Pourtant mes nerfs à vif furent prompts à percevoir cette rage muette et sans crainte – mêlée d'une sorte d'humour.

« Effie…

— Effie n'existe pas… »

Désormais, je pouvais enfin y croire.

Je pris congé du mieux que je le pus. En livrant un dernier combat pour reprendre mon souffle, alors que je me démenais sous des brassées d'un air épais et brun, l'odeur de la poussière plein la bouche, les narines, les poumons… Fanny ne prononça pas un mot de plus lorsque, ayant attrapé mon manteau, je sortis dans la neige en titubant. Jetant un coup d'œil craintif par-dessus mon épaule, je les aperçus une dernière fois, debout côte à côte, main dans la main, qui me fixaient de leur regard silencieux de bêtes sauvages. À cet instant, elles auraient pu être mère et fille : leurs visages étaient identiques, leurs haines se reflétaient en miroir. Cisaillé de panique, je m'effondrai dans la neige, me débattant pour retrouver l'équilibre, mes vêtements s'imprégnant d'humidité aux genoux et aux coudes, les mains engourdies…

Lorsque je regardai en arrière, la porte était close, mais leur haine m'accompagnait, cruellement, délicatement féminine, tout à la fois insaisissable et me collant à la peau, comme un nuage de parfum dans l'air, évocateur et envoûtant. Je tombai sur une échoppe où l'on vendait du gin et je tentai de soumettre mes nerfs à l'apathie de l'alcool… mais la rage de Marta me poursuivit jusque dans l'ébriété, infusant son aigreur dans la chaleur de mon corps. Maudites soient-elles, ces deux-là ! Tout le monde allait penser que j'avais réellement tué Effie. À quoi s'attendaient-elles ? Notre plan, il est vrai, avait un tantinet mal tourné, mais enfin je l'avais aidée à s'échapper, non ? J'avais dupé Henry, et c'était moi qui allais leur obtenir cet argent – j'étais sûr qu'elles feraient trop les délicates pour oser affronter Henry. Hier, ce n'était que : « j'ai besoin de vous, Moïse, je compte sur vous, Moïse », mais aujourd'hui... Inutile d'enjoliver, me dis-je. Elles s'étaient servies de moi : sans doute, je n'avais rien à me reprocher. Je consultai ma montre : deux heures et demie. Je me demandai ce que fabriquait Henry. Aussitôt, cette pensée ne laissa pas de me réjouir, et je sentis un franc sourire se former quelque part dans le creux de mon ventre. Bientôt il serait l'heure de me fendre d'une petite visite à Henry.

60

Voix de Henry Paul Chester

Mon euphorie dura le temps que j'atteigne Cromwell Square. Puis je vis la couronne de houx piquée de baies rouges accrochée à la porte et une sorte de lassitude s'insinua en moi, un engourdissement des sens à l'idée du rôle que j'allais devoir jouer avec Tabby quand, inévitablement, Effie ne serait pas de retour à la maison. J'avais la main posée sur la porte lorsque celle-ci s'ouvrit brusquement et le visage de Tabby m'apparut, radieux, souriant d'excitation et de plaisir. D'un rapide coup d'œil, elle avisa les paquets que j'avais dans les bras et lâcha un petit gazouillis de ravissement.

« Oh, monsieur, s'écria-t-elle. Ce que Mme Chester va être contente ! La maison aussi est une vraie merveille, et je viens juste d'éteindre le four pour laisser le gâteau refroidir. Oh par exemple ! »

Je souris, non sans raideur. « Vous vous en êtes donné du mal. Pourriez-vous vous charger de ces cadeaux et les disposer dans le salon ? » Je lui tendis mes achats. « Après quoi, peut-être voudrez-vous bien me servir un verre de fine ?

— Bien sûr, monsieur. » Elle croulait sous les cadeaux, avide comme une enfant, et je m'octroyai le plaisir d'un sourire acide.

J'étais en train de boire ma fine dans la bibliothèque lorsqu'on apporta l'arbre de Noël. J'observai le livreur et Tabby affairés à dresser l'arbre dans la bibliothèque, puis je regardai Tabby le décorer de boules de verre et de guirlandes, y planter de petites bougies blanches aux extrémités des branches avec de la cire. Tout ceci, bizarrement, me captivait. Assis devant le feu, les yeux mi-clos, l'odeur entêtante et nostalgique des aiguilles de pin dans les narines, j'éprouvai une sensation on ne peut plus plaisante, une sensation d'égarement, comme si j'avais été quelqu'un d'autre, un Henry Chester plus jeune, dans l'attente du réveillon de Noël, d'une surprise magique...

La nuit tombait. Tabby alluma les chandeliers sur le manteau de la cheminée et ajouta d'autres bûches dans le feu. La pièce s'était réchauffée, et rayonnait d'une chaleur accueillante, d'un éclat qui, en dépit de toute l'ironie pleine propre à de telles circonstances, était étrangement puissant : la réalité de la nuit dernière me semblait aussi lointaine que les événements de mon enfance et, lorsque je me tournai vers Tabby pour lui adresser la parole, je me surpris presque à croire en ma propre fiction.

« Tabby, quelle heure est-il ?

— Juste quatre heures passées, monsieur, répondit Tabby, en appliquant sa longue mèche d'allumage à la dernière des trois chandelles. Peut-être aimeriez-vous une tasse de thé et du gâteau fourré aux fruits secs et aux amandes ?

— Oui, voilà qui ne serait pas désagréable, approuvai-je. À la vérité, vous feriez tout aussi bien de nous en monter une théière : Mme Chester m'a annoncé son retour vers quatre heures au plus tard.

— Je vais apporter aussi une tranche du cake que j'ai préparé tout spécialement pour elle, ajouta Tabby avec gentillesse. Elle aura sûrement eu froid. »

Eh bien, la théière, les gâteaux et le cake restèrent sur le buffet près d'une heure avant que je ne m'autorise à feindre l'inquiétude. Ce fut plus simple que je n'avais cru. Le fait est qu'à l'approche de la nuit, l'indifférence où j'étais précédemment avait commencé de s'estomper. Je me sentais agité, sans comprendre tout à fait pourquoi. J'avais grand soif et je bus une fine, mais le cognac me donna des bouffées de chaleur et des vertiges. Mes yeux revenaient sans cesse vers le paquet contenant le déshabillé en soie, au pied de l'arbre de Noël. Je ne tenais pas en place.

Finalement, je sonnai Tabby.

« Pas de nouvelles de Mme Chester ? demandai-je. Elle a pourtant bien annoncé son retour pour quatre heures, et il est maintenant cinq heures passées.

— Pas de nouvelles, monsieur, fit Tabby, sur un ton rassurant. Mais moi je ne me ferais pas de souci. Elle s'est sûrement arrêtée quelque part pour bavarder un peu. Elle ne sera pas longue.

— J'espère qu'il n'y a pas eu d'accident, m'inquiétai-je.

— Oh non, monsieur, fit-elle en secouant la tête. Je suis sûre qu'elle est en route. »

J'attendis jusqu'à ce que, des chandelles de Noël sur le manteau de la cheminée, il ne reste plus que le bout. Celles de l'arbre étaient consumées depuis belle lurette et Tabby les avait déjà remplacées – pour le retour d'Effie. Pour me donner une contenance, je pris un café et j'essayai de lire un livre, mais je fus incapable de me concentrer sur les lettres d'imprimerie, qui dansaient devant mes yeux. Finalement, je sortis mon cahier de croquis et me mis à dessiner, en concentrant mes pensées sur les lignes et le grain du papier, sur la dureté des crayons, la tête semblable à une ruche remplie d'abeilles œuvrant en silence. Quand sept heures sonnèrent à la pendule posée sur le manteau de la cheminée, je levai les yeux et je tendis la main pour attraper le cordon de sonnette. Mon geste s'interrompit à mi-chemin, la main à moitié levée, dans une posture de marionnette, car un mouvement près de l'arbre retint mon regard. Là. Le rideau remua, imperceptiblement, comme pincé par des doigts invisibles. Tendant l'oreille, je crus pouvoir entendre une espèce de résonance, pareille au souffle du vent sur un câble. Un courant d'air fit frémir les rubans de couleur vive des cadeaux disposés sous l'arbre. Un bulbe de verre pivota tout seul, projetant un arpège de lumière sur le mur voisin. Et puis le silence, d'une profondeur infinie.

Ridicule, me dis-je, en proie à une rage contenue. C'était un courant d'air, un châssis de fenêtre mal ajusté, une porte ouverte quelque part dans la maison. Ridicule d'imaginer Effie dehors, derrière cette fenêtre, Effie, ses longs cheveux pâles et défaits encadrant son visage blême, inassouvi... Effie, venue chercher son cadeau... et peut-être m'en apporter un à moi aussi.

« Ridicule, m'écriai-je à voix haute, une voix d'une fermeté réconfortante sur fond de nuit. Ridicule. »

Pourtant, faisant fi de ce ridicule, j'éprouvai le besoin de m'approcher de ce rideau, de tirer d'un coup sec sur le lourd brocart, de regarder dans la rue par la vitre épaisse... À la lumière des becs de gaz, la rue était déserte : aucune empreinte de pas n'était venue gâter la surface scintillante de la neige.

Je sonnai.

« Tabby, a-t-on reçu des nouvelles de Mme Chester?

« Non monsieur. » Elle se montrait déjà moins exubérante. Effie avait trois heures de retard et la neige s'était remise à tomber, étouffant la nuit.

« Je veux que vous vous rendiez en voiture à Cranbourn Alley, que vous fassiez en sorte de savoir si

Mme Chester en est repartie pour rentrer à la maison. Pour ma part, je vais rester ici, au cas où il arriverait quelque chose.

— Monsieur ? s'enquit-elle, perplexe. Vous ne croyez pas qu'elle aurait pu... Je ne suis pas certaine de...

— Faites ce que je vous dis, coupai-je, en lui refermant la main sur deux guinées. Pressez-vous, et ne vous arrêtez sous aucun prétexte. » J'esquissai un sourire chagriné. « Peut-être suis-je trop prudent, Tabby, mais dans une ville comme Londres... Allez. Et dépêchez-vous de revenir !

— Oui, monsieur », fit-elle, le sourcil toujours froncé, et je la surveillai par la fenêtre, enveloppée de la tête aux pieds dans des châles et un manteau, qui se hâtait sur cette neige intacte.

À son retour, elle était accompagnée de deux policiers.

J'eus peine à réprimer un sursaut coupable en les voyant franchir le portail, l'un, mince et grand, l'autre, aussi trapu que Tabby, et traverser la neige épaisse d'un pas pesant, jusqu'à ma porte. Alors même que la panique me martelait l'échine de coups répétés, je me surpris à étouffer un rire aussi amer qu'irrésistible. D'une main, je fouillai à tâtons pour me saisir du saphir aux formes baroques de mon flacon de chloral pendu au bout de sa chaîne. J'en fis tomber trois grains, que j'avalai avec une dernière gorgée de cognac. Je sentis mon rictus d'amère hilarité se relâcher. Je m'obligeai à m'asseoir et à attendre.

Quand je les entendis frapper, j'en sursautai presque. Mon cœur fit une embardée et je bondis de mon fauteuil et manquai glisser presque dans l'escalier en courant ouvrir la porte. Je sentis ma figure atterrée se décomposer, car j'étais censé avoir tout compris en découvrant le visage de Tabby creusé de larmes à demi contenues, et les représentants de la loi, dans une attitude de neutralité délibérée, tête nue.

« Effie ! » Ma voix était éraillée. Je laissai toute l'atrocité de cette soirée passée à attendre transparaître dans ces deux syllabes. « L'avez-vous retrouvée ? Est-elle saine et sauve ? »

L'officier de grande taille prit la parole, en ayant soin de conserver une voix égale. « Sergent Merle, monsieur. Et voici... (désignant l'autre personnage d'une longue main osseuse) l'agent Hawkins.

— Mon épouse, officier (je dissimulai tant mon rire qu'il y avait de l'âpreté dans ma voix – à n'en pas douter, le sergent Merle devait y percevoir du désespoir). Qu'en est-il de mon épouse ?

— J'ai peur, monsieur, que Mme Chester ne soit pas arrivée à Cranbourn Alley. Mme Shelbeck était sortie, mais Mlle Shelbeck, sa belle-sœur, s'est montrée fort affolée. Tout ce que nous avons pu faire, ce fut de l'empêcher de nous accompagner. »

Je me renfrognai, secouant la tête, abasourdi. « Mais...

— Pourrions-nous entrer un moment, monsieur ?

— Naturellement. » J'avais à peine besoin de jouer un rôle. J'étais hébété, presque chancelant sous l'effet de la boisson, du chloral et de mes nerfs. Je pouvais entendre mon cœur marteler des rythmes complexes sous mon sternum et le corridor résonnait bizarrement, une résonance de grotte. Je me rattrapai au linteau de la porte pour retrouver l'équilibre. Un vent froid me zébra la figure, poivré d'une neige gravillonneuse. Sur le moment, je m'écroulai presque.

Le bras fluet de Merle était d'une force surprenante. Lorsque je basculai, il m'empoigna et me conduisit au chaud dans le salon. Le gardien Hawkins nous suivit, Tabby fermant la marche.

« Madame Gaunt, peut-être pourriez-vous apporter une tasse de thé à M. Chester ? fit Merle à voix basse. Il paraît indisposé. »

Tabby quitta la pièce, en se retournant sur les deux policiers, le visage tenaillé par l'appréhension. Je me laissai pesamment tomber sur le sofa.

« Je suis désolé, sergent, m'excusai-je. J'ai été souffrant ces derniers temps, et l'état de mon épouse m'a soumis à certaines tensions. Je vous en prie, ne craignez pas de me dire la vérité. Mlle Shelbeck vous a-t-elle paru surprise que mon épouse ait prévu de se rendre à Cranbourn Alley ?

— Très surprise, monsieur, répondit Merle d'un ton neutre. Elle nous a déclaré ne pas en avoir été du tout avertie par la dame.

— Ô Dieu. » Je me pris la tête dans les mains afin de masquer le sourire guilleret qui pointait sous mon visage décomposé, à me faire mal. « Je n'aurais jamais dû la laisser ! J'aurais dû y aller avec elle, quoi qu'en ait dit le docteur. J'aurais dû le savoir.

— Monsieur ? »

Hagard, je levai les yeux sur lui. « Ce n'est pas la première fois que ma femme souffre de… défaillances, lui confiai-je, désemparé. Mon ami, le docteur Russell, l'a examinée il n'y a pas dix jours. Elle est victime… d'hystérie, elle se croit… persécutée. » Je m'offris le luxe de tressaillir et de me tordre le visage, comme si j'étais proche des larmes. « Mon Dieu, m'écriai-je sur un ton exalté, pourquoi l'ai-je laissée partir ? » Je me levai brusquement et saisis le bras de Merle. « Vous devez la trouver, sergent, l'implorai-je. Elle n'a pas la moindre notion des endroits où elle se rend. N'importe quoi… (fort obligeamment, ma voix se brisa), il peut lui arriver n'importe quoi. »

Et alors il y eut des pleurs, des pleurs véritables, des larmes qui me sillonnèrent la face, qui m'étouffèrent. Je fus secoué de grands sanglots hystériques, me soulageant de mon chagrin et d'un rire vénéneux, par bouffées alternées. Mais tandis que je sanglotais, le visage dans les mains, je pris conscience malgré moi d'une sorte de joie, une sarabande froide et mécanique dans les cavités de mon cœur, et la conscience que mon chagrin – si chagrin il y avait – ne s'adressait ni à Effie ni à personne d'autre.

61

Voix de Moïse Zacharie Harper

Il était environ sept heures quand je me décidai à rendre cette visite tant retardée à Henry. J'attrapai un fiacre jusqu'à High Street et je marchai depuis le cimetière en direction de Cromwell Square. Je dépassai un groupe d'enfants qui chantaient des hymnes de Noël – parmi eux, une jeune fille d'environ douze ans qui rayonnait d'une beauté surnaturelle et cristalline : je glissai un clin d'œil à cette charmante enfant et une pièce de six pence à chacun de ses amis – après tout, maintenant, je pouvais me le permettre – et, en sifflotant, je repris mon chemin, en route pour les foyers de Chester.

Il répondit presque sur-le-champ au coup que je frappai à la porte, comme s'il avait attendu des visiteurs : à en juger d'après son expression, je devinai que j'étais loin d'être le bienvenu mais, une fois jeté un coup d'œil furtif de l'autre côté de la rue, il m'introduisit. Je ne vis pas trace de la domestique et je présumai qu'elle était sortie. Tout était pour le mieux : voilà qui faciliterait mes tractations avec Henry.

« Joyeux Noël, Henry, m'écriai-je gaiement. La maison a vraiment un petit air de fête ce soir. Il est vrai, ajoutai-je, triomphant, que nous avons un tas de choses à célébrer, n'est-ce pas ? »

Il me regarda sévèrement. « Ah vraiment ? »

Je haussai un sourcil narquois. « Allons, allons, Henry, foin de coquetterie, fis-je. Nous savons et l'un et l'autre ce que je veux dire. Disons qu'à l'occasion de ce Noël nous avons tous deux réussi à concocter une solution à certains... embarras, c'est ainsi que nous présenterons la chose ? Le vôtre, je crois, était d'ordre matrimonial, tandis que le mien est d'ordre... purement financier. Nous allons pouvoir traiter ensemble à merveille. »

Henry était le contraire d'un imbécile : il commençait à comprendre. La nuit dernière, sous l'emprise du chloral et de la faute, l'avait vu désorienté, mais ce soir il avait la tête plus froide que je n'aurais cru, et il se borna à me dévisager de cette manière hautaine qui n'appartenait qu'à lui.

« Je ne crois pas que nous allons traiter, Harper, répliqua-t-il froidement. En fait, je doute même que nous ayons très souvent l'occasion de nous rencontrer. En l'occurrence, j'étais assez occupé...

— Pas trop occupé pour partager un verre avec un vieil ami à l'occasion de Noël ? l'interrompis-je avec un sourire. Pour moi, ce sera une fine, merci. Je ne parle jamais affaires la gorge sèche. »

Henry ne bougea pas, aussi j'attrapai une carafe posée à proximité de là et je me servis moi-même avec. « Vous ne m'accompagnez pas ? lui proposai-je suavement.

— Que voulez-vous ? grinça-t-il, dents serrées.

— Ce que je veux ? repris-je, affligé. Pourquoi supposer que je veuille quoi que ce soit ? Je crains que vous ne vous mépreniez sur mon compte, Henry : jamais je n'aurais la vulgarité de vous demander quoi que ce soit... Évidemment, si vous deviez me proposer... au nom de notre amitié... disons simplement trois cents livres afin de régler mes créanciers – une prime de Noël, pour ainsi dire –, il ne me viendrait pas à l'idée de refuser. »

Ses yeux n'étaient plus que deux fentes haineuses et clairvoyantes. « Vous ne pouvez pas me faire chanter ! Vous avez été mêlé à la chose vous aussi. Je vous mouillerai jusqu'au cou.

— Cela, cher ami, s'appelle charger son complice, dis-je d'un ton léger. En outre, j'ai des amis tout disposés à mentir pour moi si besoin était. Et vous-même, en avez-vous ? »

Je lui laissai le temps de se pénétrer de cette réflexion. Ensuite, engloutissant mon cognac d'une seule lampée, j'ajoutai : « Pourquoi ne pas prendre un petit peu part à l'esprit de Noël, en toute simplicité ? Un coup de main en mérite un autre. Réfléchissez-y. Qu'est-ce que trois cents livres pour un homme comme vous ? Cela ne vaut-il pas la peine, ne serait-ce que pour que je vous tourne définitivement le dos ? »

Henry garda le silence une minute. Puis il se tourna vers moi, avec une expression atroce. « Restez ici », m'ordonna-t-il, puis il pivota sur ses talons et sortit.

Quelques minutes plus tard, il revint avec une petite boîte en métal qu'il me remit, d'un geste si brusque qu'on eût dit qu'il voulait me briser les os des mains.

« Prenez ça, misérable. L'argent est là. » Il marqua un temps d'arrêt, les lèvres si minces qu'elles en étaient invisibles. « Jamais je n'aurais dû me fier à vous, fit-il à voix basse. Vous avez mijoté ceci depuis le début, n'est-ce pas ? Vous n'avez jamais eu la moindre intention d'aider quiconque, hormis vous-même. Hors de ma vue ! Je ne veux plus jamais vous revoir.

— Bien sûr que vous ne voulez pas, cher vieil ami, approuvai-je gaiement, en empochant la boîte. Mais qui peut dire que vous ne serez pas amené à me revoir ? La vie, après tout, n'est que diversité. J'ose affirmer qu'il est fort possible que nous soyons amenés à nous rencontrer de nouveau... lors d'une exposition, ou dans un club... ou dans un cimetière, qui sait ? Il serait navrant de se perdre de vue, n'est-ce pas ? Je connais le chemin. Joyeux Noël ! »

Une demi-heure plus tard, je me trouvai dans l'un de mes repaires favoris à Haymarket, la précieuse boîte soigneusement cachée dans ma poche intérieure, à boire un bon cognac devant un feu et à picorer des marrons bouillis au cidre dans la main d'une charmante de quinze ans, aux cheveux de sable, à la bouche de pêche, une pêche que l'on aurait fendue en deux.

Je n'ai jamais eu beaucoup de temps à consacrer au remords : la déconfiture de Henry me mit de bonne humeur, et entre ça, la fille et la boîte de billets de banque, j'admets que toutes ces pensées lancinantes au sujet d'Effie avaient de longtemps cessé de me déranger. J'avais d'autres choses en tête, des choses plus pressantes.

Je bus à l'avenir.

62

Voix de Henry Paul Chester

Quand il fut parti, j'arpentai le vestibule, en proie à un délire de fureur. Oh, j'avais été joliment dupé. Tout me revenait à présent. Tout ce qu'il m'avait déclaré à propos de mon art... les heures passées dans ma maison, à boire mon cognac, à regarder ma femme... pendant tout ce temps, il avait attendu le bon moment pour me rouler, riant sous cape de mes marques réitérées de bienveillance aveugle. Maudit soit-il ! Dans le feu de ma fureur, j'aurais presque pu confesser toute cette affaire navrante à la police, pour la seule satisfaction de le voir pendu... J'aurais ma revanche, mais pas tout de suite, car avant toute chose il me fallait conserver mon calme, et paraître en pleine possession de mes moyens si je devais avoir affaire à la police. Mais je l'aurai.

Je parvins à rejoindre ma chambre, et un peu de chloral dilué dans du cognac noya ma rage au fond des flots : l'engourdissement m'envahit sans tarder et je parvins alors à rester assis dans mon fauteuil crapaud, contraignant mes membres tremblants à l'immobilité, et j'attendis.

Mais la nuit était pleine de bruits : ici, le craquement sec d'une bûche dans l'âtre, là le chuchotement des bulles dans le brûleur de la lampe à gaz, si semblable à la respiration légère, inégale d'un enfant qui dort... J'étais assis près du feu et j'écoutais. Il me sembla, derrière les grincements et les chuchotements ordinaires dans une vieille maison l'hiver, pouvoir distinguer autre chose, une séquence de sons qui finit par se ramener, dans ma cervelle engourdie, au bruit de quelqu'un qui me tournerait autour en se déplaçant tranquillement de pièce en pièce. De prime abord, j'écartai cette idée (la caresse des jupes d'une femme contre le papier peint de soie), car il était impossible que quelqu'un ait pénétré sans clef dans la maison, et j'avais fermé la porte au verrou aussitôt après le départ de Harper (le pas amorti d'un pied léger sur l'épaisseur du tapis, le grincement d'un bras de fauteuil en cuir, lorsqu'elle s'y reposa un moment). Je me versai un autre verre de cognac-chloral (un menu tintement de porcelaine en provenance du salon lorsqu'elle goûta le gâteau – elle avait toujours eu un penchant particulier pour le gâteau au chocolat).

Soudain, c'en était trop. Je me levai d'un bond, j'ouvris la porte à la volée, projetant le reflet d'une longue échelle de lumière depuis ma chambre dans le corridor. Personne. La porte du salon était entrebâillée – l'avais-je laissée ainsi ? j'étais incapable de m'en souvenir. Mû irrésistiblement par un désir morbide plus puissant que la peur, je poussai cette porte, ce qui la fit pivoter sur ses gonds et s'ouvrir doucement. Le temps d'un instant, je la vis : une fille faite de feuilles, son chat fait de feuilles dans les bras, leurs yeux qui me réfléchissaient, semblables à deux miroirs, mon visage réduit à la taille d'une tête d'épingle dans les puits sans fond de leurs pupilles... puis rien. Rien que le reflet d'un saule pleureur, une gravure blanche à l'eau-forte sur le fond obscur de la fenêtre.

Cette fille n'existait pas. Cette fille n'avait jamais existé. Je passai rapidement la pièce en revue : le gâteau était intact, la porcelaine était comme je l'avais laissée, les plis du rideau tombaient avec une précision mathématique. Aucun souffle de vent ne perturbait la flamme des bougies, aucune ombre évocatrice ne venait lécher le mur. Pas la moindre odeur de lilas. Et pourtant, il y avait quelque chose... Le sourcil froncé, j'essayai de situer ce changement : les coussins n'étaient pas fripés, les bibelots étaient à leur place, l'arbre...

Je me figeai.

Sous l'arbre, un petit triangle de papier d'emballage déchiré gisait sur le tapis. Rien qu'un seul. Stupidement, j'essayai de trouver d'où il pouvait bien venir. Gauchement, je fis deux pas en avant, et je vis que le cadeau du sommet de la pile – le déshabillé de soie couleur pêche – avait glissé et qu'il était tombé sur le côté. Automatiquement, je me penchai pour le redresser et je découvris que la ficelle avait été coupée et que l'on avait libéré son contenu, laissant apparaître des plis de soie et de dentelle au milieu du papier d'emballage brun et rigide.

La sensation de ce que je venais de voir refusait de se relier à aucune partie de mon esprit rationnel, et tandis qu'une partie de ma personne se répandait en pleurs et bafouillements, l'autre fixait simplement, calmement le paquet ouvert, et un grand vide s'instaura en moi. Peut-être était-ce le chloral, mais mon esprit était d'une lenteur infinie, se déplaçant de l'emballage au papier déchiré, puis à la ficelle coupée, pour revenir à l'emballage avec un détachement mêlé d'hébétude. Il y eut autour de moi un silence immense et caverneux, et je me tenais là, debout, l'emballage entre les mains. Le papier déchiré glissa et tomba avec cette lenteur qui n'appartient qu'aux rêves sur un sol qui se trouvait à des kilomètres au-dessous de moi. Entre mes mains, la soie exerçait un effet hypnotique. J'étais capable d'en voir l'intérieur avec une acuité inhumaine, sondant la trame et la chaîne de l'étoffe, étudiant à fond la complexité des volutes de dentelle, des spirales à l'intérieur d'autres spirales... Ce papier d'emballage me donnait l'impression de remplir la totalité du monde, de sorte qu'il n'y restait plus de place pour la pensée, mais simplement une conscience, une infinie conscience, une infinie contemplation...

Du fond de mon abîme, je m'aperçus que j'étais en train de rire.

63

Voix de Moïse Zacharie Harper

C'est invraisemblable, ce que l'argent peut filer, non ? J'ai réglé mes dettes, celles dont je ne pouvais plus retarder le paiement, ce qui était loin d'en représenter le total, et je m'employai, quelques jours durant, à concocter le style de vie dont, pensai-je, je ferais volontiers mon pain quotidien. Je mangeais bien, je ne buvais que du meilleur. Quant aux femmes, il y en avait tant que je ne pouvais prétendre distinctement me souvenir de chacune d'elles, toutes des beautés, toutes délicieusement animées d'un désir ardent : voir la couleur de l'argent de ce cher Henry. Ne croyez pas que je ne lui en étais pas reconnaissant : chaque fois que j'ouvrais une bouteille, je veillai à boire à sa santé et quand Jeune Mendiante courut à Haymarket, je m'assurai de placer dix livres sur elle – j'en gagnai deux, à quinze contre un. J'avais l'impression de ne pouvoir perdre à aucun jeu.

Non que je ne surveillasse pas les événements de près, depuis mon petit foyer de vice et de débauche. La disparition d'Effie Chester fut rapportée dans le *Times*, et l'on évoqua la possibilité d'un geste criminel – selon toute apparence, elle avait quitté son domicile le matin de Noël pour se rendre en visite chez sa mère à Cranbourn Alley, où elle n'était jamais arrivée. La dame était « de constitution frêle et nerveuse » et la police nourrissait quelque inquiétude pour sa sécurité. J'estimai que Henry avait assez correctement joué son rôle. L'article le décrivait comme « désemparé ». Mais il était instable, je le savais : le chloral et la religion en égales quantités avaient bouleversé l'équilibre de son jugement et je pariai qu'après les premières semaines où il parviendrait à donner le change, il allait très probablement sombrer dans une sorte d'abattement stupide et s'imaginer toutes sortes de châtiments prêts à lui fondre dessus.

Selon moi, il existait un risque qu'ultérieurement, sous le coup d'une crise de remords extatique, il se livre à la police – à ce moment-là, bien sûr, les carottes seraient cuites. Je supposai que Fanny, depuis le commencement, avait entendu qu'il en soit ainsi, quoique je fusse incapable de comprendre pourquoi. La seule raison logique résidait dans son intention d'assister à l'arrestation et à la ruine de Henry – mais il n'empêche que je ne parvenais pas à comprendre pourquoi elle avait choisi une méthode aussi imprévisibile pour ce faire. Pour ma part, en tout cas, j'étais en sûreté. La réception plutôt fraîche que m'avaient réservée ces deux ingrates de Crook Street m'avait convaincu que je ne possédais plus aucune obligation envers elles. Si Henry tentait de m'accuser, je dirais la vérité – autant qu'il serait besoin. Et il reviendrait à Fanny d'exposer ses propres mobiles et de répondre à une possible accusation de rapt. Quant à Effie, qu'elle s'explique au sujet de Marta. J'étais bel et bien débarrassé de ces deux-là. Personne ne pourrait m'accuser de rien, si ce n'est d'adultère, tout au plus, voire de chantage. Toute tentative de produire le cadavre serait vouée au ridicule. À cet instant même, le « cadavre » errait dans la maison de Fanny, les cheveux teints et le ventre plein de laudanum.

Fanny ! Elle demeurait une énigme à mes yeux, je l'admets. J'aurais apprécié de me fendre d'une visite chez elle, ne serait-ce que pour savoir ce qu'elle fabriquait. Mais je n'étais guère désireux de recroiser cette roulure de Marta, ni cette fois ni jamais. Aussi décidai-je plutôt de me fendre d'une nouvelle visite à Henry.

Ce devait être… voyons voir… vers le 30 décembre. Henry avait eu près d'une semaine pour vaquer à ses affaires et j'étais presque à court d'argent. Aussi me rendis-je à sa demeure d'un pas léger, et demandai-je à le voir. La domestique lorgna le bout de son nez et me répondit que M. Chester n'était pas chez lui. Pas pour moi, très probablement, pensai-je, et je lui répondis que j'allais l'attendre. Ainsi donc, elle m'introduisit au salon et j'attendis. Au bout d'un certain temps, je m'impatientai et commençai de fureter du regard : le salon était encore décoré pour Noël et, sous l'arbre, il y avait quantité de paquets qui attendaient encore d'être ouverts par une jeune femme qui ne reviendrait plus jamais chez elle. Le touchant détail que voilà, me félicitai-je – la police aurait apprécié. Au surplus, Henry avait coiffé toutes les toiles du salon de housses contre la poussière : l'effet produit ne laissait pas d'être perturbant et je me demandai pourquoi il avait fait cela. Je flânai dans le salon près de deux heures, jusqu'à ce que je comprenne que la domestique avait dit vrai : M. Chester n'était pas chez lui.

Je sonnai pour que l'on m'apporte un cognac et, quand elle se présenta plateau en main, je lui glissai une guinée et lui adressai mon sourire le plus engageant.

« Eh bien, madame… j'ai bien peur de ne pas connaître votre nom… » Je n'ose imaginer que quiconque l'ait appelée « madame » quelque chose depuis des années et elle regimba.

« Gaunt, monsieur, mais M. et Mme Chester...

— Madame Gaunt. » Mon sourire atteignit des sommets de charme. « Je suis, comme vous vous en souvenez, un vieil ami de M. Chester. J'ai conscience de la détresse dont il doit souffrir en ce moment...

— Oh, monsieur, m'interrompit-elle, en se tamponnant le coin des yeux, la pauvre jeune dame ! Nous avons si peur qu'un homme ait pu... » Elle s'interrompit, visiblement émue. J'évitai de glousser.

« Tout à fait, fis-je, réconfortant. Mais si – Dieu nous en préserve – le pire était arrivé », je poursuivis avec componction, « alors nos pensées doivent aller aux vivants. M. Chester a besoin que des amis le soutiennent dans cette épreuve. Je n'ignore pas qu'il ait pu vous donner instruction d'éconduire, ou tout au moins de ne pas renseigner les visiteurs... », je lui adressai un regard plein de reproche, « mais vous et moi nous savons tous deux, madame Gaunt, que pour son propre bien...

— Oh oui, monsieur, acquiesça-t-elle. Je sais. Pauvre M. Chester. Il refuse de manger, il dort à peine, il passe des heures dans cet atelier, là, ou alors simplement des heures à marcher dans le cimetière... il était si épris de la jeune dame, monsieur, qu'il ne veut pas entendre évoquer son nom... et on voit bien qu'il a recouvert tous les jolis tableaux qu'il a peints d'elle : il ne peut supporter de les regarder, à ce qu'il dit...

— Ainsi vous ne savez pas où il est aujourd'hui ? »

Elle secoua la tête.

« Mais vous ne m'empêcheriez pas de lui apporter le réconfort que je pourrais lui apporter si je revenais lui rendre visite ?

— Oh, monsieur ! » Son expression de reproche était manifeste. « Si je le savais, monsieur... mais il y a des gens, vous savez, qui ne seraient pas...

— Naturellement.

— Mille mercis à vous, monsieur. »

Je la gratifiai d'un large sourire. « Je vais me contenter de lui laisser un message, si vous voulez bien. Puis je vais m'en aller. Peut-être vaudrait-il mieux ne pas mentionner ma venue.

— Très bien, monsieur. » Cela la laissa perplexe, mais elle parut disposée à m'obéir.

« Je vais m'éclipser, madame Gaunt. »

Lorsqu'elle se fut de nouveau retirée, j'ouvris la porte du salon et me dirigeai tranquillement vers la chambre de Henry. Dans ma poche, je pris la broche d'Effie – celle qu'elle avait laissée sur la table de chevet cette nuit-là – et la lui épinglai à son oreiller. Le bijou scintillait dans la demi-obscurité. Au-dessus du lit, je vis une autre toile drapée d'un linceul, et je l'en dévêtis. À présent, Effie flottait au-dessus du lit comme un pâle succube. Henry allait bien dormir cette nuit...

En quittant Cromwell Square, je me dirigeai vers l'atelier de Henry. La lumière déclinait – l'après-midi était déjà avancé – et, à l'heure où j'arrivai, il faisait sombre. L'atelier se trouvait dans un bloc d'appartements, et Henry était installé au deuxième étage. La porte extérieure était ouverte, l'escalier faiblement éclairé par un seul brûleur à gaz qui crachotait. Je dus me tenir fermement aux balustrades afin d'éviter de faire une chute dans ces marches d'escalier de guingois. Lorsque j'atteignis la porte marquée du nom de CHESTER, elle était fermée à clef.

Je poussai un juron. Alors, c'était ainsi. Mais, lorsque je me retournai pour quitter les lieux, je fus saisi d'une curiosité soudaine, du désir de voir l'intérieur de cet atelier, et peut-être d'y laisser une autre carte de visite. J'inspectai le verrou. Il semblait de facture assez simple. Deux ou trois tours d'un couteau de poche à petite lame suffirent à le déclencher et à l'ouvrir. Je soulevai le loquet et poussai la porte. Dans l'atelier, il faisait sombre. Pendant quelques minutes, je tâtonnai dans une obscurité presque complète, à la recherche de la lampe à gaz. Dans mes déplacements, je pouvais entendre le crissement du papier que j'écrasais sous mes pas, mais j'étais incapable de savoir pourquoi ce papier se trouvait là. Puis, lorsque la lumière jaillit, je pus embrasser la pièce d'un coup d'œil.

Ma première réflexion fut que j'étais entré par effraction dans le mauvais atelier. Je savais Henry méticuleux, presque un obsédé de l'ordre : la dernière fois que j'étais venu en ces lieux, des toiles montées sur leur cadre étaient accrochées aux murs, des toiles sans cadre étaient serrées dans un grand carton sur la gauche de la pièce, une malle remplie de costumes et d'accessoires était logée dans le fond, et puis il y avait quelques chaises et une table poussées contre le mur. À présent, il régnait ici un désordre non moins maniaque. Les tableaux avaient été arrachés des murs – parfois en emportant du plâtre et du papier mural avec eux – et entassés pêle-mêle devant le feu. Des toiles sans cadre étaient dispersées par terre dans tous les sens, un véritable jeu de cartes éparpillé. Et partout, sur le moindre carré de parquet disponible, il y avait des esquisses, chiffonnées, déchirées ou entières, des esquisses sur toile, sur parchemin ou sur papier d'emballage – certaines d'entre elles à vous couper le souffle. J'avais toujours ignoré que Henry possédait un tel talent. L'âtre était bourré de ces esquisses, à moitié carbonisées, poignants vestiges, et je passai plusieurs minutes à quatre pattes, à explorer ce carnage, à retourner ces images entre mes mains, à essayer de trouver un quelconque motif à ces mutilations.

Au bout d'un moment, la tête commença de me tourner. Il y avait là tant d'images d'elle, des images à l'aquarelle, à la craie, au crayon, à l'huile, à la tempera : des contours d'une pureté indicible, études des yeux, des lèvres, des pommettes, des cheveux… de profil, de face, de trois quarts… tous poignants et désolés et vrais. Au cours de toutes ces années, je m'étais trompé sur le compte de Henry : la décadence blafarde de ses tableaux, le symbolisme controuvé de toutes ses œuvres antérieures m'avaient masqué la pureté lugubre, presque orientale, de la vision qui était la sienne. Ici, chaque coup de crayon, chaque coup de pinceau était d'un raffinement exquis : la cruauté et la tendresse se fondaient subtilement pour créer un style qui chantait la blessure d'une extase transcendante… et ces chefs-d'œuvre, chacun sans exception, se trouvaient là, mis au rebut, à cause d'on ne sait quelle rage et quel amour. Chacun de ces chefs-d'œuvre était un infanticide… Cela dépassait l'entendement.

Si l'on veut, je me découvris presque de la jalousie à l'égard de Henry Chester. Certes, j'avais toujours su qu'un artiste doit souffrir pour devenir grand. Mais une souffrance assez aiguë pour produire cela… peut-être cela valait-il la peine de connaître… cette passion qui transcende tout.

Pendant quelques minutes, je restai assis au milieu de ces débris et je me lamentai comme un enfant. Peut-être me suis-je laissé aller à rêver un peu. Mais ensuite mon esprit se tourna vers des objets plus prosaïques et je suis redevenu moi-même. Cette affaire d'argent demeurait en suspens.

Je restai debout un instant, m'appliquant à réfléchir avec logique. Où pouvait être notre homme ? J'ai retourné mentalement toutes les alternatives possibles… et puis j'ai compris. Bien sûr ! Jeudi. Nous étions jeudi. Le jour de Marta. D'un coup d'œil je consultai ma montre. Sept heures passées de cinq minutes. Où qu'il soit maintenant, à marcher dans les rues de Londres, quel que soit le cercle de l'enfer qui le retenait à l'heure qu'il était, je savais qu'à minuit il se présenterait à Crook Street, pour son rendez-vous d'amour avec la dame. Peu importait le risque encouru : peu importait la souffrance qu'elle lui infligerait, il y serait.

Mes yeux se posèrent un instant sur le dessin que j'avais ramassé au hasard parmi les centaines qui jonchaient le sol : un morceau de papier peint à l'aquarelle, raide, les bords grossièrement découpés, avec un contour flou tracé à la craie brune, où ses yeux se consumaient sans fin, des yeux porteurs d'une promesse sans fin...

Pour un homme, il y avait de quoi tomber amoureux.

Je haussai les épaules et je laissai retomber l'esquisse dans l'âtre.

Pas moi, Henry. Pas moi.

64

Voix de Henry Paul Chester

Depuis le moment où j'avais vu le paquet ouvert sous l'arbre de Noël, j'avais compris qu'Effie était finalement venue à la maison. J'entendais ses pas dans le corridor, son souffle dans des pièces sombres aux rideaux tirés : je humais son parfum au seuil des portes, je trouvais des mèches de ses cheveux sur mes manteaux, ses mouchoirs dans mes poches. Dans la mort, elle était devenue mille fois plus intuitive qu'elle ne l'avait été dans la vie, devançant mes terreurs les plus intimes : je la retrouvais dans l'air que je respirais, dans les chemises que je portais. Elle se mouvait sous la surface de mes tableaux comme une jeune noyée juste au-dessous de la surface de l'eau, de sorte qu'il me fallut finalement les recouvrir de draps pour masquer ce visage et ces yeux accusateurs : je la retrouvais dans le flacon de chloral, à telle enseigne que, quelle que soit la quantité absorbée, la drogue ne me dispensait plus aucun apaisement, et je n'arrivais qu'à un seul résultat : rendre son image plus claire et plus présente à mon esprit... Et quand je dormais – oui, en dépit de toutes mes tentatives pour tromper le sommeil, cela m'arrivait parfois – alors elle me traquait dans mes rêves, s'abandonnant en toute impudeur, me narguant de sa beauté blafarde et me criant d'une voix aussi perçante et inhumaine que celle du paon : « Et alors mon histoire ? Et alors mon histoire ? Et alors mon histoire ? »

Elle connaissait tous mes secrets. Nuit après nuit, elle venait à moi chargée de présents : le flacon de jasmin, le bouton de porte bleu et blanc, et, une fois, le petit disque blanc de l'hostie, marqué d'écarlate par le contact de ses lèvres…

Nuit après nuit, je me réveillai en nage, baignant dans la sueur acide de la terreur et du remords. Je ne pouvais pas manger : je goûtai la saveur d'Effie dans chaque morceau que je portais à ma bouche et son regard pointait à travers mes yeux hagards chaque fois que je me regardais dans mon miroir à barbe. J'avais conscience de prendre bien plus de chloral qu'il n'était indiqué pour ma santé, mais je ne pouvais pas me résoudre à réduire les doses.

Et cependant, pour son salut, j'ai enduré la chose, pour Marta, ma Schéhérazade, ma communion spectrale avec le sang. Le sait-elle ? Se réveille-t-elle la nuit et, à son réveil, chuchote-t-elle mon nom ? Même sans tendresse, le chuchote-t-elle ? Aime-t-elle, ma pâle Perséphone ?

J'aurais aimé le savoir.

J'attendis jusqu'au jeudi, comme je l'avais promis. Je n'osai agir autrement – ma Schéhérazade n'était pas aimable, et je ne pouvais supporter l'idée qu'elle me rejette si j'enfreignais le moins du monde ses instructions. Entre-temps, je voguai sur les eaux du Styx en compagnie des fantômes qui m'escortaient, la fiole bleue tenue prête, dans ma main, en vue de noyer tout promeneur de minuit… les journées s'étiraient, passerelles blafardes et sans fin, au-dessus de gouffres sans fond… les nuits formaient des écheveaux entortillés de serpents armés de pointes, d'un érotisme obscène : l'essence languide du lit.

Le jeudi soir, j'attendis que Tabby aille se coucher – je bus même son lait chaud avant de faire semblant de me retirer – et je me rendis dans ma chambre pour y attendre. Aussitôt que j'eus ouvert la porte, je ressentis le changement : un parfum de laudanum et de chocolat flottant dans l'air froid, un rideau de dentelle voletant devant une fenêtre ouverte à demi… Maladroitement, je manipulai la lampe à gaz qui crachotait, les mains tellement tremblantes que cela me prit près d'une minute pour l'allumer. Et durant tout ce temps, je pouvais l'entendre derrière moi dans le noir, la Petite Mendiante, le tapotement sec de ses ongles pointus contre la courtepointe de soie, et son souffle, Dieu bien-aimé, son souffle. La lampe illumina tout avec un crachotement. Je me retournai, affolé, et elle était là : pendant un instant, ses yeux croisèrent les miens et soutinrent leur regard. J'étais paralysé, bouche bée, souffle coupé, ma santé mentale se déroulant comme une balle de ficelle dans un puits sans fond. Puis je vis la housse sur le lit et je fus envahi d'une vague de soulagement, haute et chaude. L'image. C'était l'image. Le drap avait glissé, on ne sait comment, et… Soulagé jusqu'au vertige, presque pris de rire, je courus vers le lit… mais alors mon soulagement se figea au fond de ma gorge, mes jambes se changèrent en eau, j'eus un haut-le-cœur et ma langue se transforma en sable. Sur l'oreiller, épinglée à la taie, il y avait une broche d'argent dont je me souvenais. Effie la portait cette nuit-là – je me remémorai son scintillement quand elle avait bougé dans la neige, l'échine cambrée du chat argenté quand elle m'avait fixé de son propre regard d'argent, son regard de chat…

Stupidement, je manipulai la broche, essayant de ralentir la chute vertigineuse de mes pensées. Au-dessous de mon œil gauche, un étendard s'agitait, signal de panique incontrôlé.

(et mon et mon et monhistoire etmonhistoire)

Si je l'avais entendue le dire, je sais que j'en aurais perdu la raison, mais j'avais conscience qu'elle ne parlait que dans mes pensées.

(etmon etmon etmon)

J'eus recours à la seule magie que je connaissais : réduire au silence la voix sans merci qui se prononçait si fort dans mon esprit, l'unique mot magique, je nommai l'enchanteuse, très doucement, je fermai les yeux et je la sommai de paraître, le plus intensément, le plus ardemment que je pus.

« Marta. »

Silence.

Silence teinté d'une sorte d'espoir. Presque de la sérénité.

Dans ce silence sub-aquatique, j'attendis ce qui me sembla des heures. Puis, à dix heures, je me levai de mon fauteuil et me lavai à l'eau froide, me vêtant avec un soin méticuleux. Sans me faire voir, je me faufilai hors de la maison et dans la nuit que ne troublait pas le moindre souffle de vent. La neige avait cessé de tomber et une immobilité de songe enveloppait la ville. Elle allait de pair avec un brouillard si épais que même les becs de gaz voyaient leur lumière éclipsée, leurs globes verdâtres perdus dans une brume infinie, immaculée. Sous ce brouillard, la neige semblait dotée d'un rayonnement à elle, une sorte de luminescence surnaturelle, pareille à celle d'un œil de chat, qui transformait les rares passants en cadavres ambulants. Mais le chloral et la proximité de Crook Street avaient subjugué mes fantômes : aucune petite mendiante ne me suivait, ses bras nus et fluets tendus dans un geste figé de supplication. Les fantômes – s'il y eut jamais des fantômes – n'osaient pas quitter Cromwell Square.

Je me frayais un chemin dans la neige, à la lumière de ma lanterne, encadré par le brouillard, et, confiant dans la certitude qu'elle m'attendait, je me sentais reprendre des forces. Marta, ma chère Marta, ma promeneuse nocturne, mon cœur de cuivre. Je lui avais apporté un cadeau, fourré sous mon pardessus : le déshabillé de soie couleur pêche que j'avais acheté dans Oxford Street, emballé de neuf dans un papier rouge vif et noué d'un ruban doré… Tout en marchant, je laissai ma main se faufiler presque furtivement vers le paquet, le soupeser, et j'imaginai de l'allure qu'aurait le déshabillé de soie contre sa peau, de quelle façon provocante il glisserait de son épaule, l'étoffe fine et translucide glissant sur l'étoffe plus rêche de sa chevelure…

Il était presque minuit lorsque j'atteignis Crook Street, et le feu de l'excitation et de l'attente, à la savoir si proche, était tel que je fus à sa porte avant de m'être aperçu de ce qui n'allait pas : la maison était plongée dans l'obscurité, pas de fenêtres allumées, pas même une lanterne à la porte. Interloqué, je m'arrêtai dans la neige et j'écoutai… mais pas un bruit ne provenait de la maison de Fanny, pas le moindre éclat de musique ou de rire. Rien que ce redoutable bourdonnement de silence qui engloutissait tout.

Le coup que je frappai à la porte rendit dans la maison un écho monocorde et j'eus soudain la conviction qu'elles étaient parties, Marta, Fanny et toutes les autres, qu'elles avaient tout simplement empaqueté leurs affaires et disparu, telles des bohémiennes dans la neige incertaine, ne laissant que des regrets et une bouffée de magie dans l'air. Cette conviction était si forte que je criai à pleine gorge en frappant à coups de poing contre la porte… et la porte s'ouvrit en silence, comme un sourire, tandis qu'à l'intérieur de la maison j'entendis l'horloge du vestibule se mettre à sonner le passage du jour à la nuit.

Je marquai un temps d'arrêt sur le seuil, une odeur évanescente d'épices et de vieil encens aux narines, le souffle spiralant d'entre mes lèvres, tel un génie lumineux. Aucun éclairage dans le vestibule, mais les reflets lumineux de la neige suffisaient à jeter une lueur estompée, éthérée sur les parquets cirés et les cuivres luisants, de sorte qu'au clair de lune mon ombre se détachait avec une clarté confondante, couchée de guingois sur le seuil et le long du corridor. Une tiède exhalaison d'air parfumé vint effleurer mon visage, tel le souffle d'une respiration.

« Fanny ? » Ma voix résonna comme une intruse, trop perçante au milieu des tours et détours feutrés et muets de cette maison : enfin, après tant d'années de visites, j'en compris l'immensité, corridor après corridor, labyrinthe dissimulé, tapissé, portes devant lesquelles je ne me rappelais pas être passé jamais, gravures de nymphes languides et de satyres avec visages ravagés et malins, bacchantes hurlantes aux cuisses aussi larges que des piliers, poursuivies par des nains grimaçants et des lutins concupiscents, des servantes médiévales, sages et réservées, tout droit issues du Pandemonium, les hanches étroites, les yeux cryptiques et pénétrants... Alors que je traversais de véritables galeries de luxure, on ne peut plus explicites, encadrées de dorures, à peine éclairées, l'obscurité me dérobait toute perspective. Je pressai le pas, haïssant le martèlement monotone et un rien menaçant de mes pieds déchaussés sur l'épais empilement des tapis. Je tâchai de localiser l'escalier, mais je ne parvins qu'à m'engager dans un autre corridor, et je ne tournai des poignées de portes que pour trouver ces dernières fermées à clef, chuchotant comme si un mystère se tenait tapi là derrière, à moitié éveillé.

« Fanny ! Marta ! »

Ma voix paraissait à vif, un bruit tout nu dans ce silence grinçant. J'étais désormais complètement désorienté : la maison paraissait s'étirer dans toutes les directions, sur des distances incommensurables. J'avais l'impression d'avoir couru des kilomètres.

« Marta ! » Le silence répercutait mes appels. J'étais perdu au milieu d'un million de résonances subtiles. À une centaine de kilomètres de là, je crus entendre le tintement d'une musique, quelque chose de nostalgique et d'ineffable, à l'extrême lisière de l'identifiable. Au bout d'un moment, je reconnus ce que c'était.

« Marta ! » Ma voix se brisa dans l'aigu, sur une note de panique, et je me mis à courir à l'aveuglette dans le corridor, me cognant les mains contre les murs dans ma course, invoquant désespérément son nom. Je tournai un angle et courus droit dans une porte qui brusquement fermait le corridor. Le flux de peur panique se dissipa comme s'il n'avait jamais existé et je sentis le battement de mon cœur ralentir presque jusqu'à la normale lorsque ma main se referma autour de la poignée de porcelaine, et la porte s'ouvrit sur le vestibule.

C'était là qu'était l'escalier – je ne parvenais pas à comprendre comment j'avais pu le manquer la première fois que j'étais passé par là – et je pouvais apercevoir le clair de lune à travers un petit vitrail qui projetait des reflets sur les boiseries lustrées. La lumière était si brillante que je pouvais même distinguer les couleurs : ici, une éclaboussure de rouge zébrant les balustrades, deux ou trois losanges verts sur les marches, un triangle bleu sur le mur… et plus haut dans l'escalier, juste en bordure du faisceau de la lune, une silhouette nue, la ligne subtile de son flanc et de sa cuisse gravée dans une lumière d'église pourpre, bleu et indigo, la cascade ondoyante de sa chevelure tel un voile plus sombre tiré sur fond de nuit.

Le clair de lune vint accrocher l'un de ses deux yeux sur son visage d'ombre, flattant l'iris d'une brillance opalescente. Elle était prête à bondir, tel un chat. Je vis sa gorge immaculée se tendre, les muscles de danseuse saillir comme des cordes, je vis la cambrure de son pied sur la marche, la tension de tous les nerfs de son corps, et cette beauté surnaturelle, l'harmonie qui était en elle, sa ligne, sa texture m'envahirent d'un effroi écrasant. Pendant un moment, je fus trop absorbé pour en éprouver même du désir. Puis, comme je m'avançais vers elle, elle gravit les escaliers d'une seule détente, s'éloigna de moi avec un rire feutré et s'enfuit à l'étage avec moi à sa poursuite. Je la touchai presque – je me souviens de sa chevelure de fougère m'effleurant les doigts, irradiant mon corps d'un chaud frisson de désir. L'escalier tremblait sous mes pas lourds mais elle était plus rapide que moi, et elle échappa à mes étreintes maladroites. Lorsque j'atteignis le dernier étage, je crus entendre son rire à travers la porte, qui me narguait.

Je lâchai un petit gémissement de désir et d'attente, la tension exquise et affolante de cet instant me guidant vers la porte telle une flèche (le bouton de cette porte était de porcelaine bleu et blanc, mais il n'y avait guère de place pour que ce fait s'enregistre, par-delà cette sensation vertigineuse qu'elle avait allumée en moi). Je n'avais pas attendu pour me dépouiller de mes vêtements, avant même d'avoir ouvert la porte, laissant derrière moi, à l'étage, un sillage de vêtements, comme autant de peaux (manteau, chemise, cravate). Et en effet, quand j'ouvris, j'étais dans une tenue grotesque, à demi dévêtu, en chaussettes, avec mon chapeau, une jambe passée dans mon pantalon, et trop occupé à me défaire du reste de mes habits pour prendre la pleine mesure de ce qui m'environnait. Avec le recul, celui d'une sagesse rétrospective, je sais que je m'étais déjà trouvé là auparavant : c'était la chambre de mes rêves, sa chambre, la chambre de ma mère, transportée à Crook Street grâce à une magie pleine d'ironie. À la pauvre lumière d'une bougie protégée d'un abat-jour, je pus discerner les détails que j'avais en mémoire depuis ce premier jour, ce jour terrible, édulcoré presque jusqu'à l'insignifiance par la proximité de Marta : ici, sa coiffeuse, avec sa flottille de petits flacons et de bocaux; là, son haut fauteuil tapissé de brocart, un foulard vert étalé sans façon sur le dossier; par terre, un autre foulard gisait à l'abandon; sur le lit, des robes jetées dans une flaque de dentelle, de taffetas, de damas et de soie...

Si je remarquai tout ceci, ce fut avec les seuls yeux du désir. Il n'y avait là aucune sensation de danger, aucun pressentiment, simplement le sentiment enfantin que ce n'était que justice et une jouissance purement physique lorsque je bondis sur le lit, où Marta m'attendait déjà. J'assouvis sur elle la première pulsion de ma jouissance, sans un mot, sans préambule : ensemble, nous roulâmes parmi les robes et les fourrures et les manteaux, écrasant la dentelle ancienne, dévastant de coûteux velours dans notre lutte silencieuse. Une fois, mon bras jaillit et frappa une desserte, emportant bagues, colliers et bracelets sur le sol et j'eus un rire de folie, je m'enfouis le visage dans la douceur de sa chair parfumée de jasmin et je la baisai comme si je ne pouvais supporter de lâcher un centimètre de cette peau que j'avais conquise.

Une fois dépouillé de ce premier élan de folie incontrôlable, je fus en mesure de retrouver ma lucidité, de me délecter d'elle alors que le besoin pressant que j'éprouvai à son endroit aurait dû me l'interdire. Je la tenais dans mes bras, et je m'aperçus qu'elle avait froid, que ses lèvres étaient d'une pâleur de pétale, que son souffle n'était qu'un mince filet d'air glaçant contre ma figure.

« Pauvre amour, êtes-vous souffrante ? Vous êtes si froide. »

Sa réponse fut inaudible, de la glace contre ma joue.

« Laissez-moi vous réchauffer. » Mes bras l'enlaçaient, son front se nicha au creux de ma gorge. Sa chevelure était légèrement humide, sa respiration fiévreuse et trop rapide. Je tirai une couverture et nous en enveloppai tous deux, frissonnant sous le contrecoup de la passion, et je tendis la main vers mon flacon de chloral suspendu par sa chaîne autour de mon cou, pour en faire tomber dix grains. J'en avalai cinq, je donnai le reste à Marta, le goût la fit grimacer, ses lèvres entrouvertes s'incurvèrent en accent circonflexe, une expression curieusement enfantine qui me fit sourire.

« Voilà, vous allez voir, lui dis-je doucement. Je vais bientôt arriver à vous réchauffer. Fermez juste les yeux. Chut. Fermez les yeux et dormez. »

Je la sentis tressaillir contre moi et je fus envahi d'une tendresse inexprimable. Elle était si jeune, après tout, si vulnérable en dépit de son apparente maîtrise de soi. Je laissai mes mains parcourir doucement l'écheveau de sa chevelure, je la réconfortai par mes attouchements.

« Tout va bien, chuchotai-je, autant pour me rassurer moi-même que pour elle. Tout va bien à présent. C'est fini. Maintenant nous sommes ensemble, mon amour, nous pouvons tranquillement nous reposer. Essayez de vous reposer. »

Et, pendant un moment, nous nous reposâmes en effet, sombrant au fond d'un abîme de sel et d'herbes vertes et silencieuses, tandis que la lumière faiblissait, faiblissait, et finalement s'éteignait. Et, pendant un moment, Dieu s'endormit...

Peut-être ai-je somnolé. Difficile de se souvenir dans cette brume d'impressions. Je flottai dans le jasmin et le chloral, l'esprit à la dérive, et quand je m'éveillai, je m'aperçus que, alors que j'étais bien au chaud sous ma couverture, Marta n'était plus avec moi. Je me redressai, clignant des yeux dans la froide lumière qui filtrait des rideaux – la chandelle s'était consumée depuis longtemps. Je pus vaguement distinguer certains détails de la pièce, la dentelle et le velours opulent figés en cendres argentées au clair de lune, les fioles et les flacons sur la coiffeuse scintillant comme des chandelles de glace sur le bois sombre.

« Marta ? »

Silence. La chambre était en attente – je pouvais presque percevoir toute l'espièglerie cryptique des lieux. Quelque chose remua près de l'âtre froid. Je pivotai, le cœur battant... Rien. Juste un morceau de suie qui se détache dans la cheminée. Le foyer m'adressait son grand sourire édenté derrière son pare-feu de cuivre.

« Marta ! »

Soudain, j'acquis la certitude d'être seul dans la maison. Frappé de panique, je me levai d'un bond, la couverture aux épaules, comme une traîne, et je criai son nom d'une voix où pointait l'hystérie.

« Marta ! »

Quelque chose me saisit la jambe, quelque chose de froid, de légers tentacules sous-marins garnis de plumes. Je hurlai de dégoût et m'écartai du lit. La chose tint bon et je sentis des écailles sèches et cassantes contre ma peau. « Maar... aah ! » Je laissai échapper un cri inarticulé, je me tournai violemment tout en tirant sur la chose de mes doigts gelés... J'entendis le craquement âpre de l'étoffe qui se déchire, je sentis le contact de la dentelle en lambeaux dans ma main tremblante et me mis à rire d'un rire malade : mes jambes s'étaient emmêlées dans les plis d'une robe qui se trouvait étalée sur le lit et qui gisait à présent au sol, dans un amoncellement de jupons démembrés, le corsage orné de paillettes franchement déchiré en deux.

Je grommelai tout seul, sur le ton de la dérision : « Une robe. Se battre contre une robe », mais je fus frappé par ce tremblement dans ma voix. Pris d'une nausée soudaine je fermai les yeux, j'écoutai le battement de mon cœur ralentir jusqu'à un rythme normal, en cadence avec la contraction de ma paupière gauche. Passé un certain temps, j'eus le courage de rouvrir les yeux et, m'obligeant à me raisonner, je me rendis devant le feu pour tenter de l'allumer. Marta serait bientôt de retour, me dis-je. Dans un moment, elle allait franchir la porte... et même si elle n'en faisait rien, il n'y avait aucune raison de penser que cette chambre – cette chambre et aucune autre, pour l'amour de Dieu – attendrait quoi que ce soit de moi, de même que, voici tant d'années, la chambre de ma mère avait semblé attendre de moi quelque chose... mais quoi ? Un sacrifice, peut-être ? Une confession ?

Ridicule ! Ce n'était pas la même chambre.

Et pourtant il y avait quelque chose dans ce silence, presque une béatitude, presque une jubilation. Je fouillai l'âtre à tâtons, luttant contre le besoin de surveiller la porte par-dessus mon épaule. Lorsque je craquai une allumette, la chambre s'enflamma un instant de lumière rouge. Puis la flamme vacilla et mourut. Je jurai. Encore. Encore. À la fin, j'arrivai à entretenir la flamme, à force de soin, pour qu'elle frémisse de vie. Le papier prit, et puis le bois. Je regardai derrière moi, des ombres géantes fleurissaient sur les murs, des ombres-chattes bondissant, du feu dans les yeux. Sur la coiffeuse, une poignée de rubis se reflétait à l'infini dans le miroir en triptyque. Je me tenais debout, dos à l'âtre, je captai la chaleur hésitante de ces flammes nouveau-nées avec un sentiment victorieux.

« Rien de tel que le feu, marmonnai-je à voix basse. Rien de tel... » Ces mots se changèrent en papier au fond de ma gorge. « M... Marta ? » Sur le moment, ce fut presque le mot « Mère » qui me vint sur la langue. Elle était assise sur le lit, un pied pelotonné sous le corps, la tête légèrement penchée de côté, posant sur moi un regard dénué d'expression. Elle portait le déshabillé de Mère. Non, elle devait avoir trouvé mon présent, l'avoir ouvert et l'avoir enfilé pour me complaire. Peut-être avait-elle attendu tout ce temps que je le remarque.

« Marta. » Je forçai ma voix à retrouver son registre normal et je tentai d'ébaucher un sourire. « Charmant. » J'avalai ma salive. « Très charmant. » Elle inclina la tête avec coquetterie, enfouissant son visage dans l'ombre. « Votre cadeau, expliquai-je.

— Cadeau, chuchota-t-elle.

— Et comment, m'écriai-je avec plus de jovialité. Dès que je l'ai vu, j'ai pensé à vous. » Évidemment, ce n'était pas tout à fait vrai, mais je me dis qu'elle aimerait ce propos. « Et cela vous va vraiment à ravir. »

Elle hocha la tête, pensive, exactement comme si elle ne l'ignorait pas.

« Il est presque l'heure de votre cadeau, maintenant », m'annonça-t-elle.

65

Voix de Henry Paul Chester

« Il était une fois... » Sa voix était limpide, son souffle froid contre la douce concavité de ma gorge, ses doigts traçant des cercles minuscules dans mon dos nu, tandis qu'elle chuchotait dans l'obscurité. Je pouvais sentir la soie et une dentelle aussi douce qu'une peau de pêche entre mes paumes moites, et un parfum de jasmin, lourd et soporifique, s'élever de sa peau enfiévrée, de même qu'une essence plus sombre, plus pénétrante... Une image soudaine, une image de loups, traversa mon esprit torpide comme s'il se fût agi d'une terre étrangère.

« Il était une fois un roi et une reine qui avaient un fils unique. »

Je fermai les yeux et sombrai dans la demi-lumière d'un monde merveilleux de ténèbres couleur de jade. Sa voix égrenait des bulles à mes pieds, au hasard. La toucher, c'était se laisser envelopper par un courant froid venu des profondeurs.

« Le prince aimait ses parents, mais son cœur battait pour sa mère – il ne s'éloignait jamais d'elle, se tenait toujours à ses côtés. Le prince avait tout ce qu'il pouvait désirer... sauf une chose. Il y avait une seule et unique chambre au château dans laquelle il ne lui était pas permis d'entrer, une chambre toujours fermée à clef, et la clef demeurait en lieu sûr au fond de la poche de sa mère. À mesure que les années passaient, le Prince se mit à songer de plus en plus à cette chambre secrète, et il se languissait de voir ce qui se trouvait à l'intérieur. Aussi, un jour, en l'absence de ses deux parents, il se trouva que le Prince passa devant cette porte secrète et la vit entrouverte. Guidé par la curiosité, il la poussa et entra. »

Oui, Marta, je sais, l'air était lourd de jasmin.

« La chambre était d'or, mais le Prince possédait toutes les richesses qu'il pouvait jamais désirer. La chambre était d'écarlate et de pourpre et d'émeraude et de mauve, mais le Prince possédait quantité de damas et de velours, dans lesquels faire tailler ses vêtements. »

Oh Marta, faucheuse de mes rêves, enfant de mon désir, bien-aimée voilée issue de mes ténèbres les plus intérieures. Sur la tapisserie de la nuit, j'ai vu son histoire – qui était aussi la mienne. J'ai vu la chambre secrète et moi, à quatorze ans, sur le seuil, les reflets de myriades de pierreries dans mes yeux noirs.

« La chambre était parfumée d'essences de milliers de fleurs, mais le Prince vivait dans un jardin que l'hiver n'atteignait jamais. Il n'y avait rien ici qui mérite un tel secret, songea-t-il. »

Schéhérazade allongea ses longs doigts blancs, les paumes de ses mains tels deux orbes écarlates à la lumière du feu.

« Et cependant, le Prince ne pouvait se résoudre à quitter les lieux. Il était tenaillé d'une grande curiosité. Presque nonchalamment, il fouilla les malles et les garde-robes jusqu'à ce qu'il tombe soudain sur un petit coffret en bois fort ordinaire, qu'il n'avait jamais vu auparavant. »

Mon cœur se mit à battre plus vite, mes tempes se serrèrent douloureusement.

« “Pourquoi conserver ce coffret vieux et hideux, se demanda le Prince avec surprise, quand tout dans ce palais est si riche et si élégant ?” Et il ouvrit la boîte et regarda dedans. »

Elle observa une pause – je vis la lueur de son sourire cramoisi – et je compris à cet instant qu'elle connaissait le Mystère, qu'elle l'avait toujours connu, dans sa sagesse ésotérique et fragile : elle était la femme qui détenait la faculté de me conduire au-delà des affectations condamnées au néant du péché et de la chair. Elle comprenait ma quête, mon désir, mon regret sans espoir. Voilà quel était son « présent » : cette révélation.

« Continuez, je vous en prie, continuez. » À la seule pensée que même à présent elle serait encore capable de différer, je pouvais sentir la sueur perler de mes joues. « Marta, je vous en prie…

— Chut, fermez les yeux, chuchota-t-elle. Fermez les yeux et vous verrez. Dormez, et je vais vous montrer. »

Des ombres d'outre-mer, au plus profond.

« Qu'avez-vous vu ?

— Chut…

— Qu'ai-je…

— Dormez. »

Imaginez le lit de la mer au fond d'un abîme de vase brune. Imaginez la paix…

« Le Prince se frotta les yeux : pendant un moment, il ne vit rien dans la boîte qu'une tache sombre, semblable à de la fumée, mais à force de scruter du regard pour découvrir ce qu'il y avait là, il put enfin discerner une baguette de coudrier enveloppée dans une cape noire et tachée. “Qu'il est étrange, s'écria le Prince, de conserver si secrètes des choses si vieilles et si laides”, et parce qu'il était jeune et curieux, le Prince souleva les deux objets pour les sortir de la boîte. Or, ce que le Prince ignorait – ce que personne ne savait –, c'était que la Reine était une sorcière venue d'une terre lointaine du septentrion, au-delà de la mer, voici très, très longtemps. Grâce à des enchantements, elle avait rendu le Roi amoureux d'elle, et grâce à d'autres enchantements elle avait tenu secrète sa vraie nature. La cape était magique, de même que la baguette, et seule la Reine en possédait la maîtrise. Mais le Prince était son fils, et c'était le sang de la sorcière qui coulait dans ses veines. Lorsqu'il endossa la cape magique et quand il tint la baguette dans la main droite, il ressentit un soudain surcroît de pouvoir. Il leva la baguette et ce pouvoir rougeoya en lui comme un soleil… mais les esprits de la baguette, voyant que celui qui les invoquait était un jeune homme, virent là leur chance de se rebeller et de se soustraire à leur servitude. Ils arrachèrent leur liberté, criant leur triomphe, labourant le visage du Prince de leurs griffes et lui soufflant leur souffle infâme à la face, de sorte qu'il fut la proie d'une mortelle défaillance et qu'il chut au sol.

« Lorsque le Prince s'éveilla, les esprits étaient partis et la baguette gisait à côté de lui, brisée. Voyant cela, le Prince prit peur. Il replaça la baguette et la cape dans le coffret et s'enfuit de la pièce. Quand la Reine s'en retourna, elle vit aussitôt que l'on avait enfreint son interdiction de toucher cette baguette, mais elle ne put en faire état car personne ne savait qu'elle était une sorcière. Aussi attendit-elle une nuit sans lune pour jeter un sort sur l'importun, un sort terrible. Car, en brisant sa baguette, c'était son pouvoir qu'il avait brisé, et dorénavant elle serait condamnée à décliner, à vieillir, à l'égal des mortelles. Elle mit toute sa haine dans ce sort et attendit, sachant que bientôt il commencerait de prendre effet.

« Cette même nuit, le Prince se réveilla en hurlant, sous le coup d'un rêve terrible, et au cours des journées et des semaines qui suivirent, il devint d'une grande pâleur, il tomba malade, dormait peu la nuit, incapable de trouver le repos ou de manger le jour. Des mois s'écoulèrent. Le Roi ordonna à tous les plus grands médecins du royaume de venir visiter son fils bien-aimé, mais aucun d'eux ne put trouver de cure susceptible de contrecarrer cette maladie lente et redoutable. Pour ajouter au désespoir du Roi, son épouse tomba malade elle aussi, fut prise d'une faiblesse croissante et déclinait de jour en jour. Tout le pays reçut l'ordre de prier pour leur rémission.

« Or, un jour, un vieil Ermite arriva au palais, un homme très saint, et qui demanda à voir le Roi. "Je crois être capable de découvrir ce qui affecte votre fils et votre femme, déclara-t-il, si seulement je puis les voir." Le Roi, fou de chagrin, accéda à sa requête, et l'Ermite se rendit d'abord dans la chambre de la Reine, puis dans celle du Prince. Alors il congédia les gardes et tint au Prince des propos sévères.

« "Mon fils, on vous a jeté un sort, lui apprit-il, un sort jeté par la Reine, cette sorcière, votre mère. Si vous n'agissez pas bientôt, alors vous mourrez et elle guérira."

« Le Prince se lamenta, car il aimait tendrement sa mère.

« "Que dois-je faire ? demanda-t-il enfin.

« — Il vous faut vous rendre dans sa chambre et la tuer, lui répondit l'Ermite. Rien d'autre ne peut lever cette malédiction."

« Le Prince secoua la tête et se lamenta de plus belle, mais l'Ermite se montra de glace. "La Reine n'a pas d'autres enfants, fit-il, sinistre, et votre père est un vieil homme. Voudriez-vous voir une sorcière prendre la tête de votre pays pour l'éternité ?"

« Aussi le Prince acquiesça-t-il, le cœur lourd, et cette nuit-là il se leva de son lit et se rendit d'un pas feutré, par les longs corridors du palais, jusque dans la chambre de sa mère. »

La porte était ouverte, je le sais. Je la vois depuis mon lit de vase saline : les orifices laissés par les nœuds dans le bois blanc, le bouton de porte en porcelaine bleu et blanc – avec quelle facilité tout ceci me revient à l'esprit ! Il y a une entaille sur le côté du second panneau, là où j'ai cogné accidentellement, une fois, avec une batte de criquet. La maison est plongée dans l'obscurité et quelque part loin derrière moi je puis entendre Père dans son atelier de jouets, et quelques notes claires émises par le mécanisme de la danseuse Colombine qui s'égrènent dans le noir. Je porte un bout de chandelle dans une assiette à fleurs ; le parfum de la chandelle pénètre mes narines dilatées. Une larme épaisse et blanche dégouline le long de la bougie puis sur la porcelaine, s'élargit en une flaque, à cheval sur l'une des fleurs bleues. Ma respiration me semble très sonore dans l'air lourd.

Sous mes pas, le tapis était élastique et doux mais, malgré cela, je puis entendre le bruit de mes pas, le chuchotement de mes pieds nus sur le sol. Autour de moi, la lumière des chandelles accrochait le verre de ses flacons et de ses bocaux, projetant mille et un prismes contre le miroir et le mur. Sur le moment, je n'eus pas la certitude que le bébé soit ou non avec elle dans la chambre ; mais le couffin est vide – la nourrice l'a emmené, au cas où ses cris réveilleraient ma mère. Levant la chandelle à l'abri du bouclier rougeoyant de ma main, j'observai son visage dans cette lumière rosâtre avec un ravissement d'autant plus précieux qu'il était assorti du pardon. Une fiole de laudanum scintille à côté d'elle sur la table de chevet : elle ne s'éveillera pas.

Je regarde son visage, et une tendresse soudaine et déchirante me submerge ; ses paupières diaphanes et bleuâtres, la courbe parfaite de ses pommettes, la cascade de ses cheveux noirs sur la courtepointe qui recouvre son oreiller se déverse sur les plis du couvre-lit, jusqu'au sol... elle est si belle. Même si décharnée, si pâle, même à présent, elle demeure la plus belle femme du monde, et mon cœur se brise d'un amour désespéré, blessé, qui me tenaille encore par-delà ces quatorze années. Sous la tension de toutes ces émotions adultes, mon cœur d'enfant semble sur le point d'éclater ; la jalousie déchirante, la solitude, le besoin maladif de la toucher, d'être touché par elle, comme si son contact pouvait enrayer l'invasion cancéreuse du serpent dans mon ventre, ses bras me gardant de la nuit. Endormie, elle est presque accessible et j'ose presque étendre la main jusqu'à ses cheveux, son visage ; je pourrais même effleurer ses lèvres pâles avec les miennes... jamais elle ne le saurait.

Endormie, elle est presque souriante ; ses yeux embués et adoucis sous ses paupières violettes, l'ombre mauve de sa clavicule dessine un trait de pinceau parfait sur la pâleur de sa peau, le coup de pinceau d'un maître chinois... ses seins forment un renflement à peine perceptible à travers le lin de sa chemise de nuit... mes mains se déplacent presque d'elles-mêmes, telle une étoile de mer désincarnée dans la nuit brune et sombre. Je la regarde, hypnotisé, tandis que mes doigts touchent son visage, très doucement, et glissent, hardiesse miraculeuse, vers sa gorge... Je m'écarte, rougissant, toute ma peau démangée de culpabilité et d'excitation. Mais c'est la main qui se meut d'elle-même, qui fait glisser le couvre-lit avec une détermination languide, qui rabat maintenant le couvre-lit sur le côté pour révéler sa silhouette endormie, la chemise de nuit remontée jusqu'aux genoux, découvrant ses chevilles tendues, la courbe délicate de sa cuisse.

Il y a un bleu, là, juste au-dessus du genou, et je sens mes yeux attirés par la délicatesse violacée de l'hématome, par sa tendresse exquise. Mes mains se tendent pour la toucher… et sous mes doigts sa peau est de satin poudreux, elle est mystère sans fin, douceur sans fin, une douceur qui me noie, semblable au sable du fond des mers… Son parfum de jasmin recèle un second parfum, de biscuit salé, et sans même en avoir conscience j'approche ma face tout contre elle, j'enfouis ma face dans la chaleur et la douceur de son être, tendu de désir, d'ardente excitation. Mes mains se jettent sur son sein, avec une joie sauvage; mes bras s'enroulent autour d'elle, mes lèvres ont soudainement faim d'elle… Son souffle est léger et pénétrant, comme une nausée, mais mon corps à présent est un arc tremblant d'une tension parfaite, un seul et unique tendon bandé comme la corde d'une harpe, emplissant l'atmosphère ineffable d'une résonance au-delà de l'oreille humaine, une vibration d'une pureté insoutenable qui monte, monte dans l'aigu, jusqu'à la démence et au-delà… Je n'ai pas de corps; je vois mon âme attirée au-dehors comme un filin d'or fin, qui résonne, suraigu, en réponse aux sonneries solennelles des sphères… J'entends un rire et je m'aperçois qu'il s'agit du mien…

Ses yeux s'ouvrent d'un seul coup, se durcissent.

Je sens la ligne de sa bouche se tendre sous mes lèvres.

« Mère… » Impuissant, je tombe loin d'elle, au fond d'abîmes sans fin. « Mè… ère… » Je me recroqueville, je m'éloigne, les mains agrippées, le ventre tel un poing de glace.

Ses yeux sont d'une cruauté perçante. Je sais qu'elle voit tout. Tout. Les années s'échappent de moi ; voici un moment à peine, je me sentais vieux, maintenant je retombe en enfance ; treize... douze... onze... dix, à mesure que je me ratatine, elle croît, monstrueusement... huit... sept... Je vois sa bouche s'ouvrir... j'entends ces syllabes distordues : « Henry ? Qu'est-ce que tu... »

Six... cinq. Elle a les dents pointues, d'une invraisemblable sauvagerie. Le sang me martèle les tempes. Un cri inarticulé, immense jaillit de mes poumons flétris ; sa rage est immense et dévorante. Pis encore, son mépris, sa haine montent comme une lame de fond blafarde pleine de cadavres qui flottent. Je puis à peine entendre sa voix, couverte qu'elle est par le flot qui m'assaille les oreilles ; ses mains ont quelque chose de doux, quelque chose qui lutte avec une force monstrueuse contre moi ; des syllabes forcent l'accès de ma conscience, des sons dépourvus de sens, semblables au mugissement du vent. Cette lame de fond me drosse et me reprend comme une épave ; je joins les paupières, afin de ne pas voir...

Un silence soudain, miraculeux.

Je suis étendu sur le sable noir, cette lame de fond se retire, le souffle de cette lame, un battement de cœur dans mes tympans ; le retour à la conscience est pareil à un million de têtes d'épingles de lumière sur ma rétine, ma bouche est pleine de sang, le sang de ma langue mordue. Je rampe à genoux sur le tapis qui tournoie, un cordon de salive sanglante dégoulinant jusque par terre, l'oreiller encore entre mes mains agitées de convulsions.

« Mère ? »

Ses yeux vitreux me dévisagent, toujours aussi durs, comme outragés par l'indignité de cette posture.

« Mè... re ? » Je sens mon pouce se faufiler pour trouver la commissure de mes lèvres, mes genoux se recroqueviller pour rejoindre mes coudes. En quelque lieu de mon esprit, je comprends que si je peux me recroqueviller en une balle suffisamment minuscule, alors je serai en mesure de regagner ce lieu protégé, à demi remémoré, ce lieu protégé fait d'obscurité et de chaleur. Plus petit... plus petit. Trois... deux... un...

Silence.

*

Loin au-dessus de moi, le cristal d'un rire, l'immense mugissement de Dieu, un beuglement de troll. L'ange noir ramasse sa faux et les Furies s'envolent de l'enfer en hurlant pour aller enlever leur nouveau jouet ; et je connais tous leurs visages. L'enfant de putain, la joue barbouillée de chocolat... Les yeux d'eau de mer d'Effie et ses cheveux écumants... ma mère, si longtemps oubliée dans un aveuglement pitoyable mais désormais remémorée pour toujours, ramenée de force sur son obscur piédestal, les doigts aussi acérés que des lames. Plus près, à présent, la voix de l'enchanteresse, Schéhérazade, ses loups à ses pieds... son rire surnaturel. Dans mon demi-sommeil, je lutte, j'essaie de l'appeler, d'invoquer son nom contre la venue du cauchemar.

« Ma... arta ! »

Des abîmes de lumière verdâtre de viridine, qui s'élève enfin depuis le vide.

« Marta ! »

J'ouvre des yeux injectés de sang, je sens la lumière du feu contre l'argile gelée de mes membres. Ce coquin de muscle, là, sur ma joue, épingle mon œil clos d'une série de palpitations spasmodiques trop rapides pour être dénombrées. Ma mémoire, nouvellement sollicitée par l'histoire de Marta, est un sépulcre de marbre issu de quelque conte de fées grotesque, qui se dresse plus haut que les nuages. Je tends les mains, en vain, à tâtons, en quête de son réconfort…

La lumière est soudain d'une impitoyable intensité ; un linceul de clarté, immaculé, fulgurant, un éclair. Je lève les mains pour me protéger les yeux… et je la vois, Schéhérazade, ma némésis d'or, debout dans la lumière et qui rit.

« Marta… » Ma voix est à peine un chuchotement, mais alors même que je m'adresse à elle, je sais qu'il ne s'agit pas de Marta. C'est Effie, pâle et triomphante ; c'est ma mère, lubrique et venimeuse ; c'est l'enfant fantôme. Toutes trois ne parlent que d'une seule voix, tendent vers moi leurs bras voraces et je tombe en arrière, mon dos vient se cogner contre la rambarde du lit, je ressens une douleur violente lorsque mes vertèbres s'écrasent contre le coin du montant, et alors je comprends enfin ce qu'elle est. Tisiphone, Megaera et Alecto. Vengeresses du matricide. Les Furies !

Un terrifiant tonnerre de douleur roule dans mon corps comme un chariot ; des rasoirs dissèquent mon échine et un tremblement s'empare de tout mon côté gauche, un hurlement à la lisière dentelée de la nuit, un tourment infini, indicible…

Lors de ma chute dans l'oubli qui m'accueille, j'entends sa voix, leurs voix, piquantes de venin, piquantes de sarcasme : « Alors et mon histoire, Henry ? Alors et mon histoire ? » Et, dans le lointain, le rire sauvage de Dieu.

66

Voix de Moïse Zacharie Harper

La neige tombait toujours lorsque j'atteignis Crook Street et la nuit était d'une clarté limpide, une clarté d'éther qui illuminait mes pas feutrés, nimbait mes vêtements d'une clarté phosphorescente. En apercevant la demeure de Fanny depuis le coin de la rue, je remarquai que la lanterne suspendue d'ordinaire à la porte était éteinte. J'avançai et je vis que les fenêtres, elles aussi, étaient éteintes, les rideaux tirés, sans le moindre rai de lumière derrière les plis chargés des tentures. Même si aucune lumière ne brillait par le vitrail du perron, je remarquai néanmoins que la neige devant la porte avait été ratissée. Dans l'espoir que peut-être il se trouverait quelqu'un dans l'un des salons situés sur l'arrière de la maison, je me rendis à la porte et frappai. Pas de réponse. Je sollicitai la serrure : comme il fallait s'y attendre, la porte était fermée à clef. Je frappai encore, je criai par la fente de la boîte aux lettres... sans recevoir la moindre réponse.

Déconcerté, j'essayai la porte latérale, avec aussi peu de succès, et j'étais sur le point de quitter les lieux, hochant la tête avec perplexité, lorsque je vis quelque chose de sombre et d'encombrant gisant dans l'obscurité sur le côté de la maison, à moitié recouvert par la neige qui tombait dru. J'ai cru tout d'abord qu'il s'agissait d'un sac de charbon au rebut, et puis je vis le talon d'une bottine d'homme pointer hors de la neige. Un vagabond, me dis-je, surpris par le froid en cherchant un endroit où s'abriter, le pauvre diable. J'avais sur moi une flasque de cognac et, la tirant de ma poche, j'avançai dans la neige qui s'amoncelait et tendis la main vers le corps – peut-être y avait-il encore en lui un souffle de vie, me dis-je. Je le tirai à l'écart de ce renfoncement dans le mur et, libérant sa face déformée, pétrifiée, de son masque de glace, je reconnus Henry Chester.

Il avait un œil ouvert, le regard fixe; l'autre était bizarrement affaissé. Les muscles de la joue et de la tempe gauches étaient étrangement distordus, comme de la cire fondue, la main gauche avait la forme d'une griffe, l'épaule, voûtée de grotesque manière, la hanche démise, la jambe déjetée suivant un angle répugnant. J'aurais juré qu'il était mort, jusqu'à ce qu'il bouge.

Un son s'échappa de ses lèvres – un long gémissement guttural.

« Aaa… daa. Aah… a. »

J'enfonçai la flasque de cognac entre ses dents serrées. « Buvez ça, Henry. N'essayez pas de parler. »

Le cognac dégoulina des deux côtés de la bouche et lorsqu'il essaya de former encore des syllabes, il fut saisi d'un rictus. L'intensité du besoin où il était de parler avait quelque chose d'atroce.

« Tout va bien, fis-je, guère rassuré. Ne parlez pas. Je vais aller chercher de l'aide. » Il y avait de la lumière aux fenêtres des maisons voisines. Assurément, quelqu'un aurait l'obligeance de prendre soin de lui le temps que j'aille quérir un médecin. En outre… rester seul avec Henry était bien la dernière chose dont j'avais envie.

« Ma… a. Maaah… » La main droite m'agrippa la manche. La tête dodelina, la bave aux lèvres. « Maa… ahhh.

— Marta, achevai-je doucement.

— Ahhh. » Il hocha la tête, d'un geste convulsif.

« Vous êtes venu ici voir Marta ? le questionnai-je, lui tirant les mots de la bouche.

— Aahhh.

— Mais elle n'était pas là, aussi vous avez attendu. C'est cela ? »

Un autre spasme ; une fois encore, la tête dodelina dans un geste obscène, et son unique œil ouvert se renversa dans le blanc.

« Nnn... ah. Mm... aah... a. Ahhh. Aahh. » Son bras droit battit l'air en vain et des larmes dégoulinaient de l'œil droit, l'autre demeurant figé, telle une charnière de chair, stupide et tétanisée.

Une pitié insoutenable, déchirante, maladive me dressa brusquement sur mes jambes.

« Peux pas rester, Henry, m'écriai-je, tâchant de détourner les yeux. Je vais chercher de l'aide. Ça ira. »

Un gémissement animal, où je pus encore distinguer les accents glaçants d'une voix humaine ; des mots luttant pour s'extraire d'une chair mourante. Des mots ? Un mot. Un nom. Le son de ce nom m'était insupportable, sa sonorité mourante, les accents rageurs de son obsession. M'invectivant moi-même, je me retournai et je courus.

Trouver de l'aide fut assez simple : une femme d'une maison voisine accepta une guinée pour faire appeler un médecin et offrir un abri à l'homme que l'on avait frappé : le médecin arriva deux heures plus tard et Henry fut transporté à Cromwell Square. C'était une attaque, avait déclaré le médecin. Une attaque cardiaque foudroyante : si l'on voulait qu'il y eût une chance de rémission, le patient devait être tenu au repos, et une dose de chloral mélangée à de l'eau, patiemment administrée, de force, entre les lèvres raidies du patient, servit à le calmer. Quand finalement je les quittai, certain de ne pouvoir faire davantage, Henry était tombé dans une profonde hébétude, la respiration presque imperceptible, les yeux vitreux. C'était assez, décidai-je. Je n'étais pas infirmière. J'avais sauvé la vie du gaillard, fort probablement. Que pouvait-on attendre de plus ? Quand personne ne me prêta attention, je m'en fus tranquillement par la porte de derrière et je disparus dans les rues désertes.

Afin de nous épargner un peu de temps à tous deux, en partant, je subtilisai le portefeuille de Henry : n'importe qui aurait bien vu que le pauvre garçon n'était pas en état de parler affaires cette nuit-là.

67

Voix de Henry Paul Chester

Un léger courant m'emporta vers un monde silencieux de formes muettes et de perspectives incertaines. Des silhouettes lovées roulaient et se déroulaient avec le courant sous-marin ; des plantes serpentaient les unes autour des autres en une extase d'accouplements végétaux et gordiens. L'obscurité était du vert émeraude le plus profond, mais à mi-distance j'apercevais des silhouettes dépourvues de traits, des formes spongieuses sans contour ni netteté et, au premier plan, un visage, grotesque et disproportionné, nageant comme un poisson gavé, tour à tour perdant et retrouvant sa netteté. Pendant un moment, il nagea hors de mon champ de vision et j'essayai de tourner la tête pour suivre son déplacement, mais bizarrement je m'aperçus que quelque chose m'en empêchait. J'essayai de me rappeler la terreur et le besoin pressant qui m'avaient contraint à me réfugier en sûreté au fond de la mer, mais j'étais étrangement serein, comme si je considérai les événements au travers d'un cristal obscur. Un banc de fœtus pataugeait gauchement dans une barrière de corail vert, et là, une pâle jeune fille flottait, ses longs cheveux blancs dressés comme des algues dans le gris trouble du ciel sous-marin.

Ce visage revint une fois encore musarder dans mon champ de vision, sa bouche caverneuse s'ouvrit… des syllabes bizarrement distordues sous l'eau m'éclatèrent au visage comme des bulles en une série de sons informes. En un sens, ces sons étaient pleins de signification, mais j'étais incapable de me rappeler pourquoi. Je dérivai un certain temps, tandis que ce visage refluait à nouveau. Mais ces sons, ces voyelles sourdes à la limite même du son, ils persistaient, et je me mis à percevoir une signification croissante dans le fait même de leur persistance. Je ne sais pourquoi, le visage m'était familier lui aussi ; ces yeux perçants, ce nez pointu et cette petite barbiche taillée en pointe. J'avais connu ce visage, jadis.

La bouche s'ouvrit et j'entendis mon nom, prononcé à grande distance.

« Monsieur Chester. Monsieur Chester. »

Pour la première fois depuis ma retraite en ces lieux, je vis la bibliothèque qui se dressait derrière ce visage. La porte, la fenêtre ouverte avec son rideau de velours, le tableau sur le mur… la réalité béante s'ouvrait devant moi avec une clarté impitoyable et engloutissante.

« Monsieur Chester ? M'entendez-vous ? » La voix était celle du docteur Russell. J'essayai de lui répondre, mais je découvris soudain que ma langue était horriblement disproportionnée par rapport à ma bouche. Elle pendait devant le docteur, douée d'une vie propre, une vie jubilatoire, et un son me sortit de la bouche, un borborygme qui m'atterra.

« Je vous en prie, monsieur Chester. Si vous êtes capable de m'entendre, voulez-vous hocher la tête ? » Je sentis mon cou se contracter convulsivement.

« Vous avez subi une attaque, monsieur Chester. » Sa voix était trop forte, trop condescendante, comme s'il s'adressait à un enfant affligé de surdité : je remarquai que ses yeux évitaient résolument les miens.

« Vous avez été très malade, monsieur Chester. Nous avons cru vous perdre.

— Hoon... » Le braiment qu'était devenue ma voix m'alarma. « Hoon... Longtemps ? » C'était mieux. J'étais à peine capable de contrôler ma mâchoire serrée, mais au moins parvenais-je à former des mots. « Longtemps... depuis...

— Trois jours, monsieur Chester. » Je pouvais ressentir sa gêne, son impatience devant ma tentative laborieuse de former un discours cohérent. « Le révérend vous a même donné l'extrême-onction.

— Aaah... ?

— Le révérend Blakeborough, d'Oxford. J'ai envoyé là-bas un message, au cas où vous y auriez eu encore de la famille. Le révérend est venu sur-le-champ. » Pour la première fois, je remarquai le petit homme effacé assis dans le coin de la pièce, son visage affable et enfantin. Lorsqu'il s'avisa du coup d'œil que je lançai dans sa direction – il ne craignait pas de soutenir mon regard –, le révérend Blakeborough sourit et se leva : je vis qu'il était plutôt de petite taille.

« À la mort de votre père, j'ai pris la paroisse en charge, expliqua-t-il avec douceur. J'avais beaucoup d'affection pour le révérend Chester et je suis sûr qu'il aurait voulu que je vous rende visite, mais jusqu'alors j'ignorais où vous habitiez.

— Euh... Je...

— Allons, maintenant, ne vous épuisez pas, m'enjoignit le révérend Blakeborough. Le docteur, et, cela va de soi, votre bonne Mme Gaunt, m'ont tout raconté. Il faut vraiment vous reposer à présent : attenter à vos jours ne servira nullement à ramener votre pauvre épouse. » Il me regarda avec une compassion qui me fut un tiraillement : je sentis simultanément ma bouche béer en un rire silencieux et mon œil droit verser des larmes – mais pour qui, je n'en savais rien. Le révérend Blakeborough s'approcha de quelques pas et me passa le bras autour des épaules, un geste plein de bonté. « Le docteur estime que vous avez besoin de repos, Henry, fit-il, prévenant, et je suis tout à fait d'accord avec lui. Un changement de décor, l'air de la campagne vous feraient plus de bien que de rester dans cet endroit lugubre. Alors accompagnez-moi donc à Oxford. Vous pourrez demeurer au presbytère avec moi et votre domestique peut nous rejoindre et veiller sur vous si vous le souhaitez. Je puis vous recommander un excellent médecin. »

Il m'adressa un sourire radieux. Je pouvais sentir dans son haleine une odeur de menthe et de tabac et, sur ses vêtements, un parfum familier, réconfortant, de vieux livres et de térébenthine... Une nostalgie soudaine m'envahit, un terrible désir d'accepter l'invitation de cet innocent petit prêtre, d'aller revivre dans ma vieille bourgade, de voir le presbytère où j'étais né. Qui sait, peut-être la chambre au heurtoir de porcelaine bleu et blanc serait-elle restée inchangée, avec, sous le vitrail, le lit en chêne de ma mère. Je me mis à pleurer avec une sincérité grotesque, m'apitoyant sans vergogne sur moi-même, avec un regret desséchant pour l'homme que j'aurais pu être.

Pour le docteur Russell, c'en était trop : de mon œil figé, je le vis se retourner et quitter la pièce sans un bruit, la bouche tordue de dégoût et d'embarras... mais la bonté du prêtre, elle, était inébranlable, imperturbable. Alors que je pleurais sur moi-même, sur Effie, sur Marta et sur ma mère, sur ces souvenirs que j'avais réveillés et qu'il eût mieux valu laisser en sommeil, sur le froid petit enfant fantôme, sur la chambre rouge, sur le déshabillé de soie, sur la première communion de Prissy Mahoney, sur l'arbre de Noël, toujours scintillant de fausses chandelles de glace et sur mon envie de me rendre à Oxford…, lui, il me tenait dans ses bras.

Je désirais la bonté de ce petit homme, la paix de sa vie simple, le pépiement des oiseaux dans les cyprès, les flèches de King's College dans la brume du soir… Je désirais ces choses plus que tout ce que j'avais jamais désiré. Je désirais l'amour universel du révérend Blakeborough. Je désirais l'absolution.

Je bavai et je pleurai et, pour la première fois, quelqu'un qui n'était pas une putain me tenait dans ses bras et me berçait.

« Alors c'est décidé, fit le révérend Blakeborough.

— N… non !

— Non ? Et pourquoi donc ? » Le prêtre laissa transparaître sa perplexité. « Ne voulez-vous pas retrouver enfin votre foyer ? »

Me défiant de ma propre voix, je hochai la tête.

« Mais alors pourquoi ? »

Je luttai pour conserver à mes paroles leur clarté. Ma bouche me donnait l'impression d'être remplie de boue. « Faut… me… confesser, articulai-je péniblement.

— Eh bien, mais naturellement, me répondit le prêtre avec entrain. Mais nous allons attendre que vous vous sentiez mieux, n'est-ce pas ? Cela peut certainement attendre.

— Non ! N…. non… l'heure, insistai-je. Maintenant… il faut. Au cas où je… vous… devez… savoir. Je… ne pourrais pas… retrouver mon foyer… avec vous… si je ne…

— Je vois. (Le petit prêtre hocha la tête.) Eh bien, si cela peut vous soulager, je vais recevoir votre confession, c'est bien évident. Combien de temps, depuis la dernière fois ?

— V… vingt ans.

— Oh ! » Sur le moment, le révérend Blakeborough eut l'air abasourdi, mais il reprit bientôt une contenance. « Je vois. Eh bien… euh… prenez votre temps. »

Mon récit fut long et laborieux. À deux reprises, je m'interrompis, trop épuisé pour continuer, mais la conscience où j'étais de ne peut-être plus jamais trouver le courage de parler me poussait à poursuivre. Quand j'eus fini, la nuit tombait, et le révérend Blakeborough s'était depuis longtemps réfugié dans le silence. Son visage rond était pâle et décomposé, et quand j'eus achevé ma narration, il bondit presque de son fauteuil. Je l'entendis s'asperger avec l'eau de la vasque posée sur la table de toilette derrière moi, et quand il revint face à moi, il était presque livide. La bouche grimaçante, comme s'il avait été pris de nausée, il était incapable de croiser mon regard. Pour ma part, je découvris que cette impulsion destructrice qui m'avait poussé à me confesser n'avait rien fait pour soulager ma faute. Je la portai toujours, intacte et triomphante, sur l'autel noir qui gisait au noyau de mon cœur.

L'Œil de Dieu ne se laissa pas abuser. Je perçus sa malice jubilatoire, aussi inévitable que la nuit – je n'avais pu me soustraire à Dieu. Pis encore, j'avais corrompu ce petit homme innocent. J'avais érodé sa foi, son amour, trahi sa confiance dans la bonté essentielle du monde et de ses habitants. Le révérend Blakeborough pouvait à peine supporter de me regarder et son assurance, sa gentillesse spontanée s'étaient effacées de ses manières, pour être remplacées par une sorte de trouble empreint de perplexité, un regard interrogateur et désemparé où se lisait le sentiment de la trahison. Il ne réitéra pas son invitation et partit par le premier train.

Après ces événements, il n'y eut plus que des faits disparates, tissés au-dessus du gouffre de mon existence telles des perles sur un fil. Mon atelier fut vidé et l'huile intitulée *Le Triomphe de la mort* fut présentée à l'Académie. Le docteur Russell répétait les allées et venues, accompagné de plusieurs spécialistes qui, concernant l'affection dont mon cœur était atteint, parvinrent à un profond désaccord. En revanche, ce sur quoi ils s'accordèrent, ce fut sur le fait que très probablement je ne marcherais plus jamais et que mon bras gauche ne retrouverait plus sa mobilité, même si je recouvrais un peu le contrôle de mon bras droit et de ma tête. Une Tabby inquiète ne cessait de me tourner autour avec mon médicament – désormais, je prenais du chloral toutes les deux heures et si ma dose ne m'était pas régulièrement administrée, je me mettrais à frissonner et je serais en nage. Un monsieur du *Times* est venu me rendre visite et se vit promptement éconduit par Tabby.

Et le soir, lorsque je restais couché dans mon lit, immobile et raide, elles venaient, mes chères Érinyes, rire doucement dans l'obscurité, m'effleurer le visage de leur chevelure parfumée, se coucher à côté de moi, froides et triomphantes, tendres et sans merci. Dans mes rêves, nous flottions de conserve dans des cieux cramoisis, en partance pour de mornes sabbats. Leurs griffes et leurs dents étaient infiniment aimantes, d'une funeste séduction. Leur tendresse était celle d'une mère et ensemble elles exploraient les sombres cavités exotiques de ma cervelle, perçant, ouvrant, découpant, déchirant avec une extrême délicatesse… Le jour elles étaient invisibles, tels des fils de la Vierge barbelés sous ma peau, une résille de l'acier le plus fin qui se resserrait et se contractait autour du noyau sanglant de mon cœur. Je priais –

ou j'essayais de prier – mais Dieu n'était que l'écho d'un rire lointain sous la voûte céleste. Dieu n'acceptait aucune de mes prières. Ma souffrance, ma faute étaient des morceaux plus goûteux, plus satisfaisants que la prière. Dieu aimait à se repaître de Henry Chester.

Une semaine. Un noir carnaval de créatures nocturnes. Sept jours d'un délire obscène aux mains de mes chers succubes. Comme Dieu, ils avaient faim. D'une faim haineuse à présent, moins subtils dans leur désespoir.

Je savais ce qu'ils voulaient, à faire claquer leur laisse, à gronder et à écumer à la seule fin d'entrevoir la proie tant convoitée. Je savais ce qu'ils voulaient. L'histoire. Mon histoire. Et moi, j'étais désireux de la raconter.

68

Voix de Moïse Zacharie Harper

Lors de mon arrestation, j'étais entre les cuisses rapaces de ma dernière dulcinée en date.

Oh, tout ça s'est passé fort convenablement. Les deux sergents de ville ont attendu poliment que je me lève, que je me drape pudiquement dans une robe de chambre de soie de Chine et que j'écoute le plus âgé des deux m'informer, sur un ton un tantinet navré, que j'étais en état d'arrestation pour le meurtre d'Euphémie Chester, et qu'il serait agréable aux services de police de Londres que j'accepte de l'accompagner au poste aussitôt que cela me conviendrait.

J'admets volontiers que je demeurai fort impressionné par le caractère comique de la situation. Ainsi Henry avait-il tout révélé, à ce qu'il semblait ? Pauvre Henry ! S'il n'y avait eu cette question d'argent entre nous, j'aurais pu en rire à gorge déployée. À vrai dire, je crois avoir affronté la situation avec grand style. Je ne me départis pas de mon sourire, je me tournai vers la fille (réduisant cette créature au silence et tâchant de voiler ses charmes non négligeables au moyen d'un drap) et je lui soufflai un baiser, exécutai une petite courbette à l'intention des sergents de ville, ramassai mes frusques et en avant marche, tout drapé de soierie orientale, je quittai la chambre. Je me divertissais fort.

J'attendis l'heure du laitier dans une cellule de Bow Street pendant que, de l'autre côté de la porte, des officiers de police discutaient de mon crime imaginaire – je tuai le temps en trompant mon impatience (j'avais trouvé un jeu de cartes dans la poche de mon manteau) – et quand les deux officiers, l'un, flegmatique, une silhouette de grue, l'autre, court sur pattes et atrabilaire, entrèrent finalement dans ma cellule, le sol n'était plus qu'une mosaïque de rectangles colorés. Je leur souris ingénument.

« Ah, messieurs, m'écriai-je gaiement, qu'il est plaisant d'avoir un peu de compagnie, enfin ! Vous ne voulez pas vous asseoir ? J'ai bien peur que ces lieux ne soient un peu spartiates, mais, comme vous voyez... » D'un geste, je leur désignai le banc dans le coin.

« Sergent Merle, monsieur, fit l'officier de grande taille, et voici le gardien Hawkins... »

Je dirai ceci, à porter au crédit de la police anglaise : ils se montrent toujours respectueux des gens qui ont de la classe. Quoi qu'ait pu faire un homme du monde, il est et demeure un homme du monde, et la noblesse détient certains droits. Le droit à l'excentricité, par exemple : le sergent Merle et son second m'écoutèrent patiemment exposer la vérité sur ma relation avec Effie, sur notre affaire avec Fanny et Marta, et finalement sur notre tentative de simuler la mort d'Effie dans le cimetière de l'église. Les policiers demeurèrent impassibles, sans poser de questions (à l'occasion, Merle griffonnait certains détails dans son petit carnet de notes), tous deux figés dans une attitude de désintérêt respectueux, jusqu'à ce que j'aie achevé mon récit. Oh oui, j'aime la police anglaise.

Quand j'en eus terminé, le sergent Merle se tourna vers son subordonné, et lui dit quelque chose à voix basse, puis il posa de nouveau le regard sur moi.

« Ainsi, dit-il, le sourcil froncé en signe de concentration, vous êtes en train de nous dire, monsieur, qu'alors même que M. Chester croyait Mme Chester morte...

— En fait elle était en vie. Je vois que vous avez saisi les points saillants de mon récit avec une alacrité confondante. » Le sergent plissa les yeux et je lui adressai un sourire sucré.

« Et... en possédez-vous la moindre preuve, monsieur ?

— Cette nuit-là, je l'ai vue, sergent. Et à Crook Street, en plusieurs autres occasions. Je sais comme un fait avéré que Chester l'a rencontrée la nuit où il a connu son attaque. Elle était alors tout ce qu'il y a de plus en vie.

— Je vois, monsieur.

— Je suggère fortement, sergent, que vous dépêchiez un homme à Crook Street en vue d'y interroger Fanny Miller et ses dames. Vous découvrirez que Mlle Miller corroborera mon histoire. Il se pourrait aussi que Mme Chester se trouve là-bas.

— Merci, monsieur.

— À défaut, vous jugeriez utile, sans aucun doute, d'ouvrir le caveau Isherwood au cimetière de Highgate, où Mme Chester est censée avoir été enterrée.

— Oui, monsieur.

— Et après que vous aurez accompli toutes ces choses, sergent Merle, je vous serai reconnaissant de garder à l'esprit le fait que, en dépit du plaisir sans mélange que j'éprouve à seconder la police dans ses investigations, j'ai bel et bien ma propre existence à vivre, et j'apprécierais d'être autorisé à en reprendre le cours aussitôt qu'il sera possible. » Je ponctuai d'un sourire.

Merle ne se départit pas le moins du monde de sa froide courtoisie.

Les heures passèrent. Par la fenêtre de ma cellule, je vis le ciel s'assombrir et, vers sept heures, un gardien se présenta avec un plateau de nourriture. À dix heures, je tambourinai à la porte de ma cellule, exigeant de savoir pourquoi je n'avais pas encore été relâché. Le gardien se montrait aussi courtois qu'impénétrable. Il me donna un oreiller et des couvertures, et me conseilla de dormir. Au bout d'un certain temps, c'est ce que je fis.

Je suppose que j'ai rêvé. Je me souviens de m'être éveillé avec la fumée du cigare et l'odeur du cognac aux narines, l'esprit vide, toute perspective enfuie. Il faisait presque noir, excepté la lueur rougeâtre de la petite lampe à côté de moi sur le lit. Les murs étaient tendus de rideaux d'ombre, la fenêtre n'était qu'un œil aveugle sur la nuit.

Il y avait une table ronde au milieu de la pièce, devant moi, et, tandis que mes yeux s'accommodaient à la pénombre, je reconnus le guéridon que j'avais eu dans ma turne à Oxford, des années auparavant. Qu'il était singulier de la retrouver ici, me dis-je vaguement tout en tendant la main pour en toucher la surface polie, l'incrustation patinée sur la tranche… Singulier. Et quelqu'un, vis-je, avait joué aux cartes. Sur tout le pourtour de la table, des cartes étaient disposées suivant un motif concentrique, très blanches dans la ténèbre. Elles paraissaient presque rayonner, dotées d'une légère propriété réfléchissante, pareille à celle de la neige…

Je me retrouvai debout, m'avançant vers la table à mon insu… un fauteuil rangé là contre s'en dégagea dans un glissement et je m'assis, les yeux fixés sur les cartes. Pas des cartes ordinaires, ça, constatai-je : chacune d'entre elles avait, peinte en son centre, une lettre de l'alphabet, ornementée, entrelacée suivant un motif complexe au dessin de la carte, dans une forêt baroque de feuilles et de volutes.

Je fronçai vaguement le sourcil, m'interrogeant sur le genre de partie auquel je venais de me joindre. Comme je glissai un œil interrogateur sur ce cercle de cartes, tâchant de comprendre s'il pouvait s'agir là d'une espèce compliquée de Patience, je captai une lueur de cristal reflétée à la surface de la table. Un verre laissé là, toujours à demi rempli de cognac, scintillait dans la lumière rouge. Comme je levai les yeux, j'ai dû me cogner à la table, parce que le verre a basculé, est tombé, répandant son contenu autour de lui en un arc de cercle ample et chatoyant. Deux cartes furent prises dans la rigole de liquide et emportées jusqu'au rebord de la table, pile devant moi. Des gouttes d'un breuvage sombre me dégoulinèrent sur la main, et je vis que ces deux cartes n'étaient autres que le valet de cœur et la dame de pique ; « *Le beau valet de cœur et la dame de pique…* », et les lettres M et E.

Ce fut à ce moment, évidemment, que je sus que je rêvais. Le symbolisme absurde, la référence des plus pesantes à Baudelaire et l'imagerie baroque de la mort… l'artiste en moi le comprit aussitôt, en dépit de la nature curieusement tactile de ce rêve, de la douce froideur du bois poli sous les extrémités de mes doigts, la tache humide sur ma jambe de pantalon, là où le cognac s'était renversé, la fraîcheur soudaine de l'air. Cet air était si froid qu'il me piquait les narines et mon souffle formait une auréole autour de ma face. Une fois encore, je regardai la table et je vis que le cognac renversé avait gelé, une toile d'araignée vitreuse sur le chêne sombre, et le verre vide était embué de givre. Je me mis à frissonner, malgré la conscience où j'étais que tout cela n'était qu'un rêve – il faisait probablement froid dans ma cellule, me dis-je avec raison, et mon esprit endormi avait créé ce tableau (assez macabre pour combler d'enthousiasme un Henry Chester) à seule fin de se divertir. Son titre : *Le Remords, ou La Patience du fantôme*. Il ne manquait plus, pour transformer le tout en un chef-d'œuvre gothique, que la dame préraphaélite, pâle après un si long sommeil, mais d'une beauté mortelle, la funeste damoiselle avec du sang sur les lèvres et la vengeance dans les yeux...

Cette pensée était si absurde que j'en ris de bon cœur. Hanté par ma propre fiction, par Dieu ! Fanny apprécierait. Et pourtant je me souvenais du visage d'Effie, de ses lèvres pâles, de la froideur haineuse de sa voix quand elle me dit : « Effie n'existe pas. »

Marta seulement.

Maudite soit cette roulure.

« Marta n'existe pas ! » Je prononçai ces mots à haute voix – en rêve, je peux agir à ma guise – et ma tension s'en trouva un peu soulagée. Je le répétai : « Marta n'existe pas. »

Le silence absorba mes paroles.

Un silence troublant.

Et puis soudain elle fut là, assise devant moi à la table, un verre d'une absinthe laiteuse en main. Ses cheveux défaits coiffaient le dossier de la chaise, cascadaient jusqu'au sol en lourdes anglaises opulentes, aussi chatoyantes qu'un verre de claret à la lumière cramoisie. Elle portait la robe qu'elle avait portée pour *Les Joueurs de cartes*, une robe rouge sombre au corsage très décolleté, de sorte que la peau paraissait lumineuse, les yeux immenses et sans fond. Son sourire, si différent de celui, doux et engageant, d'Effie, avait l'air d'une gorge fendue.

« Effie... » Je conservai une voix égale. Il n'y avait aucune raison que ma gorge se serre, que mes lèvres se dessèchent. Aucune raison que la chaleur dégoulinante de ma peau me picote les aisselles et colle ma chemise à ma peau moite. Aucune raison…

« Non, pas Effie. » Ce n'était pas la voix d'Effie. C'était ce chuchotement rauque, une griffe sur de l'argent, qui n'appartenait qu'à Marta.

« Marta ? » Malgré moi, j'étais fasciné.

« Oui, Marta. » Elle leva son verre et but. Je regardai le cristal limpide s'embuer et se couvrir de givre là où elle l'avait touché. Charmant détail, songeai-je. Il faudrait que je l'utilise un jour pour l'un de mes tableaux.

« Mais Marta n'existe pas », répétai-je. Dans mon rêve, il me parut soudain très important de lui prouver que je disais la vérité. « Je vous ai vue inventer Marta. Vous l'avez créée de toutes pièces, avec du maquillage, de la teinture et du parfum. Elle n'est qu'un rôle de plus parmi ceux que vous avez joués, comme la Petite Mendiante ou la Belle au bois dormant. Elle n'existe pas !

— Désormais, elle existe. » C'était tout Effie, cela : cette assertion enfantine. Sur le moment, je l'entraperçus même – elle ou son fantôme –, et puis les yeux sombres se brouillèrent à nouveau et elle fut Marta et personne d'autre. « Et elle est très en colère contre vous, Moïse. » Elle marqua un temps d'arrêt pour boire encore et je perçus sa haine froide, sa fureur, comme un courant d'air d'hiver. « Très en colère, répéta-t-elle d'une voix feutrée.

— C'est ridicule ! m'écriai-je. Marta n'existe pas. Il n'y a jamais eu de Marta. »

Elle m'ignora. « Effie vous aimait, Moïse. Elle vous a fait confiance. Mais elle vous a averti, n'est-ce pas ? Elle vous a dit qu'elle ne vous laisserait jamais la quitter.

— Cela ne s'est pas du tout passé ainsi. » Malgré mon air détaché, je donnais l'impression d'être sur la défensive – et je m'en apercevais. « Je pensais que ce serait…

— Vous vous êtes fatigué d'elle. Vous avez trouvé d'autres femmes qui ont moins exigé de vous. Vous les avez achetées avec l'argent de Henry. » Elle observa un silence. « Vous avez vraiment voulu la voir morte. C'était plus simple de la sorte.

— C'est ridicule ! Je n'ai jamais promis…

— Mais si, Moïse. Mais si. Vous avez promis. »

Je perdis mon calme. « Très bien, très bien ! J'ai promis ! » Ma colère me ficha dans le front une aiguille de migraine. « Mais j'ai promis à Effie. À Marta, je n'ai jamais rien dit. » Ma tête s'était mise à tourner comme une toupie d'enfant, j'étais hébété, à la fois de fureur et sous le coup de quelque chose qui ressemblait à de la terreur. Je hurlai, incapable d'arrêter les mots qui se déversaient de moi en un flot blafard, extatique. « Je hais Marta ! Je hais cette roulure. Je hais sa façon de me regarder, la façon qu'elle a de donner l'impression de tout voir, de tout savoir. Effie avait pris l'habitude de se fier à moi, d'avoir besoin de moi. Marta n'a besoin de personne. Elle est froide. Froide ! Jamais je ne vous aurais abandonnée si ce n'avait été pour elle. » C'était presque vrai. Je cessai, haletant, les tempes battantes, déchiquetées par le mal de tête. Je m'obligeai à prendre de profondes respirations : ridicule, perdre ainsi la maîtrise de soi, dans un rêve. « Jamais je n'ai passé aucun marché avec Marta », lâchai-je calmement.

Elle demeura silencieuse un instant. « Vous auriez dû écouter Fanny, m'avertit-elle enfin.

— En quoi Fanny peut-elle avoir son mot à dire dans tout ça ? lançai-je, cassant.

— Elle vous a prévenu de ne pas vous mettre en travers de notre chemin. Elle vous aimait bien, reconnut-elle simplement. Désormais, il est trop tard. »

Ne riez pas si je vous raconte ceci : sur le moment, en plongeant le regard dans ses yeux sombres et douloureux, j'éprouvai une espèce de regret mêlé de crainte, un désespoir aussi glaçant que l'enfer froid de Dante. Sur le moment, je me vis en train de spiraler dans les profondeurs obscures d'une éternité vertigineuse, un flocon de neige soufflé dans un puits sans fond. Soudain, les battements de mon cœur me parurent une chose terriblement fragile. Le néant s'ouvrait au-dessous de moi, béant, et, dans un éclair bien ridicule, par association, je me remémorai cette nuit à Oxford, quand une voix d'entre les morts s'était adressée à moi, s'élevant de la table aux cartes : « J'ai si froid. »

Si froid...

À cet instant, il me vint à l'esprit que ma certitude de vivre un rêve était quelque peu inepte. Quand un rêve avait-il jamais possédé autant de clarté, d'intensité, de réalité ? Quand avais-je pu renifler l'absinthe dans son verre, toucher le dessus de la table, encore poisseux du cognac renversé ? Sentir les poils se dresser sur mes bras parcourus de frissons ? Je me levai d'un bond, agrippant sa main de l'autre côté de la table. Elle était froide, une main de marbre veinée de bleu.

« Effie... » Soudain, je sus qu'il me fallait lui dire quelque chose, quelque chose d'une urgence terrible. « Marta. Où est Effie ? » Son visage était impassible. « Vous l'avez tuée, Moïse, me répondit-elle de sa voix feutrée. Vous l'avez laissée dans le caveau et elle est morte, exactement comme vous l'avez raconté à Henry. Voilà ce que vous avez fait, vous le savez. »

Ma question n'était pas la bonne. Je sentais la part de temps qui m'était échue s'éloigner en spiralant.

« Alors qui êtes-vous ? » m'écriai-je, en proie au désespoir.

Elle me sourit, un sourire imperceptible et froid, semblable à la lune de la chasse.

« Vous le savez, Moïse, fit-elle.

— Bon sang, je n'en sais trop rien !

— Vous le saurez », chuchota-t-elle, et quand je me réveillai dans le noir, moite de sueur et perclus de douleur, son sourire froid demeurait avec moi comme un minuscule hameçon qui me tiraillait par à-coups dans la nuque. Il demeure avec moi encore à présent, alors même que je chute dans le vide inconcevable d'un monde sans Moïse Harper… Je devine sa lueur à travers l'espace silencieux, comme une faux éclatante, oh ma nocturne bien-aimée. « *Ni vue, ni connue…* » Entre l'aveuglement, l'ignorance et l'implacable mouvement d'annihilation, un homme avait de quoi tomber amoureux.

Et quand on vint m'annoncer, ce matin-là, que l'on avait découvert le corps d'une femme dans le caveau Isherwood, au cimetière de Highgate, je n'en fus vraiment guère surpris.

69

Voix d'Épiphanie Miller

Vous aimeriez savoir, n'est-ce pas ? Je puis renifler sur vous l'avidité, comme de la sueur, chaude et acide. Oh, vous aimeriez savoir, pour ça oui. Mais je ne vous dirai pas où je suis – même si je vous le disais, vous ne me trouveriez jamais – et de toute façon, pour les voyageurs, tous les endroits se ressemblent, les fermes, les bourgades, les petites maisons... tout se ressemble. Je suis avec les gitans, maintenant. Pour l'essentiel je mène une vie honnête, et il est plus sûr d'être sans cesse en partance. Personne ne vous pose la moindre question. Nous avons tous nos secrets, ici, et notre magie.

À Londres, il est facile de disparaître. Les gens vont et viennent, tous absorbés par leurs affaires. Personne ne remarqua une vieille femme avec sa corbeille de chatons qui se frayait un chemin dans la neige molle. J'avais laissé toutes mes affaires derrière moi. J'imagine que les filles les avaient vendues quand elles avaient fini par comprendre que je ne reviendrais jamais : j'espère qu'elles l'ont fait ; c'était de bonnes filles et je suis désolée d'avoir dû les quitter. Mais c'est la vie. Il faut voyager vite et léger, c'était ma devise, même dans le temps, quand Martan'était qu'une petite gamine – et nous voici rapides et légères pour vingt ans, avec de la neige dans le dos comme l'Ange aux portes du ciel.

Les romanichels nous ont accueillies sans un mot – chasser, être chassé, rien de tout cela ne leur est étranger –, ils nous ont même donné une roulotte et un cheval : certains d'entre eux se souvenaient encore de ma mère et m'ont appris qu'il m'arrivait de lui ressembler. Je préparais des potions et des philtres faits pour soigner la goutte – ou la dureté de cœur d'un homme –, et j'ai plus d'amis que vous n'en avez jamais eu grâce à votre église et à vos prêches. Ils m'ont aussi donné un nouveau nom, même si je ne vous le révélerai pas, un nom gitan, et il m'arrive parfois de dire la bonne aventure dans des foires de campagne, avec mon jeu de tarot, ma boule de cristal et le foulard vert drapé sur la lampe. Mais je n'irai pas tirer les cartes à n'importe qui : non, ce sont les jeunes filles que j'apprécie, les jeunes filles tendres avec leurs yeux brillants, celles que les espoirs de contes de fée font rougir. Et peut-être un jour en trouverai-je une bien particulière, une petite solitaire capable comme Effie d'apprendre à voler et à suivre les ballons…

Nous gardons espoir, Marta et moi : la dernière fois, me dit-elle, nous étions si près du but, à en avoir le souffle coupé. Et cela nous a rapprochées, plus que jamais. Le souvenir d'Effie, notre chagrin pour Effie, voilà ce qui nous lie l'une à l'autre, non pas un lien d'amertume mais une douce mélancolie à la pensée de ce qui aurait pu être. Effie, notre petite fille. Notre pâle petite sœur. Nous l'aimions, vous savez, plus qu'aucun de vous ne l'a jamais aimée. Nous l'aimions assez pour désirer l'avoir auprès de nous pour toujours… et en un sens elle est avec nous, au fond de nos cœurs. Pauvre et courageuse Effie, qui m'a ramené Marta à la maison, Marta que j'avais perdue.

Par les soirées d'hiver, je suis assise dans ma roulotte avec la chandelle bleue qui brûle et Tizzy, Meg et Alecto pelotonnés à mes pieds près du poêle, et je chante pour Marta posée sur mes genoux et qui ronronne.

Aux marches du palais
Aux marches du palais…
Y a une si belle fille, lonlà
Y a une si belle fille…

Un jour nous la trouverons, Marta. Je le lui promets tout en lissant son doux pelage de minuit. Elle aura un pelage très sensible, des yeux clairs et innocents. Une solitaire qui aura besoin d'une mère, d'une sœur. Un jour, nous la trouverons. Un jour, bientôt…

70

Voix de Moïse Zacharie Harper

C'était bien Effie. Ils m'ont emmené pour l'identification du corps, qui gisait à la morgue, sans jamais se départir de leur courtoisie, de la courtoisie sereine du bourreau. Chaque fois que je respirais, je pouvais sentir le nœud coulant se resserrer autour de mon cou… Elle était couchée sur un bloc de marbre légèrement incliné, et dans une rigole à mes pieds coulait un puissant désinfectant, qui émettait un petit bruit d'écoulement dans le silence écrasant de la morgue.

Je hochai la tête. « C'est Effie.

— Oui, monsieur. » Le sergent Merle demeura impassible, comme si nous étions en train de discuter d'un sujet de peu d'intérêt. « Le médecin indique que le corps a séjourné quelque temps dans cette tombe. Depuis la veille de Noël, ou à peu près. Il apparaît que le froid a ralenti le… euh… processus de dégénérescence.

— Mais bon sang, je l'ai vue ! »

Merle me regarda, un regard inexpressif, comme s'il était trop poli pour commenter.

« Je l'ai vue… des jours après ça ! »

Silence.

« Qui plus est, si j'avais su qu'elle était réellement morte, pourquoi diable vous aurais-je dit où elle se trouvait ? »

Le sergent eut l'air de vouloir s'excuser. « M. Chester avait déjà informé la police, déclara-t-il. La... euh... responsabilité de la chose, ajouta-t-il, lui tourmentait l'esprit.

— Henry est un homme malade ! le coupai-je. Il est incapable de distinguer les faits de l'imagination.

— Il est certain que ce monsieur est dans une disposition d'esprit fort perturbée, admit-il. En fait, le docteur Russell, le spécialiste des nerfs, estime son état de santé mentale quelque peu incertain. »

Maudit soit cet homme ! Je voyais clair dans le jeu de Henry : charger son complice, et la parole d'un médecin bien connu pourrait le dispenser de comparaître pour le meurtre d'Effie. Mais que je sois damné si je le laisserais me coller ça sur le dos.

« Avez-vous vu Fanny Miller ? » Je pouvais percevoir tout le désespoir qu'il y avait dans ma voix, mais j'étais incapable d'y mettre un frein. « Elle, elle vous dira la vérité. Tout ça, pour commencer, c'était son idée. Effie était avec elle. »

Là encore, une expression de respectueux reproche. « J'ai envoyé un homme à Crook Street, en effet, confirma Merle, avec flegme. Malheureusement, les lieux étaient vides. J'ai posté une sentinelle sur place, mais jusqu'à présent Mlle Miller ne s'y est pas représentée. Ni personne d'autre, d'ailleurs. »

Cette nouvelle me frappa comme un coup sur la nuque.

« Les voisins ! suffoquai-je. Demandez-leur. Demandez à n'importe...

— Personne ne se souvient d'avoir jamais vu sur les lieux une jeune dame répondant à la description de Mme Chester.

— Mais enfin bien sûr qu'ils ne l'ont pas vue ! le coupai-je. Je vous ai dit qu'elle s'était déguisée ! »

Merle s'est contenté de me regarder avec un scepticisme chagriné et je ne pus empêcher ma main de ramper jusqu'à mon cou. Le nœud invisible resserrait son étreinte.

Je suppose que vous connaissez la suite de ce récit sordide – tout le monde la connaît. Même ici parmi la racaille, j'ai acquis une certaine renommée. Ils m'appellent Gentleman Jack, et m'adressent la parole avec le respect dû à un type de la haute qui se retrouve sur le point d'exécuter le grand saut. Parfois, mon gardien me passe un jeu de cartes graisseux et je daigne me joindre à lui pour une brève partie de poker.

Je gagne toujours.

Mon procès fut un bon procès, comme on dit : franchement, j'ai plutôt goûté la mise en scène. La défense y est allée à l'estomac, mais fut aisément balayée – j'aurais pu souffler à mon défenseur que son argument de déficience mentale ne prendrait pas – mais l'accusation, en la personne d'un vieux méthodiste à la bouche mauvaise, tout comme Henry (probablement une de ses relations amicales de l'église, pensai-je), alla déterrer tous les avatars de ma carrière en dents de scie, y compris certains épisodes que j'avais même oubliés, avec une attention portée à chaque détail proprement digne d'un amoureux. Il y avait là pléthore de femmes, aussi, et quand le juge coiffa son chapeau noir, sa voix de vieillard chevrotante fut presque noyée par les lamentations et les sanglots. Les femmes !

Bon, j'ai eu ma grâce traditionnelle des trois dimanches – et je n'ai vu le prêtre à aucune de ces trois occasions – mais il est finalement venu me rendre visite. Il m'a indiqué qu'il ne pouvait supporter de voir un pécheur monter au gibet sans repentir. Il était facile d'y remédier, lui confiai-je : ne me pendez pas ! Je ne pense pas qu'il apprécia ce trait d'esprit. Il est rare que l'on apprécie mon humour. Avec une larme dans son vieil œil chassieux, il me raconta tout au sujet de l'Enfer : mais je me rappelle mon dernier tableau, une toile triomphante, *Sodome et Gomorrhe*, et je crois même en savoir plus sur l'Enfer que ce vieux débauché. L'Enfer, c'est là que vont toutes les femmes malfaisantes – je vous l'ai dit, je les aime chaudes – et peut-être de là-bas, en bas, serai-je en position de regarder par-dessous les robes ou les habits des anges ou ce je ne sais quoi qu'ils portent tous et de découvrir la réponse à cette vieille question théologique.

Choqué, vous l'étiez, mon père, ça, je peux le dire. Mais souvenez-vous que s'il n'y avait pas de pécheurs en Enfer, les gens du balcon n'auraient plus de quoi se divertir – et j'ai toujours dit que je devrais monter sur scène. Alors débarrassez-moi de ces grains de rosaire et prenons une goutte de quelque chose de chaud – l'argent peut tout acheter, ici, vous savez – avec peut-être une levée ou deux de poker et comme ça, quand vous partirez, vous pourrez leur dire que vous avez payé de votre personne, que vous avez donné un baiser aux filles de ma part et que vous leur avez promis que je les reverrai au bal. Allons, j'ai une réputation : celle de savoir être à la hauteur.

Mais parfois, allongé, réveillé, aux petites heures de l'aube, je ne puis m'empêcher de me demander comment elles s'y sont prises, Fanny et sa fille de l'ombre… et parfois, alors que les secondes s'égrènent implacablement dans le néant, je me découvre presque la faculté de croire… aux rêves, aux visions… à de froides petites rôdeuses nocturnes, les doigts légers et glacés, la bouche avide et le cœur plus avide encore… à des enfants vengeurs issus des rêves… à de sombres ravissements… à un amour plus grand que la mort et plus fort que la tombe.

Et, à l'intérieur de cette frontière du sommeil de l'aube, une peinture semble émerger – j'ai toujours eu du talent pour la peinture, quand j'étais à jeun –, une peinture qui, si j'observe en plissant les yeux, m'apparaît presque avec netteté, comme les cathédrales flottantes de Monet, exécutées au pastel : la peinture d'une mère qui aimait tant sa fille morte qu'elle la ramena à la vie pour qu'elle investisse le corps d'une autre fille, une jeune fille triste, esseulée, qui avait besoin d'amour. Et le besoin et l'amour réunis étaient si forts, leur appel franchissant les espaces des ténèbres, qu'elle vint, désireuse de tenter sa chance de revivre, de respirer à nouveau. Oh oui, je sais tout de ce désir-là. Et ensemble, la jeune fille pâle et malheureuse et l'autre, celle qui était perdue et gelée, elles créèrent une seule et unique femme, avec le corps de l'une et l'esprit des deux et une expérience dépassant l'imagination humaine...

La nuit, lorsque de pareilles choses paraissent de l'ordre du possible, je crois très vraisemblable que cette femme continue d'arpenter les pavés luisants de lune, même si le corps, lui, gît à l'abandon à la morgue : elle marche, toujours en proie au désir, toujours en proie à la faim... si froide... et si forte que, si tel est son bon plaisir, elle pourrait traverser les murs et les portes et l'espace illimité pour affronter ses meurtriers en des scènes de cauchemar aussi noires que délicates et d'une démence envoûtante. Elle pourrait inventer des histoires ou peindre des visions de l'Enfer... mais derrière la fureur il y aurait toujours le désir languissant et une faim froide et désespérée. Les morts ne sont pas enclins au pardon.

Il y a une logique pénétrante dans ce raisonnement – et une étrange poésie païenne. Je me surprends à me remémorer des bribes de mon éducation classique – à laquelle j'ai consacré une attention un tantinet insuffisante lorsque j'étais au collège. Oui, j'ai lu Eschyle moi aussi, et je sais où Fanny est allée chercher les noms de ses chats... sachant que je puis presque croire... aux anges... aux démons, Érinyes... Euménides.

Presque.

Il faut que je songe à ma réputation.

MORT

Épilogue

Voix de Henry Paul Chester

L'ange noir tournoie sans relâche et je regarde le ciel, ourlé à présent de la cataracte livide de l'aube.

Il est temps.

Une panique soudaine irradia ses ondes de choc tout le long de ma colonne vertébrale délabrée. Je sens le tic qui m'a déjà gelé à demi la face se remettre à me tirailler, impitoyablement, comme si une créature furieuse et minuscule, emprisonnée derrière mes orbites, grignotait les os et les chairs pour sortir. La dernière carte de notre jeu, c'est la Mort… Je le savais depuis le début, pourtant, même si ce relâchement de la cage thoracique m'est un soulagement, mon cerveau se rebelle contre l'annihilation, des tissus imbéciles hurlent devant cette torture qui leur est incompréhensible : non non non non ! Le couvercle de la nuit commence de se soulever et, au-dessous, c'est l'Œil de Dieu, avec son iris vide, bleu, et son humour terrible.

Nous voilà au terme de ce récit, et je ne suis pas Schéhérazade, pour m'échapper à l'aube en me faufilant avec les loups qui grondent à ses pieds. Le loup est derrière ma joue, recroquevillé dans la cavité de mon crâne, il veille…

Affamé.

L'ange noir tend la main vers sa faux et sa chevelure est une cascade d'oubli. Ma dernière pensée sera pour Marta. Ma couronne d'épines, ma bien-aimée, amère et sépulcrale, Princesse de Coupe, ciguë et chloral, ô ma douce. Je me souviens de votre saveur, de cette tache indigo sur vos épaules d'azur, enfant du songe et putain à deux sous. La lumière pâle tombe sur lame courbe, splendide comme la nouvelle lune : lève-la, Colombine, mais avec toute la tendresse de ta vengeance éclatante. Prends ma vie, mes mots... mais dis-moi : as-tu aimé, Schéhérazade ? Fût-ce une seule fois, as-tu aimé ?

Silence.

Imaginez une feuille morte flottant jusqu'au fond d'un puits sans fond. Imaginez, un instant.

6132

Composition Chesteroc International Graphics
Achevé d'imprimer en Europe (France)
par Maury-Eurolivres à Manchecourt
le 8 février 2002.
Dépôt légal février 2002. ISBN 2-290-31727-6

Éditions J'ai lu
84, rue de Grenelle, 75007 Paris
Diffusion France et étranger : Flammarion